BINDA

Für Sturmie und die dritte Schublade

JOST DRÖGE

BINDA

Das Netzwerk ›Tyrannenmord‹

Bibliografische Information der Deutschen Nationalbibliothek:
Die Deutsche Nationalbibliothek verzeichnet diese Publikation in der Deutschen Nationalbibliografie; detaillierte bibliografische Daten sind im Internet über dnb.dnb.de abrufbar.

© 2021 Jost Dröge
Satz, Umschlaggestaltung, Herstellung und Verlag: BoD – Books on Demand, Norderstedt
Printed in Germany

Inhalt

Über den Autor und das Buch

Jost Dröge war Diplom-Sozialpädagoge, hat Sozial- und Religionspädagogik, Philosophie und neuere deutsche Literatur studiert.
Diverse Gedichte und Essays (u.a. ›Hinter dem Schrank‹, ›Die Sieben-Tage-Geschichte‹), die Romane ›Schattenblut‹, ›Steinzeiten‹ und ›Metagrom‹ (Fouqué 2004) stammen aus seiner ›Feder‹, die beiden Kriminalromane ›Tod in der Lune‹ 2009 und ›Eisbrandung‹ 2010, ›Willbrock‹ 2014, ›Der DOM‹ 2016, zuletzt ›Gowinder‹ 2019, alle bei Books on Demand veröffentlicht.

Nunmehr stellt er bei Books on Demand sein neues Buch vor: BINDA – Das Netzwerk ›Tyrannenmord‹. Das Wort Binda stammt aus dem Altgermanischen und ist das Stammwort aller indogermanen und angelsächsischen Begriffe, die für die menschlichen Verbindungen stehen. Für die familiären, die freundschaftlichen, privaten, sozialen, aber auch für die kriminellen, die korrumpierenden, die Menschen eingehen, um ein System, eine Struktur zu schaffen, um Probleme zu lösen oder zu erzeugen.

Um daraus Nutzen zu ziehen, ein wenig wie die Gemeinschaft der Jäger, um ein Mammut zu töten und sein Fleisch gerecht zu verteilen.

Das machen Terroristen, religiöse, faschistische Extremisten ebenso wie Ärzte, Journalisten, Juristen, Natur- und Tierschützer ohne Grenzen, und die vielen NGOs (Non Government Organisations) in dieser Welt.

Die Guten sorgen dafür, dass die Welt allmählich gerechter, transparenter und lebenswerter wird, die anderen sind kranke Idioten, die faschistoiden Persönlichkeiten aller Couleur vorneweg.

Aber Binda ist auch die Verbindung der Zeitachsen, das immer wieder Aufeinandertreffen der Parallelen in der Unendlichkeit.

Binda ist also wertfrei die Mutter aller Synapsen (Netzwerke), nicht nur im Gehirn.

Prolog

»Ich liebe dich sehr! Du bist meine einzige Tochter, mein einziges Kind, liebe Rabea. Ich muss dir nicht sagen, dass du einen Vater hast, einen Vater, den ich dir immer vorenthalten habe. Das wird auch so bleiben, denn er war kein Vater und ich weiß nicht, was mich da … geritten hat … ist nur eine banale Replik. Jedenfalls haben wir beide uns durchgebracht, auch ohne ihn, besser sogar. Mit ihm, glaube ich, wären wir am Leben gescheitert. Ich hätte ständig Hämatome im Gesicht, Schmerzen in der Nierengegend und im Unterleib, wo man eben jene Hämatome nicht sofort sieht. Du wärst wahrscheinlich dem Alkohol, den Drogen oder sonst was verfallen. Und dann hätte ich ihn umgebracht, vielleicht hätten wir das auch gemeinsam getan. So jedenfalls habe ich das immer gesehen.

Ich habe mich (fast) immer mit dir befasst, meine liebe Tochter, natürlich nicht immer pro-aktiv, aber auch! Du warst eine ideale Tochter für mich, nicht brav, im Gegenteil, du warst aufmüpfig bis an meine mentalen Grenzen. Aber du warst du – und hast sogar irgendwann begriffen, dass ich auch nichts anderes sein konnte als ich. Auch mit den Lovern, die ich zwischenzeitlich benötigte. Aber außer Achim, der dich und den du ins Herz geschlossen hast und leider viel zu früh verstorben ist, uns viel zu wenige Jahre liebend begleitet hat, waren die anderen nur Randfiguren.

Gut, du weißt Bescheid. Aber deshalb schreibe ich dir nicht. Auch nicht als Testament. Dass du alles erbst, was ich habe und hatte, ist ja sowieso klar, andere Erben oder Erbschleicher gibt es nicht. Dazu war unsere Linie in den letzten zwei Jahrhunderten einfach zu monofeminin. Wir haben ja niemanden anderen als uns, nachdem Achim gestorben war, an uns, jedenfalls emotional, herangelassen. Achim wollte ein Kind von mir und ich habe es ihm verweigert. Vielleicht ist er daran gestorben. Aber ich konnte neben dir kein Kind haben! Das war, glaube ich, mein größter Fehler in meinem Leben!

Denn damit habe ich nicht nur Achim, sondern wahrscheinlich auch dir eine normale Familie vorenthalten.

Ich schreibe dir diese Zeilen nicht, um mich zu rechtfertigen, oder eine späte Buße zu tun, denn wir haben viele Vorgänge in unserer individuellen Wirklichkeit ganz und gar nicht im Griff, auch wenn wir das gerne glauben wollen. Persönliche Entscheidungen haben Ewigkeitswert, gute und ungute!

Kraft hat mir jedenfalls vor und nach Achim gegeben, dass wir nicht allein waren, ontologisch, also im Dasein als solchem meine ich! Zu geschwollen gewortet, ich weiß, aber treffender kann ich es nicht ausdrücken. Denn wenn ich nicht gewusst hätte, woher ich komme, hätte ich dich nicht beschützen können! Wenn ich nicht gewusst hätte, dass wir fortleben durch das, was vor uns gewesen war, hätte ich dich in keine Zukunft schicken können. Bitte denke darüber nach, was du mit deinen Kindern machen wirst! Wahrscheinlich habe ich es falsch gemacht. Ich habe dich davor beschützt, auch wenn es für mich die einzige Stärke war, die ich entwickeln konnte: Unsere Stärke, erst einmal natürlich meine, aber auch die meiner Mutter, meiner Großmutter, Ur-Großmutter, vor allem, also deiner Ur-Ur-Großmutter. Ich weiß. Das hört sich ... grottig an, hättest du in der Pubertät gesagt. Ist es natürlich auch, schon allein deshalb, weil ich nun gestorben bin, während du dies liest. Es wird sich nur widersprüchlich lesen lassen, was ich dir nun offenbare, quer, vielleicht auch ein wenig neurotisch, aber das ist es nicht!

Deine Ur-Ur-Großmutter Anna hat ihren eigenen Vater getötet, das ist uns Frauen, Töchtern der von Gerikes seit Generationen bewusst, es ist unser Familiengeheimnis – und sie hat nicht nur das getan! Anna hat damals im Jahr 1921 fünf weitere, fünf Väter und eine Mutter getötet, wobei, um korrekt zu bleiben, einer dieser Väter hat sich selbst getötet, wenn auch mit ihrer Hilfe. Sie tat es nicht allein, sondern sie waren zu sechst, sie selbst und fünf ihrer Schüler und Schülerinnen in einer Schule, heute würde man sagen ›Fachschule für Alten- (und Kranken-)pflege‹, in Berlin.

Sie hatten im Jahr 1919 einen Plan entwickelt, um ihn im Jahr 1921 umzusetzen: Diese sechs Menschen mussten sterben — und alle hatten das gleiche unwiderrufliche Schicksal: Sie mussten für ihre Haltung bestraft werden! Nicht etwa für irgendetwas, was sie getan hatten, nein, ausschließlich für ihre inhumane Haltung dem Leben an sich gegenüber. So jedenfalls habe ich es für mich zusammengefasst, obwohl ich bei weitem nicht alles gelesen habe.

Wahrscheinlich, liebe Rabea, hatten sie sogar recht! Aber der Akt, diese sechs Menschen zu töten, hat den Faschismus dennoch nicht aufgehalten, wenn es ihnen denn um die Verhinderung von Faschismus gegangen war. Ich will nicht spekulieren. Du bist meine, unsere Epigonin und hast daher das Recht, nein, die Pflicht, die Wirklichkeit unserer Vorfahrinnen einschließlich meiner zur Kenntnis zu nehmen, so wie ich es eben, allerdings noch vor dem Tod meiner Mutter, auch hatte tun müssen.

Genetisch sind wir dadurch natürlich weder Mörderinnen, Racheengel noch Satanistinnen oder sonst irgendetwas — was erzähl ich dir?!! Aber wir sind eben die weiblichen Nachkommen, von weiblichen Nachkommen, von weiblichen Nachkommen usw., deren Väter nichts als Spermaamigos waren, bis auf zwei Ausnahmen: mein (dein Ur-)Ur-Urgroßvater Otto von Gerike, also der Vater von Anna, einst ein angesehener Rechtsphilosoph, und Alfons Meyerherm, also der Vater meiner Mutter Magda Meyerherm, mein Opa, dein Ur-Opa, Ehegatte von Katharina und ein Widerling.

Otto von Gerike wurde Opfer seiner eigenen Tochter, Alfons Meyerherm wurde Täter und Opfer, ebenfalls seiner eigenen Tochter.

Alfons hatte meine Mutter, also seine eigene Tochter, zwischen ihrem neunten bis zu ihrem siebzehnten Lebensjahr sexuell missbraucht, also in den Jahren 1936 bis 1943.

Anna hat dieses Schicksal ihrer Enkelin sehr ausführlich und beweiskräftig dokumentiert. Du findest z.B. das Tagebuch von Magda in den Unterlagen, aber auch Fotos, die Anna von Magda gemacht hat, vor, während und nach den Misshandlungen.

Bitte vergiss die Zeit nicht! Dem Nazistaat war es völlig egal, wenn ein halb- oder vierteljüdisches Mädchen von einem Arier missbraucht wurde. Denn Alfons war SS-Mann und ist Ende 1944 in Russland ›gefallen‹, nachdem er dort wahrscheinlich dutzende zwölf- bis sechzehnjährige russische Mädchen vergewaltigt hatte.

Übrigens durfte deine Oma Magda 1945 nach dem Krieg wegen der Nazivergangenheit unseres Großvaters wieder den Namen von Gerike annehmen, den Namen unseres Stammhauses seit Otto und seiner Tochter Anna: von Gerike. Deren Tochter Katharina hatte Alfons Meyerherm geheiratet und sie hatte damals auch seinen Namen annehmen müssen, den meine Mutter Magda zu Recht als Beschämung empfand.

Meinen wirklichen Vater hat Magda auch den Behörden nicht genannt, ebenso wenig wie mir. Er sei auf Heimaturlaub gewesen; sie hatte ihn als Knut kennen- und lieben gelernt, für etwa zwanzig bis fünfundzwanzig Tage bei drei Fronturlauben. Dann sei er wieder eingezogen worden – und sie habe niemals wieder etwas von ihrem Knut gehört, außer dass er gefallen sei, ohne dass man seine Leiche gefunden hätte. Sie wusste nur, dass er aus Sachsen stammte. Ja, bestimmt hatte er ihr auch seinen Nachnamen genannt, das war aber in den Kriegswirren nicht wichtig. Liebe und Geborgenheit zählten, keine Formalitäten! Aber eins wusste Magda ganz genau: Meyerherm wollte sie ganz gewiss nicht weiter heißen!

Man, vor allem die amerikanische Besatzungsbehörde, gab ihr 1945 recht. Das lag z.B. auch daran, dass Anna von Gerikes Bücher über die Altenpflege durchaus in den Besatzungsstaaten bekannt waren. Es gab englische, amerikanische, französische und sogar einige russische Übersetzungen.

Ich bin Hedwig (was für ein schrecklicher Name) von Gerike und habe keine andere Identität, wie du weißt! Und das gilt natürlich auch für dich, liebe Rabea. Dass mein Großvater meine Mutter sexuell missbraucht hat, spielte bei der Namensänderung bei den Behörden überhaupt keine Rolle. Es wusste auch niemand, außer meine Großmutter Katharina, geboren im Jahr 1900, und natürlich auch meine Ur-Großmutter Anna, schließlich hat sie alles festgehalten – der Zynismus des Lebens hat kaum wirkliche Grenzen, denn wir wissen natürlich nicht, was Mutter Anna und Tochter Katharina wirklich empfunden hatten, wenn sie die Lebensperspektive vom misshandelten Kind Magda betrachteten!

Nicht ohne Grund hat Katharina im Dezember 1943 Selbstmord begangen, wie es behördlich festgestellt wurde. Vielleicht, weil ihr Mann gefallen war, dann muss sie genauso böse gewesen sein wie er. Anna war zwar der eigentliche Halt für Magda gegenüber dem gewalttätigen SS-Vater Alfons Meyerherm, aber eher nicht für ihre Tochter Katharina, denn es war offensichtlich, dass sie sich hassten.

Jedenfalls war Magda der Tradition treu geblieben und hat mir alle Dokumente weitergegeben, vor allem aus der Zeit von 1919 bis 1922, als die Ursuppe unserer Familie zu kochen begann, so wie ich es jetzt bei dir mache.

Ob unsere Vorfahrinnen danach alle Dokumente gelesen oder gar gelebt haben, weiß ich nicht. Magda jedenfalls hat den Schatz behütet, aber kein Wort davon gelesen, hat sie mir gestanden. Es geht natürlich vor allem um die Dokumente, Tagebücher, Briefe, Stellungnahmen, Diagnosen usw. usf., die Anna von Gerike gesammelt, kommentiert und geordnet hat. Schließlich hatte sie seinerzeit fünfzehn Fachbücher der Kranken- und Altenpflege veröffentlicht, nur eines ohne männliches Synonym, was von der damaligen Presse als ›dummes Zeug‹ betitelt wurde. Die vierzehn anderen galten jedoch als Standardwerke der Alten- und Krankenfürsorge, wie es damals, zwischen 1917 und 1933 hieß, geschrieben von Professor Dr. Anton von Gerike, den es natürlich niemals gegeben hat (die Promotion und sogar auch die Dissertation hatte Anna aber tatsächlich).

Nach 1933 wurden Annas Werke nun nicht gerade zur Bücher-Verbrennung freigegeben, aber als nichtdeutsch gebrandmarkt, vor allem natürlich, weil sie (also er) Halbjüdin(e) war (die früh verstorbene Ehefrau und Mutter von Anna, dem Juden Otto von Gerike, Christina Freifrau von Degenhardt war Christin). Das hob jedoch ihr Renommee im europäischen Ausland und in den USA eher an.

Überhaupt interessierten sich die Nazis schon gar nicht für Menschen, denen sie das Attribut ›unwertes Leben‹ gaben, ebenso wie die Faschisten dieses Jahrhunderts.

Dass Anna von Gerike 1921 ihren jüdischen Vater umgebracht hatte, war natürlich niemanden bekannt. Ob sie allerdings damit bei den Nazis gepunktet hätte, bleibt eher zweifelhaft. Irgendwie hatte sie sich ganz klein gemacht. Anna ist 1943 gestorben, aber nicht in einem KZ. Und glaub' nun nicht, dass ihr Schwiegersohn Alfons Meyerherm als SS-Mann sie davor bewahrt hat. Im Gegenteil, sie haben sich gehasst und Alfons hätte seine Schwiegermutter ganz bestimmt gern im KZ gesehen. Aber er war eben erpressbar wegen seiner sexuellen Übergriffe und musste vermuten, dass seine Frau, aber vor allem seine Tochter Magda sich ihrer Großmutter gegenüber offenbart hatte. Was auch stimmte. Die differenzierbare Wahrheit wird in den Dokumenten vergraben sein, denn ich habe nur einen Teil, vielleicht ein Drittel der vielen Tausend Seiten davon wirklich gelesen.

Anna hatte sich die letzten Lebensjahre in ein kirchliches Damenstift vergraben. Kloster Neuenwalde, einem kleinen Ort mitten im Elbe-Weser-Dreieck, also fast jenseits der Nazipropaganda- oder Konzentrationslagerwirklichkeit. Ihre Freundin, die Dekanin Elisabeth von Finteln, hatte sie bei sich im Kloster aufgenommen und vor den Nazis beschützt. Hier starb sie mit nur neunundsechig Jahren, wann genau und woran auch immer, ist leider nicht überliefert, respektive, ich habe die diesbezüglichen Dokumente übersehen. In dieser Zeit, immerhin zehn Jahre, schrieb oder veröffentlichte sie keine weiteren Fachbücher, sondern widmete sich ausschließlich des Vermächtnisses, das ich dir nun zu übergeben habe. Frau von Finteln hat das im Kloster in den letzten Kriegstagen gesichert und an Magda weitergegeben. Anna begründete ihre Fachbuchverweigerung damit, dass sie keine empirischen Bücher über die Pflege von hilfsbedürftigen Menschen schreiben könne, wenn es für sie keinen praktischen Erfahrungshintergrund mehr gab, aber dennoch eine sinnvolle Lebensaufgabe benötigte.

Wie gesagt, diese Dokumente sind sehr umfänglich, manches geht über meinen begrifflichen und historischen Horizont, muss ich zugeben, manches zitiert sie häufig aus Nietzsches Schriften, aber auch von Hegel, Kant und Freud, vor allem aber C. G. Jung – und dort fehlt mir einfach der Kontext, anders als dir, wie ich weiß.

Annas Tochter Katharina, also meine Großmutter, starb, wie gesagt, Ende 1943 dreiundvierzigjährig durch einen Suizid: Sie hatte sich die Kehle durchschnitten, und das im Beisein ihrer Tochter Magda, die zu diesem Zeitpunkt siebzehn Jahre alt war, was meine Mutter natürlich zutiefst traumatisiert hat.

Diese Geschichte kennst du ja! Magda wurde psychisch krank nach all dem, was sie erleben musste.

Als ich geboren wurde, wandelte sich ihre Lebenssicht. Ihr Leben schien wieder einen Sinn bekommen zu haben, auch wenn ich Spross eines mir unbekannten Vaters war, der fast zeitgleich, vielleicht ein paar Monate später, und auch viel jünger als mein Großvater Alfons, ›auf dem Felde‹ geblieben war, der eine in Russland, der andere in Frankreich. Magda hat mir nicht einmal berichtet, wo. Nicht seinen Namen, außer dem Synonym Knut, nichts weiter!

Sie hat mir gestanden, dass sie keinen einzigen Satz der Dokumente gelesen hat, um sich zu schützen, wie sie sagte. Aber ich glaube, sie hat gelogen. Warum, weiß ich nicht genau. Ich denke, sie hat in den Papieren irgendetwas versteckt. Es sind übrigens noch immer viele Papiere, auch wenn ich einige Dokumente in den letzten Jahren digitalisiert habe, jedenfalls das, was zu verfallen drohte. Die Papiere liegen nach wie vor im Kloster Neuenwalde; ich habe zwischendurch ein paar Aktenordner mitgenommen, sie ein wenig studiert und zurückgebracht, manche auch dort gelesen, sozusagen ein paar Tage auf Bildungsurlaub in einem Kloster.

Magda war, wie schon gesagt, psychisch ziemlich deformiert, was ja mit dieser Sozialisation auch kein Wunder ist. Ich wäre in allem gescheitert, am Missbrauch durch den Vater, am Krieg mit allem kollateralen Drum und Dran, am (materiellen und seelischen) Hunger und auch an einer Schwangerschaft in solchen Zeiten. Sie wäre mit der Kenntnis dieser Inhalte wahrscheinlich eingegangen, denn das alles hat nicht nur eine gewisse Brisanz, sondern hätte Magda ins Zentrum ihrer Seele getroffen. Es hätte sie wahrscheinlich noch früher vernichtet. Insofern hatte sie recht getan und sich nicht auch noch diese Geschichten einverleibt.

Mein Erwachsenwerden war dann ihr viertes und letztes Trauma. Denn damit fühlte sie sich nicht nur völlig allein, sondern vor allem nutzlos, ungebraucht, verbraucht, nehme ich jedenfalls an, denn ich selbst kam nicht mehr so richtig an sie heran. Ich glaube, sie hat nicht ertragen, dass ich dadurch, dass sie mir die Dokumente schon zu Lebzeiten überlassen hatte, um genau zu sein, zwei Jahre vor ihrem eigenen Freitod, nun mehr über ihr Leben wusste als sie selbst.

Tatsächlich aber hatte sie immer meinen größten Respekt! Magda schlug sich nach 1945, sie war achtzehn Jahre alt mit einem Säugling, der unter unsäglichen Bedingungen geboren wurde, durch und wartete noch immer auf ihren Knut. Er blieb im Feld, wie es so schön pathetisch hieß.

Noch vor Ende des Krieges, am 11. Januar 1945 wurde ich geboren, irgendwie im Bombenhagel.

Ich glaube, dass sie vor allem an den Misshandlungen ihres Vater Alfons Meyerherm zugrunde gegangen ist, siebenundzwanzig Jahre später. Meine Mutter, du hast sie nicht kennengelernt, war eine in sich ambivalente Frau. Nach dem Tod ihrer einzigen Liebe zu einem Mann mit drei kurzen Fronturlauben, der Knut hieß, und nicht wiederkam, ist sie nie wieder eine Beziehung zu einem Mann, und auch zu keiner Frau, eingegangen.

Anders als bei uns beiden war ihr Lebenssinn ausschließlich ihre

Tochter Hedwig (warum musste sie mich nur Hedwig nennen, habe ich mich immer wieder gefragt). Ohne mich wäre Magda eingegangen. Dass ich zu ihren Lebzeiten keine Kinder haben wollte, ich war bei ihrem Tod schließlich schon siebenundzwanzig Jahre alt, hat sie mir nie verziehen und das war vielleicht der letztendlich ausschlaggebende Grund, warum auch sie nicht mehr leben wollte. Ein Enkel hätte vielleicht eine weitere Lebensaufgabe für sie bedeutet.

Tod, ja sogar Mord, vor allem aber Suizid scheint unsere demographische Entwicklung bisher geprägt zu haben. Ich wünsche dir, dass das mit dir, deinen Kindern und Enkeln nicht so weitergeht. Aber um das zu verhindern, musst du unsere Geschichte kennen. Mir hat es geholfen, auch wenn ich nicht alles weiß, nicht alles verfolgt oder gelesen habe. Es war zu viel für mein Herz und Hirn!

Aber der Prozess der letzten Jahre hat mich versöhnt: Einige der Dokumente zu scannen, sie in eine gute Qualität zu speichern (du findest Sticks und CDs), bin ich ihnen nähergekommen. Ich fühle unsere Vorfahren, nicht nur die weiblichen! Aber es ist auch Ausgrenzung zugegen, manchmal Hass, wenn du den Stammbaum unserer Meyerherm-Linie betrachtest. Oder die Linie unserer christlichen Urahnin und Gattin von Otto von Gerike; sie war eine geborene Freifrau von Degenhardt, taucht z.B. gar nicht auf, jedenfalls habe ich keinen Hinweis gefunden, abgesehen von den unbekannten Vätern, die auch im Dunkeln bleiben.

Nicht nur Magda hat *meinen* Vater verschwiegen, jenen Knut, schließlich auch Anna den Vater *ihrer* Katharina und ich den *deinigen*! Nur Alfons Meyerherm steht fest, einer der schlechtesten Kandidaten auf dieser Welt!

Wie gesagt, das wurde mir erst in den letzten, sagen wir fünf Jahren klar. Davor genügte es mir, dir eine Mutter und dann auch eine Freundin zu sein. Ich hoffe, du siehst es genauso!

Die Lebensgeschichte unserer Urahnin Anna von Gerike jedenfalls hat mir als solche gefallen, nein, gefallen ist der falsche Ausdruck: Sie hatte Esprit, Charisma, würde man heute vielleicht sagen, ich denke, sie war Zivilcourage in Person, denn allein die Tatsache, dass sie sich Anfang des zwanzigsten Jahrhunderts als alleinerziehende Mutter geoutet, respektive nicht den nächsten x-beliebigen Mann geheiratet hatte, nur um ihr Kind ehelich nennen zu können, zollt meinen ganz großen Respekt! Denk an die Zeit um die damalige Jahrhundertwende und daran, dass sie auch beruflich, denn die wenigsten Frauen hatten damals überhaupt einen Beruf, ihrer Zeit weit voraus war!

Dass sie ihren Vater Otto von Gerike getötet hat, ist allerdings die andere Seite ihrer Persönlichkeit. Das, was ich in den Dokumenten gelesen habe, benennt ihn als Ordnungsfanatiker, wahrscheinlich zwanghaft. Als Jude lebte Otto als Rechtswissenschaftler in schwierigen Zeiten! Dass er zu den wenigen aristokratischen Juden gehörte und seine im Kindbett verstorbene Ehefrau sogar eine Freifrau von Degenhardt war, betrachtete er selbst offenbar als Lebensversicherung.

Aber, Antisemitismus gab es schließlich nicht erst 1933, sondern viele Jahre zuvor, schleichend, aber vorhanden.

Anna hat ihn getötet und zwar am 10. Januar 1921. Nicht, weil er Jude war, denn sie selbst war ja jüdisch-christlich sozialisiert! Warum also? Diese Frage habe ich mir immer wieder gestellt und keine Antwort gefunden.

Anna hatte ihn nicht allein getötet. Sie waren bei allen Tötungen immer zu sechst. Der Tötungsakt selbst war (fast) immer human, wenn man von human sprechen kann, und dauerte zwei bis drei Stunden. Es gab für den (oder die eine) Delinquenten fast immer eine Ansprache, die sie vortrugen, jeweils beginnend mit dem Sohn/ der Tochter. Du findest alle fünf Ansprachen in den Hinterlassenschaften. Einer der Väter hieß August Bahrlow und hatte sich selbst getötet, aber eben in direktem Kontext mit den andern Tötungsdelikten, die auch sein Sohn Maximilian Bahrlow mit zu verantworten hatte, der bei Anna von Gerike studierte. Du wirst es nachlesen!

Sie bestraften in allen sechs Fällen! Sie taten es und wurden selbst dafür nicht bestraft!

Warum? Ich weiß es nicht, auch wenn ich einige der Texte gelesen habe! Für unsere Zeit ist das vielleicht gar nicht nachvollziehbar, du wirst es selbst lesen. Vielleicht, weil das ihr Recht war, oder legitimes Unrecht, oder akzeptierte Lynchjustiz!? Wie gesagt, ich weiß nicht einmal, ob sie dafür vor Gericht standen. Vielleicht fühlten sie sich auch als moralische Instanz in unmoralischen Zeiten, die Reinkarnation des toten Gottes, die Umsetzung Friedrich Nietzsches Vermächtnis oder auch das Gegenteil. Ich habe keine Ahnung, verstehe es einfach nicht. Deine Studien der Philosophie werden hier ganz sicher hilfreich sein!

Aber wissen musst du, dass deine Ur-Ur-Großmutter Anna von Gerike mir, meiner Mutter Magda, meiner Großmutter Katharina und nun dir ein Vermächtnis hinterlassen hat, das bislang schweigend der nächsten Generation weitergegeben werden musste. Eigentlich erfordert dieses Vermächtnis proaktives Handeln. Katharina und Magda konnten es nicht – aus nachvollziehbaren Gründen. Ich habe es versucht! Aber ich war überfordert, rein intellektuell überfordert! Anna war ein Genie, sie war viel, viel mehr Philosophin als Pflegerin, Lehrerin. Ihre abstrakten Gedankengänge habe ich nicht verstanden, manches vielleicht, aber nicht das Grundlegende ihrer Existenz.

Ich war froh, als du dich für eine brotlose Berufsperspektive entschieden hast. Wie du weißt, habe ich alles gegeben, um dein Philosophie-Studium zu sichern. Du warst immer eine dankbare Tochter, auch daher liebe ich dich! Aber du warst mir auch immer intellektuell überlegen, schon als Kind. Das war nicht immer leicht für mich! Aber deine Promotion hat mich für alles entschädigt. Fast mehr als den einen oder die andere Enkelin, die du mir zu diesem Zeitpunkt, wo du dies liest und ich nicht mehr in der Welt bin, vorenthalten hast.

Wir Einzeltöchter haben unser Schicksal alle irgendwie angenommen, als Teil unseres Selbst. Gehandelt, im Sinne von Geschichte geschrieben, hat allerdings ausschließlich unsere Urahnin Anna! Wir Epigoninnen hatten im Schatten dieser Übermutter keine Chance. Anna war immer zu mächtig in unserem weiblichen Geist. Sie war (emotionale) Intelligenz, Genialität, Generativität, Emanzipation in einer Person – und sie verkörperte nicht zuletzt eben auch Schuld! Dadurch, dass sie ihren Vater getötet hat, wurde sie zur Antinarzissin – oder besser, zum einzigen weiblichen Narziss!

Vielleicht siehst du es anders. Es ist erst einmal deine Verantwortung, wie es auch meine war, die meiner Mutter, meiner Großmutter – und nun bist eben du dran. Wenn du etwas machst, mache etwas daraus, das förderliche, universelle Erkenntnisse entwickelt, keine zurückgewandten!«

Kapitel 1

1900

(Zusammenfassung der Ereignisse aus den Archiven des Klosters Neuenwalde, Block G1, Register 1, Seiten 47–433)

Das neue zwanzigste Jahrhundert war ein Mutterboden der künftigen Revolutionen, die dann erst zehn, zwanzig, dreißig Jahre später oder auch gar nicht stattfanden. Keine dieser linken und rechten Revolutionen zwischen 1917 und 1933 waren wirklich gut. Aber alle diese Revolutionen hatten eines gemeinsam: Sie beschleunigten eine Evolution, die letztendlich dazu geführt hat, dass nach 1945 sogenannte Zivilisationen entstanden, weltweit mit unterschiedlichen Attributen, die wiederum die eine oder andere weitere Revolution erforderlich machte, z.B. 1945 in Korea, 1953 in Vietnam, 1968 in Deutschland und der Tschechoslowakei, 1987 in der Sowjetunion, 1989 in Deutschland, 1992 in Jugoslawien und 2001 in den USA, auch wenn sie selten vom Volk ausgegangen waren.

Otto von Gerike war durchaus ein innovativer Revolutionär während der vorletzten Jahrhundertwende. Er war ein enger Freund von Rudolf Diesel, der den Dieselmotor erfunden hatte. Rudolf Diesel entwickelte aber auch den ›Solidarismus‹, eine Utopie, die nicht Wirklichkeit werden konnte, weil sie viel zu wenig durchdacht und keineswegs umsetzbar war, wie Otto von Gerike wusste und an langen Abenden mit ihm diskutiert hatte.

Rudolf Diesels Ideen inspirierten Otto von Gerike aber dennoch: Er erfand das Handelsrecht, an dem er bereits seit 1880 arbeitete, das als HGB (Handelsgesetzbuch) 1900 in Kraft trat und zu einem Erfolgsmodell wurde: die erste Win-win-Situation: Konsumenten und Handeltreibende bekamen Handlungssicherheit.

Zuvor konnten alle tun und lassen, was sie wollten, meist zulasten der ehrlichen Menschen auf beiden Seiten, aber es war eben eine reine Wirtschaftsanarchie. Nun tauchten Begriffe wie Behaviorismus auf, also eine Wirtschaft, die auf das Verhalten der Menschen abgestellt war (und nicht allein der Aristokratie), oder soziale Aspekte in der Arbeitswelt, ausgelöst durch die Kapitalismus-Philosophien eines Karl Marx.

Im September 1900 waren das noch keine verifizierbaren Ergebnisse. Die Revolutionen der Zeit um die Jahrhundertwende hatten weniger mit Individuen zu tun, als mehr mit Ethnien. Die Juden z.B. standen im Fokus Europas, aber auch die Armenier im Vorderen Orient, die sogenannten Zigeuner im Balkan. Homosexualität und Transsexualität gab es nicht, Schwule, Lesben und transsexuelle Menschen lebten im Verborgenen. Kinder mit uneindeutigem Geschlechtsmerkmal wurden nach der Geburt so oder so verschnitten oder gleich als Satansbrut vernichtet. Autisten, Down-Syndrom- oder Wasserkopf-Kinder wurden als lebensunwert getötet, ohne dass es einen Aufschrei in der damaligen Gesellschaft gab. Das lag vor allem daran, dass das niemandem bekannt war, außer den betroffenen Eltern, die diese Schmach, die die ausschließlich männlichen Mediziner ihnen offenbarten, natürlich nicht weitererzählten. Kindstod war zu mehr als dreißig Prozent normal – über die Ätiologie wurde nicht gesprochen und wenn, dann nur in ›Fachkreisen‹ der aristokratisch abgehalfterten Mediziner- und höheren Beamtencliquen.

Otto von Gerike gehörte als Professor der Rechtsphilosophie zu jener Spezies, während Rudolf Diesel als neureicher Gesellschafter in diesen konservativen Kreisen mehr oder weniger geduldet wurde. Die beiden hatten zwischen 1889 und 1893 Schach gespielt, ehedem an jedem Dienstag der Woche.

Wie immer hatte einmal Diesel, einmal von Gerike gewonnen. Ihre gemeinsame Geschichte war einigen gemeinsamen Studiensemestern und der Heidelberger Burschenschaften geschuldet.

Im Jahr 1900 trafen sie sich in Berlin, dort, wo Otto von Gerike eine Privatdozentur an der Friedrich-Wilhelm-Universität Berlin innehatte. Diesel war drei- bis viermal im Jahr geschäftlich in Berlin und versäumte natürlich nicht, seinen alten Freund zu besuchen. Aus alter Tradition spielten sie nach dem Essen Schach, wieder gewann jeder einmal, um sich anschließend ausgiebig über die aktuelle politische Lage auszutauschen.

An jenem Abend im September 1900 jedoch wagte Otto von Gerike ein privates Thema, auch wenn er es politisch verklausulierte:

»Was meinen Sie, lieber Freund, ist die Demographie unserer Gesellschaft abhängig von Bastarden?«

»Was meinen Sie, Otto? Bastarde sind überall. Wir werden sie nicht los. Wir können sie nur einbinden – sie werden ihrer Nutzung entgegengehen. Schauen Sie, lieber Freund, in meinem Solidarismus, er ist noch nicht verifiziert, aber wir haben oft genug über das Prinzip philosophiert, sind die Bastarde diejenigen, die dann einen Nutzen für die Gemeinschaft bilden, wenn sie insofern der Idee folgen, dass sie wissen: Sie werden keinen Durst, keinen Hunger erleiden, sie werden hart arbeiten; dafür aber entlohnt und Zufriedenheit in ihrem Salär erleben!«

»Ja, Rudolf. Da haben Sie sicherlich recht. Aber es gibt Umstände ...!?«

»Nun ...?«

Otto von Gerike fiel es offensichtlich schwer, mit der Sprache rauszukommen.

»Meine Tochter hat ein Kind geboren!«, platzte es aus ihm heraus. »Einen Bastard!«

»Oh ...«, entfuhr es Rudolf Diesel. Seine drei Kinder waren im Jahr 1900 zwischen siebzehn und dreiundzwanzig Jahre alt und generativ noch nicht aktiv, soweit er wusste. Dafür wusste Rudolf Diesel, dass die (einzige) Tochter seines Freundes, Anna von Gerike, bereits 26 Jahre alt, unverheiratet und so etwas wie eine Suffragette war. Als Insider der Familie von Gerike wusste Rudolf Diesel natürlich, dass Anna sich um die Alten und Kranken der Gesellschaft kümmerte – sie nannte das Sozialpflege oder so ähnlich. Diesen Begriff empfand Rudolf Diesel als eher zynisch und seinem Solidarismus entgegengestellt, sagte das aber nicht, um seinen Freund nicht zu verletzen.

»Nun«, begann er, »Anna, Ihre Tochter, ist halt eine ungewöhnliche Persönlichkeit ...!«

»Aber sie ist keine Jungfrau Maria!«, Otto von Gerike war nun sehr aufgebracht, so wie Rudolf Diesel diesen beherrschten Rechtsphilosophen bislang noch nicht erlebt hatte. »Sie hat nicht einmal einen Jesus zur Welt gebracht, sondern eine Tochter, eine Katharina, wie sie es mir mitteilte, eine Katharina, so wie Katharina die Große im großrussischen Reich! Was bildet sich diese Göre nur ein?!«

Rudolf Diesel konnte die Emotionen seines Freundes gut nachvollziehen. Würde eine seiner zwei Töchter ohne gutsituierte Verbindung schwanger werden, würde er sie verstoßen (müssen). Allerdings, gestand er sich heimlich ein, würde sein Sohn einen unehelichen Bastard vorzeigen, wäre er dennoch gern Großvater, denn sein generatives Bedürfnis wurde schon übermächtig, vor allem, weil seine Ehegattin nicht mehr ehedienstbereit war.

»Hätte man nicht ...?«, fragte er sanft, aber das brachte Otto von Gerike erst richtig auf die Palme.

»Ja, lieber Freund, man hätte. Es gibt da ja die eine oder andere Kur, um zu verhindern, was nicht sein darf. Aber meine Tochter, ich weiß gar nicht, ob ich sie noch so nennen kann, hat sich verschnürt, viele Wochen und Monate. Ich jedenfalls habe nichts bemerkt. Und dass meine geliebte Gattin Christina mich jenseitig durch das Herzasthma verlassen hat, kurz bevor Anna das siebzehnte Jahr erreicht hatte, wissen Sie ja. Sie jedenfalls hätte uns vor der Scham bewahrt, die uns nun bevorsteht!«

»Und nun ...?«, fragte Rudolf Diesel vorsichtig, denn ihm waren die naturgegebenen, aristokratischen Hierarchien, auch unter Freunden, durchaus bewusst.

»Und nun, fragen Sie?« Otto von Gerike sackte in sich zusammen. »Ich hatte gehofft, dass Sie eine Antwort kennen. Mit Ihrer Überzeugungskraft müssten Sie doch auch dieses Problem lösen können?! Einen Dieselmotor, der die Menschheit von den Bastarden befreit!«

»Wir werden einen Weg finden, lieber Freund! Es gibt in unserer Welt so viele Menschen, die so funktionieren, wie wir wollen. Sie wissen, dass mein Motor viel Anerkennung gefunden hat. Wir werden nun in die Produktion gehen und versuchen, dem Herrn Ford mit dem Modell-T in Amerika einen Gegenpol zu schaffen. Jetzt habe ich bald die Kapitale, um meinen Solidarismus demographisch umzusetzen. Vielleicht kann ich Ihre Tochter und den Bastard dahin mitnehmen, sie überzeugen vom Guten?! So eine Art ›Gut Heil‹-Stiftung für gestrandete Damen, die ja ihre Tochter Anna ohne Zweifel ist!«

Otto von Gerike hatte dem Idealisten natürlich nicht geglaubt, ja, er hatte in seinen Gedanken beschlossen, ihn nie wieder im Schach gewinnen zu lassen. Da sie sich aber nur zwei-, dreimal im Jahr sahen, war es vielleicht unwesentlich.

Otto von Gerike war voller Hass. Immer war sein Bestreben, dem Volke zu dienen. Dem Volke, das sich anständig in seinen Schranken bewegte. ›Jedem das Seine‹ war immer sein Motto gewesen und dass seine Tochter ihn auslachte, wenn er das sagte, verletzte ihn zutiefst, auch wenn er natürlich keinerlei Gefühlsregungen ihr gegenüber zuließ. Gefühle waren etwas für Frauen und schwache Menschen, nichts für respektable Verantwortungsträger wie er.

Dass er seine Autorität seiner Tochter gegenüber nicht umsetzen konnte, war ganz sicher verursacht durch die nachsichtige Erziehung seiner Frau Christina, als sie noch lebte. Zu der Zeit war er in seiner Arbeit als Professor und Privatdozent der Friedrich-Wilhelm-Universität Berlin so eingespannt, dass er seine Tochter quasi nur zu Geburts- und Feiertagen überhaupt zu Gesicht bekam.

Als Christina dann starb, hatte er eine Gouvernante eingestellt, die sich um seine Tochter zu kümmern hatte. Die erste, die zweite, die dritte hatte er wegen Unfähigkeit kündigen müssen, die vierte und fünfte gaben von sich aus auf. Anna war nicht zu maßregeln.

Otto von Gerike war immer wieder kurz davor, sich selbst, vor allem mit der Phantasie der körperlichen Züchtigung, einzumischen, aber Erziehung schickte sich schließlich nicht für einen anerkannten Professor mit hohem Renommee.

1900 war Anna schließlich sechsundzwanzig Jahre alt und seit dem 1. Januar galt das ›Bürgerliche Gesetzbuch‹ in Deutschland, das Kinder für volljährig erklärte, wenn sie das einundzwanzigste Lebensjahr vollendet hatten. Alle Gouvernanten hatten bis dahin versagt, denn Anna begann mit nämlicher Volljährigkeit an der heutigen Humboldt-Universität (damals Friedrich-Wilhelm-Universität) Berlin zu studieren, die der Vater selbst als sein ureigenes Territorium betrachtete. Dass es schon vor Anna die eine oder andere weibliche Studentin gab, war Otto von Gerike ein Dorn im Auge, aber er hatte das auch in der Kanzlei- und Rektoratsversammlung der Universität nicht verhindern können. Wie gesagt, 1900 war ein Nährboden für Revolutionen.

Otto von Gerike hatte natürlich sofort festgelegt, dass seiner Tochter Anna jegliches Salär gestrichen wurde, als sie sich für Philosophie und Medizin inskribiert hatte. Da hatte er aber ein schlechtes Geschäft vorangetrieben. Seine Tochter machte ihm den Garaus: Sie würde sich vor das Portal der Universität mit einer Büchse und einem Schild setzen, worauf zu lesen war: Verarmte Tochter des Herrn Professors der Rechtswissenschaften Otto von Gerike bittet um eine milde Gabe zur Finanzierung ihres Studiums.

Hätte sie es getan, woran der Vater keine Sekunde zweifelte, wäre seine Reputation ein für alle Mal dahin.

Also gab er sich seinem Schicksal hin. Das wirklich Schlimme an diesen Vorgängen war eben jenes ›Bürgerliche Gesetzbuch‹. Otto von Gerike war vor allem Wirtschaftsrechtler – der Begriff Sozialrecht war ihm immer ein Widerspruch in sich selbst. Seiner Auffassung nach würde das Leben vor allem im Kreislauf von Nahrung und das eine oder andere Genussmittel (für die höheren Milieus Zigarren, Weinbrand, Trüffeln, für die niederen Bier, Schnaps und Kartoffeln) für Zufriedenheit sorgen. Und dafür müsse man Gesetze machen, die es so ermöglichten, dass jedem das Seine zugesprochen werden konnte. Zu denen Deklassierte, wie Zigeuner, Neger oder Muselmanen, jedenfalls nicht gehörten, also zu diesen Zufriedenheitszyklen, denn diese verursachten nur Zwistigkeit und Streit. Dass er selbst als aristokratischer (und nicht praktizierender) Jude zunehmend im wilhelminischen Deutschland genauso kategorisiert wurde, ignorierte er geflissentlich. Und natürlich lagen ihm die neuen technischen Möglichkeiten am Herzen:

Dampfmaschinen, die diese Nahrungsmittel auf Schienen zügig von A nach B transportierten, Maschinen, die sogar selbst Maschinen produzierten, um z.B. Bekleidung, Werkzeuge, Haushalts- und Gartengeräte oder Schiffe, ja sogar Unterseeboote, bald sogar Flugmaschinen herstellen würden. Sein Freund Rudolf Diesel war das beste Beispiel: Seine Erfindung eines Motors hatte der Gesellschaft nicht nur ein Fortbewegungsprojekt geschaffen, sondern auch vielen, vielen Menschen redliche Arbeit! Diesen ›Solidarismus‹ seines Freundes tat er als kleine Spinnerei ab. Er blieb ihm gegenüber dennoch immer konziliant, auch wenn dieser hin und wieder seine Tochter Anna doch zu sehr in Schutz nahm. Aber das tat er natürlich aus Respekt vor dem Professor und war daher tolerabel.

Seine Tochter hingegen immatrikulierte u.a. in eben jener sozialmedizinischen Wissenschaft mit Nebenfach Pathologie des Menschen und legte das Bürgerliche Gesetzbuch derart großzügig aus, dass sie daraus eine eigene Fakultät erwirken wollte: Die Pflege von Menschen, die nicht mehr allein im Familienkreis betreut werden konnten, eine ›medizinische Pflegefakultät‹.

Da hatte sie natürlich nicht mit den Möglichkeiten ihres Vaters gerechnet. Auch wenn im Jahr 1903 seine Tochter eine Summa-cum-laude-Promotion in Pathologie abgelegt hatte, verhinderte er die Einrichtung eines entsprechenden Fachgebietes. Schließlich gehörte er selbst zur Magnifizenz und pflegte privaten Kontakt mit dem Dekan, auch wenn sie nicht gerade befreundet waren – jener war kein Freimaurer wie er. Otto von Gerike gehörte der Großloge ›Urania zur Unsterblichkeit‹ an, und obwohl selbst als Jude geboren, teilte er rückhaltlos auch deren rassehygienische Prämissen, denn um die Jahrhundertwende gab es noch ›gute‹ Juden, nämlich ab ein bestimmtes Renommee z.B. von einer adligen Abstammung her, als Beamter oder Wissenschaftler, und schlechte Juden, vor allem diejenigen, die das Bank- und Wechselgeschäft beherrschten.

Dass seine Tochter Anna achtzehn Jahre später dann ein solches, außerakademisches Seminar für Kranken- und Altenpflegekräfte gründete – und er selbst sogar mitfinanzieren musste (Anna hatte diverse Erpressungsszenarien für ihren Vater parat), schürte den Hass gegen seine Tochter ins Unermessliche.

Aber nun, als sie ihm eine Enkelin präsentierte, eine Katharina, die er nicht haben wollte, versank er in rat- und rastlose Lethargie.

»Lieber Freund«, holte ihn Rudolf Diesel wieder aus den Grübeleien. »Ihre Tochter Anna ist doch agile Aktivistin. Vielleicht sollten Sie ihr die Last der Betreuung ihrer Tochter hin und wieder abnehmen ...«

»Sind Sie verrückt? ...« Im gleichen Moment bemerkte er seine Unpässlichkeit. »Entschuldigung, lieber Freund, aber das ist doch ..., wie soll ich sagen, widersinnig. Ich bin doch keine Gouvernante!«

»Nein, sicherlich nicht ...« Rudolf Diesel lächelte. »Auch ich entschuldige mich, lieber Otto. Vielleicht habe ich Sie etwas überrumpelt. Ich meine aber, dass Erziehung doch etwas Wichtigeres ist, als Sie anzunehmen scheinen – und ganz bestimmt nicht allein in den Händen von Gouvernanten oder gar, wie man neuerdings sagt, Sozialpädagogen sein sollte! Erziehung ist die Hinführung eines Kindes in die Gesellschaft, die es verdient! Auch wir sind schließlich entsprechend geschult worden – und anders als Ihre Tochter hatten wir offenbar befähigtere Gouvernanten und Lehrer als sie. Andernfalls wären wir nicht das, was wir sind!«

»Ja nun, bester Rudolf«, schmunzelte nun auch Otto von Gerike. »Und ich soll nun, sagen wir einmal, wenn denn nicht Gouvernante, dann eben Lehrer werden?«

»Ganz genau! Denn wären Sie der Lehrer Ihrer Tochter gewesen, müssten Sie heute diese Schmach nicht erleben!«

Nachdem er seinen Freund durch den Korridor zur Droschke brachte (die Dieselfahrzeuge des Erfinders gab es in Berlin noch nicht), war er ihm durchaus dankbar. So sehr, dass er sich verpflichtete, ihn auch beim nächsten Treffen im Schachspiel einmal gewinnen zu lassen.

Selbstredend hatte Otto von Gerike nicht vor, Lehrer seiner Enkelin zu werden, aber Rudolf Diesel hatte in ihm eine Idee gepflanzt, die eher mit seiner Tochter zu tun hatte, als mit diesem Bastard Katharina. Denn Anna war durchaus nicht unangreifbar – und Otto von Gerike wusste, wie er seine Tochter wenn auch nicht bändigen, aber zutiefst treffen konnte.

Kapitel 2

2018 – Rabea von Gerike

Da hatte ich den Salat!

Tja, was sollte ich damit nun anfangen, fragte ich mich. Meiner Trauer half es erst einmal nicht und ich verweigerte mich weiterzulesen, schließlich lagen einige tausend, dreißig-, vielleicht vierzigtausend Seiten, wie ich nach der ersten Durchsicht der Kiste voller Aktenordner und zwölf CDs und vier USB-Sticks schätzte, vor mir – viele sogar handschriftlich, Sütterlin, einige mit altertümlichen Schreibmaschinen geschrieben, immerhin ein Drittel von meiner Mutter in den letzten Jahren digitalisiert. Sie war Frührentnerin und hatte Zeit, wenn auch mit Schmerzen einer fortschreitenden multiplen Sklerose. Kein Wunder, dass Hedwig nicht alles gelesen hatte.

Ich wusste natürlich, was meine Mutter mit den Generationen meinte. Sie hat es mir viel zu häufig, mit einem machohaft-femininen Stolz erzählt: Ich bin ihre uneheliche Tochter Rabea von Gerike, geboren 1980, jetzt, 2018 achtunddreißig Jahre alt. Das ist an sich nicht ungewöhnlich. Ein wenig, aber wirklich, jedenfalls für die heutige Zeit, nur ein wenig ungewöhnlich ist unser Genogramm. Eine (fast uneheliche) Einzeltochter folgt der anderen, was natürlich biologisch so nicht zu funktionieren scheint, rein generativ:

Meine Mutter Hedwig wurde 1945 geboren, ihre Mutter hieß Magda Meyerherm. Magda war achtzehn Jahre alt (geb.: 24. April 1927) als Hedwig geboren wurde, die von ihrem Geliebten gezeugt wurde, der im Jahre 1944 drei Fronturlaube vom Frankreichfeldzug offensichtlich dazu genutzt hatte, Hedwig zu zeugen. Magda hatte den Nachnamen jenes Knut nicht nur nicht überliefert, sondern die Nachkriegssituation benutzt, um den Namen ihrer Großmutter anzunehmen: von Gerike. Meine Mutter Hedwig vermutete immer, dass der Vater von Magda, also mein Ur-Großvater Alfons Meyer-herm, nicht nur ein ziemliches Nazischwein gewesen sei, sondern seine Tochter auch sexuell missbraucht hatte. Dessen Frau und Mutter von Magda war Katharina von Gerike/Meyerherm (geb.: 13. September 1900) – auch sie hatte kein gutes Renommee bei ihrer Tochter, wahrscheinlich, weil sie die sexuellen und gewalttätigen Eskapaden ihres Mannes gegenüber ihrer Tochter (und wem sonst noch?) geduldet und gedeckt hatte.

Es lag daher nahe, den Namen meiner Ur-Ur-Großmutter anzuneh-men, denn diese war nicht nur eine Koryphäe der Frauenbewegung, sondern die (wahrscheinlich) erste Frau, die selbstbewusst alleiner-ziehende Mutter war, ohne den Namen des Vaters von Katharina jemals preisgegeben zu haben. Das lag natürlich auch daran, dass sie nicht nur Begründerin einer Pflege- und Hilfseinrichtung war, sondern auch diverse Fachbücher schrieb, jedenfalls bevor das Na-ziregime alles zunichtemachte, die die heutigen Mindeststandards der Kranken- und Altenpflege begründen.

Anna von Gerike, meine Ur-Ur-Großmutter, Tochter des Rechts-philosophen Otto von Gerike, soll nun also, durch das Vermächt-nis meiner Mutter, Hedwig von Gerike, eine Mörderin sein. Keine Massenmörderin, wie die Nazis, aber eine Serienmörderin, wie mir meine Mutter posthum mitteilte, warum auch immer.

Um wirklich dahinterzukommen, musste ich nicht nur den Brief, das Vermächtnis meiner Mutter, zu Ende lesen, sondern auch alle anderen Dokumente.

Wollte ich das?

Jedenfalls gab es keine Tochter, der ich das Vermächtnis zur End-lesung vorlegen konnte. Eine Tochter zu zeugen, um die Verantwor-tung dieser Lesung weiterzureichen, war auch nicht die wirkliche Lösung. Obwohl nicht von sich zu weisen, wenn man den geeigne-ten Partner dazu parat hatte. Den ich nicht hatte, nicht mehr. Aber vielleicht hatte ich ihn auch niemals. Die Männer, die mir geboten waren, waren nur die der Wirklichkeit, meiner einen und eigenen

Wirklichkeit. Sie kamen, ein ums andere Mal, und sie gingen, ein ums andere Mal.

Den Mann, den ich gern, vielleicht geliebt, mit ihm eine Tochter gehabt hätte, habe ich sechsmal gesehen. Aber immerhin sechs Mal. Warum, weiß ich nicht. Nur einmal habe ich mit ihm gesprochen, kurz, sehr kurz. Ich habe ›Hallo‹ gesagt, er ebenso – und das wirklich Blöde daran war, dass ich nicht allein war. Ich hatte einen Mann dabei, der mir nichts bedeutete. Und dann kam er, ebenfalls mit einer Frau (die ihm hoffentlich auch nichts bedeutete, aber das ist Wunschdenken) – und wir sagten ›Hallo‹, als würden wir uns seit Jahren kennen. Eigentlich war das auch der Fall, denn die fünf anderen Begegnungen fanden in vier Jahren statt. Ich wusste, wo er wohnte, zufällig. Eine der sechs Begegnungen fand statt, als ich eine kleine Straße entlangschlenderte (ich war auf dem Weg zum Wochenmarkt), als er auf einem Balkon im Erdgeschoss eines Mehrfamilienhauses auftauchte. Er goss seinen Blumenkasten, in dem sich eher Kräuter als Blumen befanden. Er sah mich und lächelte mir zu. Das waren große Worte!

Aber ich Idiotin antwortete nicht. Ich war einfach überrascht. Er hatte mich überrumpelt. Ich ging weiter, lächelte keineswegs, sondern dachte darüber nach, wie ich dieses Lächeln für immer einfangen könnte. Ich tat es. Und dann traf ich ihn in vier Jahren immer wieder; na ja, immer ist natürlich übertrieben, auch nach dem sechsten Mal.

Jedenfalls war dieser Mann der einzige, dem ich jemals nachtrauerte. Alle anderen Männer, die mir begegnet, die in mich eingedrungen waren, hatten nichts hinterlassen als nur ein banales Eindringen. Gut, gut! Hatte auch mal Spaß gemacht, hatte auch mit Lust zu tun, aber meist dachte ich an den Sechsmalmann, der den erotischen Kick beförderte. Alles andere war nur Sex.

Noch immer würde ich ihn treffen wollen. Hab' hin und wieder von ihm in den Lokalzeitungen gelesen. Er ist kein großer Politiker, kein Wirtschaftsboss oder so, nein, er taucht nur am Rande auf. Mal hier, mal dort. Meist bei kulturellen Veranstaltungen oder sozialen Projekten, nicht als Mäzen oder Künstler, sondern eher als Macher im Hintergrund. Ein bisschen graue Eminenz. Aber das ist er schließlich ja auch bei mir. Ich glaube nicht, dass er sich an mich erinnert, oder ich irgendwie für ihn gegenwärtig bin oder war. Aber doch, in meinen Träumen, auch Tagträumen ist er real – so real, dass ich mir sicher bin, dass auch ich für ihn real bin. Wir finden nur einfach nicht zueinander. Jedenfalls bisher nicht.

Aber ich schweife ab, jedenfalls ein wenig, denn es geht um die Tochter, die ich nicht habe. Eine Tochter, die ich nur von ihm haben würde wollen. ›Haben würde wollen‹ – ›Wollen würde haben‹!?

Meine Mutter hatte jedenfalls diverse ›Habenwollen-Männer‹ – sie war ständig verliebt, sie hatte keinen Konjunktiv zugelassen. Ich jedenfalls bin also ein Liebeskind. Ich muss gestehen, ich war noch niemals verliebt (wenn man von diesem Sechsmalmann absieht), oder vielleicht in der Grundschule in Max, Hans oder Helmut. Aber im wirklichen Leben war eine Tochter ausschließlich vorgesehen für diesen Sechsmalmann.

Auch wenn es Männer gab, ja, es gibt sie sogar noch, also einen oder zwei, die gern diese Tochter mit mir hätten. Aber ich habe sie immer entfruchtet und tue es heute auch noch. Jedenfalls solange, bis ich den Sechs..., ihr wisst schon.

Ich glaube, vor allem jetzt, als ich das Vermächtnis meiner Mutter, jedenfalls das erste Anschreiben, und die Dokumente meiner Urahnen sichte, dass diese meine unfruchtbare Promiskuität genetisch beherrscht, und eben manchmal unbeherrscht ist.

Alle meine (Ur-)Mütter taten es mir gleich, muss ich heute vermuten – nur, keine hatte die Möglichkeit der Schwangerschaftsverhütung wie ich heute. Die Frage ist, wie haben sie es getan, gesteuert? Warum haben alle nur eine einzige, kleine Tochter bekommen?

Otto von Gerike, das habe ich gelesen, hatte nicht einmal bemerkt, dass seine Tochter schwanger war. Anna von Gerike hatte sich verschnürt. Hatten sich alle verschnürt, oder hatten sie, ja was?

Gab es in der Vergangenheit ein Frauengeheimnis, das wir heute nicht mehr kennen?

Ja, das gab es ganz sicher! Aborte, wie es damals hieß, waren in den höheren, aristokratischen und royal beamteten Gesellschaftskreisen (fast) an der Tagesordnung, allerdings mit brachialen Methoden! Sehr blutig, sehr schmerzhaft, sehr giftig – Hexen (gute Hexen) kannten dieses Handwerk, auch wenn niemand darüber sprach. Die Hexenverbrennungen waren (mehr oder weniger) vorbei.

Eine Tochter – und Schluss! Never mind!

Wenn der Sechsermann kommt, vielleicht, aber warum nicht die Tradition brechen, eine zweite, eine dritte Tochter, ein, zwei, drei Söhne vielleicht??!

Meine Fantasie ging mit mir durch.

Ich muss die Papiere sichten!

Ich muss wissen, was mein Nest mir da für Eier zum Brüten aufgebürdet hat!

Kapitel 3

1920 – Der Anarchist

(Zusammenfassung der Ereignisse aus den Archiven des Klosters Neuenwalde, Block B3, Register 4, Seiten 1–420)

Alexandra Helena Alexejewitsch Fjodorow ärgerte sich vor allem immer darüber, dass in ihrem Pass der Vorname ihres Vaters ›Alexejewitsch‹ stand. Sie hasste ihren Vater! Und niemand nannte sie natürlich ›Alexejewitsch‹ und auch eine Alexandra würde sie sich verbeten. Sie war nichts anderes als Helena, genau wie ihre Großmutter geheißen hatte.

Fjodorow war ein bekannter russischer Anarchist! In den wenigen Schriften, die sie von ihm kannte, präsentierte er sich als Verfechter einer gewalt- und herrschaftsfreien Gesellschaft. Er selbst bezeichnete sich als anarchistischen Kommunisten, wurde aber wegen seiner Ablehnung jeglicher gewaltdominierten Revolution und seiner pazifistischen Grundeinstellung Gegner von Marx, Engels, Trotzki und Lenin. Schon zuvor aus dem romanowschen Zarenregime nach London und in die Schweiz geflohen, musste er 1917 erneut, diesmal nach Berlin flüchten, um sich dann 1919, nun schon siebenundsiebzigjährig, endgültig in der Schweiz niederzulassen.

Helena hatte ihn, entgegen seiner Schriften, als nichts anderes, denn als Gewaltmensch erlebt, jedenfalls ihrer Mutter und manchmal auch ihr selbst gegenüber.

Diese permanenten Widersprüche ihres Vaters machten Helena geradezu kirre – sie erlebte ständige Beziehungsfallen, würde man heute sagen!

Eigentlich, und was seine Schriften ja auch dokumentierten, musste auch Helena eingestehen, hatte ihr Vater ein Schicksal erlitten, das mehr als ambivalent war: Wegen seiner anarchistischen

Umtriebe in Moskau war er vom Zarenregime 1862 als junger Mann nach Sibirien verbannt worden, obwohl (oder weil) sein Vater der zaristisch orientierte Fürst Alexej Petrowitsch Fjodorow war. 1867 kam er wieder frei, weil eben jener Vater beim Zaren erfolgreich insistiert hatte. Nach dem Tod des Vaters 1872 erbte Alexejewitsch Fjodorow, nun dreißigjährig, mit Hass und Liebe im Herzen, ein erhebliches Vermögen, das er auf heimlichen Wegen in die Schweiz transferieren ließ. Die Chargen von Zar Nikolaus II. hatten natürlich nicht nur das (jedenfalls zu einem Teil und ohne es rückgängig machen zu können) ermittelt, sondern natürlich auch, dass der nun etwas ältere Fjodorow seine anarchistische Agitation nicht im Geringsten eingeschränkt hatte. Er wurde wiederum in Haft genommen, diesmal in St. Petersburg. Durch Helfershelfer im Untergrund konnte er von dort 1876 nach London fliehen.

London hatte er sich als Exil ausgesucht, um Karl Marx zu treffen, der 1867 ›Das Kapital‹ herausgebracht hatte. Die Geschichtsbücher dokumentieren einige Treffen der beiden, aber keine konkreten Diskussionsergebnisse.

Fest steht, dass sich Fjodorow dann in die Schweiz absetzte, ohne weiteren Kontakt mit Karl Marx, der 1883 in London starb. Man muss daher davon ausgehen, dass sich die beiden Männer entweder persönlich nicht gut verstanden oder ihre Philosophien, trotz deren Ähnlichkeit, dennoch nicht kompatibel waren.

Helena wusste warum: Ihr Vater flüchtete zu seinem Kapital – zu seinem Vermögen, das er in der Schweiz deponiert und gesichert hatte. Das konnte allerdings nicht Gegenstand der Zwistigkeiten mit Karl Marx sein; dieser hatte schließlich keinerlei Bedenken, das Vermögen seines Freundes Friedrich Engels für seine Zwecke zu akquirieren.

In Wahrheit war er nicht nur vor dem großen Vordenker geflohen, sondern auch vor jenen geistigen Nachkommen von Karl Marx, vor allem Lenin und Trotzki. Ob Lenin oder Trotzki das auch so sahen, wusste Helena nicht, war sich aber ganz sicher, dass ihr Vater der eigentliche Wegbereiter für die bolschewistische Usurpation Stalins war, nachdem Lenin gestorben und Trotzki sich in die Türkei abgesetzt hatte.

Alexander Piotr Alexejewitsch Fjodorow (APAF wie ihn Helena ganz und gar nicht liebevoll nannte) spielte ein doppeltes Spiel: In seinen Schriften propagierte er eine gewalt- und herrschaftsfreie Gesellschaft. Er war lange Zeit enger Freund von Trotzki und diskutierte mit Lenin in der Schweiz über den wahren Kommunismus. Auch wenn sich gerade in diesen Punkten ihre Meinungen weit voneinander entfernten. Fjodorow hatte 1914 seine Flucht vor dem Zarenreich beendet und kehrte nach Russland zurück, versprach Brot und Wodka, nachdem er es von anderen genommen hatte.

Helena wurde im Jahr 1900 geboren. Da war ihr Vater berühmt, oder sollte man besser sagen berüchtigt. Er hatte Russland verlassen müssen, weil die Romanows, das Zarengeschlecht seit Peter dem Großen, ihm mit der Todesstrafe drohten, würde er weiterhin seine anarchistischen Thesen veröffentlichen.

Er war froh, als er Verleger für seine Schriften erst in England, dann in der Schweiz fand.

Zum Erbe seines Vaters gehörte eine Villa in Berlin-Lichtenberg, die Fürst Alexej Petrowitsch Fjodorow als Konsul des Zaren Alexander II. geschenkt bekommen und dann natürlich auch seinem Sohn vererbt hatte. Die Berliner Behörden verweigerten dem Zarenregime die Eigentumsrückführung, weil es eben jenen Erben leibhaftig gab, dessen Vater als Alleineigentümer im Grundbuch des Amtsgerichts Lichtenberg eingetragen war.

In Berlin sah man ihn niemals offiziell, zeugte aber auf wundersame Weise in dieser Stadt eine Tochter: Helena (Alexandra Helena Alexejewitsch Fjodorow). Damit war Helena Tochter einer alleinerziehenden Mutter, allerdings unter Umständen, die man als prekär bezeichnen muss. Das Haus, in dem sie in Lichtenberg lebte und aufgewachsen war, gehörte zwar ihrem Vater, nicht aber ihrer Mutter. Jedenfalls bis 1921. Erst mit dem Tod des Vaters konnte Helena ihr Erbe antreten.

Es war der zweite Mord der Sechsergemeinschaft am 1. Februar 1921 – und zwar durchaus auch aus materiellen Gründen.

Fjodorow hatte zu seiner Tochter gestanden, als Vater, denn sie war sein einziges Kind. Er hatte seine schwangere Haushälterin sofort geehelicht, um ihr eine sichere Existenz zu gewährleisten, anderes wäre, wenn bekannt geworden, seinem sozialistischen Image nicht zuträglich gewesen. Seine Verleger in der Schweiz hätten ihn aus den Verträgen entlassen, musste er befürchten. Ungeachtet dessen hatte er Frau und Tochter ständig schikaniert, die in seiner Abwesenheit, 330 Tage im Jahr, das Anwesen sauber und ordentlich hielten.

Im damaligen Berlin war der behördliche Akt, ein Kind im Standesamt anzumelden, relativ einfach und vor allem sehr anonym, wenn man Geld hatte: Der Frauenarzt hatte eine Entbindung bescheinigt (gut bezahlt), Mutter und Vater traten im Standesamt mit ihren Pässen auf. Es wurde ein Familienbuch erstellt, mit einem entsprechenden Betrag in Reichsmark – (eine Reichsmark entsprach 1900 einem Einkaufswert etwa 6,70 € im Jahr 2000) – Edelausgabe, schließlich war der Vater ein russischer Fürst, aber ohne Weitergabe an die Presse oder sonst jemanden (was dann am teuersten war).

Die Motive von Alexejewitsch Fjodorow schienen edel: In den Geschichtsbüchern wollte er mit seinen humanistischen Ideen in Einklang stehen und natürlich auch der Tochter seiner Hauswirtschafterin zu einer sozialen Identität verhelfen.

Dokumentiert ist, er sei in Moskau gestorben, Wikipedia spiegelt allerdings nicht immer die Wirklichkeit oder gar die Wahrheit wider:

Anna von Gerike hat Fjodorow 1921 nach Berlin eingeladen, inoffiziell, um ihn als Schirmherrn für ihr neues Kranken- und Altenpflegeseminar zu benennen, tatsächlich aber, um ihn von seiner Tochter töten zu lassen.

Er kam mit der Eisenbahn ins wilhelminische Deutschland natürlich inkognito, und Helena vermutete, dass er sich seine Immobilie in Berlin, die er nur hin und wieder, ebenfalls inkognito besichtigte (und dabei Frau und Tochter schikanierte), nun endgültig einverleiben wollte. Anna von Gerikes Einladung war offenbar eine hervorragende Gelegenheit.

Helenas Mutter, die Fjodorow geschwängert hatte, war nichts anderes als eine seiner anarchistischen Probandinnen. Sie lebte kostenfrei mit ihrer Tochter in der Villa und bekam sogar ein kleines Honorar. Alexejewitsch Fjodorow durfte seine Villa behalten, nachdem er einen Deal mit dem wilhelminischen Geheimdienst gemacht hatte: Er würde 1914 nach Russland zurückkehren und alle, wirklich alle Informationen über die russische Revolution, Lenin, Trotzki, Engels und anderen Führern englischen Mittelsmännern in Moskau und Petersburg übermitteln. Dafür erhielt er die Villa als späteren Alterssitz im gesicherten Berlin zugesprochen und den Erhalt seiner Goldbarren und Devisen in der Schweiz, von denen der deutsche Geheimdienst allerdings nichts wusste, anders als der zaristische seinerzeit.

Fjodorow war ein Geschäftsmann!

Schon vor 1914 hatte er sich das Anwesen erobert und sich regelmäßig aus London oder Basel nach Berlin, selbstverständlich immer unter falscher Identität, eingefunden. Es gab eine kleine Apanage, von der Mutter und Tochter lebten, dafür aber das Haus in Ordnung hielten. Für die Außenanlage hatte der Eigentümer eine Gärtnerei engagiert, die das fünfzehntausend Quadratmeter große Grundstück in Ordnung hielt. Vor allem die Tatsache, dass der Anarchist Fjodorow seiner ehelichen Tochter, was natürlich auch Charisma eines Anarchisten war, seinen Namen gegeben hatte, war ausschlaggebend dafür, dass Helena auftrumpfen konnte: Namen machen Leute, nicht Kleider!, hatte sie gedacht – und sich mit ihrem Namen beschäftigt. Mit ihrem Genogramm, natürlich vorrangig mit ihrem Vater, aber auch mit ihrer Großmutter Helena – und war ihm auf die Schliche gekommen.

So sehr, dass es bei ihrer ersten ›Redekursitzung‹ mit ihrer Lehrerin Anna von Gerike im Kranken- und Altenpflegeseminar quasi aus ihr herausplatzte. Alle verdrängten, aber immer wieder gedachten Gedanken wollten, mussten heraus.

Als Helena neunzehn Jahre alt war, hatte sie gehofft, etwas Besseres als nur Putzfrau eines verlogenen Vaters zu sein. Sie funktionierte, weil ihre Mutter funktionierte, die aber kaum mehr ansprechbar war. Sie bekam den Tunnelblick, später nicht einmal das. Heute würde man von Demenz sprechen.

Helena strebte es zur Universität, aber schulisch hatte sie nicht den Abschluss, der sie dafür berechtigte. Außerdem hatte sie kein Geld, jedenfalls solange der anarchistische Vater noch lebte und sie mit einer eher kurzen, wenn auch existenzsichernden Apanage bediente. Helena wusste nicht, ob APAF noch weitere Kinder hatte, aber sie sehnte sich nicht nach Geschwistern, sondern nach Erkenntnis.

Sie las dann in der Berliner Zeitung, dass eine gewisse Anna von Gerike ein Pflegeseminar eröffnet hatte, in dem Schüler und auch Schülerinnen kostenfrei über Pflege und Versorgung alter und kranker Menschen gelehrt werden würde. Vor allem wegen ihrer Mutter, die sich zunehmend in Dämmerzuständen befand, und Helena an ihre pflegerischen Grenzen stieß, motivierte sie, sich hiermit näher zu beschäftigen.

Nach ihrer Bewerbung wurde sie im Oktober 1919 in Annas Seminar inskribiert und bald wurde ihr klar, was Menschen helfen würde, wenn man ihnen nicht den Blinddarm oder vereiterte Wundmale herausschnitt: Die Redekunst war bis dato vernachlässigt, auch gerade für Menschen, die geistig verwirrt waren!

Anna von Gerike, die Leiterin des Seminarhauses, in dem sich anfangs fünf Junioren im ersten Semester einfanden, jedenfalls war davon überzeugt, dass das Aussprechen von Vorgängen des eigenen Seins dazu führen würde, dass diese Vorgänge kontrollierbar sein würden. Und Probleme lösen, im Wortsinn, lösen könnten, gleichbedeutend mit loslösen, entkrampfen, zumindest Linderung bringen.

Ähnlich wie die Beichte im Katholizismus, aber natürlich wert-, glaubens- und gottfrei.

Achtsame Pflege, hatte Anna von Gerike gesagt, ist eben jenes, was mit Hören, Zuhören zu tun hat und natürlich auch mit dem Gesagten, mit der ›Redekur‹, wie sie es nannte. »Haben wir es ausgesprochen, haben wir eine Bedeutung geschaffen. Dann wissen wir, worum es geht! Dann können wir unsere Gefühle einschätzen, wenn wir z.B. weinen, oder Bauchschmerzen bekommen. Aber wir können dann auch überlegen, wie wir damit umgehen. Weinen nützt natürlich, denn sonst könnten wir es ja nicht! Aber wir könnten auch überlegen, was es für Folgen gibt, wenn wir das ausgesprochen haben, was wir bislang nur gedacht oder gefühlt haben!«

Und dann hat Helena geweint!

Diese Geschichte, dieser Vater von Anna von Gerike, nein, das durfte nicht wahr sein!

Anna von Gerike hatte ihren ersten drei Schülerinnen und zwei Schülern Alfred Dühring, Katarina Zurmühl, Maximilian Bahrlow, Janina Smirnow und natürlich Helena Fjodorow sich selbst als Forschungsobjekt preisgegeben.

So etwas, was nicht nur Helena noch nie zuvor erlebt hatte: Ein Mensch, der sich entblößte, fast vollständig! Und das, ohne seine, also ihre Autorität dabei zu verlieren!

Selbstverständlich hatten sie die drei Monate zuvor die Struktur, die Fachlichkeit des Redens bedacht und erörtert. Es war natürlich nur ein kleiner Teil der Ausbildung. Hauptlehre war selbstverständlich der Umgang mit Klistier, Spritzen, Stethoskop, Oroskop, Ophtalmoskosp, das Lagern von Patienten, Stuhlgang, Waschungen, Gase,

Blutstillung und so weiter. Aber Anna hatte ihnen klargemacht, dass das Wort, so wie Sokrates es verstanden hatte, nicht nur etwas mit Mitteilen zu tun habe. Das Wort sei auch Gefühl – Liebe etwa, Hass, Worte, die ja Gefühle ausdrückten – und vor allem habe es Heilkräfte, die man, neben der körperlichen Pflege, nicht vernachlässigen dürfe.

Wir, uns, Gemeinschaft, Ehe, Gesellschaft – alles Begriffe, die nicht nur Worte sind, um etwas zu beschreiben, sondern auch, um das Empfinden auszudrücken.

Und drei Monate später sagte sie:

»Ich werde euch nun meinen Hass beschreiben! Bereitet euch darauf vor: Jeder wird seine Gefühle in einer Redekur preisgeben, oder dieses Seminar verlassen müssen!«

Kapitel 4

1920 – Der Basisfaschist

(Zusammenfassung der Ereignisse aus den Archiven des Klosters Neuenwalde, Block B3, Register 5, Seiten 122–744)

Alfred Dühring musste als Zweiter auf dem ›heißen Stuhl‹ der ›Redekur‹ keine komplizierte Wirklichkeit beschreiben, um sein Trauma zu offenbaren: Sein Vater hieß Karl Otto Dühring – und anders als Fjodorow, war er allen SeminarteilnehmerInnen bekannt: Ein Faschist, der von sich und der ›Bewegung‹ nicht erst 1921 reden machte. Deshalb hatte sich Alfred auch freiwillig als Nächster bei der Seelensprachübung, wie Anna von Gerike ihre ›Redekur‹ auch nannte, gemeldet.

Karl Otto Dühring hatte noch in den späten Jahren einen Sohn gezeugt; 1900 war er bereits siebenundsechzig Jahre alt, als Alfred geboren und seine Mutter im Wochenbett verstarb. Es war bereits die vierte Ehefrau, die Karl Otto Dühring überlebt hatte. Nicht alle anderen waren im Wochenbett verstorben – man munkelte, aber mehr auch nicht. Karl Otto Dühring fackelte nicht lange und nahm sich die fünfte Ehefrau, die seinen neugeborenen Sohn Alfred und dessen neun Geschwister, merkwürdigerweise ausschließlich Jungen, einige nach dem neuen BGB bereits volljährig, versorgen musste.

Wohlgemerkt ›versorgen‹, denn die Erziehung seiner männlichen Sprösslinge, und er war stolz darauf, nein, er zollte es seiner Männlichkeit, dass kein schwaches Weib zu seinen Epigonen gehörte, übernahm er selbst.

In der Pubertät bemerkte Alfred, Karl Otto Dührings letzter Sohn, denn mehr gelang ihm nicht, dass die Erziehung, die sein Vater bot, als solche eigentlich nicht zu bezeichnen war: Es war Drill, Dressur.

Es machte durchaus Spaß, jedenfalls seinen Brüdern, die für ihren Vater durch ›dick und dünn‹ gingen! Sie waren eine Truppe, keine Gruppe, nein eine Truppe. Sie lernten schon sehr früh das Paradieren, Strammstehen, Stechschritt und vor allem das Gehorchen, und nicht zuletzt das Bettenmachen.

Kein Sohn bekam Frühstück, wenn nicht das Bett – und es gab zwei Schlafräume im Haus des Vaters mit jeweils einem Dreier- und einem Zweier-Etagenbett, hierarchisch von oben nach unten eingeteilt – akkurat, auf den Zentimeter genau bereitet war. Alfred lag natürlich oben in einem der Dreieretagenbetten, schließlich war er nicht nur der letzte der Sippschaft, sondern er galt auch immer als weich, war das Mädchen, hatte keine richtige Form.

Aber als Jüngster hatte er natürlich auch Schutzstatus – alle Brüder hätten ihr Leben gegeben, um Alfred vor was immer auch für Gefahren zu beschützen. Aber das taten die neun Brüder natürlich auch für das Vaterland, für die Ehre, für den Vater!

Alle waren stark! Vater hatte sie gemeißelt – nicht nur mit Zuckerbrot und Peitsche (wörtlich gemeint), sondern vor allem mit, heute würde man sagen Erlebnispädagogik mit Survivalanteilen.

Karl Otto Dühring praktizierte z.B. täglich so etwas wie Triathlon. Alle Jungs mussten laufen, Fahrrad fahren und schwimmen. Sie mussten boxen, turnen und, ja tatsächlich, Schach spielen. Sie sollten Krieg führen, taktischen Krieg, um zu lernen, wie sie gegen die Kommunisten, die Bolschewiken gewinnen könnten. Karl Otto Dühring hasste Karl Marx und Konsorten, aber er hasste auch die Zarenclique. Nicht, dass er dagegen war, dass ein starker Mann die Geschicke eines Volkes lenkte, schließlich tat er es auch selbst, sondern er missbilligte die Verweichlichung der Aristokratie, wahrscheinlich durch Inzucht erzeugt.

Für Karl Otto Dühring zählte das rassische Ideal von deutschen, vor allem deutschen (oder vielleicht englischen, schwedischen, norwegischen, dänischen) Männern mit möglichst vielen Frauen eben jener Abstammung. Notfalls eben auch, wenn diese nicht wollten.

Zwei seiner Söhne waren daher wegen Vergewaltigung verurteilt worden. Sie hatten Bewährungsstrafen erhalten, weil sie völkische, keine perversen Motive hatten, befanden die Richter.

Vor allem sollten sie sich nicht erwischen lassen, war der einzige Kommentar des Vaters. Geschicklichkeit war der Haupttenor! Wer geschickt ist, kann und darf alles, was ihm gefällt.

Alfred war alles andere als geschickt. Er war ein Tollpatsch. Mit zwölf war er immer noch so groß wie seine Brüder mit sieben Jahren. Er wollte einfach nicht wachsen.

Erst mit fünfzehn, sechzehn schoss er plötzlich in die Höhe – und zwar so sehr, dass er seine neun Brüder bei weitem übertraf. 1915 waren Menschen über zwei Metern eine Seltenheit – und Alfred gehörte dazu, als er siebzehn Jahre alt wurde.

Vater hatte tatsächlich ein Einsehen: Alfred durfte das obere Bett verlassen und bekam ein eigenes, etagenfrei und groß genug für ihn, jedoch im Keller.

Das focht Alfred nicht an, im Gegenteil!

Da er viel zu schlaksig war, um bei den paramilitärischen Übungen des Vaters konstruktiv mitzuwirken, ließ man ihn zwar nicht allein, aber einen Sonderstatus: Alfred liebte es, zu kochen, was seine Stiefmutter, also die fünfte Frau seines Vaters nicht nur nicht beherrschte, sondern wenn, dann schlecht.

Alfred bekam Anerkennung, weil seine Erbsensuppe wie Erbsensuppe (mit Eisbein) schmeckte und seine Kartoffelpuffer mit Apfelmus ein Gedicht waren.

Als dann Karl Otto Dührings fünfte Ehefrau verstarb, alle anderen Söhne in die SA eines gewissen Herrn Röhm (mit Kasernierung) eingetreten waren, was Karl Otto Dühring selbst initiiert hatte, bekam Alfred im Jahr 1919 eine gewisse Vormachtstellung im Hause Dühring: Er schmiss den Haushalt seines Vaters und der Söhne, die sporadisch am Wochenende die kulinarischen Genüsse des jüngsten Bruders zu sich nahmen (denn bei der SA gab es meist nur Matschepampe).

So erhielt Alfred sogar die Genehmigung des Vaters, sich am Kranken- und Altenpflegeseminar jener Anna von Gerike inskribieren zu lassen. Karl Otto Dühring hatte, natürlich ohne seine Söhne darüber in Kenntnis zu setzen, bemerkt, dass seine Kräfte, er war immerhin schon über achtzig Jahre alt geworden, langsam schwanden. Ein kenntnisreicher Seniorenpfleger in der eigenen (schließlich ausschließlich männlichen) Familie war daher durchaus als Gewinn anzusehen.

Zudem wusste er eben auch, dass sein jüngster Sohn nun auf 2,04 m angewachsener schlaksiger Sohn kaum Aussichten auf eine militaristische Karriere hatte.

Bedingung war selbstredend, dass er weiterhin den Haushalt führen würde, was Alfred gern tat, weil er es auch tatsächlich gerne tat.

Irgendwie wurde er zur sechsten Frau, selbstredend ohne erotische oder gar sexuelle Anteile, denn nichts war dem Vater mehr zuwider als körperliche Berührung. Das hatte übrigens auch für seine fünf Frauen gegolten, wenn man von den Genitalen absah.

Alfred selbst hatte eigentlich ein ganz intensives Bedürfnis nach körperlicher Nähe – auch das sagte er bei den praktischen Übungen im Fach ›Redekur‹ und erhielt das erste Mal Beifall dafür, sogar von Frauen, sehr jungen Frauen, die er bis dahin nur aus der Ferne hatte betrachten dürfen.

»Denn das ist normal!«, sagte Anna von Gerike, was Alfreds Sozialisation widersprach.

Dann musste er sogar feststellen, dass vieles normal war, was er empfunden hatte, und eigentlich nichts, was sein Vater ihn zu lehren versucht hatte. Erstmalig hörte er z.B. nicht den Begriff Faschismus, aber dass Faschismus ein persönliches Problem ist, eine Persönlichkeitsstörung, wie sich Anna von Gerike ausdrückte, keine politische Weltanschauung, auch wenn überzeugte Faschisten das damals und heute behaupten.

»Faschisten sind arme Würmer!« hatte sie gesagt und Alfred hatte am nächsten Tag seinen Vater gefragt, ob er Faschist sei.

Der hatte gezögert: »Ich bin Nationalist, Alfred, und das solltest auch du sein. Wir, ich und deine Brüder, stehen auf einem teutonischen Sockel, der absolut unangreifbar ist. Er thront auf dem Mutterboden der nordischen Rasse. Siegfried und die Musik von Wagner, ja, das ist Teutschland! Wer die Werte von Gehorsam, Ordnung und rassischer Sauberkeit verletzt, wird das Schicksal eines Hagen von Tronje und des Gottrom erleiden!«

»Und was ist nun mit dem Faschismus?«, fragte Alfred naiv.

»Red' nicht, Junge, das ist nur ein anderes Wort dafür!«

»Immerhin redet er mit dir!« hatte Anna von Gerike kommentiert. »Er hat nämlich nicht unrecht! Die Faschisten gründen sich auf Hermann den Cherusker, den es niemals gegeben hat. Einen Arminius hat es gegeben, einen Germanen, der in die Dienste des römischen Reiches getreten war, um anschließend seine Germanen mit dem Wissen über die römischen Strategien, diese in den Hinterhalt zu bringen und zu schlagen. So erklärt sich, dass Faschisten sich am Alt-Hergebrachten festhalten, dass sie unterwürfig sind oder Unterwürfigkeit verlangen, dass sie Individualität ablehnen, abergläubisch sind, andere Menschen herabsetzen, an das Böse in der Welt glauben und Sexualität als teuflisches Werk bezeichnen.«

»Und daher in der Lage sind, gewissenlos andere Menschen zu vernichten«, ergänzte Helena Fjodorow engagiert.

»Ja«, sagte Anna von Gerike, zu diesem Zeitpunkt noch nachdenklich, »aber es gibt natürlich auch die Erkenntnis, ein Individuum beseitigen zu müssen, weil es ein Gewissen gibt!«

Kapitel 5

2020 – Rabea von Gerike

Bis vor kurzem hatte ich viel Zeit! Warum? Nun, ich war schwanger geworden. Daraus ergibt sich jetzt jedoch keine Zeit mehr, denn das Kind ist geboren. Ratet mal?! Natürlich, ich habe eine Tochter bekommen und, na klar, ich bin alleinerziehende Mutter, jedenfalls mehr oder weniger. Und klar, natürlich habe ich mir den Sechsmalmann realisiert, gesucht, gefunden und vergewaltigt.

Große, dumme Worte, denn mit Vergewaltigung macht frau keinen Spaß! Aber es war mehr oder weniger so. Ihr wollt wahrscheinlich eine Rosamunde-Pilcher-Geschichte, bekommt ihr aber nicht. Jedenfalls nicht in dieser Geschichte, denn sie hat andere Prioritäten.

Aber ihr sollt wissen, dass ich den Sechsermann bekommen habe. Er wird für euch namenlos bleiben! Für mich war er Generus und Emorus gleichzeitig, nun vor allem mit einer Tochter von ihm. Ich hätte sie gern Sechserkind genannt, aber das Standesamt hätte wohl eher Bedenken. Also beließ ich es dabei, dem Sechsermann die Namenswahl zu überlassen. Sie sollte Marie-Sophie heißen, warum denn auch nicht!

Eigentlich hatte ich vor, den Sechsermann zum Immermann zu machen. Aber das gelang nicht. Sechsermann entpuppte sich zwar als Spermamann, aber ansonsten als Nullmann. Phlox statt Flow.

Nein, nicht ganz. Ich muss ihn dann auch in Schutz nehmen. Er hat sich bemüht, ich habe mich bemüht. Wir waren einfach nicht kompatibel.

Ich, ja nur ich, hatte einen Fehler gemacht: Der Traum vom Sechsermann wurde kein Alptraum, aber ein Flachtraum. Der Sechsermann hatte nur sich selbst geadelt, mich nicht. Er durfte, darf, stolz darauf sein, mich ›genagelt‹ zu haben, wie auch er sich nicht ausdrücken würde.

Ich war so verknallt, vernagelt verknallt, dass ich mich ja so unheimlich gerne nageln ließ. Ja, und dann kam das Erwachen! Ein blödes Erwachen!

Ein Mann, ein Mann, eben ein Mann, nichts sonst, kein Held, kein Super-, Super-, Super-, Super-, Super-, Supermann. Kein Flow, nur Phlox! Meine Ansprüche hatten mich niedergenagelt, fest auf den Boden der Wirklichkeit. Nein, keine Schuldzuweisung an ihn, an mich vielleicht, aber was soll's?!

Nun aber eine Marie-Sophie von Gerike! Selbstredend bekommt er das halbe Sorgerecht, selbstredend wird er ihr präsenter Vater sein! Vielleicht erlebt ja Marie-Sophie den Flow ihres Vaters, den ich nur in seiner sechsjährigen Abwesenheit erlebt hatte. Aber der Name bleibt, basta!

Aber gut, zurück zu Anna von Gerike, also die Ur-Ur-Ur-Großmutter meiner Tochter: Sporadisch hatte ich 2018 angefangen zu lesen, aber die Monate meiner (mit neununddreißig Jahren altersbedingten mit Berufsverbot nach dem dritten Monat versehenen) Tochterproduktion ermöglichten mir ein intensives Studium der Dokumente meiner Ur-Ur-Großmutter, denn alles, was später dazugekommen war, ist nur Fliegendreck (ich weiß, ich bin unfair!!).

Ich musste übrigens Sütterlin lernen. Das war wirklich nicht einfach und das meiste hatte ich dann auch von drei niederdeutschen Fachleuten übersetzen lassen, was mich einige tausend EURO kostete.

Mein Job als Fachlektorin für philosophische Veröffentlichungen und Sachverständige für altgriechische und lateinische Schriften gab das zwar nicht her, aber meine Mutter hatte mir ein paar Euro und natürlich vor allem unser Haus in Berlin vererbt. Ein altes Mehrfamilienhaus aus der Zeit von Freifrau von Degenhardt, also der Frau von Otto von Gerike, meinem Ur-Ur-Ur-Großvater. Irgendein Meyerhermepigone wollte es mir streitig machen, war dann aber vor Gericht gescheitert. Acht Familien leben dort in Charlottenburg, zahlen anstandslos ihre Miete, die ich daher auch nur den tatsächlichen Kosten anpasse. Leben könnte ich davon natürlich nicht, außer, ich würde es verkaufen. Das habe ich aber nicht vor.

Die Dokumente. Soll ich sie nun noch so nennen? Es sind Schriften, manche sehr persönlich, vor allem natürlich das Tagebuch meiner Großmutter Magda über die Vergewaltigungen durch ihren eigenen Vater (Alfons Meyerherm). Aber auch die Konklusionen, die Anna von Gerike noch während des Krieges (Aufenthalt im Kloster Neuenwalde) davon ableitete: Zu was allem sind Faschisten wirklich fähig?!

Schließlich kannte sie das Psychogramm eines Faschisten des Max Horkheimer noch nicht, kam aber zu fast identischen Erkenntnissen, vielleicht sogar noch drastischer: Faschistoide Persönlichkeiten sind in der Lage, all ihr Tun zu rechtfertigen mit den dunklen Mächten, mit den Umtrieben von Ethnien, Perversen. Nur ihr eigenes Verhalten, auch Gewalt und sexuelle Vereinnahmung dient der völkischen, vor allem natürlich männlichen Kameradschaft. Dass sie sich damit selbst als pervers qualifizieren, bleibt ihnen eben verborgen.

Anna beschrieb, dass wir es uns nicht allzu leicht machen sollten: Eben jene Faschisten sind natürlich psychisch krank, die meisten vielleicht nicht grade debil, aber mit verminderter Intelligenz. Vor allem aber gab es immer Nutznießer von dieser ›Bewegung‹. Psychopathogene Machtmenschen z.B., die nicht unbedingt dem Faschistoiden-Psychogramm zuzuordnen sind. Daher meinte meine Ur-Ur-Urgroßmutter (ich werde zukünftig nur noch von Anna schreiben), dass Hitler, Goebbels oder Eichmann psychisch wirklich sehr deformiert waren, aber genau betrachtet nichts als Marionetten von Menschen waren, die intelligenter ihre Chance nutzten. Manche davon waren eher im Verborgenen, vor allem natürlich die Wirtschaftsbosse wie Krupp, Thyssen, Borsig oder Schacht.

Aber es gab auch in der NSDAP-Hierarchie solche Machtmenschen, die bei einer anderen Biographie ganz sicher keine nationalsozialistischen Schwerverbrecher geworden wären, allen voran natürlich Hermann Göring. Von seiner Persönlichkeit her eben kein kranker, verwirrter und brutaler Narziss, auch wenn er natürlich in seinen Entscheidungen brutal gewalttätig war! Hermann Göring wäre nichts als ein Technokrat (denn diesen Begriff gab es 1943 sicherlich noch nicht), nicht wirklich psychotisch, neurotisch sicherlich, wenn er dann sagte:

»Ich bereue nichts! Schließlich hatte ich zwölf Jahre das beste Leben, das man sich vorstellen kann!«, das hatte er seinem amerikanischer Pflichtanwalt bei den Nürnberger Prozessen 1945 ›gebeichtet‹, bevor er seinen Zyankalizahn zerbiss.

Es gab eine Weitsicht meiner Urahnin, die eigentlich spektakulär ist. Wie ihr ja nun wisst, meine Mutter hatte es in ihrem Vermächtnis erwähnt, habe ich Philosophie studiert.

Ich habe mich mit Logik befasst, mit Metaphysik, mit Kosmologie, Ontologie und mit Glück, Flow, wenn ihr wollt (Phlox ist eine zornige Pflanze), vor allem aber mit Erkenntnistheorie. Denn letzteres kann euch erklären, dass ich mir diese Arbeit mit den ›Dokumenten‹ überhaupt gemacht habe: Mich dürstet nach Erkenntnis! Und dafür benötigt man Logik, eine metamenschliche Physik, unendliches Sinnieren, mich (Identität als Ausgangspunkt) und eben Glück. Vor allem um die richtigen Entscheidungen (die ewig gültigen) zu treffen.

Aber Anna eröffnet mir nun eine ganz andere Weltsicht, obwohl sie zu Zeiten von Freud, Nietzsche, Jung, Marx und Feuerbach gelebt hat. Nachdem, was ich nun las, hätte sie alle ›in die Tasche stecken können‹, jedenfalls, wenn man von Marx absah. Anna hatte sich nicht mit ›diesen‹ gesellschaftlichen Zwängen, z.B. der Arbeiterschaft an sich, auseinandergesetzt – für sie waren alle Menschen gleich, gleich krank, die wenigsten gesund. Und damit teilte sie vor allem die Philosophie eines Nietzsches.

Ich weiß natürlich nicht, ob sie ihn überhaupt gelesen hatte, Freud und Jung aber ganz sicher. Sie hat sich mit Josef Breuer intensiv beschäftigt, also einem Freund Freuds und Arzt von Friedrich Nietzsche. Für ihn hatte Joseph Breuer eben jene ›Redekunst‹ erfunden, von dem Anna sie abgeguckt hatte.

Nietzsches Destruktivismus hätte sie jedenfalls aus ihrem Lebenskontext heraus ablehnen müssen – ein Nietzsche hätte niemals eine Freudsche oder Breuersche Lebenslinie verfolgen können. Menschen zu helfen, stand bei Anna an erster Stelle, ebenso wie bei Jung, Freud und Breuer.

Aber so weit war ich noch nicht mit meiner Lektüre, um das wirklich beurteilen zu können.

*

Ihr habt zwei meiner Zusammenfassungen gelesen, über Helena Fjodorow und Alfred Dühring. Auch über Janina Smirnow, Maximilian Bahrlow und Katharina Zurmühl werdet ihr meine Dokumentation lesen müssen, um zu begreifen, was damals passiert ist. Ich versuche, es kurz zu machen.

Aber es gibt noch eine weitere Protagonistin: Agathe, ›Aggi‹ Jung, Tochter des berühmten Psychoanalytikers C. G. Jung. Sie gehörte nicht zu den fünf ersten Studierenden des Seminars, sie war 1921 erst siebzehn Jahre alt! Der Vater hatte sie dazu verdonnert, in einer Küche zu arbeiten, bevor sie studieren sollte. C. G. Jung war 1921 sechsundvierzig Jahre alt, hatte seine Werke noch nicht gänzlich veröffentlicht, war aber in ständiger Bereitschaft, um mit Sigmund Freud über Diagnostik und Therapie gemeinsamer Klienten zu debattieren. Dieser riet ihm, seine Tochter doch ein Jahr lang das Leben kennenlernen zu lassen, bevor sie in die Sphären der akademischen Theoreme versinken würde. C. G. Jung hörte auf seinen Mentor, aber auch auf die Stimme seiner Freundin Anna von Gerike.

Aggi hatte mit den Morden nichts zu tun! Nach meinen Recherchen war sie die Protokollantin meiner Ur-Ur-Großmutter. Sie schrieb auf, was eigentlich undenkbar war! Anna von Gerike hätte niemals zugegeben, dass sie Initiatorin eines Vielfachmordes war.

Sie lieferte die Rechtfertigung in ihren Büchern und in ihrem Leben, verschriftlicht hatte es aber Aggi Jung! Und zwar nicht in Sütterlin, sondern in Mittelhochdeutsch, das nachvollziehbar war, auch für mich. In Sütterlin sind vor allem die bürokratischen Dokumente, die Beschreibungen im Kontext.

Schließlich lebte ihr Vater C. G. Jung nicht nur weiter, sondern entwickelte eine Psychoanalyse, die sich dadurch von der Freuds unterschied, dass Jung einen mystischen Anteil in unsere Seelen brachte, die eine und einzigartige Weltseele (wenn es die denn gibt!) inkludierte.

Das war in den zwanziger und dreißiger Jahren! In der Zeit, in der auch Anna ihre Pflegefachbücher veröffentlichte (leider eben mit einem männlichen Pseudonym). Sie durfte sich mit den Denkern der Zeit vergleichen, aber außer der Dekanin des Klosters Neuenwalde im Landkreis Cuxhaven, die sie nach 1936 aufgenommen hatte, kam niemand auf die Idee, sie den anderen Denkern der Zeit gleichzustellen.

Aggi Jung tat es.

Sie sprach mit ihrem Vater, aber der hat es ihr nicht geglaubt.

Daher führte sie Tagebuch, allerdings ein ganz anderes, als es dann später meine Großmutter tat: Sie hielt nicht ihre eigenen Gefühle fest, sondern zeichnete auf, was sie beobachtete im Seminar, bei dem sie nichts anderes als eine Küchenhilfe zu sein schien.

Aggi tat immer ihren Job, denn das machte sie gerne, vor allem genoss sie die Anwesenheit des riesengroßen Alfred, der sich immer bücken musste, wenn er durch die Türen ging. Alfred war ein ganz, ganz sensibler Mann. Aggi konnte ihn sich kaum vorstellen in irgendwelchen Kämpfen, denn alle anderen Jungs um sie herum mussten immer kämpfen. Vielleicht brauchte er es wegen seiner Größe einfach auch nicht, dachte sie, denn wer würde sich an jemanden trauen, der von vornherein auf ihn herabsieht?

Zweimetervier, hatte er ihr geantwortet, als sie fragte, wie groß er sei. Sie selbst war einmeterfünfundsechzig. Und damit auch noch kleiner als der zweite Junge (sollte sie sagen Mann? Nein, Student entschied sie sich, Studierende sagte ihre Patentante Anna) des Seminars: Maximilian Bahrlow. Maximilian war eher klein für einen Mann, höchstens einmetersiebzig groß, aber dennoch normal groß, schätzte Aggi, denn er beantwortete ihre diesbezügliche Frage nicht. Vielleicht wusste er es aber auch einfach nicht, hatte sich nie messen lassen, dachte unsere sehr blauäugige (scheinbar blau-äugige) Aggi.

*

Ich (zur Erinnerung: Rabea von Gerike. Ich werde nichts anderes tun, als diesen Dschungel an Informationen, den ich erhalten durfte, so zu komprimieren, dass er auch für Außenstehende nachlesbar ist) empfand mich in diesen Tagen häufig völlig abgedreht, also in diesen Tagen meiner Schwangerschaft. Marie-Sophie regte sich eher selten, jedenfalls dann, wenn ich die Unterlagen studierte. Vielleicht wollte sie mich nicht stören – andernfalls hätte sie ja die Arschkarte und müsste das alles überarbeiten!

Ja, ja, ich kenne euren fragenden Blick! Warum sollten wir das überhaupt tun? Legt das Pamphlet beiseite, wenn es euch nicht weiter interessiert!

Mich, ich kann es nicht leugnen, interessierte es. Und zwar von Zeile zu Zeile mehr! Je mehr ich lese, nein, je mehr Rätselhaftes mir begegnet, desto mehr werde ich gierig, mehr zu erfahren. Je mehr sprachliche Barrieren sich mir entgegenstellen, desto mehr will ich Erkenntnis! Sütterlin schreckt mich nicht ab, auch manche Nazirhetorik nicht!

Wir schauen uns die anderen Protagonisten an, bevor ich weiter repliziere!

Kapitel 6

1921

(Zusammenfassung der Ereignisse aus den Archiven des Klosters Neuenwalde, Block B3, Register 6, Seiten 74–399 und Register 7, Seite 1022–1459)

Ulyana Smirnow war eine enge Freundin von Alfred Hermann Zurmühl, wenn man denn von Freundschaft sprechen kann, denn eigentlich hatten sie nur ein einziges gemeinsames Interesse. Zurmühl, sieben Jahre jünger als die polnische Frauenrechtlerin Smirnow, gilt als einer der Mitbegründer der ersten globalen Friedensbewegung.

Zurmühl stirbt am 4. April 1921 durch die Hand seiner Tochter Katarina. Am 10. Juni wird ihm auf dem Internationalen Frauenkongress für Frieden und Freiheit in Wien in Ehren gedacht und Ulyana Smirnow hält die kurze Laudatio zu seinem Gedenken. Sie selbst ist die letzte der Mehrfachtode und wird am 11. Dezember 1921 durch ihre Tochter Janina ermordet.

Nun, zwei ehrwürdige Erdenbürger mit globalem Weltbürgerstatus und Ideen, die man als revolutionär bezeichnen muss (wie gesagt, Anfang des Jahrhunderts gab es diverse Revolutionen).
  Ich musste tief in den Dokumenten graben, um einigermaßen ein Verständnis für die Motive der beiden Töchter zu bekommen, ihren Vater/ihre Mutter zu töten. Aber je tiefer ich grub, desto klarer wurde mir die Grundstruktur, die meine Ur-Ur-Großmutter Anna von Gerike bewegt hatte, so weit zu gehen. Denn abgesehen von Alfred Dühring, der eindeutig nichts anderes war als ein schlechter Mensch, haben alle anderen Menschen, die die Sechsergruppe

umgebracht hatten, eines gemeinsam: Sie waren nicht kongruent, sie waren nicht echt. Handeln und Denken waren in unglaublicher Weise widersprüchlich. Schon bei meinem Ur-Ur-Ur-Großvater Otto hatte es den Anschein! Sehr deutlich wurde es aber bereits beim Anarchisten Fjodorow, der eigentlich gar kein humanistischer Anarchist war, sondern ein Verräter an der eigenen Sache.

Und hier, beim Herrn Zurmühl und bei Frau Smirnow wurden die Gräben ihrer Seelen noch tiefer und total unverständlich und dennoch genial: Beide lebten eine Doppelmoral und waren sich dessen nicht nur bewusst, sondern in diesem Fall wussten sie das auch voneinander: Ulyana Smirnow und Alfred Hermann Zurmühl teilten eine ›Leidenschaft‹, die ihren extroversen Aussagen und Veröffentlichungen diametral entgegenliefen: Sie waren pädophil!

Als Janina Smirnow von ihrer Kindheit mit ihrer Mutter berichtete, explodierte Katarina Zurmühl: Die Waschungen durch die Mutter, die Janina erduldet hatte, und die Waschungen durch den Vater, die Katarina erdulden musste, waren zwar gleich, aber natürlich nicht dasselbe. Gleich widerlich und gleich traumatisierend blieben sie für immer. Diese Mutter, dieser Vater hatten eine Entscheidung getroffen für die Ewigkeit, vielleicht für ihre eigene, ganz bestimmt aber für die ihrer Töchter!

Wir müssen uns Folgendes vorstellen: Die ›Redekur‹, die Anna von Gerike ihren Studierenden beizubringen beabsichtigte, erforderte, dass jede und jeder sich selbst auf ›den heißen Stuhl‹ setzte. Grundaussage war: Das, was ich meinen Patienten zumute, muss auch ich für mich erfahren haben! Das galt nicht nur für Klistier und Stethoskop, sondern auch für die ›Redekur‹!

Allen voran hatte sich meine Ur-Ur-Großmutter selbst als Vorbild gezeigt, wie wir wissen. Sie hatte von einem Dr. Breuer aus Wien gelesen, dass das sogenannte ›Chimney-sweeping‹, (man kann sagen, der Vorläufer der Psychoanalyse eines Herrn Sigmund Freud, der mit Dr. Breuer befreundet war) Menschen ihre Leiden lindern kann. Dabei geht es darum, dass Menschen, wenn sie sich an ihre Traumata erinnern und sie aussprechen, sozusagen ihren seelischen Kamin reinigen.

Anna von Gerike konnte das Prinzip nachvollziehen und hatte sich natürlich auch die Schriften von Sigmund Freud zu eigen gemacht. Eine Psychoanalyse, wie er sie praktizierte, traute sie sich zwar nicht zu, aber durchaus die Begleitung einer von Dr. Breuer getauften ›Redekur‹. Das hörte sich weniger therapeutisch an und war mit ihren Prinzipien im Einklang, dass die Krankenpflege sich zwar nicht mit den Krankheiten der Seele beschäftigte, sondern vor allem mit dem Körper, dass aber Erkrankung und Älterwerden immer auch eine seelische Komponente hat, die auch Krankenpfleger zu berücksichtigen haben.

Dann saß eben Janina Smirnow auf dem ›heißen Stuhl‹ der Redekur und erzählte von ihrer Kindheit im polnischen Częstochowa. Irgendwie so, als sei es eine ganz normale Kindheitsgeschichte. Janina gehörte, sagen wir es einmal vorsichtig, zu den etwas naiveren Studierenden. Sie respektierte ihre Mutter nicht nur, sondern diese war für sie eine unangefochtene Autorität. Das, was sie sagte und machte, stand für Janina immer außer Zweifel. Schließlich war diese eine renommierte Schriftstellerin, hatte mehr als zehn Romane geschrieben und war europaweit anerkannt als Frauenrechtlerin. Dass sie ihre Tochter zwei-, dreimal die Woche in der Badewanne wusch, wobei sie selbst immer nackt war, ihre Tochter anschließend zur Erwärmung in ihr Bett brachte, schien auch normal. Erst mit vierzehn, fünfzehn war Janina dann aufgefallen, dass sich Mutter doch nicht so benahm, wie ihre Freundinnen von deren Müttern berichtet hatten. Auch davon, dass sie hin und wieder den einen oder anderen Gegenstand in sie eingeführt und anschließend von ihr hatte einführen lassen. Immer sehr zärtlich und zugewandt, niemals brutal oder gar blutig.

Katarina Zurmühl explodierte.

Ich will hier weiter keine Einzelheiten preisgeben, es genügt mir, das alles lesen zu müssen. Meine Ur-Ur-Großmutter hatte mehrere

Tage ›Redekur‹ verbringen müssen, um die Gemüter zu beruhigen. Schon bei der ersten Waschung, die Janina beschrieb, hatte sie die männlichen Studierenden hinauskomplimentiert. Alfred Dühring und Maximilian Bahrlow durften sich mit Aggi Jung in der Küche verlustieren, indem sie drei Tage lang mehr oder weniger Langeweile schoben und die Mahlzeiten zubereiteten. Aber beide liebten Aggi (natürlich rein platonisch) und waren durchaus einverstanden, den heißen Stuhl nicht auch noch mit ›Weibergeschichten‹ erleben zu müssen. Alfred hatte seine Geschichte hinter sich, Maximilian war sich nicht im Klaren, was ihm blühte und was gerade Janina und Katarina erleiden mussten, denn, dass es ein Erleiden war, hatte er sehr deutlich gespürt, auch bei Alfred und Helena, sogar bei seiner Lehrerin Anna von Gerike, die den ersten Schritt gemacht hatte.

Um zu den beiden neunzehn-/zwanzigjährig jungen Frauen zurückzukommen: Sie schütteten ihre Seele aus. Anna von Gerike schrieb in ihren Tagebüchern, dass sie sich fühlte wie der Zauberlehrling: »Die ich rief, die Geister, werd' ich nun nicht los.«

Sexualität war zwar nun dank Herrn Freud durchaus kein Tabuthema mehr in der Psychotherapie. Das aber, was Anna von Gerike hier erleben musste, und das betraf alle vier Frauen, war etwas, wofür sie keinen Namen hatten. Eine Frau, nein, noch deutlicher, eine Mutter, ein Mann (weniger verwunderlich), aber dann doch, ein Vater, hatten sich an ihren minderjährigen Kindern vergangen. Pädophilie war noch nicht in einer gesellschaftlich eruierbaren Transparenz angekommen.

»Gab es so etwas?«, fragte Anna von Gerike nicht wirklich, sondern nur rhetorisch: Ja, das gab es!

Alfred Hermann Zurmühl musste als Erster dran glauben, nachdem Anna von Gerike Alfred Dühring und Maximilian Bahrlow ins Bild zu setzen versuchte. Das war nicht ganz einfach, denn sie hatten es nicht verstanden – und als sie es verstanden hatten, weil Anna drastischere Worte finden musste, hatten sie beide einen roten Kopf bekommen und herumgestammelt. Beide hatten bis dato noch keine (wirklichen) sexuellen Erfahrungen. Nur Maximilian war einmal in einem Puff, aber auch völlig betrunken gewesen.

Aber beim Mord an Alfred Hermann Zurmühl waren sie die Stützen des Tuns, denn anders als bei allen anderen Tötungen passierte hier das, was Anna von Gerike zu vermeiden versuchte, und Maximilian und vor allem Alfred anschließend zur Rede stellte:

»Wir töten die Menschen, die durch ihr Verhalten das Gefüge der Welt zunichtemachen! Aber wir quälen sie nicht, wir entwürdigen sie nicht, auch wenn sie andere Menschen entwürdigt haben! Wir sind nur Ausführende einer höheren Instanz, die es uns erlaubt hat, Wissen zu generieren, das andere Menschen, keine Justiz und keine Gendarmerie zu irgendeiner Handlung zwingt. Deshalb muss eine Ratte, ein Zeck getilgt werden. Aber auch eine Ratte und ein Zeck sind Gottes Geschöpf! Wir werden in Zukunft konsequent sein, aber keine rächenden Gefühle ausleben!«

»Habt ihr mich verstanden?!«

Sie hatten. Auch an dieser Stelle muss ich nicht sensationslüstern davon berichten, was Maximilian und Alfred vor dem Tod mit Alfred Hermann Zurmühl (unter Beifall der weiblichen Kommilitoninnen) angestellt hatten.

Zwei Dinge und Zusammenhänge scheinen mir noch wichtig:

›Chimney-sweeping‹, hat insofern funktioniert, als dass sich alle, die bis dahin die Redekur-Selbsterfahrung hinnehmen mussten, sich ihrer Probleme wirklich bewusst geworden sind. Ob sie aber bis zu ihrem Lebensende von den Folgen ihrer Traumata befreit worden sind, ist leider nicht übermittelt. Eines steht jedenfalls fest: Janina Smirnow ist als Nonne über einhundert Jahre alt geworden und jene Urenkelin mit gleichem Namen hat sie in den letzten zehn Jahren ihres Lebens regelmäßig in Bayern besucht. Klar würde ich mit ihr sprechen müssen!

Zum Zweiten: Der Grund, warum Ulyana Smirnow als Letzte sterben musste, war mehr oder weniger zynisch: Sie sollte sich selbst reinigen! Dazu muss man wissen, und ich habe es ebenfalls erst allmählich herausgefunden (öffentliche Chronik 1921), dass es am 10. Juni eben diesen ›Internationalen Frauenkongress für Frieden und Freiheit‹ in Wien geben würde. Nach dem Tod des, ja, wie soll man sagen, Pädophilen-Genossen, Lust-Molch-Kollegen, Schwein, Sau, keine Ahnung, Alfred Hermann Zurmühl, war Ulyana Smirnow als Laudatorin für ihn angekündigt.

Die fünf Studierenden der Krankenpflegeschule Anna von Gerikes nahmen alle am Kongress in Wien teil und sahen, wie ein Mensch geehrt wurde, der alles andere, nur das nicht verdient hatte. Und dann auch noch durch eine Frau die alles andere, nur dazu nicht nur kein Recht hatte, sondern ins Zuchthaus gehörte, wenn es denn einen justiziablen Grund gegeben hätte, was seinerzeit nicht der Fall war.

Sie hatten ihr einen anonymen Brief zukommen lassen, der Smirnow und Zurmühl der Unzucht verdächtigten, ohne natürlich die Opfer zu benennen. Das hieß, Ulyana Smirnow wusste, dass es Menschen gab, die sowohl sie als auch ihren Komplizen hätten entlarven können. Aber dieser war gestorben, aus Gründen, die Uljana Smirnow nicht kannte.

STOPP! Hier muss ich noch etwas erklären: Nach Janinas und Katarinas Redekur hätte Anna natürlich gern gewusst, ob sie die einzigen Opfer waren.

Ihr müsst verstehen: Damals gab es weder Internet, kein Fernsehen, kein Handy, allenfalls ein schwerfälliges Telefon.

Deshalb hatte meine Ur-Ur-Großmutter nach dem Tod von Alfred Hermann Zurmühl im Mai 1921 Aufgaben verteilt: Jede/r der fünf Studierenden sollten eine Reise, zu zweit, sie selbst mit Janina Smirnow (weil damals die Zerbrechlichste) machen. Janina und Katarina hatten die Lebensläufe ihrer Mutter/ihres Vaters soweit aufgezeichnet, wie sie es wussten. Dabei kam heraus, dass sie sich im Laufe ihres Lebens in einigen wenigen Orten aufhielten, außer in Berlin, wo sie letztlich aufeinandertrafen.

Ulyana Smirnow z.B. in Lodz und Krakau, Alfred Hermann Zurmühl in Mannheim und Lüneburg und beide vor allem in Görlitz. Hierhin fuhren Anna und Janina, nach Lüneburg Maximilian und Helena, nach Lodz Alfred und Katarina.

Auch jetzt, ihr werdet nun allmählich verstehen, warum es so viele tausend Seiten sind, die ich sichten musste, kamen Zusammenhänge zutage, die für die damalige Zeit nicht denkbar scheinen: Es gab ein Pädophilen-Netzwerk, wie man heute sagen würde. Damals gab es das auch, aber man nannte es natürlich nicht so. Es gab Mütter, Väter, die ihre Kinder, Töchter und Söhne, an alle, wirklich fast alle Altersgruppen verkauften, Männer wie Frauen, wenn auch zu unterschiedlichen Anteilen.

Und Görlitz entpuppte sich letztendlich als Zentrum dieser Szene. Der Grund mag in den vielen großen, alten Herrschaftshäusern zu suchen sein. Diese hatten nicht nur viele Keller, sondern auch unter den Dächern Stauräume, die miteinander verbunden waren. Hierher kamen die Menschen nur, wenn sie etwas zu verstauen hatten, die normalen Bürger jedenfalls, andere um etwas zu vertuschen.

Ein Grund kann aber auch gewesen sein, dass Görlitz direkt an der polnischen Grenze liegt. Man musste nur die Brücken über die Neiße hinter sich lassen. Die Stadt Zgorzelec könnte praktisch ein Stadtteil von Görlitz sein (oder umgekehrt), wäre nicht die Grenze dazwischen. Und viele der Kinder und Jugendlichen kamen eben aus Polen und den anderen benachbarten Ländern, wie die Ukraine, Litauen, Weißrussland oder Moldawien. Kinder, nach denen niemand fragte!

Die sechs hatten ein Ziel erreicht: Sie wussten mehr, als die beiden und mindestens zwei Dutzend weitere Täter auch nur ahnten. Die Frage, die ich mir natürlich stellte, ist: Warum sind sie mit diesem Wissen nicht zur Polizei gegangen? Auch (oder grade) war Anfang des zwanzigsten Jahrhunderts der Geschlechtsverkehr mit Kindern nicht nur verboten, sondern ein absolutes Tabu! Das durfte es nicht geben im wilhelminischen, aber auch in allen anderen Gesellschaften dieser Zeit! Die Kirchen verboten ein solches Denken! Verbote waren definitiv, außer Frage! Pädophilie durfte es nicht geben und gab es daher auch nicht, weder in der Gesellschaft, in den Kirchen und Klöstern, bei Behörden, Gerichten oder in der preußischen Politik. Wir wissen es heute natürlich besser, aber die Geschichte lässt sich halt nicht umschreiben.

Deshalb war sich Ulyana Smirnow, und wäre sich der zu diesem Zeitpunkt schon verstorbene Alfred Hermann Zurmühl, ziemlich sicher, von keiner Judikative welchen Staates auch immer belangt werden zu können! Sie waren nichts als Eltern, die ihre Kinder liebten – und weder andere Kinder noch deren Eltern würden von unzüchtigen Handlungen sprechen, wenn man sie denn überhaupt finden könnte.

Eine weitere Erklärung dafür, dass die Gruppe nicht die Staatsanwaltschaft frequentiert hat, scheint ganz simpel zu sein: Hätten sie das getan, wären sie selbst in den Fokus von Ermittlungen geraten, was natürlich zur Folge gehabt hätte, dass man ihre Machenschaften aufdeckte. Vor allem mit Otto von Gerike, Karl Eugen Dühring und Alfred Hermann Zurmühl hatten sie schließlich schon drei Morde auf dem Gewissen, die in diesem Zusammenhang hätten von der Polizei aufgedeckt werden können. Mit Alexejewitsch Fjodorow wäre man ihnen im Jahr 1921 als Mörderbande auf die Schliche gekommen!

Bis dahin waren sie davon ausgegangen, dass der Vater von Katarina ein Einzeltäter und Ulyana Smirnow eine vielleicht sexuell abnorme, aber dennoch liebende Mutter war. Das hat vieles im Leben der Janina Smirnow kompensiert, während Katarina Zurmühl ein Trauma durch den Vater erleben musste, das nicht kompensierbar war!

Letztendlich ein Dilemma für die Sechsergruppe! Denn wären sie nun mit ihren Erkenntnissen an die Polizei und/oder Staatsanwaltschaft des preußischen Reiches gegangen, hätten diese gegen Ulyana Smirnow ermittelt und gegen mindestens fünfundvierzig weitere, meist sogar öffentlich reputierte Persönlichkeiten.

Das preußische Recht damals hatte hohe Strafen für ›Unzucht‹ vorgesehen, aber es galt auch noch die elterliche Gewalt: Eltern waren Eigentümer ihrer Kinder und hatten damit alle Rechte über deren Existenz! Neben der Tatsache, dass auch Ehemänner als Haushaltsvorstände sogar das Bestimmungsrecht über ihre Ehefrauen hatten. Eine Frauenrechtlerin wie Ulyana Smirnow hatte sich einer solchen Ehe natürlich verweigert – aber nicht der elterlichen Gewalt gegenüber ihrer Tochter!

Im Reichsstrafgesetzbuch (RStGB) von 1871 gab es zwar durchaus einen Sexualstraftatbestand, aber Pädophilie war hier nicht definiert, sondern gleichgesetzt mit männlicher Homosexualität (denn weibliche war ebenfalls nicht vorgesehen!). Jener § 175 fand schließlich sogar Eingang ins Strafgesetzbuch nach 1945 und wurde erst am 11. Juni 1994 in der Form abgeschafft. Er galt 123 Jahre lang!!! Dafür gibt es den modifizierten § 176, der Sexualität mit Kindern unter 14 Jahren unter Strafe stellt. Den gab es allerdings 1871 und bis zum Ende der Nazizeit in dieser Form nicht!

Vor allem für Anna von Gerike war das natürlich ein Manko, denn das, was sie hier aufgedeckt hatten, war mehr oder weniger im rechtsfreien Raum: Eltern geben ihre Kinder anderen Erwachsenen in Obhut. Das dürfen sie! Was diese dann mit ihnen tun, muss für die Eltern nicht erkennbar sein. Und die, die mit den Kindern etwas tun, müssen nur vermeiden, dass sie diese Kinder (polizeilich ermittelbar) töten, denn dann wäre es ja Mord oder Totschlag!

Eine Ambivalenz, der sich Anna von Gerike stellte und mit ihren fünf Studierenden zu einem gemeinsamen Handlungsstrang veranlasste: Ulyana Smirnow sollte wissen, dass man ihr auf die Spur gekommen war, aber auf gar keinen Fall, dass auch ihre Tochter dazugehörte, jedenfalls nicht bevor der endgültige Tötungsakt vollzogen werden würde.

Tatsächlich war Anna von Gerike auf dem direkten Weg zum Zauberlehrling: Meine Ur-Ur-Großmutter konnte den Prozess nicht mehr unterbinden. Sie hatten die Büchse der Pandora geöffnet!

Kapitel 7

1920 Maximilian Bahrlow

(Zusammenfassung der Ereignisse aus den Archiven des Klosters Neuenwalde, Block B7, Register 26–29, Seiten 1–999, 1–436, 1–745, 455–467)

»Ich werde die Welt in ein Kaleidoskop der Phantasien verwandeln!«

August Bahrlow war in seinem Element: Zwei Tage später wurde er angeklagt und wegen Majestätsbeleidigung zu zehn Monaten Kerkerhaft verurteilt.

Das war 1883. Da war er dreißig Jahre alt und Doktorand der forensischen Psychiatrie, wie man heute sagen würde. Er beschäftigte sich vorrangig mit Menschen in Waisenheimen, Heilanstalten, Irrenhäusern, Gefängnissen und Zuchthäusern, vor allem dort, wo gewalttätige Phänomene den Pflegern, Erziehern und Wärtern das Leben schwer machten.

August Bahrlow war nicht nur medizinischer Akademiker, sondern vor allem Zyniker. Kultureller Zyniker sozusagen. Er lernte von seinen verrückten Patienten. Suchte sich die Textpassagen heraus, über die er am meisten lachen musste – und August Bahrlow lachte eigentlich immer, jedenfalls damals.

Er schrieb es natürlich auch auf, aber weniger in Memoranden, sondern mehr in Lyrik, häufig in Form von zwei- oder mehrdeutigen Schüttelreimen zu Musik. Sein großes Instrument war neben dem Saxophon die Harfe, ungewöhnlich für einen Mann. Aber die Harfe gab ihm die Möglichkeit, seine Texte musikalisch untermalt zu pointieren. Das machte er übrigens aus reinem Spaß an der Freude – zwar bekam er auch bei seinen Auftritten, meist in Galerien oder mittleren Gaststätten, kleinere Gagen, aber das hatte er als forensischer Psychiater nicht nötig. Angehörige von psychisch

Kranken, Zuchthäuslern oder Kindern und Jugendlichen in Zwingburgen erhofften sich Strafminderung oder Zwangsmittelmilderung
(physische und psychische Folter war seinerzeit durchwegs gebräuchlich) von seinen Gutachten und der Staat bezahlte ihn, um
asoziale Elemente endgültig ›ausmerzen‹ zu können. Manchmal
betrafen die unterschiedlichen Auftraggeber die gleiche Person.

Sein Job, den andere vielleicht als problematisch und emotional
belastend empfinden würden, machte ihm Spaß und er schöpfte
daraus eine Art von Kreativität, die irgendwo anders als in den
Zuchthäusern und Zwingburgen ihren Ausdruck finden mussten.

Sein morbider Humor fand durchaus Anklang, ja, er fand sogar
begeisterte Anhänger seiner lyrischen Auftritte, vor allem, wenn
sie gespickt waren mit delikaten (tatsächlichen oder erfundenen)
Details aus dem Leben von Persönlichkeiten des öffentlichen Lebens, was vor allem natürlich die Aristokratie, die Herrschenden,
die Kirchenoberen oder die höhere Beamtenschaft betraf.

Das hatte häufig geklappt, nun aber hatten drei von sechsundsechzig Gäste beim Kaminabend nicht gelacht. Sie waren natürlich
dafür auch nicht anwesend: Sie sollten August Bahrlow krimina-
lisieren, denn seine Majestätsbeleidigungen, wie witzig sie auch
schienen, waren der herrschenden Aristokratie ein Dorn im Auge!
Es brodelte nämlich! In Russland, England, Deutschland. An den
Schlössern der Schlösser wurde ordentlich gerüttelt.

Otto von Bismarck beherrschte das deutsche Land, 1871 unter
Führung der preußischen Krone geeint. Die Mächtigen verlachten
die deutsche Revolution von 1848 als misslungenen Proletenauf-
stand. Es hatte der Führer gefehlt, um aus einer Revolution eine
tragbare Herrschaft zu erstellen. Die Aristokratie schuf ihre eigene
Logik: Nur Autorität konnte den Mob zügeln, auch oder gerade,
wenn dieser Mob aufbegehrte.

Otto von Bismarck war anderer Ansicht als sein erster Kaiser, Wilhelm I., König von Preußen, aber nur in Nuancen. Otto von Bismarck
setzte durch, dass das Volk befriedigt werden sollte, es keinen An-

lass haben würde, eine zweite Revolution nach 1848 durchzuführen. Otto von Bismarck befürchtete, dass die nächste Revolution vielleicht nicht scheitern würde und französische Verhältnisse hervorrufen könnte.

Der nächste deutsche Kaiser und preußischer König, Friedrich III., überlebte das Jahr 1888 nicht und Wilhelm II. überlebte Otto von Bismarck nicht. Dafür überlebte Wilhelm II. den Ersten Weltkrieg nicht (jedenfalls als Diktator) und in den 1920er Jahren gab es eine europäische Aufbruchstimmung, allerdings ohne Konzept, wenn man von denen eines Herrn Marx absah.

August Bahrlow kam also 1883 für zehn Monate, 1887 für sechs Monate, 1891 für sechs Monate und 1899 für weitere drei Monate in Kerkerhaft, denn die zweite, dritte bis siebte Reihe der Adeligen (von den Welfen bis Thurn und Taxis) waren, neben den beiden Kirchen, nach wie vor die Eigner von Land und Immobilien (was sich bis heute kaum verändert hat) und was diese sich nicht von einem proletarischen Mob streitig machen wollte.

August Bahrlow setzte seine Spitzen aber genau dort an und die breite Mehrheit der Menschen zollten ihm Beifall. Die Mächtigen dieser Kategorie allerdings keineswegs und man fürchtete um seine Pfründe. Offiziell galt Otto von Bismarcks Maxime »alles Menschliche ist an sich nur provisorisch!« nach wie vor. Der aufkeimende Humanismus um die Jahrhundertwende veranlasste die Aristokratie nicht etwa zu einer Denk- oder gar Erkenntniswende, sondern ausschließlich zur zynischen Subtilität.

So entstanden die ersten Geheimdienste und einer ihrer ersten Zielobjekte war August Bahrlow. Hätte man ihn letal beseitigt, hätte sich eben jenes Gespenst mit Namen Märtyrer realisiert, das Erich Mühsam den Mächtigen so deutlich zu Augen führte: der Aufstand der Massen.

Auch wenn es nicht die Massen waren, so waren die Menschen, die die Lyrik August Bahrlows zu schätzen wussten, durchaus eine gewisse intellektuelle Minderheit, die aber nicht unterschätzt werden durfte, denn sie hatte diese neue Macht im Rücken: Die schreibende Zunft, die Presse.

Daher wurde nachdrücklich, aber eher sanft verfahren: August Bahrlow musste in die Knie gezwungen werden, mächtig, aber nachdrücklich, sowohl von der Justiz als auch von der Exekutive (die verrückte Dreigewaltenteilung, die die Aristokratie brennend ablehnte, aber deren Verifizierung, vor allem während der Weimarer Republik, sie nicht verhindern konnte).

August Bahrlow galt bei den Wach- und Zwingleuten (später würde man Schließer, noch später Justizbeamte sagen) der Zuchtburgen als der liebste Insasse. Er hatte immer eine Doppelrolle: Mal war er Insasse, mal war er der Psychiater, der Gutachten abgab. Aber in beiden Rollen war er immer guter Laune und lachte sehr viel.

Seine Beliebtheit lag natürlich auch daran, dass er dem Wachpersonal Vergünstigungen ermöglichen konnte, wenn er als forensischer Psychiater die Trutzburgen besuchte, umgekehrt dann eben auch Erleichterungen der Haft erleben durfte, wenn er ›eingekerkert‹ wurde. Er gehörte dann eher zum Personal als zu den Insassen – seine Kerkertür stand immer offen und seine Fangemeinde versorgte ihn und damit auch das Zuchthauspersonal mit diversen Leckereien aus den Gaststätten, in denen er aufgetreten war und die auf seinen nächsten Auftritt heiß waren. So gesehen waren die Wachleute natürlich verdächtig, ihn immer wieder zu denunzieren, denn am meisten profitierten sie, wenn er inhaftiert war.

1899, Otto von Bismarck war gestorben und Wilhelm II. machte, vor allem bei der Marine militärisch mobil, passierte etwas, das ich nur mit Mühe recherchieren konnte:

Inhaftiert wegen seiner letzten Majestätsbeleidigung, August hatte es eben auf jene Fregattengläubigkeit des Kaisers abgesehen, hatte man ihn in ein Frauenzuchthaus eingekerkert.

Der Grund dafür war, dass er als Mann dort bisher noch keinen Zugang hatte und weder das Personal noch irgendeine Insassin hätte kennen können. Der Richter, der ihn verurteilte, wusste natürlich von August Bahrlows Seilschaften in den anderen Knästen. Im Frauenknast konnte er sie eben nicht haben, dachte er mehr oder wenig logisch.

Und sollte für ewig Recht behalten, oder eben auch nicht.

August Bahrlow verliebte sich in die Massenmörderin Sina Legat, die im Januar 1900 hingerichtet wurde, was eigentlich schon 1899 hätte geschehen sollen.

Selbstverständlich war der lachende Psychiater auch im Frauenknast erfolgreich, denn die Verantwortlichen bei Züchtigung und Wegsperrung der Frauen, die meistens Giftmorde begangen hatten, waren natürlich Männer. In und vor den Zellen waren zwar Schließerinnen für die Verwahrung zuständig und es gab nur drei Einzelzellen für besonders gefährliche Frauen (und dann eben auch für August Bahrlow, weil es nur zwei, eine davon Sina Legat, besonders gefährliche Frauen gab); Bahrlows Zelle blieb allerdings auch hier in den drei Monaten seiner Züchtigung offen, denn natürlich wussten auch die Schließerinnen und die männlichen Beamten hier, wie in anderen Knästen von der Haft August Bahrlows profitiert wurde. Er sollte sich hier für lediglich drei Monate ›bei Wasser und Brot‹ wegen Beleidigung der heiligen Ordnung aufhalten, um nimmermehr der Verhöhnung der Autoritäten anheimzufallen, wie es im Urteil hieß.

Tatsächlich schien diese Exekutivmaßnahme gegen den Rebellen der Obrigkeit (über die übrigens durchaus auch geschmunzelt wurde, weil er, anders als andere Zyniker der Zeit, wie z.B. Erich Mühsam, als eher harmlos galt) nun tatsächlich Wirkung zu zeigen: August Bahrlow wurde nie wieder eingekerkert, was hauptsächlich der Tatsache geschuldet war, dass er sich von seinen Anhängern zu keinem einzigen seiner lyrischen Auftritte mehr bewegen ließ.

Aber er hatte eben auch Sina Legat kennengelernt.

Ich muss hier einfügen, dass aus den Dokumenten nicht wirklich hervorgeht, was mit den beiden in den drei Monaten passiert ist. Fest steht jedenfalls, dass Sina Legat kurz vor ihrer Hinrichtung ein

Kind geboren hatte, wodurch sich eben jene Hinrichtung um fast ein Jahr verzögerte. Das Kind wurde erst einmal der ›öffentlichen Fürsorge‹ übergeben, weil, als die Mutter starb, sie und damit auch das Kind dem Staate gehörte.

Alle Eingeweihten wussten, dass nur August Bahrlow der Erzeuger sein konnte, und er hat sich dann auch zu seinem Sohn bekannt, den die Mutter vor ihrer Hinrichtung Maximilian genannt hatte. Dennoch galt das Kind als Bastard, denn es war nicht nur unehelich, sondern vor allem unzüchtig gezeugt!

Gegen illegalen, aber beidseitig freiwilligen Geschlechtsverkehr in einer geschlossenen Anstalt gab es allerdings kein Strafgesetz (übrigens auch heute nicht)!

Sina Legat hatte zuvor fünf (ehrbare) Ehemänner vergiftet, um anschließend als (ehrbare) Witwe jeweils ein Leben mit einem guten Salär zu führen. Nun war sie vierzig Jahre alt geworden, als man ihr den Prozess gemacht hatte, und sagte vor Gericht aus, dass eben jene Männer es verdient hätten, getötet zu werden. Aufgefordert, das zu begründen, hatte sie gesagt: »Sie waren Schweine, Tiere. Unfähig zu positiven Gefühlen. Sie haben mich und die Kinder unseres Gesindes fast täglich vergewaltigt. Was macht man mit Untieren anderes, als sie zu töten?!«

Sie wurde zum Tode verurteilt, gerade weil diese Männer zu den Tugendhaften gehörten. Es war ein evangelischer Theologieprofessor, ein Justizbeamter und andere Koryphäen des öffentlichen und aristokratischen Rechtes.

Man urteilte sechs Monate Kerkerhaft, damit sie ihre Aussagen bedenken könne, um sie im Namen der Angehörigen zu widerrufen, was sie natürlich nicht tat, denn anschließend würde sie, so oder so, mit dem Strang zum Tode befördert, so der zweite Teil des Urteiles.

Justiz ist nach meiner Ansicht zu jeder Zeit zynisch – jedenfalls kenne ich leider auch heute wenige männliche Richter, deren außergerichtliches Verhalten nicht mit Sarkasmus, mindestens aber Zynismus einhergeht, wohl aus Eigenschutz!

Vielleicht, ich weiß es nicht genau, weil nicht dokumentiert, war es anscheinend Absicht, den Mann, den Lyriker, den Majestätsbeleidiger August Bahrlow mit eben jener Giftmischerin zusammenzubringen. Man hoffte offensichtlich, dass sie auch ihn zur Strecke bringen würde, auf welchen Wegen auch immer – damit wären die Herrschenden (der dritten, vierten oder fünften Klasse, die dieses Vorgänge initiiert hatten) diesen unbequemen Leugner der Stabilität des vorhandenen gesellschaftlichen Systems losgeworden.

Stattdessen hatten sie offenbar einen Sohn gezeugt, nämlich Maximilian, geboren am 12. Januar 1900, am 13. Januar 1900 wurde Sina Legat hingerichtet.

Das Problem für die Herrschenden nach diesen Vorfällen um August Bahrlow war, dass es zwar seit 1871 ein gesamtstaatlich deutsches Strafgesetzbuch gab, das den Tatbestand der Majestätsbeleidigung festlegte, aber es gab ab 1918 kaum noch königliche oder kaiserliche Majestäten in Europa. Kaiser Wilhelm II. hatte abdanken müssen und sich in die Niederlande abgesetzt. Die Zarenfamilie der Romanows, Verwandte der wilhelminischen Dynastie, waren in Russland ermordet worden.

Allerdings: Ebenso wie es im Rechtssystem Deutschlands nach 1945 noch viele Jahre einige Protagonisten der Nazijustiz gab, gab es diese auch im postaristokratischen und -bismarckschen Deutschland nach 1918!

Zwischen 1871 und 1918 gab es ein komplettes Rechts- und Gesetzessystem, immer wieder innoviert, vor allem im Jahr 1900 ›auf Vordermann gebracht‹! Das wurde zwar 1933 ad acta gelegt, jedenfalls die innovativen Anteile dieses Rechtssystems, aber viele dieser Strukturen wurden nach 1945 wiederbelebt. Dabei eben nicht nur die progressiven Rechtspositionen, sondern eben auch die Majestätsbeleidigung, § 103 im Strafgesetzbuch der Bundesrepublik Deutschland bis ins Jahr 2017, oder der sog. Schwulenparagraph 175 StGB, wie bereits beschrieben.

Tatsache ist: Sokrates und Platon waren die einzigen wahren

Rechtsphilosophen, wenn wir Immanuel Kant nicht aus den Augen verlieren. Heute zählen nur die Buchstaben des Gesetzes: Vernunft, wie Kant sie verstand, auch die zynische eines Slooterdyk, findet keinen Eingang mehr in eine gesellschaftliche Einbindung wie im sokratischen Griechenland. Ist ein Urteil gefällt, ist ein Urteil gefällt! Keine künftigen Urteile können die hiermit gesetzte Norm umschiffen. Es integriert sich in die Standards der Rechtsfakultäten, wird diesen Standardwerken beigeordnet, es sei denn, sie begründen detailliert und differenziert eine ganz neue Rechtsnorm! Kein Referendar einer Staatsanwaltschaft würde sich trauen, im gesammelten Buch aller Urteile nur eines zu hinterfragen – er würde seine Prüfung nicht bestehen!

Der sich immer wiederholende und olfaktorisch ätzend zunehmende Furz in der Rechtsgeschichte! Es gibt hier leider noch keine behaviouristische Bewegung, wie es sie ansatzweise in der Wirtschaft gibt, ein Rechtssystem, das ausschließlich für die Menschen da ist. Wo gibt es denn so etwas?

Nein, das Rechtssystem ist für die Richter da, für die Anwälte, staatlicher und privat justiziabler Seite, aber auch für die Berater, für die Gutachter und für die Bosse im Hintergrund. Hier gilt Justizia nicht, die Balance zwischen Legislative und Judikative ist eher vage. Die zwischen Exekutive und Justiz feindlich.

Okay, sorry, hier spricht die Philosophin, die ich nun einmal bin, wie eigentlich jeder denkende Mensch. Ich nun halt mit Diplom und Promotion, nicht dass ich darauf so stolz wäre, wie es meine Mutter gewesen war. Ich hatte wohl ein wenig Glück – und nun bin ich sogar Mutter einer Marie-Sophie, Mutterglück. Mal schauen, was wir miteinander bewegen, bestimmt hin und wieder gegeneinander, ich rechne fest damit. Hauptsache ist, der Sechsermann bleibt bei sich und liebt seine Tochter.

August Bahrlow jedenfalls war einmal von seiner Lyrik abgewichen. Anna von Gerike hatte ein Dokument gefunden, das man eigentlich nicht hätte finden können:

Einen Brief von Sina Legat als wohl letztes Vermächtnis, geschrieben an ihre Schwester Berta, kurz vor der Geburt ihres Sohnes Maximilian und letztlich ihrer Hinrichtung (ja klar in Sütterlin und dann auch noch handschriftlich – die Übersetzung war mehr als mühsam! Auch die Sprache an sich war mit heutigen Textnachrichten nicht kompatibel, ich habe sie daher zweimal übersetzen lassen müssen, wobei Detailfehler nicht auszuschließen sind; außerdem habe ich den Text auf das heutige Verständnis angepasst):

»Liebe Berta!

August Bahrlow besuchte mich fast drei Monate jeden Tag! Er hatte eine Zelle nebenan, war also offiziell eingekerkert wie ich, und anfangs konnte ich seine Rolle gar nicht einschätzen. Ich glaubte, meine Henker hätten ihn geschickt, um mich zu drangsalieren. Schließlich sind wir hier in einem Frauenzuchthaus – und Männer gehören hier nur hin, wenn sie Wachpersonal sind, Folterer oder Henker.

Er lachte! Ja, liebe Berta, jener August lachte, aber er ist kein dummer August, das steht allemal fest. Er lacht zum Erschrecken! Über meine Genugtuung, als ich Hinrich ganz langsam mit einem Tee aus Goldregen und Efeu zu Tode brachte, lachte er sich halbtot, vor allem, als ich dessen eschatologischen Leiden beschrieb. Ich muss zugeben: Ich hatte Hinrichs langsamen Tod auch genossen. Schließlich war er böse, böse, böse. Aber gelacht habe ich nicht! Nein, sagte er, als ich ihn fragte, ob er auch lachen würde, wenn man mir den Kopf abschlagen würde oder so. Nein, sagte er, erst hinterher! Was für ein bekloppter Mann. Aber zärtlich war er, völlig losgelöst von Gewalt, jedenfalls von körperlicher Gewalt. August ist ein eher kleiner Mann, ungefähr meine Größe, weniger als 40 Zoll (um die 160 cm) groß. Aber ich habe ihn als größten Mann kennengelernt, dem ich je begegnet bin! Ich habe alles mit ihm besprochen, alles! Das Leben, den Tod – auch wenn sein Tod dabei außen vor blieb. Er sei unsterblich, sagte er jüngst, und gebrauchte ein Fremdwort: Anagerie, glaube ich! Und lachte dabei! Irgendwie so, als würde er mich nicht ernst nehmen, aber doch so, dass er mich dann in den Arm nahm und sagte, dass es völlig egal sei! Man würde sich immer ein zweites Mal treffen, mal im Leben, mal im Tode!

Ich hatte einen Mann getroffen, dachte ich anfangs. Dann wusste ich, dass er mich gesucht hatte. Vielleicht ist er der Teufel – aber die Wochen mit ihm im Kerker waren die glücklichsten, die ich hatte. ›Ich schenke dir viele Monate Leben!‹, sagte er, als er und ich das erste Mal gekommen waren. Ich war noch niemals bei einem Mann gekommen!

August Bahrlow hat mir einen Maximilian geschenkt – Gott oder der Teufel, je nachdem, hab' ihn selig! Ich habe sein Lachen im Körper und in der Seele! Wir hatten zwei Monate lang Kontakt und Sex – keiner der Schließerinnen oder Wachleute hat uns gestört. Entweder hatte er Macht über sie oder ihnen etwas anderes erzählt, was in unserer Kammer geschah, ich weiß es nicht. Er hat angedeutet, dass er Medicus sei. Vielleicht glaubte das Wachpersonal, er würde mich drangsalieren, um mir ein Hexengeständnis zu entlocken. Aber eine Hexe bin ich natürlich, weil ich mich mit Kräutern auskenne. Das habe ich ihm gesagt – und, liebe Berta, du wirst es ahnen: Er hat gelacht!«

Alles andere, was sie dann schrieb, ist für diese Dokumentation nicht von Belang. Tatsache ist: Sina Legat starb und August Bahrlow hat sich nicht ein einziges Mal um sie während ihrer Schwangerschaft oder anschließend um seinen Sohn Maximilian gekümmert. Erst als sich die deutsche Bürokratie meldete, war er bereit, diesem Maximilian seinen Namen zu geben. Bahrlow, Maximilian Bahrlow, Kind der gezüchteten Massenmörderin Sina Legat und dem (mittlerweile) Doktor der Psychiatrie August Bahrlow.

Die wirklich spannende Frage, jedenfalls für mich, habe ich nicht wirksam klären können: Warum hat Maximilian Bahrlow den Tod seines lachenden Vaters derart von Anna von Gerike inszenieren lassen? Oder mittlerweile vielleicht anders: Warum haben die sechs Menschen übereinstimmend beschlossen, dass August Bahrlow aus ethischen (oder vielleicht moralischen) Gründen den Tod verdient hatte? Schließlich war er ihr ›Versuchskaninchen‹ als Pflegefall! Oder ist er aus anderen Gründen gestorben, Gründen, die nur Anna von Gerike wusste? Fest steht jedenfalls, dass sich die beiden, also Maximilian Bahrlow und Anna von Gerike, gekannt haben mussten, vor dessen Einzug in das Seminarhaus (später davon differenzierter), denn beide waren Mediziner einer Generation – man kannte sich! Und Anna war in den Kneipen zu Haus, in denen der zynische Kabarettist August Bahrlow aufgetreten war.

Bei den anderen fünf Opfern war es ziemlich klar, auch wenn natürlich noch immer nicht zu rechtfertigen, aber sie hatten grundsätzliche humanistische Gegenpositionen bezogen. Das hatte aber August Bahrlow in keinster Weise! War es das Lachen?

Kapitel 8

1900, 1901–1915

(Zusammenfassung der Ereignisse aus den Archiven des Klosters Neuenwalde, Block G3, Register 4, Seiten 124–759)

Die nun sechsundzwanzigjährige Anna hasste ihren Vater Otto durch und durch, denn er war, aus ihrer Sicht, verantwortlich für den Tod ihrer Mutter.

Sie fand, dass er ein bornierter alter Jurist war, der vom Leben an sich keine Ahnung hatte, wie die meisten Juristen. Annas Mutter war lange tot und die Gouvernanten, die sie erziehen sollten, waren nichts als vertrocknete Jungfern, wie sie fand. Warum immer kinderlose Jungfern in Herrschaftshäusern die Erziehung der Kinder zu übernehmen hatten, war vielleicht praktisch, aber unlogisch.

Anna hatte für die eine oder andere (es waren insgesamt fünf ›höhere Damen‹, die den Versuch gewagt hatten, Anna nach dem Tod der Mutter zu erziehen) durchaus Sympathien, aber sie ließen alle etwas vermissen: Sie waren nicht auf ihrer Seite! Sie waren immer auf der Seite des Geldgebers und der war nun einmal der Vater Otto. Diese erwartete Disziplin, Gehorsam, Ordnung, Sauberkeit. Nicht, dass Anna etwas gegen diese Eigenschaften hätte, jedenfalls was (Selbst-)Disziplin, (Werte-)Gehorsam, (Gedanken-)Ordnung und (Seelen-)Sauberkeit anging.

Anna versuchte, das und andere soziale Themen mit dem Vater zu diskutieren! Häufig und immer wieder. Sie hatte bis dato nicht damit aufgehört, allein, weil sie bemerkte, dass ihn das total nervte.

Otto von Gerike war jüdischen Glaubens, während Anna sich entschieden hatte, der christlichen Tradition ihrer Mutter zu folgen. Der Vater hatte diese Entscheidung akzeptiert, vor allem deshalb, weil er seiner Frau am Sterbebett versprochen hatte, Anna selbst entscheiden zu lassen, welchen Glauben sie annehmen würde. Außerdem praktizierte er seinen jüdischen Glauben nur an den Feiertagen und war kein Kostverächter, was gute deutsche Küche anging, egal wie zubereitet.

Während Anna das Alte und das Neue Testament gelesen hatte, vermutete sie, dass der Vater kaum ein Wort aus dem Talmud und der Bibel kannte. Bei den Juden spielte das Neue Testament natürlich keine Rolle und aus dem Alten Testament kannte der Vater offenbar nur den folgenden Vers:

»Wenn ein Jugendlicher den Anweisungen der Eltern nicht folgt, so sollen die Älteren die Dorfgemeinschaft auffordern, den renitenten Jugendlichen vor die Mauern des Dorfes zu treiben, um ihn zu steinigen!« (Was natürlich auch für weibliche Jugendliche galt!)

Nicht Wort für Wort, aber doch sinnesgleich im Alten Testament, denn den (diese) Vers(e) gibt es tatsächlich, nämlich im Deuteronomium, dem 5. Buch Moses, Kapitel 21, Vers 18–21 – könnt ihr nachlesen!

Dass Otto seine Tochter nicht hat steinigen lassen, lag allerdings nur daran, dass er dann seine Reputation als Professor verloren hätte, was aus seiner Sicht einer eschatologischen Katastrophe gleichkäme.

Anna hatte dadurch ihren Vater mehr oder weniger in der Hand: Sie kannte seine Achillesverse: Alles, was seinen Ruf als respektablen Akademiker ankratzte, war tabu. Und um dieses Tabu scherte sich seine Tochter keineswegs. Sie kratzte nicht nur, ja, manchmal streichelte sie seine Eitelkeit, hin und wieder aber stellte sie ihm Ultimaten: Mach, was ich will oder stirb (den Eitelkeitstod)!

Dass er dann wirklich sterben musste durch ihre Hand, hatte allerdings andere Gründe, also keine egoistischen der Anna von Gerike, eher im Gegenteil – davon in einem späteren Kapitel!

Anna hatte ihr überkonfessionelles »Seminar für humanistisch orientierte junge Menschen zum Wohle hilfsbedürftiger Menschen« gegründet und, der Zulauf war eher mager, musste auch sie selbst zugeben – um genau zu sein: gleich null, jedenfalls bis ins Jahr 1915. Erst dann hatten sich die ersten Kandidaten gemeldet. Allesamt waren allerdings durchgefallen, hatten den Anforderungen der Anna von Gerike nicht entsprochen. In den Jahren darauf war es nicht anders!

Otto von Gerike besaß in Berlin siebzehn Immobilien. Er kassierte die Miete und hätte allein davon leben können. Ein Haus in der Mitte von Charlottenburg stand leer, weil es ein altes Waisenhaus mit vielen Zimmern war, in dem man kaum Wohneinheiten hätte strukturieren können, ohne teure Entkernung und Neuaufbau des Gebäudes.

Aber es war für Annas Idee nutzbar. Sie ließ im Untergeschoss, natürlich auf Kosten des Vaters, nichttragende Wände herausreißen, neu verputzen, neutral tapezieren und die Fußböden mit Parkett auslegen.

In der obersten, dritten Etage unter dem Dach richtete sie sich Wohnräume ein. Ein Schlafzimmer für sich, ein Kinderzimmer für ihre Tochter Katharina, ein Büro, einen Wohnraum, eine Küche und tatsächlich eine Nasszelle, also Waschbecken, Toilette und Badewanne mit direktem Abfluss in die neue Kanalisation Berlins für sich alleine, was es im 19. Jahrhundert nur bei den Adeligen gab. Und dort natürlich auch nicht für alleinerziehende Mütter. Der neue Wasserturm in Charlottenburg machte es möglich, dass der Wasserdruck (mehr oder weniger stark) bis in die dritte Etage reichte.

Natürlich war ihre Schwangerschaft ausschlaggebend und die Versorgung ihrer Tochter Katharina, die ihr natürlich niemand abnahm. Dennoch war sie nicht aufzuhalten. Sie studierte, promovierte und nahm dann sogar ihre Tochter mit in die Seminare, was einen Tabubruch in der ehrwürdigen Friedrich-Wilhelm-Universität darstellte. Aber eben nur das: Die Mitnahme von nichtehelichen Kindern (nicht einmal von ehelichen Kindern) tauchte in keinen Statuten irgendeiner Universität in der Welt auf. Und auch ein staatliches Gesetz, das das unter Strafe stellte, gab es ebenfalls nicht!

Dass sie von den Studentenverbindungen massiv bedroht und unter Druck gesetzt wurde, schien von ihr abzugleiten. Sie wurde mehrfach, nicht nur psychisch, sondern auch physisch misshandelt – an diesen Tagen trug sie ihre blauen Flecken derart zur Schau, dass sich oft spontan eine Schutztruppe, nicht nur von Frauen bildete, um sie zu schützen. Selbstredend wurde sie dadurch eine Persönlichkeit des ›öffentlichen Lebens‹, wenn auch verpönt, manchmal verlacht, bedroht und ›unter der Gürtellinie‹ als Hurenakademikerin, Satansmätresse oder Höllendirne bezeichnet.

Allerdings mussten ihre Professoren zugeben, dass sie in allen Leistungsbereichen ihre meist männlichen Kollegen ausstach. Sie konnte z.B. die ziemlich aktuelle Diskussion über die Auseinandersetzung zwischen Schelling und Schopenhauer rezitieren, die Georg Wilhelm Friedrich Hegel zu seiner ›Phänomenologie des Geistes‹ inspiriert hatte. Etwas, zu dem die meisten Philosophiestudenten nicht in der Lage waren, auch wenn Anna von Gerike Philosophie nur als Nebenfach studiert und ihre Promotion in Pathologie und dem medizinischen Nebenfach der ›Präporatia und Komposatia der Natur-Arzneien‹ abgelegt hatte. Übrigens das erste Mal in der Geschichte der Wissenschaften, dass Hexen (wohl aus Angst vor deren Wissen ohne -schaft) integriert, wenn auch nicht inkludiert wurden. Denn Anna von Gerike galt als nichts anderes als Hexe. Wenn nun auch mit einem Doktortitel! Das machte sie natürlich akademisch angreifbar und schließlich gab sie dem Druck nach und beendete ihre Privatdozentur an der Universität 1915. Da war ihre Tochter Katharina eben jene fünfzehn Jahre alt.

Nicht zuletzt, weil Annas Vater nicht nur insistierte und als das mit seinen Möglichkeiten nicht gelang, indignierte und intrigierte.

Otto von Gerike kam immer näher an seine Toleranzgrenze, wenn man ihm denn überhaupt Toleranz unterstellen konnte.

Er duldete die Eskapaden seiner Tochter und deren Bastard nicht mehr! Aber er konnte diese auch nicht wirklich unterbinden.

Seine Enkelin hatte er z.B. kein einziges Mal gesehen, geschweige denn in den Arm genommen oder in irgendeiner Form angenommen oder akzeptiert.

Nun war sie bereits fünfzehn Jahre alt und kannte ihren Großvater nur aus den Erzählungen der Mutter. Anna besuchte ihren Vater zwischen 1900 und 1915 im Gegenzug fast täglich, natürlich mit seiner Enkelin im Schlepptau. Dass er die Gegenwart seiner Enkelin ignorierte, wurde fast zu einem Ritual.

Aber er konnte sich seiner Tochter jedenfalls nicht ganz verschließen, auch wenn er sie wahrscheinlich hasste, wie keinen anderen Menschen auf dem Erdenball.

Aber schließlich war sie, eben wie er, Akademikerin der Friedrich-Wilhelm-Universität zu Berlin. Anna war bis 1915 Mitglied im Rektorat, ebenso wie er. Sie kamen nicht aneinander vorbei, nicht einmal, als Otto von Gerike seine Emeritierung erklärte, immerhin mit fünfundsiebzig Jahren, ebenfalls im Jahr 1915.

Seiner Emeritierung stimmte er indes nur zu, wenn seine Tochter ebenfalls die Universität verlassen würde. Andernfalls hatte er die Verweigerung seiner Emeritierung angekündigt, was zur Folge hätte haben können, dass er bis zu seinem Lebensende die Geschicke einer eigentlich innovativen Universität hätte (negativ) beeinflussen können.

Da Anna sowieso ›praktischere Pläne‹ hatte und keinerlei akademische Laufbahn in der Friedrich-Wilhelm-Universität anstrebte, gab sie den Gremien der Fakultäten, die dieser Vater-Tochter-Scharade leid waren, nach. Sie emeritierte ebenfalls, natürlich eigentlich viel zu jung dafür.

Ihrem Vater gegenüber emeritierte sie allerdings nicht!

Fast täglich besuchte sie ihn. Er war versorgt. Bekam seine Vorlieben in allen Bereichen, sowohl seine Rituale, seine Genüsse, ja sogar seine Gesellschafter beim Schach und Bridge, waren ausgesuchte (männliche, im gleichen Alter) Herrschaften, die er selbst als Freunde bezeichnet hatte, Anna jedoch als ›Günstlinge‹. Denn, was der Vater nicht wusste, bezahlte Anna die Herrschaften dafür, dass sie dem Vater Müßiggang verschafften. Sein einziger wirklicher Freund Rudolf Diesel war 1913 verstorben, was Otto von Gerike seine eigene Verzweiflung spüren ließ.

Rudolf und er hatten sich fünfzehn Jahre lang bemüht, Ottos Tochter Anna auf die Knie zu zwingen. Otto hatte seine Tochter gedemütigt, gemobbt, hatte alle seine Seilschaften bemüht, um sie und ihren weiblichen Bastard mindestens gesellschaftlich ›aus dem Verkehr‹ zu ziehen. Es gelang nicht. Vor allem der Vorschlag von Rudolf Diesel, Anna von Gerike eine tägliche Visite beim Vater vorzuschreiben, entwickelte sich zum Bumerang. Diesel hatte gemeint, der Vater könne nur Lehrer seiner Tochter (und seiner Enkelin) sein, wenn sie bei ihm präsent wäre, privat präsent, nicht nur an der Universität. Und, wider Erwarten, war Anna sogar begeistert: Sie besuchte zwischen 1903 und 1915 täglich um 18:00 Uhr ihren Vater, selbstverständlich im Beisein ihrer Tochter, seiner Enkelin. Sie und das Personal wussten, dass Otto von Gerike sich weigern würde, seine Enkelin in Empfang zu nehmen, nicht nur weil er sie damit als legitime Erbin anerkennen würde. Was alle, auch Anna und später sogar Katharina wussten, hatte Otto von Gerike auf Anraten seines Freundes Rudolf Diesel alle justiziablen und sogar legislativen Prozesse eingeleitet, um seine uneheliche Enkelin aus dem Erblassungsverfahren auszubooten. Dass das bei seiner einzigen Tochter schlechterdings möglich war, hatte er begriffen. Aber er und Rudolf Diesel hofften auf jenes Verständnis der altvorderen Richter, die noch immer Majestätsbeleidigung und die Verfolgung homosexueller Menschen als legitime Rechtsvorschrift hielten. Ebenso vielleicht auch die Verleugnung des Erbrechts für einen Bastard. Die kaiserlich geduldete Rechtsprechung reagierte allerdings behäbiger, als vor allem Rudolf Diesel erwartet hatte.

Und, ob nun innovativ inspiriert oder tatsächlich nicht mehr richtig bedacht, hatte ein Parlament in Deutschland Gesetze herausgebracht, die man eigentlich nicht mehr aristokratisch nennen konnte: Das ›Bürgerliche Gesetzbuch‹ z.B. war im Jahr 1900 eine rechtsphilosophische Revolution, das der Kaiser, wohl aus Unwissenheit über die Folgen, verifiziert hatte.

Katharina von Gerike hatte im Hause des Großvaters ein Spielzimmer, unten, im Erdgeschoss, neben der Küche. Hier gab es nicht nur das Küchenpersonal, sondern eine Gouvernante, die extra vom Großvater eingestellt worden war, nachdem seine Tochter Anna 1903 begeistert zugesagt hatte, dass sie täglich für (mindestens) zwei Stunden ihren Vater ab 18:00 Uhr besuchen würde.

Beide insistierten: Anna brachte ihren ›Bastard‹ mit, Otto verweigerte auch nur die Ansicht des Kindes; es durfte das Erdgeschoss nicht verlassen, Otto residierte im 1. Stockwerk (im zweiten befanden sich die Wohnräume des ›Gesindes‹, selbstredend mit einem eigenen Zugang).

Anna wusste natürlich von den Versuchen, die ihr Vater unter Mithilfe von Rudolf Diesel inszenierte: Sie wollten sie disziplinieren, ein für alle Mal. Und Anna von Gerike nahm sich vor, das nicht nur nicht geschehen zu lassen, sondern deren Strategie zu übernehmen: Sie war täglich beim Vater, zwei-, dreimal im Monat kam Herr Diesel dazu. Sie sprach, sie legte Wert auf Kommunikation, was nicht nur ungewöhnlich war, sondern die beiden Männer überforderte.

Es ging sogar so weit, dass sich Rudolf Diesel von Anna überzeugen ließ, die Tochter/Enkelin kennenzulernen, die im Erdgeschoss mit ihrer Gouvernante spielte, und berichtete seinem Freund (besser ›Gönner‹), dass es sich um ein phantastisches, liebenswertes Kind handeln würde, Otto sie sich doch einmal anschauen sollte, denn sie trug Züge seines Gesichtes.

Otto verweigerte das Treffen und bat Rudolf Diesel 1912, weil gleichzeitig alle rechtlichen Schritte versagt hatten, die Verwandtschaft des Professors zu seiner Enkelin endgültig zu stornieren, seine Gegenwart in seinem Hause als ›en passant‹ zu betrachten.

Viele, tägliche Gespräche mit ihrem Vater, mal mit, mal ohne Rudolf Diesel, machten Anna von Gerike offenbar keinesfalls müde. Sie musste sich spätestens 1919, seit 1913 eben ohne Diesel, eingestehen, dass sie mit einem Stein sprach, der keineswegs ein Fels in der Brandung des Lebens war, sondern das Gegenteil. Warum ihre Mutter nun grad' an diesen Granit gestoßen war, blieb ihr ein Rätsel.

Zu Rudolf Diesel entwickelte Katharina eine tatsächlich freundschaftliche Beziehung und seit 1910, als sie die Vorgänge mit zehn Jahren klarer wahrnahm, kam sie nur noch mit zu Großvaters Haus, wenn auch jener Rudolf Diesel zugegen war. Als dieser 1913 verstarb, verweigerte sich Katharina, diese unsinnigen Besuche zu begleiten. Auch das Personal im Haushalt von Otto von Gerike fluktuierte zu sehr, als dass Katharina hier innige Beziehungen hätte entwickeln können.

»Ich werde dich töten müssen, Vater!«, hatte Anna ihm im Jahr 1919, bei ihrem letzten Besuch gesagt.

Was ich an dieser Stelle nun anmerken muss: Otto war dann doch der Strategie Rudolf Diesels gefolgt: Als Katharina allmählich erwachsen wurde, operationalisierte er sie für seine Zwecke – später mehr dazu!

Otto hatte jedenfalls 1919, als Katharina noch nicht volljährig war, gelacht. Das tat er selten, aber nun 1919, lachte er, man kann aber nicht gerade sagen, dass er herzlich gelacht hatte.

Er sagte etwas Erstaunliches zu Anna: »Du hast mich schon getötet, meine Tochter! Sag mir, wann du mir den Rest gibst?«

Und Anna antwortete: »Im nächsten Jahr! Im Januar! An dem Tag, als du meine Mutter zerstörst hast! Wie du ja nun auch meine Tochter zerstören willst!«

Otto von Gerike wurde sehr, sehr blass. Er hatte keine Ahnung, dass seine Tochter wusste, warum ihre Mutter hatte sterben müssen! Schierling war als Todesursache seinerzeit nicht nachweisbar!

Kapitel 9

1899–1921

(Zusammenfassung der Ereignisse aus den Archiven des Klosters Neuenwalde, Block G7, Register 2, Seiten 12–359, Block B5, Register 17, Seiten 122–460)

August Bahrlow hatte nach dem Tod von Sina Legat nicht mehr gelacht. Auch hatte er keinerlei Lyrik mehr öffentlich von sich gegeben. Seine Aufenthalte in den Gaststätten dienten in den Jahren 1900–1918 ausschließlich dem sinnlosen Genuss alkoholischer Getränke. Da er selbst als Doktor der Psychiatrie, übrigens flüchtig bekannt mit Carl Gustav Jung, den er eben dort kennengelernt hatte, ganz genau wusste, was er mit dem Alkohol tat, muss ich davon ausgehen, dass er sich zu Tode trinken wollte.

Der Besuch von Anna von Gerike kurz nach der Exekution von Sina Legat diente eigentlich dem Troste ihres alten Studienfreundes, denn ihr gegenüber hatte er sich anvertraut und Anna wusste, wie sehr er leiden würde über den Tod seiner großen Liebe. Dass es ein fast masochistischer, mit vielen Tränen versetzter, sexueller Akt wurde, hatten weder Anna noch August so geplant. Und auch nicht, dass es anschließend ein Abschied auf (fast) ewig wurde.

August Bahrlow machte sich nämlich als Persönlichkeit rar. Er trank bis zur Besinnungslosigkeit und avancierte in dieser Zeit zu einer Feldstudie C. G. Jungs, ohne dass in dessen Schriften August Bahrlow irgendeine Erwähnung fand, meines Wissens jedenfalls (zu Unrecht) nicht. Aber ich habe mich mit C. G. Jung nur deshalb überhaupt, und das auch eher oberflächlich, auseinandergesetzt, weil eben seine Tochter im Seminar meines Wissensdurstes, wie ich nun allmählich auch zugeben muss, während der Todesfälle (lediglich) als Küchenhilfe fungierte.

August Bahrlow war über zwanzig Jahre älter als C. G. Jung und dieser war immer nüchtern, wenn er seine Feldstudien betrieb. C. G. Jung wusste zu keinem Zeitpunkt, wen er vor sich hatte. Sein Interesse galt ausschließlich den Ätiologien von Trunkenheit, denn er beabsichtigte, darüber seine Doktorarbeit zu schreiben. Dass es dann anders kam, war sicherlich August Bahrlow geschuldet, wenn auch ausgelöst durch die Geburt seiner Tochter Agathe im Jahre 1904. Denn danach verbot seine Ehefrau ihm die abendlichen Kneipengänge, auch wenn sie wusste, dass ihr Carl Gustav niemals auch nur einen Tropfen Alkohol zu sich nehmen würde. Allerdings der Kneipengeruch, den er mit nach Hause brachte: Rauch, Urin, Sputum, Vomitus, Rum und Bier, war für sie und mit dem gesunden Aufwachsen ihrer Tochter nicht vereinbar. C. G. Jung hatte versucht, August Bahrlow vom Alkoholismus abzubringen. Das allerdings schaffte er nicht. August Bahrlow trank weiter, aber bis 1904 noch in den Maßen, dass er bis zu einem gewissen Pegel halbwegs klaren Sinnes war – und Carl Gustav Jung hatte dann tatsächlich irgendwann Verständnis dafür: Der nun niemals mehr lachende Bahrlow hatte dem angehenden Psychiater seine Lebensbeichte anvertraut, jedenfalls glaubte das C. G. Jung.

In August Bahrlows (alkoholgeschwängerten) Geschichten gab es nur eine (halbwegs) wirklichkeitsgetreue Aussage: Seine Geliebte, er nannte sogar den Namen Sina Legat, um seine Glaubwürdigkeit unter Beweis zu stellen, war wegen Hexerei (nun ja, eigentlich wegen Mordes) im Jahr 1900 hingerichtet worden. Alle anderen Geschichten waren nicht frei erfunden, keineswegs! Sie gehörten nur nicht August Bahrlow, sondern sie gehörten den vielen Jugendlichen, Männern und einigen Frauen in den geschlossenen Systemen, die er einst als freiberuflicher Psychiater und Begutachter besucht hatte, was C. G. Jung natürlich nicht wusste.

Jung nahm diese Geschichten für ›bare Münze‹, denn August Bahrlow machte daraus eine eigene, wenn auch ziemlich verworrene Biographie. Diese schicksalhaften Prozesse seines Lebens führten dazu, wie er C. G. Jung vermittelte, dass er diese Traumata, die er früher in Kneipen als Lyriker zu verarbeiten versucht hatte, nach dem Tod seiner Geliebten nicht mehr loswurde.

Carl Gustav Jung faszinierten diese Geschichten derart, dass er viele dieser Eindrücke in seiner eigenen Psycho-Analyse einarbeitete, nachdem er bei Sigmund Freud ›zur Schule gegangen war‹, ohne die eigentliche Quelle preiszugeben. Seinen Plan, über Alkoholismus zu promovieren, ließ er aufgrund der Fülle der Informationen, die er vom derzeit meist nur leicht betrunkenen August Bahrlow erhielt, endgültig fallen.

Dieser weitete seine Geschichten generativ weiter aus, denn es schien unmöglich, dass er alleine solche dramatischen Lebenslagen hätte erleben können: Geschwister hatten gelitten, nun verstorbene Kinder, Eltern und andere nahe Verwandte. August Bahrlows Phantasie war unerschöpflich – und C. G. Jung war fasziniert von dem, was ein einzelner Mensch alles an Leiden erdulden musste.

Dass C. G. Jung nichts anderes war, als ein Ersatz für August Bahrlows vormaliges Publikum, wurde dem psychoanalytischen Forscher nicht klar.

Fünfzehn Jahre später, August Bahrlow war es, trotz intensiver Bemühungen, nicht gelungen, über den Schrumpfleberjordan zu kippen, holte ihn sein neunzehnjähriger Sohn Maximilian kurz vorm endgültigen Abstieg aus der Gosse – und das war gleichzeitig sein Todesurteil eineinhalb Jahre später.

Zu den Hintergründen, die ich in den Papieren meiner Ur-Ur-Großmutter recherchieren konnte, gehörte auch, dass Maximilian Bahrlow ziemlich behütet in einer Beamtenfamilie aufgewachsen war. Bezeichnend für ihn war jedenfalls, dass er schon als Kind sehr phantasiebegabt auffiel und sein Pflegevater ihn wie folgt charakterisiert: »Er lügt, dass sich die Balken biegen!«

Einer der Beisitzer bei der Gerichtsverhandlung von Sina Legat hatte in Absprache mit seiner nichtfruchtbaren Ehefrau (auf die Idee, dass seine Spermien ihren Job nicht taten, war er natürlich nicht gekommen!) die Adoption des Kindes der Delinquentin angekündigt, gleich welchen Geschlechts es sein würde.

Dass August Bahrlow dann tatsächlich seine Vaterschaft für den jungen Maximilian anerkannte, verhinderte zwar die Annahme ›an Kindes statt‹ durch die Pflegeeltern, aber nicht die Übernahme der ›Elterliche Gewalt‹ nach dem neuen ›Bürgerlichen Gesetzbuch‹ durch die Pflegeeltern nach Beschluss einer Vormundschaftskammer. Maximilian erfuhr, dass er mit Nachnamen Bahrlow hieß und nicht Schlossmüller, wie die Pflegeeltern, erst mit seinem vierzehnten Geburtstag. Als Juristen wussten die Schlossmüllers, dass Recht eben Recht und prinzipiell zu operationalisieren war – und zwar unabhängig von jeglicher persönlichen Befindlichkeit! Diese Meinung änderte sich jedoch schlagartig, denn der zuvor eher brave Maximilian Schlossmüller verwandelte sich in ein pubertäres Bahrlow-Monster.

Er gehorchte nicht mehr, seine Zensuren in der Schule schossen in die Negativ-Höhe, er hielt sich in Stadtgebieten auf, in denen er nichts Gutes lernen würde.

Dann fing er an Alkohol zu trinken, sich zu prügeln und hielt die Hygienevorschriften der Familie Schlossmüller nicht mehr ein.

Letzteres war das Schlimmste, vor allem für Pflegemutter Schlossmüller. Die Schlossmüllers hatten sich ein zweites Pflegekind übertragen lassen, die zu der Zeit neunjährige Clara, ebenfalls Tochter einer Delinquentin, die allerdings nicht hingerichtet, sondern zu lebenslanger Kerkerhaft verurteilt worden war. Sie hatten sichergestellt, dass der Vater diesmal keineswegs bekannt war oder sich irgendwie einmischen würde, wie sie immer von August Bahrlow befürchtet hatten, obwohl dieser es niemals tat. Aus diesem Grunde waren die Pflegeeltern davon ausgegangen, dass die Eröffnung, dass Maximilian eben nicht ihr leiblicher Sohn war, ohne weitere Probleme nur eine Notwendigkeit war und dem Familiensystem keinerlei Abbruch tun würde.

Nun besudelte Maximilian das Idyll: Zweimal in der Woche wurde z.B. ein Bad genommen: Erst der Vater, dann die Mutter mit der Tochter, dann Maximilian. Er verweigerte das mit der Bemerkung, dass er nicht im Schmutz ihm fremder Menschen baden möchte. Eigentlich war Maximilian penibel darauf bedacht, sein Zimmer im Obergeschoss in Ordnung zu halten. Nun glich es einer Kirmesbude, wie sich Frau Schlossmüller sehr dezent auszudrücken pflegte. In Wahrheit hatte Maximilian seine Karl-May-Bücher (auf die er besonders stolz, weil immer wieder aktualisiert fast vollständig waren) aus den Regalen gerissen, hatte sie fast in Briefmarkengröße zerrissen und im etwa zehn Quadratmeter großen Raum verteilt. Außerdem hatte er mit schwarzer Kreide an den Wänden Lüge, Lüge, Lüge geschrieben und Verrat, Verrat, Verrat ...

Der Irrtum war bahnbrechend: Es dauerte kaum sechs Wochen, dass die Schlossmüllers die entsprechenden Schritte einleiteten: Maximilian musste gehen. Schließlich hatten sie zwar die elterliche Gewalt (widerruflich) übernommen, aber es gab einen Vater, der ja letztendlich durch seine Vaterschaftsanerkennung auch die genetische Verantwortung für diesen missratenen Sohn hatte.

Aber der war nicht erreichbar; hauste häufig in Männerwohnheimen, im Sommer unter Brücken und in Friedhöfen und trotz seiner Doktorwürde (die ihm eine kaum existenzsichernde Rente sicherte) galt er als Wrack. So jemand würde einen renitenten Jugendlichen schon gar nicht erziehen oder gar züchtigen können. Also wurde Maximilian nach Papenburg verfrachtet, nach Papenburg zu den Moorsoldaten.

Hier gab es eine Erziehungsanstalt der katholischen Kirche, wo renitenten Kindern und Jugendlichen Zucht und Ordnung beigebracht wurde. Und zwar durch Arbeit. Die später von den Nazis aufgegriffene Phrase ›Arbeit macht frei‹ (in Auschwitz) wurde hier erfunden!

Und dann begann der Krieg! Aber der schien mit den Vorgängen irgendwie kaum etwas zu tun zu haben, außer vielleicht, dass Maximilian exakt bis zum Ende des Krieges 1918 in Papenburg blieb.

Maximilian gehörte, wie sein Vater, zu den kleineren Jungen und damit lag er fast am Ende der Fresshierarchie. Unter ihm agierten nur noch die ausländischen, meist polnischen Putzfrauen.

Er bekam die schwersten Jobs, z.B. das Stechen von Torfballen im Untermoor, wo es vor Mücken kaum auszuhalten war. Maximilian wurde fast täglich von den älteren Jungen vergewaltigt und nur deshalb bekam er zu essen, nämlich, um genau dafür zu überleben. Manche seiner Leidensgenossen hatten sich Schutzliebhaber angeschafft, aber Maximilian war dafür nicht attraktiv genug. Er hatte abstehende Ohren, schiefe Zähne und unreine Haut.

Das wirklich Einzige, was ihn am Leben hielt, waren wieder die Bücher. Diesmal las er nicht Karl May, wie einst bei den Schlossmüllers, sondern studierte die Bibel, was ihm Bonuspunkte bei der Erziehungsleitung einbrachte, später dann alles andere, was er an Literatur in der katholischen Bibliothek der Anstalt fand.

Am meisten (natürlich) hatte es ihm ›Der Graf von Monte Christo‹ angetan, denn er fühlte sich keinesfalls anders als dieser während der Kerkerhaft auf dem Chateau d'if!

Irgendwie schien der Krieg an Papenburg bis 1917 vorbeigegangen zu sein. Erst als die Franzosen, zuvor geschlagen, nun doch das Emsland überrannten, rannte Maximilian gen Osten mit, oder besser hinterher.

Er brauchte mehrere Monate, um Berlin zu erreichen, dem Ort, an dem er seinen Vater vermutete, denn wo sollte er sonst hin? Das Ende des Krieges im November 2018 erlebte Maximilian dann tatsächlich in Berlin.

Im Emsland, durch das er sich geschlagen hatte, nachdem die Franzosen und Belgier die Erziehungsanstalt Papenburg für aufgelöst erklärt hatten, überließ man die Insassen ihrem eigenen Schicksal – die Nonnen und katholischen Priester und Erzieher hingegen wurden festgenommen.

Damals lebten im gesamten Emsland kaum fünfzehntausend Menschen, nicht nur weil die jüngeren Männer im Wehrdienst irgendwo in Europa vor die Hunde gekommen waren. Das Emsland gehörte auch damals schon zu den dünnsten besiedelten Regionen (wenn man von der Göhrde im Nordosten Niedersachsens absah) des deutschen Reiches. Maximilian lernte, wie er in den Monaten Februar bis November 1918 in der Natur überleben konnte.

Seine Dokumentationen (Block B5, Register 17, Seiten 146–212), die er erst 1919 und 1920 verfasste, belegten – er war so glücklich wie selten zuvor. Nur Karl May hatte ihn bei den Schlossmüllers glücklicher gemacht, vor allem weil dieser, durch seine Ich-Erzählungen, ihm eine andere Realität erzeugte. Da es in den Papenburger Anstalten keinen Karl May gab (dieser würde den Insassen unflätige Gedanken einimpfen), musste er auf Thomas von Aquin, Anselm von Canterbury, aber durchaus auch auf Leibniz, Kant und Schopenhauer zurückgreifen.

Nun stellte er fest, dass die Natur das einzig Göttliche war. Das entsprach vor allem der Theorie von Leibniz und Schopenhauer, während er das katholische Präsens der heiligen Hierarchie zunehmend ablehnte. Nicht der Hirte hat das Sagen, sondern das Rudel, seien es Schafe oder denkende Wesen!

Damit war er mit achtzehn Jahren schon ganz nahe an der Theorie Carl Gustav Jungs, auch wenn er das natürlich nicht wissen konnte! Erst als er später 1921 mit Aggi Jung darüber sprach (während sich die Studentinnen des Pflegeseminars mit dem sexuellen Missbrauch durch Mutter und Vater beschäftigten), wurde ihm wirklich bewusst, was er in den Monaten gelernt hatte, in denen er vor allem Hunger, Durst und Kälte zu spüren bekam.

Aber er bekam auch helfende Hände zu spüren, Menschen, die mit ihm teilten, die ihm Wärme gaben, die ihm Halt und Durchhaltevermögen vermittelten.

Das waren meistens Frauen. Natürlich auch, weil die meisten Männer mittleren Alters im Feld geblieben waren. Viele Männer, nicht alle, gewiss nicht, also die meisten älteren Männer, die ihm auf diesem Weg begegnet waren, waren vor allem verbitterte Kotzbrocken, die jüngeren waren immer Konkurrenten, und zwar durchaus existenzielle Konkurrenten.

Frauen hingegen blieben Maximilian immer ein Rätsel, sie begriffen die Existenz, das Sein (wie Schopenhauer es beschrieb) als Mit- nicht als Gegeneinander.

Maximilian hatte auf seinem Weg (während und am Ende des Krieges, muss ich an dieser Stelle betonen) viele friedliche Erlebnisse, auf den weiten Wiesen des Emslandes, in den Fischhallen von Bremerhaven, der Lüneburger Heide, den Seen in Mecklenburg-Vorpommern. In der Heide und an den Seen war er am glücklichsten, nicht nur, weil es Sommerzeit war, sondern auch, weil er dreimal sexuelle Erfahrungen erleben durfte, die nicht von Gewalt geprägt waren, wie einst in Papenburg (es kam ihm vor, als wären Jahrzehnte vergangen). Zweimal waren es erwachsene Frauen (Maximilian schätzte sie auf dreißig oder so) – beide in der Lüneburger Heide – und einmal kurz vor Berlin in Brandenburg. Diesmal die Tochter eines Bauern, bei dem er zehn Tage bei der Heuernte mithalf (trotz Krieg), die drei Tage später den Sohn des Nachbarhofes heiraten würde.

Der Krieg war fast beendet. Junge Männer waren eine seltene Spezies und Maximilian fand in Berlin sofort eine Anstellung in einem Anwaltsbüro, das sog. Kriegsverbrecher verteidigte. Dass er aus Papenburg einen ausgezeichneten Mittelschulabschluss vorweisen konnte (neben seiner Geburtsurkunde als Maximilian Bahrlow war es das einzige Papier, das er hütete wie einen wertvollen Schatz), verhalf ihm zu dieser Stelle als Schreiber.

Hier stellte er fest, dass das einträglichste Geschäft, das Geschäft mit der Lüge war. Z.B. vertrat die Sozietät fünf Offiziere, denen angelastet worden war, das Massaker von Tamines befohlen und durchgeführt zu haben, zwei Dreisterne-Generale und drei Oberstleutnants. Dabei starben 384 Zivilisten in der belgischen Provinz.

Den Begriff »Befehlsnotstand« las Maximilian zum ersten Mal und konnte sich nicht erinnern, diesen schon mal in den philosophischen Abhandlungen der katholischen Bibliothek Papenburg gelesen zu haben.

Auf seiner Reise (oder besser Flucht) hielt er sich vierunddreißig Tage bei einem ziemlich durchgeknallten Fischwerker in Bremerhaven auf. Dieser, mit Namen Horst, lebte im und mit dem Fisch in Halle X, wo frühmorgens ab 3:00 Uhr die Fischauktionen stattfanden. Horst hatte die Oberaufsicht der fünfzehn Fischhallen mit rund einhundertzwanzig Arbeiterinnen, die z.B. für die Filetierung der Fische und das Rollen der Rollmöpse für die gehobene Gesellschaft zuständig waren, und war daher nicht zum Kriegsdienst eingezogen worden. Fisch war nun einmal wichtig für die Wirtschaft Deutschlands. Dass er Kommunist war und alle (meist nun nur noch weiblichen) Fischwerkerinnen zu infiltrieren wusste, war den wilhelminischen Geheimdiensten allerdings nicht bewusst.

Hier jedenfalls lernte Maximilian Hegel, Nietzsche, Feuerbach und vor allem natürlich Karl Marx kennen.

Und noch einmal: Ich mache es kurz: Maximilian und Horst begannen zu diskutieren. Da es allerdings in den Häfen (nicht nur in Bremerhaven) normal ist, Doppelkorn als Argumentationshilfe zu benutzen, wurden Maximilian diese Auseinandersetzungen zu anstrengend. Horst schenkte ihm jedoch Hegels ›Phänomenologie des Geistes‹ zum freundschaftlichen Abschied mit der Bemerkung: »Das ist mir wirklich zu kompliziert!«.

Im November 1918, nach der ersten Begegnung mit drei Frauen sowie mit Hegel und Karl Marx, war Maximilian nun in Berlin als Büroangestellter angekommen. Während seines Exodus las er regelmäßig Hegel und gab Horst irgendwie recht: Hegels Schriften waren kompliziert, aber, so dachte er offensichtlich, die Wahrheit muss schließlich kompliziert sein. Einfach hätten wir sie längst konsumiert.

Auch ich, Rabea, wie ihr euch hoffentlich noch erinnert, muss ihm recht geben! Wahrheit ist keineswegs einfach, nicht einmal Wirklichkeit! Hier vermischen sich wahrscheinlich das eine oder andere

Mal meine Gedanken mit denen, die mir meine Urahnin Anna hinterlassen hat, auch wenn ich mich um Objektivität bemühe!

Ich habe mich mit Hegel befassen (müssen); welchem Philosophiestudenten bleibt das schließlich erspart: Nach Sokrates der Einzige, der eine geschlossene Weltphilosophie vorweist.

Was für ein Quatsch, die wirkliche Weltphilosophie hat Joseph Beuys geschaffen (vor allem mit dem Fett, das die Putzfrau entfernt hatte) oder Walt Disney mit Dagobert Duck (an wen erinnert uns diese Ente im Jahr 2020?)!

Maximilian jedoch spricht in seinen Aufzeichnungen nur mit Begeisterung von Hegel. »Das Sinnliche und das Allgemeine, das Sein überhaupt« bewegte Maximilian zu Gedanken, die ich sehr, sehr zu schätzen weiß! Jedoch sehe ich Hegel durchaus als Bewahrer von dämlichen Machtstrukturen, während Maximilian als Humanist erster Güte die Gewalt nicht wahrnehmen wollte, die Hegel als durchaus legitimes Mittel sieht, um Veränderungen herbeizuführen oder kathartische Systeme zu decodieren.

Das ›Sein‹ des Vaters bewog ihn, nach ihm zu suchen, nicht sein eigenes ›Sein‹, hegelte er.

Nein, noch konkreter: Maximilian musste die Ordnung des Seins erst erschaffen, schließlich kannte er seinen Vater nicht.

In seinen schriftlichen Hinterlassenschaften, die in den Dokumenten, die Magda uns zur Verfügung gestellt hat (Block G17, Register 5, Seiten 13–122 und Block B11, Register 4, Seiten 111–212), mehr als unvollständig, eher bruchstückhaft zu finden waren, was natürlich nicht an Magda lag, denn sie kannte die Inhalte gar nicht. Dort steht z.B., dass er lange überlegt hatte, sich an seinen Peinigern zu rächen, den ›Erziehern‹, die ›Züchtiger‹ waren, an den verlogenen Nonnen, die im Namen Jesu Christi Gräueltaten (mindestens) tolerierten, an den Mitinsassen, die sich an ihm vergangen hatten.

Hegel, schrieb er, nicht die Humanisten Schopenhauer oder Kant, konnten seine Denke bereinigen: »Das Leben ist nur das Leben der Anderen! Wir selbst sind nichts!«

Schelling hatte gut zehn Jahre zuvor das Gegenteil behauptet, wusste Maximilian (und ich natürlich auch): »Die Welt ist nur existent durch unseren subjektiven Blick auf die Welt!«

Was Maximilian damals nicht wusste ist: Es stimmt natürlich beides! Dialektik hat Feuerbach bereits 1870 in die Existenzialphilosophie einzubringen versucht. Feuerbach war ein Jude und Juden glaubte man schon damals nicht, nicht erst ab 1933! Und Schopenhauer, der Feuerbachs Theorie kannte, hat ihn bekämpft – zu Unrecht, wie wir heute wissen!

Hegel schaffte Maximilian offensichtlich ebenso wenig wie ich. Aber Feuerbach faszinierte ihn. Es geht nicht hervor, woher er feuerbachsche Schriften bekommen hatte. Aber sie waren ein dialektischer Schlüssel:

Der katholisch gequälte Maximilian bekannte sich zu einer übergeordneten Macht, genauso wie es Feuerbach tat, obwohl im Herzen ein grundfester, atheistischer Sozialist.

Als Anwaltsgehilfe standen Maximilian 1920 alle Möglichkeiten offen, heute würde man sagen, Daten zu recherchieren. Natürlich gab es keine Datenbanken im heutigen Sinne oder gar ein World Wide Web. Aber man befand sich in Deutschland, im geordneten, im korrekten und bürokratischen Deutschland. Das hatte auch der Krieg nicht wesentlich beeinträchtigen können. In den Meldeämtern war natürlich die eine oder andere Karteikarte im Krieg vernichtet worden, aber der deutsche Beamte wäre nicht der deutsche Beamte, wenn er kein Duplikat angefertigt hätte. Die preußische Bürokratie wäre ihrem Ruf nicht gerecht geworden, hätte sie nicht eben jene Duplikate vor den Geschützen der Feinde in Bunkern gesichert, und natürlich mindestens ebenso vorrangig vor den Menschen, die es betraf.

So wurde Maximilian sehr bald fündig – und zwar erhielt er nicht nur Informationen über seinen Vater August Bahrlow, sondern auch über seine Mutter Sina Legat, die kurz nach seiner Geburt hingerichtet worden war – und natürlich auch, welche Rolle seine Pflegeeltern dabei gespielt hatten.

Maximilian, der seit seinem vierzehnten Lebensjahr nur seinen Namen und die Tatsache, dass sein leiblicher Vater in Berlin leben würde, erfahren hatte, suchte sich die Puzzleteile seines Lebens zusammen.

Er besuchte im Frühjahr 1919, nachdem er sich einigermaßen in einem kleinen möblierten Zimmer eingerichtet hatte, die Orte, an denen sein Vater sich bis dato aufgehalten hatte, aber er fand ihn nicht. Eigentlich musste er davon ausgehen, dass sein Vater August nicht mehr am Leben war, gab aber dennoch nicht auf.

Wie gesagt, ich mache es kurz: Maximilian fand seinen Vater dann doch, und zwar in einem Siechenhaus, das sich ein wenig scheinheilig ›Bürgerhospital Charlottenburg‹ nannte. In diesem hufeisenförmigen Gebäudekomplex gab es eine geringe Anzahl von Krankenbetten, die auf die chirurgische Behandlung von Leiden einer bürgerlichen Klientel ausgerichtet waren, z.B. bei indizierten Mandel-, Blinddarm- oder anderen Abszessresektionen. Diese waren im Haupthaus angesiedelt, das offiziell keine Öffnung zu den beiden Gebäudeflügeln hatte. Inoffiziell gab es einen Tunnel, der die beiden Flügel verband und zu dem fast ausschließlich die Chef- und Oberärzte des Haupthauses Schlüsselgewalt hatten.

In den beiden Seitenflügeln waren auf der einen Seite die Verrückten, also im Volksmund die Irrenanstalt angesiedelt, wo Elektroschocks, Waterboarding (wie man heute sagen würde) und brutale Fixierungen an der Tagesordnung waren – und auf der anderen Seite das Siechenhaus. Zwischen diesen beiden Einrichtungen gab es durch besagten Tunnel einen regen Austausch! Mal kamen die Opfer der Folter des Irrenhauses in das Siechenabteil, weil deren Lebenswille endgültig gebrochen worden war, mal wachten entgiftete alkohol- oder drogenabhängige Probanden aus ihrem Delirium im Siechenhaus auf und beanspruchten meist aggressiv die Teilhabe ihres Lebens am (gesellschaftlichen) Sein, um dann natürlich wieder ihren Süchten zu erliegen, wie die Ärzte vermuteten, und daher wieder in der Irrenanstalt ›gesichert‹ wurden.

Leider (jedenfalls, wenn man das im Nachgang betrachtet) hatte Maximilian beim Besuch seines Vaters im Siechenhaus genau dies veranlasst, wenn auch mit einer Verzögerung von drei Tagen.

August Bahrlow erwachte aus seiner alkoholgedämmerten Lethargie und begehrte auf – offenbar hatte er seinen Sohn tatsächlich erkannt.

Nun, ich glaube, ich habe es deutlich beschrieben, die Konsequenz schien sehr prägnant: Aus ›medizinischer‹ Indikation wechselte August Bahrlow drei Tage nach dem Besuch seines Sohnes vom linken in den rechten Flügel des ›Bürgerhospitals Charlottenburg‹.

Hier wurde er fixiert, mit eben jenen Drogen ruhiggestellt, von denen er sich im linken Flügel des Hauses bereinigen sollte. Wenn er (wegen diesem Widerspruch, wenn auch nicht bewusst) zu drastisch aufbegehrte, kam der Exorzist, eher kein Seelsorger, denn er nahm keine Beichte ab, kein Gemeindepfarrer, denn er gab nicht die letzte Salbung, sondern er praktizierte blödsinnige Kreuzrituale, die ihm offenbar gutes Geld einbrachten.

Das ist belegt! Aber für mich ist diese Zeit, von der ich heute im Jahr 2020 berichten muss (und darf) nicht nur zynisch, sondern unerträglich, nicht nur weil ich verwandtschaftlich involviert bin! Damals war das, was ich berichte, mehr oder weniger normal, Anna von Gerike hat sicherlich keine Märchen erzählt!

Belegt ist hier, und damit kommen wir wieder auf die Zusammenhänge des ›Pflegeseminars für Alten- und Krankenpflege‹ der Anna von Gerike zurück:

Maximilian Bahrlow hatte seinen Vater vor eben jenem Wechsel von dem einen in den anderen Block zwar nicht bewahrt, dann aber doch befreit. Warum, wusste er nicht, und wie, wusste er auch nicht. Jedenfalls nahm er seinen Vater mit zu sich nach Haus. Wahrscheinlich galt August als ehemaliger psychiatrischer Medicus doch als besonderer Patient, der nun einen nachgewiesenen Epigonen vorweisen konnte.

Nach Hause hieß in diesem Fall ein möbliertes Zimmer im Wedding.

Als er sich als Sohn von August Bahrlow legitimierte, wurde ihm von der Klinikverwaltung mitgeteilt, dass ein Teil der Kosten, die sein renitenter Vater verursacht hatte, durch eine Rente des Psychiaterieberufsverbandes des preußischen Reiches abgedeckt sei. Er bekam tatsächlich eine kleine Rente, die wenigstens den Lebensunterhalt von Vater und Sohn abzudecken half.

Maximilian hatte eine Mammutaufgabe vor sich und bewältigte sie.

Maximilian hörte nicht auf zu recherchieren und fand heraus, dass sein Vater August Bahrlow bis ins Jahr 1900 nicht nur Psychiater war, sondern auch Lyriker, Schauspieler, manchmal sogar der ›schräge August‹.

Vor allem erfuhr Maximilian aber, dass August Bahrlows Absturz begann, als er, also sein einziger Sohn, geboren wurde, kurz bevor seine Mutter hingerichtet wurde.

In dieser Zeit wurde der sechsundsechzigjährige Mann von Woche zu Woche zu einem Schatten seiner selbst. Er hatte im Endstadium keine Zähne mehr im Mund, nur noch ein paar schwarze Stumpen. Sein Gesicht war aufgedunsen und nur seine blauen Augen versprachen eine Gedankenklarheit, die sich aber nicht erfüllte. Maximilian sprach mit ihm, aber August Bahrlow antwortete meist auf Fragen, die ihm nicht gestellt wurden.

»Wann hast du mit dem Trinken angefangen?«, fragte Maximilian seinen Vater z.B. und August Bahrlow antwortete: »Carl Gustav hat gesagt, dass ich zu Recht trinke, mein Sohn!«, denn dass Maximilian sein Sohn war, hatte er irgendwie erkannt.

Der Vater verlangte natürlich nach Alkohol, aber der Sohn verweigerte ihm den Schnaps, was August Bahrlow noch aggressiver machte, als er ohnehin schon war: »Ich bin dein Vater! Gehorche!«

Maximilian dachte gar nicht daran und rein körperlich war August Bahrlow nicht mehr in der Lage, sich selbst zu versorgen. Nicht einmal den Harn- und Stuhlgang beherrschte er und Maximilian ekelte sich, nicht allein vor der Geruchs- und Schmutzbelästigung, sondern vor allem vor der körperlichen Nähe zu seinem Vater, den er gesucht und nun, eher weniger glücklich, wie sich zeigte, gefunden hatte. Außerdem war es natürlich auch eng in seinem möblierten Zimmer und die Vermieterin rümpfte die Nase, ebenfalls auch nicht allein dem Gestank geschuldet.

Maximilian suchte nach Lösungen, denn den Vater hatte er nun am Hals. Wenigstens hatte er auf seinem Exodus vom Emsland nach Berlin ein paar existentielle Dinge erlernt. Vor allem z.B. sich nicht aus der Ruhe bringen zu lassen und nach rationalen Lösungen zu suchen. Eine war, dass er während seiner Bürozeiten, er war in der Anwaltskanzlei mittlerweile kaum zu ersetzen, weil er pragmatisch, praktisch, ordentlich und ideenreich war, alle Informationsmöglichkeiten ausschöpfte, die damals zur Verfügung standen, zielführende Recherchen, z.B. in der Presse Berlins tätigen zu können. Für seine Chefs natürlich nur, um weitere Effektivitätsstandards für das Büro zu eruieren.

Nachdem er tagelang in den seriösen Zeitschriften keine Anregung fand, besorgte er sich den Simplizissimus, der natürlich nicht zu den Standard-Blättern in der Sozietät gehörte. Und ziemlich schnell stach ihm eine Kleinanzeige in die Augen: Neuartiges Pflegeseminar sucht junge Studierende.

Sofort machte er sich daran, auf einer der neuesten Errungenschaften des Anwaltsbüros, einer Schreibmaschine der Marke ›Adler‹, einen Brief an jene Anna von Gerike, die diese Annonce lanciert hatte, mit der Bitte um ein Vorstellungsgespräch zu schreiben.

Kurz danach durfte er vorsprechen und tatsächlich wurde er nicht nur aufgenommen, sondern sein Vorschlag, gleich ein Versuchsexemplar mitzubringen, nämlich seinen Vater August Bahrlow, fand, wider Erwarten, Gehör.

Selbstverständlich war das nicht sofort klar. Als Anna von Gerike jedoch erfuhr, um wen es sich bei diesem Pflegefall handelte, und die Fluchtgeschichte aus dem Emsland von Maximilian Bahrlow gehört hatte, war sie sehr schnell bereit, diesen jungen Mann als Studenten und seinen Vater als Testpflegeperson in ihrem Seminar aufzunehmen.

Wir wissen natürlich, dass Anna von Gerike mehr über August Bahrlow wusste als sein eigener Sohn. Und wir wissen auch, dass August Bahrlow nicht nur einen Sohn mit der verurteilten und strangulierten Sina Legat hatte, sondern auch eine Tochter.

August Bahrlow wusste das seinerzeit jedoch noch nicht und natürlich auch nicht sein Sohn. Anna schwor sich, dass das auch so bleiben müsse.

Bei Maximilian, dessen Existenz ihr natürlich bekannt war, war sie davon ausgegangen, dass er gut behütet bei den Schlosshauern aufgewachsen und seinen wahrscheinlich der Juristerei vorgegebenen Weg gegangen sei. Nun erfuhr sie, dass Maximilian offenbar einen anderen Lebensweg gegangen war, offensichtlich gehen musste.

Der Vorschlag des jungen Rechtsanwaltsgehilfen wäre ihr, auch ohne Kenntnis seiner Identität, durchaus entgegengekommen, obwohl sie bis dahin nicht daran gedacht hatte, auch praktisch ihren Studentinnen und Studenten ein lebendes Exemplar zur Pflege zu präsentieren.

Mit August Bahrlow hatte sie indes überhaupt nicht mehr gerechnet. Er war seit vielen Jahren aus ihrem Leben verschwunden. Nun erfuhr sie, dass er ein menschliches Wrack war.

Dieser starke, durch nichts zu erschütternde August Bahrlow hatte die Liebe seines Lebens einer Todeskandidatin geschenkt. Anna von Gerike wäre gern selbst die Kandidatin seiner Liebe gewesen und hatte schließlich überlebt.

Aber August hatte nach der Hinrichtung von Sina Legat offenbar beschlossen, seinem Leben einen langwierigen Todesstoß zu versetzen.

In den Tagen nach der sehr sinnlichen Nacht nach der Hinrichtung von Sina Legat, die aber August offenbar wenig Trost spendete, hatte Anna ihn gesucht. August Bahrlow war bekannt. Man kannte ihn in den eingeweihten Kreisen. Aber Anna fand ihn nicht. August Bahrlow hatte offenbar die Flucht angetreten, wohin auch immer. Anna von Gerike hatte ihm zugetraut, nach Übersee zu verschwinden, um dort eine neue Sippschaft aufzubauen.

Daher suchte sie nicht allzu lange und hatte auch nicht vor, ihn neun Monate später mit seiner Tochter zu konfrontieren – das hätte ein großes Problem bedeutet, vor allem, wenn sie die beiden Männer hätte zusammenbringen müssen: ihren Vater Otto und diesen unbezähmbaren August Bahrlow.

Als Anna schwanger war, hatte sie es geschafft, dass niemand es erfuhr, außer Rudolf Diesel, dem sie sich anvertraute. Der ihr half, das Kind auszutragen, ohne dass auch der Großvater Otto von Gerike davon erfuhr. Er würde über die uneheliche Geburt sowieso entsetzt sein – sie wollte nicht schon ihre Schwangerschaft damit belasten. In Rudolf Diesel hatte sie einen verlässlichen Freund, ebenso wie dann auch ihre Tochter Katharina. Vielleicht wäre alles anders gelaufen, wäre er nicht 1913 verstorben.

Nun, fast zwanzig Jahre später, änderten sich die Vorgaben:

Anna von Gerike beschloss nun, ihrer alten Liebe August Bahrlow diesen Selbstvernichtungsweg zwar ein wenig zu erleichtern, ihm aber auch klarzumachen, dass er um sie ontologisch nicht herumkam. Ob er allerdings in der Lage war, das realistisch wahrzunehmen, wusste sie natürlich nicht.

Dass nun sein Sohn, der ja auch ihr Sohn hätte sein können, in ihrer Gegenwart erschien, war offensichtlich ein letztes Signal zur Durchführung ihrer Vorhaben.

Sie hatte im vom Vater mitfinanzierten Seminarhaus tatsächlich so etwas wie ein Kranken- und Behandlungszimmer einbauen lassen. Selbstverständlich nach den neuesten Erkenntnissen der damaligen Pflegestandards. Hier wollte sie, mit Puppen, die sie aus dem KaDeWe in Berlin günstig zu erstehen hoffte, einen Pflegetrainingsraum mit möglichst realistischen Bedingungen für ihre Seminarteilnehmer entstehen lassen. Eine Puppe jedoch, war meiner Ur-Ur-Großmutter natürlich klar, würde in der Sinneswahrnehmung der Studierenden nicht den wirklich gewünschten Lernerfolg nach sich ziehen können. Es gehörte eben alles dazu, nicht allein die Optik, die Funktionalität, sondern auch der olfaktorische Aspekt, die Kinästhetik, die Berührung, ja, Handhabung eines echten Körpers – oder anders ausgedrückt: die individuelle Überwindung, in den individuellen Intimbereich eines anderen Menschen eindringen zu müssen.

Genau diesen Aspekt der Lehre bot ihr nun jener Maximilian Bahrlow mit seinem Vater und auch durch dessen Bewerbung als Studierender. Dadurch war gewährleistet, dass sie keiner rechtswidrigen Inobhutnahme beschuldigt werden könnte, denn der Sohn als Vormund war Teil des Ganzen.

Aber die wirkliche Begründung, warum Anna von Gerike August Bahrlow als Pflegefall und Maximilian Bahrlow als Studierenden aufgenommen hatte, blieb natürlich für alle Beteiligten (vielleicht außer August Bahrlow selbst) ihr Geheimnis.

Freiwillig hieß freiwillig, auch für einen August Bahrlow. Nicht ganz einfach bei einem Mann, der sich über achtzehn Jahre das Gehirn mehr oder weniger weggesoffen hatte. Und genauso sah dann auch das Ergebnis aus: August Bahrlow war bereit, sich als Pflegeversuchskaninchen im Seminarhaus einzuquartieren, wenn er täglich eine Kanne Bier und einen Nösel Korn erhalten würde. Das lehnte Anna von Gerike natürlich ab, die persönlich selbstverständlich nicht mit August Bahrlow diskutierte, ließ sich aber in den weiteren Verhandlungen auf ein therapeutisches Maß von einem Seidel Bier (etwa einen Liter) und einem halben Nösel (etwa ein Viertelliter) Weizenkorn ein, solange das immer gepaart war mit dem Genuss von mindestens sechs Zehen Knoblauch (des Geruchs wegen).

Anna von Gerike war während dieser diagnostischen Phasen

nicht wirklich klar, ob August Bahrlow sie erkannte. Er jedenfalls tat nichts anderes, als ein dementer Pflegefall zu sein.

Unter diesen Bedingungen zog August Bahrlow in das Seminarhaus in Berlin-Charlottenburg ein. Er fühlte sich hier zunehmend wohl, so jedenfalls geht es aus den Beschreibungen hervor, die vor allem Maximilian schrieb und Anna archivierte (Block G3, Register 24, Seiten 1022–1340).

August trank sein Alkoholdepot, aber mehr eben nicht, weil er keinen weiteren Zugang hatte. Damit schien er eine Art Renaissance seines Geistes zu erleben. Er begann seine Lebensgeschichte zu schreiben.

Vieles, was wir z.B. über sein Wirken nach 1900 bis 1921 wissen, verdanken wir u.a. diesen Schriften.

Über die Jahre vor 1900 gab es schließlich, wie bekannt, klare Erkenntnisse: August Bahrlow war Professor, Doktor der Psychiatrie und ein Künstler, der öffentlich bekannt und sogar beliebt war (wenn auch nicht immer bei den Oberen). Ab 1900 war seine Biographie nur noch bei Carl Gustav Jung zu finden, allerdings anonymisiert und lange nicht so konkret, wie es wünschenswert gewesen wäre. Aber später hat Aggi Jung für mehr Aufklärung gesorgt (Block AJ1, Register 2, Seiten 22–339).

*

Erst 1919 gab es eine neue Situation: Maximilian Bahrlow und Janina Smirnow, die erste Studierende, die sich neben Maximilian im ›Kranken- und Altenpflegeseminar‹ inskribiert hatte, verbrachten den (eigentlich mit sechsundsechzig Jahren eher jungen) alten Vater August Bahrlow in das einzige Krankenzimmer des Seminars.

Über die Vertragsbedingungen wurde selbstredend kein Wort verloren. Niemand der SeminarteilnehmerInnen wurde darüber informiert.

Es störte August Bahrlow aber nicht sonderlich. Er war versorgt (und wusste mehr als alle anderen): Die Seminarteilnehmer und vor allem die -teilnehmerinnen pflegten ihn fürsorglich. Von der Alkoholvereinbarung wussten nur Anna von Gerike und Maximilian Bahrlow, der allerdings nichts von Annas wirklicher Beziehung zu seinem Vater wusste. August Bahrlow war also ein geduldiger Pflegepatient.

Das, was Maximilian richtig irritierte, war, dass Anna von Gerike seinen Vater häufiger besuchte, als er für schicklich hielt: nachts, fast jede Nacht.

Es war ihm nur durch einen banalen Zufall bekannt geworden. Maximilian war eines Nachts in einer Kneipe gelandet, was selten vorkam, und hatte, ein wenig betrunken, was ebenso selten vorkam, den Schlüssel für sein Ein-Zimmer-Appartement vermisst. Mit hoher Wahrscheinlichkeit vermutete er seinen Schlüssel in seinem Schrank im Seminarraum im Erdgeschoss. Er behielt recht und auf dem Rückweg zu seinem Zimmer hörte er Stimmen aus der ersten Etage. Zuallererst dachte er, dass sein Vater im Schlaf reden würde, dann aber hörte er auch eine weibliche Stimme.

Dieser Schwerenöter!, dachte er und nahm sich vor, seinen Vater am nächsten Tag zur Rede zu stellen. Dann aber kam ihm die weibliche Stimme bekannt vor. Somit schlich er die Treppe hinauf, um deutlicher hören zu können. Und ja, es war eine sehr bekannte weibliche Stimme, die sich offenbar mit seinem Vater ein ziemlich heftiges Streitgespräch lieferte.

Maximilian schrieb in seinen Dokumenten, dass er mehr als irritiert war (Block B17, Register 12, Seite 37). Anfangs schob er diese Wahrnehmung auf seinen eigenen (eben seltenen) Alkoholkonsum, denn sein Vater war mehr oder weniger ein dementer, alkoholkranker alter Mann, der kaum in der Lage war, sich irgendwelchen verbalen Disputen auszusetzen.

Andererseits zweifelte Maximilian schon seit dem Tag, als er seinen Vater aus dem Siechenhaus geholt hatte, daran, dass dieser geistig wirklich so beeinträchtigt war, wie sein körperlicher Zustand manifestierte.

Offenbar hielt August Bahrlow seine Umwelt immer und immer wieder zum Narren, sogar seinen Sohn. Das ist nun allerdings meine Anmerkung, fast genau hundert Jahre später.

Für Maximilian Bahrlow stand fest, nachdem er sich an diesem ersten Abend seiner Beobachtung ohne verifizierbare Erkenntnis in sein Bett zurückgezogen hatte, in den folgenden Tagen, nüchtern und ohne vorherigen Kneipenbesuch seine Beobachtungen zu überprüfen. Und es bewahrheitete sich: Eine Frau, deutlich immer die gleiche Frau, besuchte seinen Vater fast jede Nacht in der Zeit von 23.00 Uhr bis 1:00 Uhr.

Meistens stritten sie, nein, Maximilian bemerkte bald seinen Irrtum, ohne die Inhalte wirklich verstehen zu können, sie stritten nicht, sie diskutierten.

Maximilian hätte sich gerne eingeklinkt. Mit ihnen über Schopenhauer, Leibniz, Marx, Engels und vor allem Hegel und Feuerbach diskutiert. Aber ihm war nicht wirklich klar, worüber sie tatsächlich sprachen. Er hatte auf der Treppe zum Obergeschoss nur ihre Stimmen vernommen und sich nicht getraut, näher an das Pflegezimmer seines Vaters heranzutreten, man hätte ihn unweigerlich entdeckt.

Aber warum seine Chefin Anna von Gerike sich nachts mit seinem Vater so vehement austauschte, war schon irgendwie merkwürdig, fand Maximilian, zumal sie tagsüber sehr distanziert vom Herrn Pflegefall sprach.

Kapitel 10

1920 Otto von Gerike

(Zusammenfassung der Ereignisse aus den Archiven des Klosters Neuenwalde, Block G11, Register 44, Seiten 117–466 ... fehlerhaft)

Otto von Gerike war sich ziemlich bewusst, dass seine Tochter nichts als die Wahrheit sagen würde. Er kannte sie nicht anders und war immer an ihr gescheitert. Christina, die Mutter, war eine Frau gewesen, die ihre Tochter zu einem Selbstbewusstsein erzogen hatte, das sich aus seiner Sicht nicht gehörte.

Nun hatte er nach seiner Pensionierung fünfzehn Jahre lang mit ihr gekämpft und hatte verloren. So jedenfalls sah er es. Ihm waren die Zügel genommen. Sein Freund Rudolf Diesel hatte es wahrscheinlich gut gemeint, aber Otto von Gerike war offenbar kein guter Erzieher:

Denn schon während der Gespräche der alten Freunde zwischen 1900 und 1913, und sehr egozentrisch nach dem Tod von Rudolf Diesel, hatte er kontinuierlich versucht, seiner eigenwilligen Tochter seinen Willen aufzuzwingen. Er hatte gemeint, dass er mit zwei Forderungen seinen Willen durchsetzen würde:

1. Wenn seine Tochter Anna weiterhin ihre gottgegebene Rolle als Mutter (mit einem von ihm ausgesuchten Ehegatten und Vater seiner Enkelin, wenn er auch nicht der leibliche sein würde) verweigerte, würde auch er seine Rolle als Großvater ebenfalls verweigern.
2. Er würde ihr alle akademischen Laufbahnen versperren, solange sie nicht zu Kreuze kriechen würde.

Er würde dem ganzen weiblichen Studienunfug seiner Tochter Einhalt gebieten, schwor er sich, nachdem die Theoreme seines Freundes Rudolf Diesel versagt hatten.

Über die Androhung von körperlicher Züchtigung lachte seine Tochter, nein, nicht nur das: Als Otto von Gerike aus der jüngeren Urania-Brüderschaft Studenten beauftragte, seine Tochter zu züchtigen, erlebte er ein Desaster: Anna zeigte nicht nur ihre davongetragenen blauen Flecken und Verletzungen campusöffentlich, sondern sie ließ sich, bevor sie sich der preußischen Polizei übergab, von der medizinischen Fakultät ihre Verletzungen dokumentieren und diagnostizieren.

Die Polizei ermittelte selbstredend nicht gegen den Vater.

Aber dieser musste sich in einigen Vorlesungen gefallen lassen, dass die Verletzungen seiner Tochter als Beweis zunehmender Frauenfeindlichkeit im akademischen Umfeld von, vor allem protestierenden Studenten und Studentinnen (die gab es offenbar auch schon vor 1968) präsentiert wurden.

Jeder Professor und alle Studenten wussten natürlich, wer der Urheber, mindestens aber der Auftraggeber für die Angriffe auf Anna von Gerike war.

Irgendwann hatte er keine Wahl, er musste emeritieren und hatte damit verloren. So jedenfalls sah er es und bestand darauf, dass auch seine Tochter die Universität verlassen musste. Der Rektoratsversammlung blieb nichts anderes übrig, als Anna von Gerike den Lehrauftrag zu entziehen.

*

Kurz vor Rudolf Diesels Tod waren sie im Jahr 1912 noch einmal zusammengekommen, wie gesagt, Rudolf Diesel war dann nur noch zwei-, dreimal im Jahr in Berlin.

»Ihre Idee, Rudolf, hat versagt!« Rudolf Diesel hatte seinen ›Solidarismus‹ veröffentlicht und nun stand die Welt vor einem Krieg, ohne davon wirklich Notiz genommen zu haben. »Meine Erziehung hat nicht gefruchtet und dein Solidarismus hat zu einem Krieg geführt!«

»Nein«, antwortete Rudolf Diesel, »meine technische Erfindung, der Dieselmotor, hat ermöglicht, dass Panzer, also Tötungsmaschinen, damit ausgerüstet wurden, meine Philosophie vom Solidarismus hätte jedoch jeden Krieg verhindert. Und das will deine Tochter ebenfalls! Du, Otto von Gerike«, Rudolf hatte, wie zuvor Otto, das versöhnliche ›Sie‹ ihrer Beziehung verlassen, »hast in deiner Überheblichkeit versagt, völlig versagt! Das, was du Erziehung nennst, ist Dressur. Du hast deine Tochter behandelt wie eine Hündin. Nun wirst du die Folgen tragen, denn geschlagene Hunde neigen dazu, sich zu verbeißen! Ich wünsche dir, dass du jetzt, heute, in diesem Moment, deinen Weg überdenkst und ihn wechselst!!!«

Das tat Otto von Gerike keinesfalls – wie schon immer hielt er Rudolf Diesel für einen (bislang nützlichen) Idioten – nun wurde er darin bestätigt.

Sie trennten sich als Feinde!

*

Aus heutiger Zeit, muss ich an dieser Stelle anmerken, war Rudolf Diesel ein innovativer Utopist, vielleicht ähnlich wie Alfred Nobel oder Albert Einstein – wir haben ihn unterschätzt und überschätzt, je nachdem.

Der Krieg, der dann begonnen wurde, egal wer dabei schuld war von den Mächtigen, wäre nur zu verhindern gewesen, wenn es einen durchdachten, operationalisierbaren ›Solidarismus‹ gegeben hätte. Alternativ einen humanistischen Sozialismus vielleicht, oder einen basisorientierten Kommunismus. Aber alle drei Optionen zeigten sich dann historisch als realitätsfern, auch wenn ich der Überzeugung bin, dass eine reale Zukunft nicht ohne Utopien auskommt. Die einzige Gesellschaftsform, die keinerlei Utopie nötig hat, ist der sozialliberale Konstruktivismus – man mag ihn lieben oder hassen — er funktioniert einzig gegen jedwede autoritäre Staatsform, auch wenn sie ständig Gefahr läuft umzukippen, leider eben auch mit dem Anhängsel des Kapitalismus, wenn es gut läuft für die Menschen, eine behavioristische, soziale Marktwirtschaft.

Nicht nur diese drei anderen Konzepte hatten versagt, sondern auch alle weiteren bis zum Ende des Zweiten Weltkrieges. Spätestens ab dem Jahr 2015 wiederholte sich der dumme Schwachsinn erneut, nicht nur in Polen und Ungarn, sondern auch Italien, Österreich, Frankreich und Deutschland wurden faschistisch verseucht. Und 2016 legte ein Herr Trump noch eins drauf!

Dazwischen, immerhin siebzig Jahre lang, gab es eine Erholung, die die zwei, drei Generationen (die erste war die sog. 68er) nicht wirklich zu schätzen wussten, obwohl sie, also ihre engagierten Kinder und Enkel, vor allem durch die NGOs (Non Government Organisations) den wesentlichsten Beitrag an der Erholung unserer Erde beigetragen hatten, nicht zuletzt natürlich auch die Kids, die freitags die Schule fürs Klima schwänzten.

Keiner oder wenige wissen das — es geht uns besser als jemals zuvor und die Ärzte ohne Grenzen, Transparency, Greenpeace, Attac und viele andere NGOs waren daran nicht ganz unschuldig! Leider etablieren sich auf der anderen Seite ähnliche nichtstaatliche Konstrukte, wie z.B. die Identitäre, der Flügel oder Combat 18, aber sie sind relativ leicht zu entlarven, weil sie rational argumentationsresistent sind und sich nur durch sinnentleerten Aktivismus, meist gepaart mit Gewalt, auszeichnen.

Dass uns dann COVID-19 erwischte, war sozusagen die logische Folge unserer Unachtsamkeit der Natur gegenüber.

Sehr viel weiter bin ich auch nicht, erkenne aber, dass ich mit meiner Denke arbeiten, sie vom Gestern und Vorgestern befreien muss. Vor allem mit Annas Generation, durchaus mit Vorarbeit der von Otto von Gerike, hat die Lebensblüte der Welt begonnen, nicht nur die der Blaualgen oder des Klimawandels. Es wurde meistenteils wirklich besser, das Leben, auch wenn dann Hitler, Stalin, Mao

Zedong, Pol Pot, Mugabe, Idi Amin, Kim Jong Il, Gaddafi, Erdogan, Johnson, Putin oder Donald Trump versuchten, die Welt wieder ins Mittelalter zu katapultieren.

Heute versuchen das übrigens andere, quasi-demokratisch gewählte Machthaber (wie es ja auch ein Hitler war, nur um das nicht vergessen zu lassen!!), wie der ungarische Orban, aber vor allem der polnische Kaczynski, ein psychisch kranker Mensch, der alle Politiker wie eine Marionette führen darf, und das Volk lässt es zu, obwohl er sagte: »Die Verfassung ist doch nur ein Stück Papier. Wie soll ein Stück Papier Leben beinhalten?!«

Oder eine deutsche Partei, die meint, sie habe die Sprache des Volkes gepachtet und sich dennoch als Alternative dazu betrachtet – welch ein Wortsinn hat denn nun zu gelten – Dumpfsinn, würde ich sagen – die Banalität des Bösen, nannte es Hanna Ahrendt bereits zu Zeiten, als man all diesen Unsinn hinter sich glaubte.

Es gab und gibt immer wieder und viel zu viele Faschisten, Menschen, meist Männer (wenn man von Margot Honecker, Nicolae Ceaușescu und den weiblichen KZ-Aufseherinnen der Nazis und auch manchen BDM-Funktionärinnen absieht), die eigentlich nichts anderes als psychisch krank waren und sind (man kann eine Alice Weigel oder Beatrice von Storch von der AfD hier nicht ausnehmen), faschistoide Persönlichkeiten, wie Max Horkheimer es formuliert hatte. Allerdings meist (wenn man von den wenigen Aussteigern aus der rechten Szene absieht) ziemlich therapieresistent.

Otto bewegte sich aber wohl doch in anderen gedanklichen, ethischen, moralischen Kreisen, die man ihm, jedenfalls aus heutiger Sicht, die ich die lebensweltorientierte Sozialisation meines Ur-Ur-Ur-Großvaters nennen möchte, nur bedingt vorwerfen kann.

Bedingt deshalb, weil ja auch Anna, vielleicht ein wenig später, ein wenig aufgeklärter, ein wenig mit einer tollen Mutter Christina, mit diesen gesellschaftlichen Bedingungen nicht nur aufgewachsen ist, sondern als Frau durch sie eingeschränkt und bevormundet wurde.

Ich würde ihm vielleicht nicht sein Handeln verzeihen können, aber ich würde mit ihm reden, ihn auf seinen Irrtum hinweisen, sanft, empathisch, achtsam auf seine Grundseele, die man nicht bekämpfen, nicht brechen, nicht zerstören sollte.

Ich gebe es zu, Anna hatte zu wenige Chancen, um eine friedliche Überzeugungsmethode anzuwenden: Otto war festgefahren und konnte nichts anderes tun, als das, was er tat (was sie erst einmal nicht wusste oder hätte begreifen können):

Mit fast achtzig Jahren wollte er sich wenigstens selbst ein Bild machen, hatte er sich lange überlegt.

Gegen seine sonstigen Gepflogenheiten orderte er per Hörrohr (heute würde man Telefon sagen), eine (von seinem Ex-Freund Rudolf erfundene) und nur für ihn dieselbetriebene Droschke, um sich von seinem Butler ins Institut seiner Tochter bringen zu lassen.

Otto von Gerike hatte sich eine Zeit ausgesucht, wo ihm klar war, dass seine Tochter nicht anwesend sein würde, nämlich am 6. Dezember 1920, dem Nikolaustag, an dem seine Tochter, ihre fünf Jünger mit dem Gesinde, ein Mädchen namens Agathe Jung, Süßigkeiten in den vielen Waisenhäusern der Stadt, mehr oder weniger auf seine Kosten, wie er glaubte, verteilen würden.

Er fühlte sich nicht einmal als Einbrecher, nicht nur, weil er einen Schlüssel besaß. Er war konspirativ unterwegs, hatte die Schlüssel seiner Tochter heimlich nachmachen lassen. Seinem Butler gegenüber hatte er hundertprozentiges Vertrauen, der eben auch jenes Schlüsselproblem konspirativ gelöst hatte, aber dennoch ließ er ihn in der Dieseldroschke zurück (der Butler hatte bei Rudolf Diesel das Chauffieren lernen müssen, als dieser noch lebte).

Otto von Gerike war ein korrekter Mensch, ein vor allem abstinenter Jude, ohne wirklich den Talmud zu kennen oder gar zu lieben. Aber er hielt sich an die Gebote, egal welcher Autorität. Denn das war sein Prinzip: Hierarchie bedeutet die Möglichkeit von Aufstieg und seine Herkunft durfte man nicht verleugnen. Jeder Mensch, abgesehen von untermenschlichen Volksgruppen wie Neger oder Zigeuner, hatte eine Aufstiegschance von unten nach oben. Dass er wenige Jahre später als Jude hätte deportiert und in einer Gaskammer hätte sterben können, hätte er selbstverständlich für unmöglich gehalten.

Sogar Frauen! Ein wenig hatte Otto von Gerike von seiner Tochter gelernt: Frauen waren nicht per se dumm, seine Tochter irrte sich nur in ihrer gesellschaftlichen Rolle! Frauen waren für die Kinder, den Haushalt, die Wäsche, die kulinarischen und genitalen Genüssen zuständig: Sie hatten einem Mann zu dienen. Anna diente (aus seiner Sicht) egozentrischen Zielen, die sie als Frau und damit als Mitglied dieser Gesellschaft disqualifizierten – sie war für ihn keine Frau mehr!

Niemand könnte ihn davon abhalten, sein eigenes Haus zu zerstören, das war sein Recht.

Er hatte nicht etwa vor, Feuer zu legen, aber er hatte sich vorgenommen, all das zu zerstören, von dem er annahm, dass es zu den wichtigen Apparaturen, Schriften oder anderen Gegenständen gehörte, die seine Tochter wissenschaftlich weiterbringen würden. Er hatte sich dafür einen Kuhfuß mitgenommen und eine Flasche mit Salzsäure.

Da es sein eigenes Haus war, auch wenn es schon Jahre her war, dass er es betreten hatte, kannte er sich doch einigermaßen aus. Er wunderte sich zwar, wie hell und einladend seine Tochter diese eher triste Immobilie hergerichtet hatte. Aber das hielt ihn nicht von seinen Absichten ab.

Im Untergeschoss befanden sich vor allem Büro- und Seminarräume, wo er seinen Kuhfuß noch nicht einsetzen wollte. Schließlich war er nicht mehr der Jüngste und billiges Mobiliar zu zerstören, war nicht seine Absicht und würde auch seine Kräfte zu sehr beanspruchen. Dafür hätte er vielleicht seinen Butler mitnehmen können, wollte diesen aber nicht zu kriminellem Tun anstiften. Man hatte schließlich Verantwortung für sein Gesinde.

Otto von Gerike war eher auf teure medizinische Geräte, Medikamente und Pflegeutensilien aus, denen sein Kuhfuß und die Salzsäure den Garaus machen sollten.

Dazu musste er offensichtlich in die beiden Obergeschosse vordringen, was ihm nicht ganz leichtfiel, denn neben seinem silberschwarzen Gehstock musste er den Kuhfuß und die Salzsäure transportieren. Er hatte es mit dem Rücken, nicht mit den Knien, wie manche seines Alters. Außerdem hatte er immer auf sein Gewicht geachtet – er war ein veritabler akademischer Greis – er selbst würde sich als weise bezeichnen, was natürlich im Widerspruch zu seinem derzeitigen Tun stand.

Im Erdgeschoss setzte er gezielt seine Salzsäure ein und zerstörte Akten, Bücher, freiliegende Berichte und ein paar der neuartigen Schreibmaschinen, die auch den einen oder anderen Hieb mit dem Kuhfuß erhielten.

Die erste Etage war reserviert für die Probepflegestation mit allen Instrumenten, Nasszellen, unterschiedlichen Bettgestellen auf unterschiedliche Beeinträchtigungen ausgerichtet – und natürlich den fest verschlossenen Giftschrank. Anna von Gerike war eine Spezialistin für gemeine Gewächse und Tinkturen (Betäubungsmittel würde man heute sagen), die sie selbstverständlich zum Wohle der PatientInnen einsetzte, also in den Dosierungen, die Linderung, keine Vergiftung hervorriefen.

*

Aber nicht nur Otto hatte es just in jener Nacht auf diese Schätze abgesehen, sondern auch August Bahrlow, allerdings nicht auf deren Zerstörung. August wusste, dass Anna in den Giftschränken Opiate in unterschiedlicher Konzentration, Morphium, Heroin, Lysergsäurediethylamid, Quecksilber, sowie Rittersporn-, Bilsenkraut-, Engelstrompete-, Wandelröschen-, Mutterkorn-, Fliegenpilz-, Efeu- und Goldregensud verwahrte. Alles Präparate, die in der richtigen Dosierung die Rauschzustände versprachen, die August letal beabsichtigte, heute würde man ›goldener Schuss‹ sagen.

Sein Alkoholderivat hatte ihm schon lange nicht mehr ausgereicht und Nachschub war vonnöten, wenn auch weniger letal.

Als guter Beobachter und ehemaliger klinischer Psychiater wusste er natürlich, was wie auf sein Gemüt wirken würde – und nach seinen Auseinandersetzungen mit Anna von Gerike, der Mutter seiner Tochter, die sich den Faschisten zugewandt hatte, wie er von seiner Vertrauten Agathe Jung erfahren hatte, wollte er endlich den Weg frei machen für seinen Sohn Maximilian: August von Bahrlow hatte einen Plan, der nur durch seinen eigenen Tod wirksam werden konnte.

Nun aber wollte ihm einfach kein Weg einfallen, wie er die Inhalte des Schrankes unentdeckt hätte konsumieren können. Ihm war klar, dass der einfache Aufbruch des Schrankes dazu führen würde, dass er vielleicht einen (einzigen) Rausch-Flow erleben würde, aber anschließend nie wieder. Es würde zu bald aufgedeckt und August beabsichtigte nicht, seinen Plan abrupt in Gefahr zu bringen. Er benötigte noch ein wenig mehr Zeit.

*

August Bahrlows Schlaf war, wenn überhaupt, immer oberflächlich. Selbstredend hörte er, wie im Untergeschoss jemand eingetreten war und es sich nicht um Anna von Gerike oder einen ihrer Jünger handeln konnte. Ein Einbruch war ausgeschlossen. Dieser Eindringling hatte alle Schlüssel, denn nicht nur das Haus war verschlossen, sondern alle Türen zu den Büros, den Seminarräumen und auch den Zwischentüren, die offenbar geöffnet wurden.

Auch wenn August Bahrlow nicht nur durch die Folgen seines exzessiven Alkoholkonsums, sondern auch durch einen dadurch ausgelösten Schlaganfall beweglich sehr eingeschränkt war, robbte er sich dennoch aus seinem (nach neuesten Erkenntnissen gestalteten) Pflegebett und versteckte sich im Wäscheschrank auf dem Flur.

Von hier hörte er, wie jemand offenbar sein Bett zerlegte, wie jemand die Schränke mit den Pflegeutensilien zerstörte, wie sich jemand langsam an ihm vorbei Richtung Labor bewegte, wo sich eben jener Giftschrank befand, der August Bahrlows (letztes?) Lustbedürfnis hätte befriedigen können.

Dass sein Bett, genauso wie die Kolos-, Gastroskope und die anderen medizinischen Instrumente zerstört würden, die er hin und wieder als Versuchskaninchen hatte ertragen müssen, störte ihn dabei weniger. Die Vorstellung, dass die Träume seiner Lust im Giftschrank ebenso einfach zerstört werden würden, bewirkte in ihm einen Energieschub, den er fast nicht für möglich gehalten hätte.

Nicht, dass er sich einbildete, körperlich gegen jenen Eindringling ankämpfen zu können, so schien es dennoch eine Chance zu sein, diesen Delinquenten ›auf frischer Tat‹ zu ertappen, ihn erpressen zu können, selbstredend zu Augusts Vorteil.

Nach allen Überlegungen rechnete August Bahrlow mit einem der Studierenden, namentlich seinen Sohn Maximilian, der ihm keinerlei Chance gelassen hätte, irgendeinen Flash zu erleben. Außerdem hätte die Anwesenheit seines Sohnes wahrscheinlich alle seine Konzepte ad absurdum geführt. Das durfte einfach nicht sein!

Aber er war es nicht!

Stattdessen schaltete Otto von Gerike das neue Licht an, man nannte es elektrisches Gaslampenlicht und Otto war nach den ersten Blinkstartphasen erst einmal geblendet. Daher sah er nicht, dass ein Mensch in einem Stuhl neben dem Giftschrank saß. Otto von Gerike hatte zuvor einige andere Räume mit seiner Zerstörungswut aufgesucht, so dass August Bahrlow an ihm vorbeischleichen und sich an den Ort seiner stofflichen Lust hatte begeben können.

Just in dem Moment, wo er zum Schlag auf diesen anhob, erhob August Bahrlow seine so häufig während seiner Gaukler-Auftritte geschulte Stimme:

»Das, Otto von Gerike«, August Bahrlow hatte ihn sofort erkannt, »das, was du nun vorhast, wird dir endgültig das Genick brechen!

Nicht deine Knochen, denn diese sind altersschwach und nichtsnutzig, sondern das Rückgrat deiner Gesinnung, deine Moral, deine Ethik. Schlägst du zu, wirst du umgehend sterben, denn dieser Schrank enthält Gifte, die allein deinen Atem für immer beenden werden, und meinen übrigens auch, was natürlich nicht einmal halb so schlimm wäre!«

Otto von Gerike war geblendet und geschockt. Mit einem Menschen hatte er nicht gerechnet. Seine jüdische Moral gab vor, dass er Gegenstände sorgsam zu behandeln hatte, denn sie dienten dem Nutzen des Volkes Israels. Sie gab auch vor, dass Tiere, alle Tiere, Säugetieren, Fische, Insekten, Spinnen und Vögel, ihre Heimat im judäischen Glauben hatten. Selbstverständlich auch die Menschen, wenn sie gläubig waren. Das gilt für Christen, Mohammedaner, Hinduisten und (ein wenig verklärt) auch für Buddhisten.

Otto von Gerike wusste aber nicht, auf was für ein Wesen er gerade traf, und machte seinen Kuhfuß (allerdings mehr als Abwehrhaltung) schlagbereit, sollte es sich um einen Heiden handeln, welcher Güte auch immer.

»Wer, wer sind Sie?«, fragte Otto von Gerike und sah, dass dieser Mensch selbst für ihn keine Bedrohung darstellte. Ein menschliches Wrack, aber offensichtlich nicht verwirrt, schien relativ klar im Kopf.

»August Bahrlow, stets zu Diensten«, sagte dieser mit deutlichem Sarkasmus. »Ich bin hier, um dich zu retten, Otto von Gerike. Das, was du hier grade betreibst, ist einem Vordenker der rechtlichen Philosophie nicht würdig!«

Otto von Gerike blieb erst einmal sprachlos.

»Die Wahrheit«, August Bahrlow lächelte. »Die Wahrheit ist, dass du gescheitert bist, Professor! Deine Tochter hat dich längst abgehängt.«

»Woher wissen Sie das alles?«, fragte der achtzigjährige Akademiker und ahnte natürlich nicht, dass er es zwar mit einer kaputten Seele zu tun hatte, dennoch mit einem geistreichen Denker der damaligen Neuzeit. August Bahrlow war, jedenfalls nach meiner heutigen Einschätzung, diesem Otto von Gerike intellektuell haushoch überlegen.

»Nicht die Wahrheit als solche ist heilig«, entgegnete Bahrlow, »die Suche nach der eigenen Wahrheit ist ausschlaggebend. Und du, Otto von Gerike, suchst sie nicht in dir. Du wirst sie aber in Anna nicht finden!«

»Was bilden Sie sich ein ...«, versuchte von Gerike sein eigenes Gedankenkarussell zu unterbrechen, aber August Bahrlow war psychologisch geschult.

»Dein Handeln, Otto, dein Handeln wäre heilig, wenn du es zur Selbsterforschung nutzen würdest. Und was machst du? Du willst alles zerstören, was dem auch nur nahekommt. Sogar deine Tochter! Wirkliche Freiheit blüht nur an der Sonne der Wahrheit! Und du, der du glaubst, die Wahrheit schon gefunden und ad acta gelegt zu haben, hast deine gedankliche Freiheit verloren. Du bist ein Gespenst, Otto von Gerike, ein Gespenst!«

Allmählich hatte sich der Professor wieder im Griff.

Er ließ davon ab, weiter mit Gewalt alles zu zerstören, und auch einen physischen Angriff auf diesen Menschen. Er erkannte durchaus, dass ihm hier ein geistiger Gegner gegenüberstand, den man nicht unterschätzen durfte.

»Diese Freiheit«, entgegnete er nun recht rational, »besitzt der Mensch nicht, ist dem menschlichen Wollen nicht zugänglich! Sie ist der Griff nach einem jenseits dem Selbst liegenden Trugbild!«

Und fügte an:

»Wer sind Sie?«

Und August Bahrlow antwortete:

»Genau wie du: Ein Opfer! Und der Vater deiner Enkelin Katherina, mein lieber Fast-Schwiegervater!«

Das Gespräch muss noch weiter gegangen sein und ich vermute, dass August Bahrlow in dieser Nacht zu alter Stärke aufstieg.

(Block G11, Register 44, Seiten 117–466 sind ab Seite 387 in Papieren gemündet, die durch äußere Einflüsse heute leider nicht korrekt wiederzugeben sind. Aufgrund der selektiven, also nicht überall erkennbaren Wasserschäden muss ich allerdings vermuten, dass hier auch so etwas wie Sabotage vorliegt, ich vermute sogar von meiner Ur-Ur-Ur-Großmutter Anna.)

Otto von Gerike jedenfalls nahm seinen Kuhfuß und die Flasche mit der Salzsäure und verließ das Haus. Seine Schlüssel hingegen ließ er liegen. Dabei war auch der für den Giftschrank, denn Otto von Gerike wusste nun, dass er diese Schlüssel niemals mehr benötigen würde.

Anna wurden diese Zeilen jedoch erst später bekannt. Hätte sie zu gegebener Zeit gewusst, dass ihr ehemaliger Geliebter, Vater ihrer Tochter Katharina, und deren Großvater diesen Dialog geführt hatten, hätte sie vielleicht anders reagiert, die späteren Morde nicht inszeniert, wer weiß?!

Kapitel 11

Carl Gustav Jung und seine Tochter Agathe

(Zusammenfassung der Ereignisse aus den Archiven des Klosters Neuenwalde, Block G2, Register 4, Seiten 100–413, außerdem Tagebücher der Agathe Jung im neutralen Block, Register 1 – umfänglich)

Carl Gustav Jung und Anna von Gerike kannten sich aus Seminaren, die sie zusammen besucht hatten. Er studierte in Basel und Zürich, Anna in Berlin und Hannover, aber hin und wieder trafen sie sich an dem einen oder anderen akademischen Ort, meist um neue Entwicklungen und Erkenntnisse zu diskutieren. Selbstredend bestimmen Zufälle unsere Biographien, auch wenn man es Kismet, Schicksal oder Gotteswille nennen möchte.

Die Briefe, die beide sich geschrieben hatten, waren sehr persönlich, aber es waren keine Liebesbriefe. Leider standen mir nur die Briefe von C. G. Jung an Anna zur Verfügung. Vielleicht sollte ich die Erben von C. G. Jung kontaktieren – es könnten in seinem Vermächtnis Briefe von Anna gewesen sein. Aber derzeit scheint es mir noch nicht ganz so wichtig. Vieles kann man erahnen, vor allem, wenn C. G. Jung Antworten auf Annas Fragen gibt.

Jedenfalls war Carl Gustav Jung bekannt dafür, dass er eine ganze Reihe von, vor allem weiblichen Freundinnen hatte, mit denen er korrespondierte. Anna von Gerike zählte aber offensichtlich nicht zu den Damen, zu denen er eine mehr oder weniger offene erotische Beziehung unterhielt, wie seine Geliebten Sabrina Spielrein und Toni Wolf.

Die Ehe mit seiner Frau Emma (geb. Rauschenbach, die durch ihre Unternehmenserbschaft erst die Studien des Psychoanalytikers ermöglicht hatte) konnten diese Eskapaden des Patriarchen Jung nicht scheitern lassen. C. G. Jung hatte vier Töchter und einen Sohn von Emma. Ob er auch mit Sabrina Spielrein und Toni Wolf Kinder hatte, ist nicht überliefert. Zumindest waren deren Kinder von ihm nicht anerkannt und diese hatten auch keine entsprechenden Anträge oder gar Unterhaltsforderungen gestellt.

Denkbar wäre, und das scheint mir sogar das Wahrscheinlichste, dass Emma Rauschenbach die beiden Konkurrentinnen finanziell abgefunden hatte, um eben als Einzige generativ für den großen Wissenschaftler in die Geschichte einzugehen.

Übrigens ein sehr lebenspraktischer Widerspruch, den sich C. G. Jung leistete. Er hatte sich deshalb mit seinem Doktorvater Sigmund Freud überworfen, weil dieser sexuelle Triebe als Hauptantriebsmotive für das Handeln der Menschen entlarvte, woran C. G. Jung eben nicht glaubte, obwohl er ein lebendes Beispiel für Freuds Theorie abgab.

Seine eigenen Theorien hielt er wissenschaftlich für sehr viel belastbarer, was man nach heutigen Erkenntnissen als Unsinn bezeichnen muss, denn eine Weltseele, die C. G. Jung als Ursache für das Verhalten der Menschen favorisierte, ist nicht nachweisbar, weder empirisch, theoretisch noch analytisch. Nicht einmal eine individuelle Seele, wenn man sie im menschlichen Sein verorten wollte. Um mit dem israelitischen Philosophen Hararie zu sprechen, sind wir nichts anderes als eine biometrische Ansammlung von Algorithmen.

C. G. Jungs Theorien über Archetypen hingegen hätten durchaus die Chance gehabt, mit den Theorien Freuds kompatibel zu werden. Es bleibt zu vermuten, dass der Disput der beiden Psychoanalytiker eher persönlichen Motiven geschuldet war.

Vor allem diese Archetypentheorie innerhalb der spekulativen Weltseele hatte Anna von Gerike offenbar fasziniert. Sie hielt Sigmund Freud für einen zwar genialen, aber völlig rationalen Psychologen, der vielleicht von Sex, aber keineswegs von Gefühlen oder gar Spiritualität irgendeine Ahnung hatte.

Die Korrespondenz mit C. G. Jung hingegen strotzte von religiösen Ätiologien, was natürlich dann auch ihr zukünftiges Handeln verständlich macht: Anna glaubte, dass es gottgegebene Urerfahrungen gab, wie die Geschlechterteilung (und zwar ausschließlich zweigeteilt), die Geburt, Kindheit, Pubertät, heilige Ehe (keinesfalls gleichgeschlechtlich) usw. bis zum Tod.

Soziologische Bestimmungsmerkmale kamen in ihrer Denke erst sehr viel später vor, als sie ihr Kind gebar mit den entsprechenden sozialen Folgen. Auch wenn es um den Begriff ›arme Menschen‹ ging, die ihr Mitgefühl hatten, tauchten die sozialen Bedingungen auf, aber mit der Überzeugung, dass diese ihr Schicksal auch immer selbst in der Hand hatten, wenn sie nicht gerade sterbenskrank waren. Hier zeigte sich, wie sehr Anna von ihrem Vater geprägt war.

Von ihrer Mutter war sie hingegen mit Visionen, Träumen, Märchen, Sagen, Mythen, mit Alchemie und Astrologie konfrontiert worden.

Beides zusammen machte sie zu einer komplementären Wissenschaftlerin, jedenfalls was die induktiven Konzepte anging, weniger die empirischen (außer denen natürlich, die zu ihrem Studium zwingend gehört hatten). Deshalb verehrte sie C. G. Jung und war gleichzeitig von der Akribie der wissenschaftlichen Konklusion eines Sigmund Freuds fasziniert.

Aber es machte sie auch anfällig für psychotische Persönlichkeitskrisen, denn im Mystischen ihrer Grundeinstellung lauerte der ethische und ontologische Irrtum.

Das spürte Anna sehr deutlich und war daher nach ihrer Promotion in Medizin und Pflege geneigt, dem Vater zuzugeben, dass sie selbst doch eher fürs Praktische als für die theoretische Forschung geeignet sei, jedenfalls was ihre pflegerischen Akzente als Ärztin anging, auch wenn dieser mit dem ›Praktischen‹ etwas anderes (Mutter, Ehefrau, Haushälterin) meinte als sie.

Sie hatte Sigmund Freud nie kennengelernt, und auch nicht Josef Breuer (der Erfinder der ›Redekur‹), sondern hatte vor allem mit Carl

Gustav Jung korrespondiert und ihn hin und wieder auch persönlich kontaktiert, ohne über seine erotischen Beziehungskonstellationen auch nur eine Ahnung gehabt zu haben. Die Nähe zu Carl Gustav führte dazu, dass sie seine Theoreme vorrangig in ihren Unterricht einbrachte.

Das hieß z.B., dass sie den SeminarteilnehmerInnen klarmachte, dass es nicht nur dialektische, sondern auch spirituelle Gegenpole im Leben gab: Anima und Animus: Herz und Gehirn, Geburt und Tod, Glück und Trauer, Schmerz und Trieb, feste und feuchte Substanzen usw., natürlich Frau und Mann, krank und gesund.

Dass nur die Ausbalancierung dieser spirituellen Gegenpole zu Gesundheit, Zufriedenheit, Erfüllung und Partnerschaft, auch in menschlicher Beziehung führte. Dass sie selbst diesem Ideal nicht entsprach, leugnete sie nicht, führte allerdings ihre Tochter Katharina ins Feld, mit der sie als Mutter durchaus diese emotionale Balance erreicht hatte, wie andere in einer Ehe.

Was, wie sich später herausstellte, ebenfalls ein Irrtum war.

Katharina, also meine Ur-Großmutter, war nicht nur geistig etwas begrenzt, wofür sie wohl nichts konnte, sondern verfing sich in die idiotischen Ideologien dieser Zeit.

Was natürlich 1921 noch nicht sichtbar war.

Anna lebte mit ihrem Seminar einen Lebenstraum.

Sie wollte die Erkenntnisse eines Herrn Jung mit den Instrumenten eines Herrn Breuer (der eher einem Herrn Freud nahestand) in eine humanistische, aber auch spirituelle Weltsicht ihrer Schüler umsetzen.

Das war der Hauptgrund, warum C. G. Jung seine Tochter Agathe in die Obhut seiner Studienkollegin gegeben hatte. Er war sich sicher, dass Anna von Gerike seine Tochter Agathe im Berlin der zwanziger Jahre gut betreuen würde (wir dürfen an dieser Stelle nicht vergessen, dass es die ›Goldenen Zwanzigerjahre‹ waren, also eine Zeit, in der es einer größeren Zahl von Menschen wirtschaftlich eher gut ging, jedenfalls bis zum Börsencrash 1929 in Amerika).

Die Eltern Jung hatten dabei vor allem im Auge, dass die sechzehnjährige Aggi, wie sie genannt wurde, praktische Lebenserfahrungen in beschütztem Rahmen sammeln sollte.

Außerdem wollte der Vater Carl Gustav, dass seine Tochter aus der Provinz in München auch zwei Jahre geschütztes Großstadtflair erleben sollte, denn Berlin war seinerzeit die drittgrößte Stadt der Welt. Anschließend sollte sie in München studieren, in der Ludwig-Maximilians-Universität und ganz bestimmt nicht in der als linkslastig bekannten Friedrich-Wilhelm-Akademie in Berlin.

Aggi hatte die Volksschule und das Mädchengymnasium frühzeitig und mit Bravour absolviert und kannte ihre ›Tante‹ Anna kaum. Aber sie freute sich auf Berlin und auf das, was sie dort alles erleben würde.

An dieser Stelle greife ich auf Aggis Tagebücher zurück. Denn das, was ich dort gelesen habe, widerspricht vielem, was ich in anderen Dokumenten eingesehen habe.

Aber bevor ich versuche, die Verbindungen dieser Geschichten herzustellen, solltet ihr wissen, dass der Verbleib Aggi Jungs nicht geklärt ist. Ich werde später darauf zurückkommen müssen. Aber Fakt bleibt Fakt, (schaut ins Internet!), vielleicht gelingt es mir wikipedialike für Aufklärung zu sorgen.

Aggi beschreibt die Charaktere der fünf Studierenden z.B. völlig anders, als es Anna von Gerike tat. Selbstverständlich aus ihrer eher naiven und pubertären Weltsicht als die von der ›Frau Doktor‹, wie Anna von Gerike von allen respektvoll genannt wurde.

Die beiden Jungs Alfi und Maxi (Alfred Dühring und Maximilian Bahrlow) liebten Aggi. Auch mit Janina (Smirnow) kam Agathe gut zurecht. Aber die anderen Frauen, allen voran Alexandra Helena Fjodorow und Katarina Zurmühl waren Hexen für sie. Und auch Anna von Gerike wandelte sich in den nächsten Monaten von einer lieben Patentante in ein Ungeheuer.

Ihr wisst, ich spreche von meiner Ur-Ur-Großmutter. Einer Mörderin, die ich eigentlich zu verteidigen suche. Aber Aggis Tagebuchaufzeichnungen weisen mich darauf hin, dass das Leben nicht allein aus einer Perspektive zu betrachten ist und erst recht nicht aus der seligen Verwandtschafts- oder gar Blutsduselei.

Offenbar hatte Anna von Gerike Hass gesät, Hass, zu Beginn dieser gruppendynamischen Prozesse, die sie Breuersche Redekur nannte, vor allem gegen ihren eigenen Vater, Otto von Gerike.

Aggi war zwar bei den Studienseminaren nicht dabei, dafür war sie aber eine ausgezeichnete Beobachterin, und vor allem Alfi, Maxi und Janina nutzten sie durchaus als seelischen Mülleimer. So stand in ihrem Tagebuch:

»Der große Alfi weinte, weil er es nicht mehr ertragen konnte ...!«
»Janina konnte ihre Wut über die Doktersche nicht mehr ertragen!«
»Maxi war wieder sehr deprimiert!«

Ich mache es kurz, andernfalls würden Aggis Tagebücher diese Seiten restlos ausfüllen.

Quintessenz war jedenfalls, dass Anna von Gerike seit offiziellem Beginn des Studienseminars im September 1920 (Aggi kam im Oktober dazu und ihre Aufzeichnungen beginnen im November) vor allem darauf hinwirkte, dass ihr Vater Otto seine moralische Existenzberechtigung verloren hatte. Er wurde von ihr als der Satan schlechthin dargestellt und als Beispiel für Unmenschlichkeit.

Sie führte eine perfide Beweisführung durch, indem sie seine Persönlichkeit nach den Archetypen C. G. Jungs beurteilen ließ. Eine merkwürdige quantitative Methodik, denn die von ihr zwanzig dargestellten Anima- und Animus-Benchmarks (würde man heute sagen) zeichneten ihren Vater hundertprozentig als Animus, also als denjenigen aus, der alle Balancen des Lebens und damit auch alle Akzeptanz durch die menschliche Gemeinschaft verloren hatte.

Aggi hatte die folgenden zwanzig untersuchten Fragestellungen zusammengetragen. Maxi, Alfi und Janina hatten sie ihr gesteckt, obwohl Anna von Gerike darauf bestanden hatte, dass diese Untersuchungsmethode als strengstens geheim zu halten war, um Missbrauch durch Laien zu verhindern:

1. empathisch versus herrisch
2. emotional versus rational
3. spirituell versus agnostisch
4. sozial versus egoistisch
5. human versus menschenverachtend
6. behavioristisch versus gierig
7. sensibel versus hart
8. bildend versus zersetzend
9. mediativ versus angreifend
10. verzeihend versus anklagend
11. helfend versus ignorierend
12. neutral versus einseitig
13. zärtlich versus unnahbar
14. selbstbewusst versus machthörig
15. erotisch versus triebgesteuert
16. hoffnungsvoll versus verbittert
17. intelligent versus geistig beschränkt
18. ehrlich versus verlogen
19. offen versus verborgen
20. differenziert versus naiv

Die Wichtigkeit von Anima und Animus hatte Anna ihren Schülern und Schülerinnen gebetsmühlenartig eingeimpft – und dann mit der ›Redekur‹ begonnen.

Anima versus Animus – und Otto von Gerike war reiner Animus, denn er war in allen zwanzig Prüfmerkmalen einseitig bewertet. Deshalb musste er als Erster am 10. Januar 1921 sterben!

Aggi Jung hatte treffend bemerkt: »Anima und Animus sind doch Gegenpole, wie soll denn dort eine Balance entstehen?« Was Anna von Gerike natürlich nicht gehört hatte, da Agathe ja keine Seminarteilnehmerin war und ihre Meinung nur im engeren Kreis (Alfi, Maxi und Janina) ausdrückte.

Aber das spielte in den Redekuren keine Rolle mehr. Allen, vor allem natürlich Uljana Smirnow und Alfred Hermann Zurmühl, wurde wegen ihrer sexuellen Verfehlungen in jeder Weise ihre Existenzberechtigung abgesprochen. Auch wenn sie nicht hundertprozentige Animus-Ergebnisse vorwiesen, wie z.B. neben Otto von Gerike ausschließlich der Faschist Karl Eugen Dühring. Die anderen starben zwischen Februar und September 1921, Karl Eugen Dühring, dieser Logik folgend, an zweiter Stelle, nämlich am 1. Februar 1921.

Der Einzige, der fast ein gutes Ergebnis erzielte, war August Bahrlow, der Pflegeversuchspatient im Seminarhaus.

Er hatte, was sie ja alle nicht wussten, Otto von Gerike gewarnt. Hatte ihn gebeten, angefleht, seine Tochter nicht zu unterschätzen, sie und seine Enkelin Katharina wieder in den Schoß der Familie aufzunehmen. Andernfalls würde es eine Katastrophe geben – und er sollte ja recht behalten, wie wir wissen, Anna von Gerike leider nicht.

Diese Erkenntnisse hatte August Bahrlow mit Agathe Jung geteilt, so etwas wie Seelenverwandtschaft gespürt. Diese eher intime Beziehung lag natürlich auch daran, dass sie für seine Ernährung zuständig war, also eine eher positive Sinngebung (weil Aggi auch ausgezeichnet kochen konnte), keine einschränkende, grenzüberschreitende Einwirkung auf Bahrlows Körper, wie es bei der Pflege durch die zuständigen Pflegeschülerinnen und -schüler geschah. Er hatte ebenso wie Maxi, Alfi und Janina Vertrauen zu der jungen Agathe Jung gefasst, obwohl er die familiären Hintergründe der jungen Haushälterin nicht kannte. Für ihn war sie nur die Aggi. Hätte er mehr über ihren familialen Hintergrund gewusst, wäre er wahrscheinlich nicht so vertraut mit ihr umgegangen. Er hielt sie schlichtweg für eine kleine, naive Hilfskraft, anfangs ohne Hirn (das er selbst natürlich auch nur noch bedingt vorweisen konnte).

Dass sie die Tochter jenes C. G. Jung war, der seine Suchtprobleme therapieren wollte, blieb ihm einige Zeit ebenso verborgen wie Agathes intellektuelle Dispositionen und Begabungen.

Das, was Aggi Jung, die natürlich ebenso wenig über den Kontakt ihres Vaters zu August Bahrlow wusste, in ihren Tagebüchern fest-stellte, war, dass August Bahrlow in der Tat nicht von seinem Sohn Maximilian und auch von keinem anderen der Gruppe ermordet worden war:

August starb an einer Überdosis Morphium, was Anna von Gerike und ihre Schüler und Schülerinnen zu Anfang nicht begriffen hatten.

Die fünf Vollstreckungen, an Otto von Gerike am 10. Januar 1921, an Karl Eugen Dühring am 1. Februar 1921, an Alfred Hermann Zur-mühl am 4. April 1921, an Alexejewitsch Fjodorow am 8. Oktober 1921 und an Uljana Smirnow am 11. Dezember 1921, waren nichts an-deres als geplante Hinrichtungen. Agathe wurde allerdings bereits misstrauisch, als Alfred Herrmann Zurmühl starb, und betrachtete die Vorgänge um Alexejewitsch Fjodorow Anfang Oktober 1921 sehr achtsam und aufmerksam.

Maximilian Bahrlow hatte in seiner ›Redekur‹ auf dem ›heißen Stuhl‹ hingegen als Einziger seinen Vater verteidigt, ohne ihn von jeglicher Schuld freizusprechen. Schließlich hatte der Vater seinen Sohn nach der Exekution der Mutter zwar namentlich, aber nicht als persönlichen Nachkommen akzeptiert, das hatte die Gruppe positiv anerkennen müssen. Auch die quantitative Anima-Animus-Prüfung hatte August Bahrlow zwar nicht mit Bravour bestanden, doch mit weniger als fünfzigprozentigem Animus, und hatte als ›Bester‹ der Delinquenten so etwas wie eine Balance hergestellt – nicht alle Männer waren nur schlecht.

Vor allem August Bahrlows Bereitschaft, sich als Pflegeversuchs-person herzugeben, gab ihm in der Gruppe Pluspunkte – man hatte eine Beziehung zu ihm aufgebaut, aufbauen müssen. Jede und jeder der Gruppe hatte ihn berührt, seine Exkremente entnommen, ihn desinfiziert, ihn eingecremt – manchmal sogar endoskopisch.

Für Anna von Gericke galten da natürlich andere Kriterien.

Dass Otto von Gerike dieser Pflegeperson August Bahrlow zuvor, also vor seiner eigenen ›Hinrichtung‹, den Schlüssel zur ›Glückselig-keit‹ verschafft hatte, wusste die Gruppe natürlich nicht, auch nicht

Agathe Jung, obwohl sie ahnte, dass er Zugang zu anderen Drogen haben musste als den ihm zugestandenen Alkoholika des Tages.

Erst nach seinem Tod entdeckten sie die Schlüssel und konnten sich eins und eins zusammenzählen. Was Anna von Gerike zu der Aussage verleiten ließ: »Auch das ist ein Grund, warum mein unsäglicher Vater sterben musste – er hat August in den Tod getrieben!« Anna konnte die Ambivalenzen auf die Spitze treiben.

Mittlerweile hatte Aggi Jung aufgrund ihrer Beobachtungen zwei kontroverse Parteien ausgemacht: Maximilian Bahrlow, Janina Smirnow und Alfred Dühring auf der einen Seite, ihre Patin Dr. Anna von Gerike, Katarina Zurmühl und Alexandra Helena Fjodorow auf der anderen Seite.

Dass diese sechs insgesamt fünf Morde auf dem Gewissen hatten, wusste Agathe zwar in dieser Zeit nicht, aber die drei ›Freunde‹, die sie hier gefunden hatte, waren zu bestimmten Zeiten derart ›durch den Wind‹, dass sie vermuten musste, dass dann immer etwas Schreckliches passiert war. Was, erahnte sie erst, als August Bahrlow verstarb, denn die Pflegeseminarteilnehmer reagierten völlig diffus, und zwar alle, einschließlich der Seminarleiterin.

Erst als klar war, dass August Bahrlow einen Schlüssel zum Giftschrank gehabt hatte, löste sich die Spannung etwas und Maximilian Bahrlow schien irgendwie froh, etwas nicht getan zu haben.

Erst als Alexejewitsch Fjodorow am 8. Oktober 1921 dortselbst im Seminarhaus von den sechs Pflegefachkräften ermordet wurde, war auch Agathe klar, was sich in den letzten zwölf Monaten abgespielt haben musste.

Die Umstände dieses Mordes scheinen mir interessant genug, um sie noch einmal Revue passieren zu lassen.

Wie berichtet, wurde Alexejewitsch Fjodorow nach Berlin eingeladen, um einen Vortrag zur Eröffnung des Pflegeseminars, das es nun schon mehr als ein Jahr lang gab, zu halten. Seinerzeit konnte man nicht einfach übers Internet herausfinden, was tatsächlich stattfand, und auch Fernsehen gab es nicht und Radio nur als Propagandamedium in den ›Kinderschuhen‹.

Alexejewitsch Fjodorow wollte diese Inkognito-Reise nutzen, um seine Immobilie in Berlin zu seinen Gunsten abzuwickeln.

Aber er landete im Pflegebett eines, zu diesem Zeitpunkt verstorbenen August Bahrlow, diskret, aber wirksam von seiner eigenen Tochter injiziert, heute würde man sagen durch K.-o.-Topfen (Benzodiazepine, die es auch damals schon gab), als ihm das Seminarhaus mit einem Rundgang vorgeführt wurde.

Alexejewitsch Fjodorow hatte mit weit, weit größeren Dimensionen gerechnet, etwa so wie das gerade in Bau befindliche Charité in Berlin. Aber bevor er sich ernsthafte Gedanken machen konnte, hatte er eine wirksame und völlig unerwartete Injektion erhalten.

Den Dämmerzustand ihres Vaters genoss Alexandra Helena Fjodorow inbrünstig (wie Maxi und Janina später Aggi berichteten), vor allem aber auch ihre Ansprache. Alexejewitsch Fjodorow hatte in der ›Redekur‹ nur drei Anima-Punkte erhalten (im Vergleich: Otto von Gerike und Karl Eugen Dühring null, August Bahrlow vierzehn, Alfred Hermann Zurmühl vier und Uljana Smirnow fünf), und Helena sagte ihrem Vater, dass er sein Leben und sein Werk verwirkt hatte, und stach zu, völlig indolent, unmenschlich, herrisch, hart, zersetzend (was ihre eigene Punktzahl auf fast Null-Anima gesetzt hätte, hätten die Synapsen und biologischen Algorithmen meiner Ur-Ur-Großmutter Anna von Gerike zu diesem Zeitpunkt noch einigermaßen funktioniert).

Vielleicht, schrieb Aggi in ihrem Tagebuch, hatte er den Tod verdient (Aggi ahnte zwar, wie gesagt, wusste aber nichts von den anderen Morden, die die Gruppe durchgeführt hatte). Aber man hätte ihm einen richtigen Prozess machen sollen, schrieb sie.

Zwölf Monate waren vergangen. Die Zeit des Praktikums für Agathe Jung waren vorüber. Sie sehnte sich in ihre Heimat Zürich. Mutter Emma hatte ihr wöchentlich einen Brief geschrieben und auch

Vater hatte sie zweimal besucht. Beide ahnten natürlich nicht, was sie ihrer Tochter zugemutet hatten.

Niemand ahnte es!

Und dann verschwand Agathe Jung – für immer!

Kapitel 12

Katharina Meyerherm

(Zusammenfassung der Ereignisse aus den Archiven des Klosters Neuenwalde, Block G12, Register 3, Seiten 144–517)

Das, was Aggi Jung mir in ihren Tagebüchern mitgeteilt hatte, war vor allem, dass Anna von Gerike doch keine Heilige gewesen sein konnte. Was ich natürlich schon von Anfang an hätte wissen müssen: Schließlich war sie eine Mörderin und das weiß ich nicht erst seit dem Abschiedsbrief meiner Mutter:

»Ich schreibe dir diese Zeilen nicht, um mich zu rechtfertigen, oder eine späte Buße zu tun, denn wir haben viele Vorgänge in unserer individuellen Wirklichkeit ganz und gar nicht im Griff, auch wenn wir das gerne glauben wollen. Persönliche Entscheidungen haben Ewigkeitswert, gute und ungute!« hatte Hedwig mir als Vermächtnis hinterlassen, neben den anderen Tausenden von Worten in den analogen und digitalisierten Dokumenten.

Ich habe Mutters Brief wohl dutzende Male gelesen und dieser Satz hat sich mir eingeprägt.

Er stimmt mit den übrigen Informationen irgendwie nicht überein, denn Hedwig beschuldigt sich in diesem Satz für etwas, wofür sie nicht verantwortlich war oder was sie nicht konkretisieren wollte. Welche Buße hatte sie zu tun, welche Entscheidungen waren ewig? Was hatte meine Mutter mir gegenüber zu rechtfertigen.

Wir hatten ein Leben lang in Hamburg gelebt, dennoch gab es eine Immobilie in Berlin, die zwar nicht mehr in unserem, meinem Besitz als Erbin war, weil Mutter sie zwischenzeitlich veräußert hatte, um mein Studium und die Unterhaltung des kleinen Einfamilienhauses in Hamburg zu finanzieren, aber es war das Gründerhaus der von Gerikes.

Irgendwie hatte ich das Gefühl, dass meine Mutter mir, trotz der vielen, vielen Dokumente, nicht die ganze Wahrheit hinterlassen hatte. Sie hatte Dokumente digitalisiert, wie sie sagte, und das stimmte natürlich auch. Aber wenn sie gelogen hatte, also wenn sie nur das digitalisiert hatte, was ich lesen sollte? Gab es weitere Originaldokumente, die ich vielleicht nicht lesen sollte? Magda von Gerike, ihre Mutter, z.B. hatte weder sehr viele der vererbten Papiere gelesen, wie Hedwig schrieb, noch hatte sie selbst ein umfängliches Tagebuch hinterlassen.

Das Gleiche galt für Katharina Meyerherm, ihre Großmutter – Hedwig hatte dargestellt, dass Katharina nicht nur böse Faschistin, sondern auch mehr oder weniger Analphabetin war. Stimmte das alles wirklich?

Ich ging die ganzen Papiere noch einmal durch, ohne sie differenziert zu lesen, und musste feststellen, dass alle Dokumente (außer die Tagebücher von Agathe Jung) ein Plädoyer für die Unschuld meiner Ur-Ur-Großmutter Anna von Gerike, der Mörderin, darstellten. Annas Tochter Katharina wurde als böses Monster an den Pranger gestellt und Enkelin Magda als psychisch krank beschrieben.

Auffällig blieb dabei, dass weder Katharina Meyerherm noch Hedwig von Gerike zu den Inhalten der Dokumente beigetragen hatten. Außer dass Magda irgendwoher weitere Dokumente, neben denen ihrer Großmutter, ausfindig gemacht hatte, und natürlich den Brief, den Hedwig an mich verfasst hatte, bevor sie starb.

Nachdem ich die Beerdigung und Erbschaftsangelegenheiten erledigt hatte, beschloss ich, das Einfamilienhaus in Hamburg-Billstedt, in dem ich aufgewachsen war und mit meiner Mutter seither gelebt hatte, peu à peu zu renovieren, um selbst meinen Lebensabend dort zu verbringen (ihr wisst: ich war 2018 achtunddreißig Jahre alt).

Bei diesen fast bis ins Jahr 2020 (der Geburt von Sophie-Marie) dauernden Renovierungsarbeiten (neben meinem Job an der Uni) untersuchte ich jeden Zentimeter des Hauses nach Familienschätzen. Ich fand Gegenstände, die nicht gerade wertvoll waren, aber zu unserer Familiengeschichte gehörten, nicht jedoch die Originale, die meine Mutter digitalisiert hatte.

Ich fand die Dokumente im PC!

Ich fand natürlich, was ich suchte. Meine Mutter hatte ihre Dokumente mit einem Code gesichert, der schlichtweg simpel war: meine Initialen und mein Geburtsdatum.

Auch wenn mir die Scannvorgänge nichts über den Verbleib der Originalunterlagen verrieten, so ermöglichten sie mir einen zeitlichen Überblick. Über den Mailaccount erfuhr ich, dass meine Mutter ausgiebig mit Felizitas Meyerherm kommuniziert hatte.

Wollte Hedwig, dass ich das fand? War meine Mutter durchtriebener, als ich dachte? Ja, das Wort ›Durchtriebenheit‹ ging mir durch den Kopf, wenig gebräuchlich in universitären Kreisen oder gar unter gradlinigen Verwandten.

Aber zutreffend, denn ich fand, dass sie mir in ihrem Brief (Prolog, nicht zu vergessen) eine Lektion in Sachen Logik erteilt hatte: Erkenntnis ist nicht das, was du anfassen (lesen) kannst, sondern das, was der Gegenstand bewirkt hat (das Wort), von dir begriffen zu werden.

Nun war es einfach, Kontakt mit Felizitas Meyerherm aufzunehmen – eine irgendwie Verwandte, denn auch Alfons Meyerherm hatte schließlich Familie, die bislang keine Rolle gespielt hatte und natürlich nicht in Sippenhaft genommen werden konnte, nur weil einer ihrer Vorfahren ein SS-Schlechtmensch war (wobei es kaum SS-Gutmenschen gegeben hat). Das Internet macht es heute schließlich möglich.

Felizitas antwortete umgehend: »Ja«, mailte sie, »deine Mutter wollte nicht, dass ich dich kontaktiere, liebe Urgroßtante dritten Grades!«, zeigte Felizitas Humor!

Sie hatten sich ausgetauscht, Felizitas und Hedwig. Offenbar hatte diese Meyerhermlinie während und nach dem Krieg eine andere soziale Entwicklung genommen als die des Alfons Meyerherm.

Vielleicht vergessen wir häufig tatsächlich, dass es nicht nur keine Nazi-Gene gibt, sondern vor allem auch keine Sippenschuld oder DNA-Sünde.

Felizitas war etwa vier Jahre älter als ich. Sie wusste nicht, dass Hedwig gestorben war, und hatte sie auch persönlich nicht kennengelernt; Felizitas lebte in Basel in der Schweiz. Hedwig und sie hatten gemailt und Felizitas schickte ihr die Dokumente ihres Großvaters, die ihr zur Verfügung standen.

In verstaubten Kisten auf dem Dachboden war sie fündig geworden, hatte sich aber schon beim ersten Fund verweigert, weiter in die Abseite mit den in Spinnweben verhüllten Paketen vorzudringen.

Einige Dokumente hatte sie dann eingescannt und Hedwig als ZIP-Dateien gesendet, dann aber jegliches Interesse verloren. Sie hatte den ganzen Ramsch, wie sie es nannte, von einem Mitbewohner wieder an Ort und Stelle auf dem Dach zurückschaffen lassen.

Da mir wichtig war, eine irgendwie geartete Wahrheit zu erfahren, setzte ich mich zwei Tage nach dem telefonischen Kontakt mit Felizitas Meyerherm in den Flieger nach Basel, um sie persönlich zu treffen.

Nett, charmant, eine Event-Managerin der High Society (daher auch ihre Staub- und Dachbodenphobie). Alleinstehend ohne Kinder.

Wie ich dann erfuhr, war sie die Tochter von Moritz Meyerherm, der Sohn von Raimund Meyerherm, und damit Enkel von Franz-Joseph, dem Sohn von Alfons Meyerherms Bruder Adolf.

Alle direkten Vorfahren von Felizitas waren verstorben, die Mutter Henriette war Einzelkind von Moritz und Herma Meyerherm. Felizitas wusste, dass Moritz noch zwei Brüder gehabt hatte, die wohl über Bremerhaven nach Amerika oder Südamerika ausgewandert waren, genau wusste sie es aber nicht. Ob ihr Ur-Großvater Franz-Joseph Geschwister hatte, wusste sie nicht und auch nichts über die Familien der Ehefrauen der beiden Ahnen. Ihre Mutter Henriette war vor fünf Jahren gestorben und hatte ihr den ganzen Berg an Devotionalien ihrer Ahnen hinterlassen, die sie nicht wirklich interessiert hatten. Sie befanden sich im Haus in St. Alban und Felizitas wusste nur, dass sie sich auf dem Dachboden befanden, ohne jemals dorthin vorgedrungen zu sein. Jedenfalls nicht bevor Hedwig von Gerike sie diesbezüglich kontaktiert hatte.

»Was bekomme ich für meine Mühe?«, hatte sie Hedwig auf deren Mailanfrage geantwortet. Hedwig hatte ihr tausend Euro angeboten und Felizitas dreitausend Bitcoin verlangt.

Dann hatte sie einen Auszubildenden ihrer Firma beauftragt, alle Dokumente ihrer Familie auf dem Dachboden ausfindig zu machen und sie zu digitalisieren, was, wie sich herausstellte, ganz und gar nicht einfach war, denn es war erst einmal eine Pfadfinder-, dann eine Putzfrauen- und dann eine Transportarbeit.

Schließlich verlangten die Mieter des Hauses für die ausufernden Belästigungen und den Schmutz eine Mietminderung.

»All das sage ich Ihnen natürlich nur deshalb«, bemerkte Felizitas Meyerherm, »weil Sie sich auf den Weg von Hamburg nach Basel gemacht haben. Also haben Sie irgendeinen für Sie wichtigen Grund, das alles zu erfahren.«

»Ich bin Philosophieprofessorin und interessiere mich für die Vorgänge des Lebens, des Ihren, des Meinigen und das der Toten!«, log ich fast wahr.

Felizitas war sprachlos und übergab mir alle Dokumente (ohne weitere Bitcoin-Forderung), nachdem wir gut gegessen und uns eigentlich auch gut verstanden hatten. Ich nahm mir einen Mietwagen und packte die drei alten Koffer und zwei größeren Aktenkisten mit (echten) Papieren in einen erstaunlich kleinen Fiat, der mich dann doch heil nach Hamburg zurückbrachte. Felizitas fügte noch hinzu, dass Hedwig seinerzeit nur einen geringen Teil dieser Papiere erhalten hatte, denn der Auszubildende, der den Auftrag von Felizitas erhalten hatte, drohte, zur Gewerkschaft zu gehen, wenn er wirklich ›diese ganze Pampe‹ einscannen solle.

Nicht einmal die Papiere eines halben Koffers hatte Felizitas in mehreren ZIP-Dateien an meine Mutter geschickt. Mir blieb also noch eine gewaltige Recherche. Ich hatte schließlich immer noch nicht detailliert und differenziert das Material meines Erbes gesichtet, und schon gar nicht den Hauptteil, der sich noch immer in den Katakomben des Klosters Neuenwalde befand.

Nun sollte ich Dinge, Vorgänge erfahren, die ich nicht erwartet hatte.

Alfons Meyerherm hatte nichts beigetragen als nur Orden, Abzeichen und merkwürdige Urkunden – da war gar nichts, außer Dumpfsinn und Faschismus.

Aber sein Neffe Franz-Josef war offenbar ein guter Mensch. Er beschrieb den Bruder seines Vaters als psychisch sehr instabil und auch, dass es kein wirkliches Wunder war, dass dieser sich dem Nationalsozialismus verschrieben hatte. Adolf war der älteste Bruder von Alfons, achtzehn Jahre älter, und sein Sohn Franz-Joseph war achtzehn Jahre jünger als sein faschistischer Onkel Alfons.

Da Franz-Joseph Katharina und dann vor allem Magda, also seine Tante und Nichte, zunehmend leidtaten, recherchierte er ein wenig über seinen Onkel Alfons Meyerherm. Ergebnis war, dass er fast Verständnis dafür hatte, dass der jüngere Bruder seines Vaters derart narzisstisch geworden war. Alfons war das Nesthäkchen und offenbar vom Stiefvater sexuell missbraucht worden. Natürlich wurde darüber nicht offen gesprochen.

Franz-Josef hatte das Familiengeheimnis nicht nur in seinen Tagebüchern verarbeitet, sondern seine Familie immer vor Alfons narzisstischem Wahn gewarnt.

Er wurde in Bergen-Belsen noch 1944 umgebracht, ohne dass sein Onkel Alfons auch nur den Versuch unternommen hatte, ihn vor dem Tod im KZ zu retten. Franz-Josef hatte seinen Nachkommen Informationen hinterlassen, die diese offenbar nicht wirklich zu schätzen wussten. Selbst seine Enkelin Felizitas nicht. Manche dieser Papiere wurden erst weit nach dem Krieg gefunden, teilweise auch im Vermächtnis der Anna von Gerike im Archiv des Klosters Neuenwalde.

Quintessenz der Enthüllungen war, dass Franz-Joseph seinen Onkel Alfons wiederholt zur Rede stellte, ohne auch nur den Funken einer Einsicht oder Reue. Seine Abneigung und Ekel vor diesem menschlichen Monster Alfons wuchsen ins Unermessliche.

Da Franz-Joseph in Basel lebte, war er selbst erst einmal vor den Nazis sicher, aber dennoch hatte er Angst um seine Familie in Deutschland.

Von diesem Wissen getrieben machte er sich in einem fast noch jugendlichen Aufbäumen auf den Weg, um den Onkel zur Rede zu stellen, ohne seine Familie in der Schweiz von seinen Absichten zu informieren, um sie nicht in Gefahr zu bringen – der Gestapo-Arm reichte bis in die Schweiz.

Ziel und Motivation seiner Reise war auch der mögliche Kontakt zu Anna von Gerike, die während ihres Exils in Neuenwalde irgendwie, wahrscheinlich durch Pilger aus der Schweiz, herausgefunden hatte, dass ein für sie eher entfernter Verwandter praktizierender Widerstandskämpfer gegen die Nazis in der Schweiz gewesen war. Franz-Joseph spürte die Seelenverbindung zu seiner Tante zweiten oder dritten Grades.

Auch wenn es noch keine ausgefeilte Kommunikationstechnik, außer vielleicht dann das Telefon gab, fand ein reger Informationsaustausch innerhalb von Europa statt.

Anna von Gerike befand sich in einem Jesuiten-Kloster in Neuenwalde. Das bedeutete, dass tausende von Pilgern Austausch mit Benediktinern, Franziskanern, Kapuzinern, Dominikanern und anderen Ordensgemeinschaften ermöglichten.

Bevor Franz-Joseph Meyerherm seinen Onkel zur Rede stellte, machte er sich daher auf ins norddeutsche Tiefland, um seine Tante, nämlich Anna von Gerike, die Mutter der Ehefrau seines Onkels Alfons, aufzusuchen.

Noch einmal muss ich anmerken, dass das seinerzeit kein Spaziergang oder eine Pauschalreise war – und dass auch bei seiner Ankunft nicht sofort die wichtigsten Informationen ausgetauscht werden konnten. Anna und Franz-Joseph kannten sich schließlich überhaupt nicht und mussten erst ihre Seelenverwandtschaft zueinander finden.

Schließlich, nach fünf Tagen entbehrungsreichen Lebens, vielen Gesprächen über mehr oder weniger ätiologischen Sinneszusammenhängen, brachte sie das Schmerzhafte über ihre Lippen, dass Onkel Alfons offensichtlich seine eigene Tochter, die Enkelin von Anna, missbrauchen würde. Sie selbst fühlte sich einem SS-Totenkopfoffizier völlig ausgeliefert.

Mehr war aus den Unterlagen, die ich bislang sichten konnte, jedenfalls nicht zu entnehmen. Ob beide irgendeinen Mordanschlag auf den widerlichen Alfons Meyerherm planten, bleibt im Dunklen. Sicher ist aber, dass Franz-Josef sich nach Berlin aufmachte, dort seinen Onkel traf und offenbar zur Rede stellte.

Was dann wirklich passiert ist, wissen wir leider nicht. Fest steht jedoch, dass Alfons Meyerherm die Gestapo gerufen und seinen Neffen des Hochverrats beschuldigt hatte. Dass dieser schweizerischer Staatsbürger war, interessierte die Gestapo nicht und man verfrachtete ihn ins Konzentrationslager Bergen-Belsen, wo er, wie gesagt, 1944 starb, entweder durch Kopfschuss, in der Gaskammer oder an Erschöpfung, Hunger, Durst ...

Alfons Meyerherm hatte keinerlei Skrupel, seinen eigenen Neffen ins Verderben zu schicken.

Warum er Anna von Gerike nicht das gleiche Schicksal hatte erleiden lassen, war hingegen klar, denn sie hatte ihn in der Hand. Franz-Joseph Meyerherm hingegen war der Überzeugung, dass er seinen Onkel zur Raison bringen würde – und als Schweizer Staatsbürger nichts zu befürchten hatte.

Beide Vorstellungen bildeten den Irrtum, den er mit dem Leben bezahlen musste.

Anna hingegen war nicht naiv. Sie hatte zwei Sicherungen eingebaut. Zum einen hatte sie die gesamte Familie Meyerherm in der Schweiz über Alfons Meyerherms bisherige Taten informiert. Diese Informationen kamen, fast gleichzeitig mit der Nachricht von Franz-Josephs Tod im KZ Bergen-Belsen, leider erst nach dem Krieg in Basel an. Hätte Franz-Joseph das gewusst, wäre er sicherlich ein wenig ruhiger in den Tod gegangen.

Zum anderen hatte meine Ur-Ur-Großmutter Alfons Meyerherm angelogen: Sie hatte ihm mitgeteilt, dass eine eidesstattliche Erklärung der Enkelin Magda über die Übergriffe ihres Vater bei fünf (arischen) Notaren zur Vorlage ans Reichssicherheitshauptamt hinterlegt seien, wenn ihr, ihrer Tochter Katharina oder ihrer Enkelin Magda irgendetwas zustoßen sollte oder sie in ein KZ inhaftiert würden. Natürlich kannten die Notare die Inhalte dieser notariellen Dokumente nicht, hatte sie ihm mitgeteilt, aber sie würden sie öffnen und weiterleiten, dessen konnte er sich sicher sein.

Anna von Gerike konnte sich daher in die Obhut ihrer Freundin Elisabeth von Finteln in Neuenwalde begeben und wähnte ihre Tochter und Enkelin vor weiteren Übergriffen des SS-Mannes Alfons Meyerherm in Sicherheit.

Erst Hedwigs Anfrage hatte die letzte Epigonin der Schweizer Familie Meyerherm irgendwie zum Nachdenken gebracht, denn Felizitas besuchte mich Anfang 2019 in Hamburg. Sie wollte wissen, was ich herausgefunden hatte (vielleicht um einen Event-Film darüber zu drehen, dachte ich bei ihrer Besuchsankündigung in Hamburg, habe mich aber geirrt).

Meine Recherchen gingen aber seinerzeit weiter:

Alfons war, wie schon berichtet, ein großes Schwein. Katharina hingegen war eher Opfer als Täterin – und dennoch hatte auch sie ihre Spuren hinterlassen.

Nun wurde es für mich richtig spannend, denn Katharina, 1900 geboren (1943 gestorben), tauchte bislang in den von Hedwig digitalisierten Dokumenten kaum auf, jedenfalls nicht selbst initiativ.

Sie war eben nichts als die böse Ehefrau eines mindestens ebenso bösen SS-Mannes Alfons Meyerherm.

Anna von Gerike allerdings verschwieg, dass ihre Tochter Katharina die Morde im Jahr 1921 aus einer gewissen Distanz, aber dennoch miterlebt hatte. Und als Trauma niemals hatte verarbeiten können, bis eben jener Alfons Meyerherm in ihr Leben trat und wusste, dass es andere Schuldige gab – und wie er dieses Wissen für sich nutzbar machen konnte.

Katharina war 1916, mit sechzehn Jahren, in den Jungdeutschen Bund eingetreten, vor allem, um ihre Mutter zu ärgern, wie das in der Pubertät in allen Jahrhunderten so zu sein pflegt. Es hatte Anna von Gerike natürlich sehr geärgert, und zwar so sehr, dass Katharina ihren Großvater Otto 1917 um Asyl bat. Das war ein sehr gewagtes Unternehmen, denn schließlich hatte sich Otto von Gerike geweigert, die uneheliche Tochter (Bastard, wie er sie für sich bezeichnete) als seine Enkelin anzuerkennen.

Katharina hatte ihm einen Brief geschrieben und darin betont, dass sie keinesfalls die ›linken‹ Gedanken und Überzeugungen ihrer Mutter teilen würde und sich der Bündischen Jugend verschrieben hatte. Katharina wusste, dass der Großvater ein Seniorpartner der Urania Burschenschaft war und dachte, dass ihm das imponieren würde. Diesen Brief hatte sie zwar selbst geschrieben, eine gewisse Ilse Staiger, Katharinas Jungmädelführerin, hatte ihr diesen Brief jedoch (mehr oder weniger) diktiert. Ilse Staiger kannte Otto von Gerike und obwohl sie wusste, dass er Jude war, hielt sie ihn immer für einen strammen Nationalen.

Diese Haltung hätte Ilse Staiger nach 1930 als ›Reichsbeauftragte im SS-Helferinnencorps‹ und hauptamtliche Chefin des ›Bundes Deutscher Mädel‹ (BDM) natürlich nicht mehr laut vertreten können. In den Jahren zwischen 1900 und 1928 war es normal, dass auch Juden durchaus faschistischen Bünden angehörten. Juden sind natürlich nicht per se die besseren Menschen, nur weil sie (später existenziell) verfolgt wurden, ebenso wenig wie Aristokraten, Hausmeister oder Fährmänner über den Rhein.

Jedenfalls fand Katharina so den Weg zu ihrem Großvater, der nun nicht nur seine Meinung um hundertachtzig Grad drehte, sondern auch seine Rituale. Von nun an verbot er seiner Tochter Anna die Besuche bei ihm und empfing stattdessen seine lange verschmähte Enkelin zur täglichen Audienz.

Dieser ›Richtungswechsel‹ des Ur-Vaters der von Gerikes spaltete die Familie völlig und derart, dass Katharina sich ebenfalls weigerte, mit ihrer deutschfeindlichen Mutter weiterhin zu kommunizieren. Großvater Otto nahm sie daher auf, als sie siebzehn Jahre alt wurde, was Anna natürlich nicht kampflos hinnahm, schließlich gab es seit 1900 das ›Bürgerliche Gesetzbuch‹, in der die elterliche Gewalt geregelt war.

Vor Gericht allerdings kam sie nicht durch: Der Großvater hatte nach Ansicht der (natürlich nur männlichen) Vormundschaftsrichter seine Pflicht als Familienoberhaupt wahrgenommen und die Enkelin der unmoralischen Lebensweise der unehelichen Mutter entzogen. Dafür hatten sie nicht nur Verständnis, sondern übertrugen nun per Großelternpflegeschaft das Aufenthaltsbestimmungsrecht für Katharina auf Otto von Gerike. Außerdem hatte er für seine Enkelin eine Patin angegeben, die auch den weiblichen Anteil an der Erziehung der Enkelin übernehmen würde: Ilse Staiger.

Wichtig ist in diesem Zusammenhang, dass Volljährigkeit erst mit dem einundzwanzigse Lebensjahr vollzogen war.

Ob Anna diese Tatsache mit einbezogen hatte, als sie 1921 ihren Vater umbrachte, konnte ich nicht herausfinden, denn nach dem Tod des Vaters hatte Anna wieder Zugriff auf die zwanzigjährige Katharina – jedenfalls glaubte sie das und unterschätzte die bündischen Jugendverbände und deren Einflüsse auf die Bürokratie Preußens.

Damit wird sehr viel klarer, was in Annas Gedanken vor sich gegangen sein muss: Sie hatte zwar gegen den Vater einige Punktsiege zu verzeichnen, aber letztendlich hatte er gewonnen, indem er ihr die Tochter nahm.

Ihr Hass musste gnadenlos gewesen sein. Sie musste zusehen, wie Katharina sich nicht nur dem verhassten Großvater zuwandte, sondern auch dem Faschismus!

Katharina genoss ihre neue Macht! Der Opa war eigentlich ganz okay, auch wenn er kaum mit Katharina sprach. Und wenn, dann über alte Zeiten, er war schließlich schon fast achtzig.

Ilse Staiger hatte ihn voll im Griff und Anna schien irgendwie aufgegeben zu haben.

Dann 1920 geschah die doppelte Emeritierung von Vater und Tochter von Gerike.

Katharina startete in eine, in dieser Zeit (1921) typische Jungmädelkarriere: Sie avancierte von der Jungmädelring- zur Gruppen- bis zur Jungmädelscharführerin und war immer Ilse Staiger direkt unterstellt.

Ab 1936 war die Mitgliedschaft im BDM und der Hitlerjugend verpflichtend, es sei denn, man hatte rassische Einschränkungen.

Bereits nach der Machtübernahme Adolf Hitlers 1933 wurde Katharina von Gerike für Ilse Staiger zu einem Problem: Katharina war schließlich (mindestens) Vierteljüdin (der Vater und Begatter, wie Ilse Staiger sich ausdrückte, von Anna von Gerike war schließlich nicht bekannt) und gleichzeitig ihr (ehemaliges) Mündel. Wenn herausgekommen wäre, dass Ilse Staiger dafür gesorgt hatte, dass sie den Stammbaum von Otto von Gerike nachhaltig korrigiert hatte, wäre sie wahrscheinlich erschossen oder in ein KZ interniert worden.

Aber die Beamten glaubten Ilse Staiger, schließlich war ein Aristokrat kaum auch gleichzeitig ein Jude. Angesichts der Bekanntheit Ilse Staigers als robuste Judenhasserin verifizierte man zwar den Ariernachweis für Otto von Gerike (und damit aller seiner Nachfahren, denn tatsächlich gab es keine Nachweise von Otto von Gerike über die tatsächliche Herkunft, außer einer Ritterurkunde seines

Ur-Ur-Urgroßvaters Hironimus von Gerike, der bei den Kreuzzügen aktiv war und Otto zum Adelstitel berechtigte), vorsichtshalber beließ man aber die Zweitschrift im Archivbunker bei den ursprünglichen Daten.

Mittlerweile war Katharina mit SS-Sturmbannführer Alfons Meyerherm verheiratet und hatte eine Tochter: Magda – und Ilse Staiger glaubte, das Problem beseitigt zu haben, zumal sie ihr ehemaliges Mündel peu à peu von allen Funktionärsposten, natürlich mit anderen fadenscheinigen Gründen, abzog. Zu ihrer Sicherheit, denn eine Karriere der Katharina von Gerike musste unbedingt verhindert werden: Würde Katharina in die höheren Chargen der Naziherrschaft aufsteigen, würde man ihren Ariernachweis natürlich einer genaueren Prüfung unterziehen, und dann waren beide geliefert.

Bis eines Tages, um genau zu sein, es war der 5. November 1939, Anna von Gerike vor Ilse Staigers Tür im Berliner Führerhauptquartier stand – und zwar mit ihrer Enkelin, der zwölfjährigen Magda Meyerherm.

Wir müssen nicht alles wieder aufgreifen. Tatsache ist, dass die BDM-Führerin sich über den Wahrheitsgehalt der Darstellungen von Magda überzeugen musste. Anna hatte dafür gesorgt, indem sie z.B. eindeutige gynäkologische Nachweise und Stellungnahmen vorlegen konnte: Magda war mehrfach vergewaltigt worden. Und Magda beschuldigte ihren eigenen Vater.

Es kam, wie es kommen musste: Ilse Staiger besprach die Angelegenheit mit dem nächst- und übernächsthöheren SS-Chargen und alle kamen zu dem Ergebnis, das Ganze unter der Decke zu halten – alles andere würde dem Ruf der SS und damit dem Vaterland schaden.

Alfons Meyerherm wurde zwar von den SS-Hierarchien nicht weiter belästigt, dennoch ersann sich Ilse Staiger folgendes Arrangement: Würde Alfons zukünftig seine Übergriffe lassen, wäre (die nun arisierte, was sie gar nicht wusste) Anna bereit, sich in ein Exil zu begeben und die Angelegenheit ruhen zu lassen.

Das Pflegeseminar gab es schon seit 1936 nicht mehr, denn Anna von Gerike war in den akademischen Kreisen nicht mehr geduldet.

Anna konnte jedoch bis 1939 von ihren Büchern recht gut leben, die sie, wie schon berichtet, unter einem männlichen Synonym international veröffentlichte, bis 1939 lebte sie in Berlin von ihren Ersparnissen.

*

Alfons hatte sich, wie ebenfalls berichtet, auf in den Krieg gemacht. Er war ein brutales Schwein, auch das wusste seine Frau Katharina, konnte sich aber gegen ihn nicht wehren, denn es gab die besagte Abmachung. Dass er seine Fronturlaube nutzte, um sein inzestuöses Triebleben mit seiner wehrlosen Tochter unkontrolliert weiter zu praktizieren, wusste Katharina zwar, hoffte aber immer wieder, dass er ›auf dem Frontfeld bleiben würde‹.

Sie hätte das natürlich ihrer Chefin berichten können, wusste aber, dass jene Ilse Staiger sich durch nichts und niemanden in ihrer nationalsozialistischen Karriere behindern lassen würde. Sie hatte bereits ihre Mutter Anna in die Verbannung getrieben, was hätte sie mit Katharina alles machen können? Alfons Meyerherm war hochdekorierter SS-Mann, Standartenführer mittlerweile, dem würde eine Ilse Staiger ganz gewiss nicht an den Karren fahren können.

Dass Ilse Staiger bereits alles wusste, war Katharina selbstredend nicht bekannt.

Währenddessen machte sich Anna von Gerike im Kloster Neuenwalde an das Vermächtnis unserer Familie. Sie hat nirgendwo wirklich gelogen, ist mein zwischenzeitliches Fazit, aber sie hat nicht immer die Wahrheit sagen wollen. Sie hat Zusammenhänge geschönt, Schuld nur als Handlungsnotwenigkeit (›Wer Schuld hat, bewegt wenigstens etwas!‹) betrachtet, Prozesse, vor allem moralische und ethische Denkprozesse, als Rechtfertigung für ihr eigenes

Sein benutzt und vor allem bewusst den Zugang zu Informationen behindert, die ich nun herausgefunden habe.

Katharina war keine böse Mutantin, sie war vor allem Kind ihrer Zeit. Mit einer Mutter, die durch Wände gehen wollte, und einem Großvater, der diese Wände erschaffen hatte. Katharina wurde davon erdrückt und hatte keine Wahl: Sie benötigte eine neue Option – und leider waren die bündischen Jugendorganisationen als Vorläufer der NS-Seilschaften fast die einzigen für solche Jugendliche interessanten Gruppierungen.

Selbstredend wären auch die neuen Falken der SPD oder die Naturfreunde eine Gruppe gewesen, wo sie eine jugendliche Heimat gefunden hätte. Katharinas Sozialisation mit diesem ambivalenten Großvater und der multiaktiven und intellektuellen Mutter ermöglichten ihr aus meiner Sicht diese Optionen erst einmal jedenfalls nicht. Vielleicht hätte sie sich später, erwachsen, anders besinnen können. Aber da war sie schon zu sehr in diesem Teufelskreis gefangen und hatte ganz andere Probleme.

Ein widerlich sadistisches Schwein als Ehemann und eine geschundene Seele als Tochter.

Katharina wusste, dass sie ihre Mutter hätte zu Rate ziehen können. Das schrieb sie fast wöchentlich. Doch sie kam immer wieder zu dem Ergebnis, dass sie sich zu weit voneinander entfernt hatten.

Katharina hatte ihren Großvater geliebt, auch wenn er sie bis zu ihrer Pubertät nicht als leibliche Enkelin akzeptiert hatte. Aber die letzten Jahre seines Lebens war sie ihm ein wenig auf die Spur gekommen: Otto war ohne seine Ehefrau Christina, die Katharina natürlich nicht hatte kennenlernen können, einfach nur lebensunfähig.

Neben Ilse Staiger, die nicht in der Villa des Herrn von Gerike wohnte, gab es natürlich noch andere dienstbare Geister, eine Köchin, eine Hauswirtschafterin, mehrere Putzfrauen, einen Gärtner.

Otto von Gerike galt beim ›Gesinde‹ (wie er seine Mitarbeiterinnen noch immer nannte) als Oberhaupt. Er war ihnen gegenüber immer großzügig, hatte die Talente pünktlich bezahlt und zudem hin und wieder den einen oder anderen Nösel Bier spendiert. Dafür verlangte er allerdings auch absoluten Gehorsam.

Aber sie waren eben ›Gesinde‹.

Die Jahre, als Anna ihren Vater täglich besuchte, tat sie das nicht, um ihn zu verwöhnen, im Gegenteil. Häufig schwiegen sie sich an, meistens aber redete Anna.

Seit seine Enkelin Katharina im Hause lebte, lebte Otto auf, als er z.B. das erste Mal in seinem Leben Brausepulver genießen durfte, oder Seifenblasen und einmal sogar Juckpulver.

Katharina war in diesen Jahren tatsächlich glücklich, auch wenn aus den Tagebüchern deutlich wird, dass Otto von Gerike kaum etwas selbst initiativ dazu beigetragen hatte. Er hatte Katharina nichts anderes als nur gewähren lassen, während ihre Mutter Anna sie zu irgendetwas, einer Entwicklung, einer Katharsis gegen z.B. die Bündische Jugend, bewegen wollte.

Das Wichtigste dieser Tagebücher war jedoch: Katharina wusste, dass Anna ihren Großvater getötet hatte.

Sie wusste auch, wer alles noch hatte sterben müssen.

Kapitel 13

Agathe Jung

(Zusammenfassung der Ereignisse aus den Archiven des Klosters Neuenwalde, Block G4, Register 7, Seiten 1–187; Tagebücher von Agathe und C. G. Jung)

Carl Gustav Jung glaubte seiner Tochter nicht! Er hielt es für nichts anderes als die Phantasie eines pubertierenden Mädels, wenn auch seiner geliebten Tochter.

Zudem gab sie die Quelle ihrer Erkenntnis als August Bahrlow an, dem durchgeknallten Test-Patienten der Pflegegruppe um C. G. Jungs Freundin Anna von Gerike.

Nein, er konnte im August 1921, als er sich in Berlin nicht nur aufhielt, um seine Tochter zu besuchen, sondern um diverse Vorträge zu halten, meist um die Theorien seines Lehrers Freud zu bestätigen oder zu bezweifeln, die Aussagen seiner Tochter nicht als Wirklichkeit akzeptieren.

Drei Menschen seien gestorben, hatte Aggi ihrem Vater im August 1921 mitgeteilt und ihm die Urkunden überreicht:

Otto von Gerike achtundachtzigjährig am 10. Januar 1921, Vater von Anna von Gerike,

Karl Eugen Dühring siebenundachtzigjährig am 1. Februar 1921, Vater von Alfred Dühring,

Alfred Hermann Zurmühl siebenundfünfzigjährig am 4. Mai 1921, Vater von Katarina Zurmühl.

C. G. Jung hatte seiner Tochter aufgegeben, ein Praktikum bei seiner Freundin Anna von Gerike zu absolvieren. In der Pflegeanstalt sollte Agathe ein wenig das Leben, die praktische Arbeit an der Basis mit hilfebedürftigen Menschen erfahren, bevor sie mögliche, akademische Studien betrieb. Mehr nicht! Er wusste aus eigener, schmerzlicher Erfahrung, warum er dies verlangte. Niemand wurden größere Erkenntnisse zuteil, wenn er oder sie nicht auch auf der Straße war. Aber keinesfalls war sie aufgerufen, ihre Mitmenschen auszuspionieren!

»Liebe Aggi«, fügte Carl Gustav hinzu, um seiner Tochter nicht das Gefühl zu geben, er nähme sie nicht ernst, »zwei von den Toten waren doch schon in einem Alter, wo der Tod normal ist! Und bei dem anderen war die festgestellte Todesursache eine Erkrankung. Die preußische Polizei hat alles ermittelt. Das ist schon ein ungewöhnliches Zusammenspiel, liebes Kind, dass nun grad die Väter deiner Studenten in diesem Jahr verstarben, ich gebe es zu, aber jener August Bahrlow, der dir diesen Floh ins Ohr gesetzt hat, ist doch ein Verrückter, ein Drogensüchtiger. Ich glaube, du solltest das Feld der Begutachtung der Sachlage den Fachleuten überlassen – und das ist nun einmal deine freundschaftlich verbundene Patin Anna von Gerike, meine langjährige Studienfreundin! Ihr darfst du vertrauen! Aber wenn du dich in Gefahr wähnst, kannst du übermorgen natürlich mit mir zurück nach Hause fahren!«

Aber Aggi Jung dachte gar nicht daran. Sie glaubte nicht nur den, zugegebenermaßen ziemlich wirren Ausführungen des August Bahrlow in der Pflegeetage, sondern ihren Beobachtungen. Vor allem die Nervosität der beiden Jungs Alfred Dühring und Maximilian Bahrlow gaben ihr zu denken und bestätigten die Vermutungen des durchgeknallten Vaters von Maximilian.

Nein, sie würde zwar durchaus nach Hause wollen, aber sie konnte nicht ins heimische Zürich zurückkehren, jedenfalls so lange nicht, bis sie eine Antwort gefunden hatte.

Aggi fühlte sich, allein mit ihrem Hauswirtschaftspraktikum, intellektuell unterfordert. Sie wusste, dass sie den beiden Jungs und auch Katarina und Alexandra geistig überlegen war, vielleicht nur Janina Smirnow nicht, die Aggi bewunderte.

Janina war nicht nur eine sehr schöne, sondern auch eine sehr sensible, achtsame junge Frau. Aggi hatte beobachtet, dass auch sie das ganze Jahr 1921 einige Probleme mit sich herumschleppte, dass diese aber wundersamerweise nach dem Tod ihrer Mutter im Dezember 1921 aufzuhören schienen.

Janina war in den Tagen danach traurig und die Beisetzung der Mutter hatte bei ihr tiefe, dunkle Ränder unter den Augen verursacht. In den Tagen danach wurde sie nicht gerade fröhlich, so war sie nicht, aber ausgeglichener, sie schien mündiger zu werden, ihre Mutter irgendwie abgeschüttelt zu haben, denn Uljana Smirnow war schließlich auch eine berühmte Persönlichkeit.

Dann geschahen allerdings über Weihnachten 1921 Dinge, die eine weitere Beobachtung Aggi Jungs zunichtemachten.

Im April 1921 hatte Aggi Jung bereits Ähnliches bei Katarina Zurmühl beobachtet, die sie allerdings nicht mochte. Katarina war ein arrogantes, dummes Biest, in ihren Augen.

Nach dem Tod des Vaters wandelte sich ihr Impetus. Sie wurde zwar nicht achtsam oder geistig beweglicher, aber sie lachte häufiger, konnte die schönen Dinge, z.B. das Nachtleben Berlins, eher genießen als zuvor unter dem Gruppendruck.

Nach dem Tod von Otto von Gerike hatte Aggi bei ihrer (Wahl-)Tante keinerlei große Veränderungen wahrgenommen. Anna war und blieb wie immer. Der Vater war schließlich schon achtundachtzig Jahre alt – jeder normale Mensch wäre dankbar für so ein hohes Alter. Dasselbe galt natürlich auch für Karl Eugen Dühring – da hatte der Vater natürlich schon recht!

Aggis Misstrauen war erst beim dritten Tod erwacht. Beim vierten (Bahrlow), fünften (Fjodorow) und schließlich sechsten (Smirnow) war ihr natürlich klar, dass hier eine deutliche Schieflage der Wirklichkeit ihres Vaters vorherrschte, auch wenn es da schon lange zu spät war.

Der Vater konnte sie nicht mehr retten, niemand konnte das, denn Anna von Gerike schien unüberwindbar.

Aggi hatte sich im September, um genau zu sein am 3. September 1921 ein Herz genommen und hatte Anna um ein Gespräch gebeten.

»Tante Anna«, hatte Aggi Jung ihre Patin angesprochen, »was stimmt hier nicht so recht?«

»Was meinst du, Agathe?«

»Menschen sterben!«

»Ja, Menschen sterben, das liegt in der Natur des Seins, mein Kind!«

»Ja, aber es sterben immer die Eltern!«

»Auch das, mein Kind, ist der Gang des Lebens: Die Eltern sterben vor den Kindern. Schlimmer ist es immer, wenn es umgekehrt passiert!«

Es war offensichtlich, dass Anna von Gerike ihr Patenkind nicht ernst nahm, auch wenn sie wissen musste, wovon Aggi Jung sprach.

Aggi spürte aber, dass sie in Gefahr war.

»Ja, liebe Tante«, es war ausgeschlossen, dass Agathe ihre Patin duzte oder gar mit Vornamen ansprach. »Ich mache mir nur Sorgen um Alfred und Katarina. Sie haben ihre Eltern verloren und ...«

»... ja, Agathe, ich weiß. Das ist sehr bedauerlich. Aber, wie gesagt, das ist der Lauf des Lebens. Wir haben nur Einfluss auf das Leben, nicht auf den Tod. Und wie du weißt, tun gerade wir alles, um auch das Leben zu erhalten, das leidet, das sich selbst vielleicht schon aufgegeben hat, das sogar Schuld auf sich genommen hat. Indem es körperlichen oder seelischen Frevel getan, sich versündigt hat ...«

»... so wie August Bahrlow in der ›Ersten‹ ...«

»Ja, genau, mein Kind. Genauso wie unser Pflegegast. Langfristig werden wir ihn z.B. von seinen Süchten und Sünden befreien. Da bin ich mir ganz sicher. Aber das ist nicht das Eigentliche oder das einzige Ziel. Ziel ist es, dass die Schülerinnen und Schüler, die du bis heute so gut versorgt hast, auch in Zukunft Leben retten werden. Dafür ist unser Seminar ausgerichtet ...«

»... nicht auf den Tod«, entfuhr es Aggi, obwohl sie wusste, dass sie sich auf dünnem Eis bewegte.

Anna von Gerike schien ihrem Patenkind diese Impertinenz nicht übel zu nehmen. Nein, so war sie nicht. Anna war immer und immer freundlich zugewandt, empathisch bis zur Inkongruenz.

Anders als andere Menschen, jedenfalls empfand Aggi Jung das, kam Anna den Menschen näher, je dreister sie sich angegriffen fühlte. Das hatte sie schon bei den Schülerinnen und Schülern gesehen und das hatten vor allem die beiden Jungen ihr auch berichtet, die sich allzu häufig in Aggis Küche aufhielten, was Aggi aber nicht störend, sondern eher als gefällig empfand.

Nun erlebte sie das selbst. Anna von Gerike war von ihrem Schreibtischstuhl aufgestanden, kam um den Tisch ganz langsam herum und auf Agathe zu. Es war keinesfalls bedrohlich, im Gegenteil. Anna von Gerike beherrschte die Beziehungsinteraktion perfekt. Durch ihre kinästhetische Handlungsweise empfanden ihre Gegenüber, dass sie die Augenhöhe anstrebte, jegliche, durchaus natürliche oder sachlich gegebene Hierarchie aufzuheben beabsichtigte.

Selbstredend war genau das Gegenteil der Fall: Anna von Gerike näherte sich aus einem einzigen Grund an die Menschen, mit denen sie in eine kritische Interaktion trat: Sie näherte sich, um ihre Krallen wirksam ausfahren zu können. Sofort, blitzschnell, unerbittlich und ohne Gnade.

In neun von zehn Fällen natürlich nur symbolisch, aber Aggi wusste, dass es auch für sie um den einen Fall von zehn hätte gehen können, wenn sie nun etwas Falsches sagte.

»Ich, ich mache mir auch Sorgen um den Vater«, entfuhr es Aggi mit einer plötzlichen Eingebung. »Er schien mir sehr belastet. Ich, ich erlebe hier nun das erste Mal den Tod, schließlich schon dreimal, wenn ich Ihren Vater mit hineinbeziehen darf, liebe Patin. Und nun mache ich mir Sorgen um meinen Vater. Was würde ich ohne ihn sein?«

Anna von Gerike hatte Agathe Jung noch nicht erreicht. Nun zog sie sich wieder zurück hinter ihren Schreibtisch und ließ sich, wie Aggi fand, fast erleichtert, wieder in ihren ledergepolsterten Schreibtischstuhl zurückfallen.

»Dein Vater ist in bestem Mannesalter«, sagte sie nun etwas lauter und damit weniger bedrohlich achtsam. So als hätte Anna von Gerike jegliches Interesse an ihrem Patenkind verloren. »Du brauchst dir keine Sorgen zu machen! Er ist gesund, soweit ich weiß. Und er ist ein vielbeschäftigter Professor. Da ist man halt schon einmal erschöpft. Aber Erschöpfung führt nicht sofort zum Tode, mein Kind. Ich kenne deinen Vater ziemlich gut, wie du weißt. Ich kann dir versichern – er wird sich wieder erholen, denn Zürich ist sein Lebenselixier und Berlin vielleicht ein wenig zu hektisch. Er hat mir übrigens gesagt, dass du hierbleiben und noch nicht zurück in die Heimat möchtest – also wird es dir so schlecht bei uns nicht gefallen, habe ich recht? Und nun gehe wieder an die Arbeit, das wird dich von diesen Gedanken ablenken!«

Abgang Agathe, dachte Aggi mit neuen Erkenntnissen nicht nur über ihre merkwürdige Tante, sondern auch über ihren Vater.

Nicht, dass Anna von Gerike der jungen, mittlerweile fast achtzehnjährigen (aber noch lange nicht volljährigen) Agathe Jung irgendetwas Neues erzählt hätte. Nein, das nicht, aber Aggi war klar geworden, dass sie sich jetzt schlaumachen musste. Anders würde sie nicht an die Geheimnisse herankommen, die hier in diesem Pflegeseminarhaus herumgeisterten. Aggi glaubte eben nicht an Geister, wenn man August Bahrlow davon ausnahm – er war sozusagen der leibhaftige Geist dieses Daseins.

Agathe setzte sich in die Tram und suchte in der Bibliothek Berlin-Steglitz nach Texten eines gewissen Sigmund Freud, dem intellektuellen Gegner ihres Vaters.

Diese allerdings waren nur ›Erwachsenen‹ zugänglich, mit deutlichem ›Studienwillen‹. Es galt, einer ›Ergötzung triebhaften Willens entgegenzutreten‹.

Leider hatte sie keinen Studienausweis, der ihr Zutritt zu eben jenen Bereichen der Bibliothek ermöglicht hätte, von der sie Aufschluss über das Verhalten ihrer Tante finden würde, wie sie hoffte. Aber sie wusste, wer ihr hier helfen könnte!

Maximilian Bahrlow stellte keine großartigen Fragen, als Aggi Jung sich nach drei Stunden des Stöberns in Freuds Werken zwei Schriften des großen Psychoanalytikers auswählte: »Zur Pathologie des Alltagslebens, Über das Vergessen, Versprechen, Vergreifen, Aberglaube und Irrtum« sowie Sigmund Freuds und Joseph Breuers »Studien über Hysterie«.

Maximilian Bahrlow hatte nicht nur einen Studienausweis der anerkannten Pflegeschule der von Gerikes, sondern auch einen Büchereiausweis, der es ihm erlaubte, Bücher für vier Wochen auszuleihen.

Da er überdies über beide Ohren in Aggi Jung verliebt war, ebenso wie sein Studienkollege Alfred Dühring, hoffte er nicht nur dadurch gegen seinen Konkurrenten zu punkten, dass er Aggi diese Schriften ermöglichte, sondern packte noch eins drauf, indem er selbst sich ebenso eine bei weitem dickere Schwarte über die ›Traumdeutung‹ S. Freuds auslieh.

Während Aggi vier Wochen lang eine Erkenntnis nach der anderen gewann, scheiterte Maximilian jeden Abend nach maximal drei Seiten des unbegriffenen Lesens und schlief ohne alle Erkenntnis ein. Warum Aggi Jung sich Freuds uninteressantes Geschwafel, wie er es nannte, ausgeliehen hatte, wusste er auch nicht. Dass ihr Vater C. G. Jung nicht nur Schüler, sondern mittlerweile auch Kritiker Freuds war, war ihm natürlich nicht entgangen. Hier vermutete er die Lesewut seines Traummädels.

Er phantasierte, dass er ihr den Gegenpart des übermächtigen Vaters liefern musste. Einen, der sich mit Sigmund Freud besser auskannte als jeder andere – wenn er ihn nur begreifen würde.

Aggi hingegen, die selbstverständlich alle Schriften ihres Vaters gelesen, wenn auch nicht alle verstanden hatte, verstand diese des Herrn Freud umso mehr.

Rückblickend können wir feststellen, dass Agathe Jung auf dem Weg war, beiden alten Psychoanalytikern Paroli zu bieten.

Wenn sie überlebt hätte – wir werden später darauf zurückkommen (müssen). Agathe befasste sich aufgrund dieser Geschehnisse noch mehr mit dem privaten Hintergrund ihrer Patentante – und entdeckte eine Tochter, die Anna von Gerike ihren SeminarteilnehmerInnen und natürlich auch Aggi Jung vollständig verschwiegen hatte: Katharina von Gerike, ein Jungbundmädchen, wie Aggi feststellte, die bereits vor dem Tode von Otto von Gerike in dessen Haushalt gelebt, sich vollständig von ihrer Mutter abgesetzt hatte und in die Jungmädelbewegung eingemündet war, der man nachsagte, dem neuen deutschen Nationalsozialismus nahezustehen. Anna von Gerike verachtete ihre eigene Tochter.

Was Agathe Jung nicht verstand, nicht verstehen wollte und konnte.

Und dann dazu gezwungen wurde.

Kapitel 14

Mai bis September 1943

(Zusammenfassung der Ereignisse aus den Archiven des Klosters Neuenwalde, Block G12, Register 133, Seiten 11–541)

Magda Meyerherm, sechzehn Jahre alt, fühlte sich schuldig. Sie hatte sich Schmerzen zugefügt, vor allem am Bauch und an den Armen. Die Ritzereien an den Armen dienten dem Schmerz, um den anderen Schmerz nicht zu spüren. Das Blut am Bauch diente einer möglichst abstoßenden Wirkung. Sie hoffte, dass, wenn sie ihren Bauch ritzte, sie nicht schwanger werden würde. Warum, wusste sie nicht – eine Schulkameradin hatte es ihr berichtet: »Wenn du nicht schwanger werden willst, musst du Bauchblut abgeben!« (dabei hatte sie natürlich nicht die Haut gemeint, was Magda aber nicht verstanden hatte).

Die abstoßende Wirkung galt ihrem Vater – aber gleichzeitig wusste sie seit zwei Jahren, dass ihn Blut aus einer ihrer Öffnungen unter dem Bauch nicht abschreckte: »Ein tapferer Seemann segelt auch im Roten Meer!«, hatte er gelacht, als sie erstmals ihre Tage hatte und nicht von ihrer Mutter (und auch von keinem anderen) wirklich aufgeklärt worden war und er wieder und wieder in sie eindrang.

Aber sie wollte vor allem hässlich sein, noch hässlicher als ihre Mutter Katharina, denn Alfons Meyerherm sagte, als er seine Frau beschrieb: »Deine Mutter kann ich nicht mehr ficken, weil sie so hässlich geworden ist. Und nun musst du eben ran. Das ist mein Recht als Familienoberhaupt!«

Auch, dass sie ihre langen, blonden Haare abgeschnitten und sie total verwuselt hatte, während ihr SS-Vater an der Front kämpfte, missbilligte er zwar, hinderte ihn aber nicht am Tun, was Magda nicht verstand. Es tat nur schrecklich weh und sie begann mit neun Jahren, als Alfons Meyerherm das erste Mal »sein teutsches Recht auf Befriedigung seiner teutschen Hoden« an seiner Tochter erzwang, zu hassen.

Vor ihrem neunten Lebensjahr hasste sie ihren Vater noch nicht wirklich, auch wenn es ihr irgendwie komisch vorkam, wenn er sich vor ihr auszog, komische Dinge mit dem machte, womit Männer Wasser lassen müssen, denn er hatte sie bis dahin noch nicht angefasst.

Mutter Katharina hatte ihn ein-, zweimal dabei erwischt, ohne ihren Ehemann wirklich zu maßregeln. Da Magda nicht wirklich wusste, was hier vorging, und ihre Mutter auf Magdas Fragen nicht antwortete, hatte sie die Großmutter gefragt.

Offenbar begann hier der wirkliche Krieg in der Familie: Alfons Meyerherm, der Nazi, sorgte bereits 1933 dafür, dass Anna von Gerike ihr Institut schließen musste – sie war Halbjüdin und es war ihm nicht schwergefallen, seine Nazi-Seilschaften darauf anzusetzen.

Auf der anderen Seite wusste Anna von Alfons Meyerherms sexuellem Kontrollverlust, wenn man es harmlos ausdrückt. Auch bei den frühen Nazis wäre er in seiner Karriere mindestens eingeschränkt, wenn sich das bei den Dienstvorgesetzten der ›Elite-SS‹ herumsprechen würde. Schließlich drohte sie ihm offen, denn sie wusste, was mit ihrer Enkelin passieren konnte, wenn es so weiterging. Mit den Erkenntnissen über seine pädophilen Neigungen, die sie schließlich schon 1920/1921 bei der Smirnow und dem Zurmühl gründlich hatte studieren müssen, konfrontierte sie ihren Schwiegersohn Anfang 1936 derart, dass sie in eine Art Patt-Situation gerieten.

Annas Tochter Katharina war dem Ganzen nicht mehr gewachsen und verabschiedete sich in die psychische Abhängigkeitserkrankung von Suchtmitteln.

Sie benötigten eine ganz pragmatische Lösung des Problems. Anna von Gerike war beruflich ›out of Order‹; als Halbjüdin würde sie keinen akademischen ›Fuß mehr auf die Erde z.B. einer Universität bekommen‹. 1936 war sie immerhin schon zweiundsechzig Jahre alt und würde kaum noch einen beruflichen Neustart schaffen. Aber sie wollte ihre Enkelin schützen, jedenfalls soweit sie konnte.

Auf ihre Initiative hin, Alfons Meyerherm war von sich aus nicht in der Lage, problemlösungsorientiert zu denken, kamen sie tatsächlich zu einem Ergebnis.

*

Meyerherm drohte, er würde die alte Hexe in eins der neuen Konzentrationslager abtransportieren lassen, sie erschießen, aufhängen, verleumden usw. – aber er war ihr selbstverständlich intellektuell nicht gewachsen. Sie hatte eine Waffe gegen ihn, die ihn vielleicht nicht vernichten konnte, aber doch seine Zukunft mindestens beeinträchtigen würde.

Sie ›einigten‹ sich, wenn man das so nennen konnte: Anna von Gerike versprach, in ein Kloster zu gehen und jeglichen Kontakt zur Familie Meyerherm künftig zu unterlassen, Alfons Meyerherm versprach hoch und heilig, seine Tochter in Zukunft zufrieden zu lassen und sich freiwillig zur kämpfenden SS-Truppe nach Polen und Russland zu begeben (was er sowieso vorhatte).

Während Anna von Gerike sich an ihre Abmachung hielt, tat es Alfons Meyerherm nur für den Teil, der ihm gefiel. Erst war er Abschnittsleiter im KZ Sachsenhausen (zuständig für Eigentumsübertragung der Insassen) und konnte jedes Wochenende nach Berlin fahren, um ›sein arisches Familienleben‹ zu genießen (auch wenn er seine Frau hin und wieder eine ›versoffene Vierteljüdin‹ nannte, was er natürlich niemanden aus seiner Seilschaft preisgab).

Anna von Gerike war weg, in irgendeinem Kloster, wie versprochen, Alfons Meyerherm wusste nicht wo und wollte es auch nicht wissen. Sie war und blieb verschwunden, das genügte ihm.

Dass das Martyrium für Magda dennoch erst jetzt begann, konnte die Großmutter nicht ahnen – sie glaubte an das Gute in jedem Menschen – und dass ein Meyerherm sich wenigstens an sein Wort halten würde; die Nazis waren ja so stolz auf ihren Ehrenkodex.

Alfons Meyerherms Tochter Magda wurde immer schöner, mit langen, arisch-blonden Haaren, blauen Augen, wenn auch ein wenig spiddelig, wie er fand, oben herum.

Als dann 1942 der Führer rief, war er mit Begeisterung beim Russlandfeldzug als einer der Ersten dabei – und bekam wegen Tapferkeit viermal im Jahr Heimaturlaub für vierzehn Tage – Foltertage für Magda, Volltrunkenheit für Katharina.

Es war Krieg. Die Bomben fielen 1943 auf Hamburg und Berlin. Als Magda für längere Zeit verschwunden blieb, glaubte Mutter Katharina, dass ihre Tochter im Bombenhagel Berlins, im Feuersturm Unter den Linden ums Leben gekommen war.

Aber Magda suchte ihre Großmutter und hätte alles getan, sie zu finden. Anna von Gerike war die einzige Freundin, die Magda von Gerike jemals hatte. Sie wusste, dass sie zuletzt in Hamburg gelebt hatte, dass sie aber vor den Nazis geflohen war, allen voran vor ihrem Vater.

Magda brachte zwischen Mai und September 1943 eine Odyssee hinter sich. Der gewalttätige Vater war nur auf Fronturlaub zu Haus in Berlin, während er sie wiederholt vergewaltigte, was Mutter Katharina nicht nur wusste, sondern sogar duldete. Als Alfons Meyerherm seinen Zug in Richtung Russland, wohl zum letzten Mal, wie Magda hoffte, mit einem widerlichen Zungenkuss am Bahnhof antrat, machte sie sich auf die Reise, denn der Vater würde aus Russland nicht mehr so häufig nach Berlin reisen können, wie sie zu Recht vermutete.

Mutter Katharina lag meist im Bett und hatte sich dem Absinth und anderem Fusel verschrieben, den sie in Abwesenheit des Ehemannes durch den Verkauf aller Gegenstände ihrer Familie und der ›Mitgift‹ ihrer Mutter Anna (später mehr darüber) bezahlen konnte.

Als am 24. April 1927 Magda geboren wurde, hatten sich Katharina und Anna *ein wenig* versöhnt, allerdings heimlich in Alfons Meyerherms Abwesenheit, als er sich vor allem im Sachsenhausener KZ aufhielt. *Ein wenig* bezieht sich darauf, dass Katharina in dieser Zeit häufig einen Babysitter für ›die Göre‹ benötigte, wenn sie ihr freies Leben vor allem als Scharführerin beim BDM ›Bund deutscher Mädel‹ genoss – und wer bot sich da besser an als die Großmutter.

Ihrer Mutter gegenüber behauptete Katharina allerdings: »Ein deutsches Kind braucht seine Großmutter!«

Als Vierteljüdin wurde sie nur deshalb nicht verfolgt, weil sie mit einem hohen SS-Mann verheiratet war, ihr Funktionärsamt bei dem BDM musste sie jedoch aus fadenscheinigen Gründen abgeben. Beide, Katharina, vor allem aber Alfons Meyerherm, hatten es bis 1933 geschafft, das millionenschwere Erbe des Großvaters Otto von Gerike durchzubringen (die einzige Motivation von Alfons Meyerherm, Katharina zu ehelichen). Übrig blieb die große Villa in Dahlem, weil diese durch ein Vermächtnis der Urgroßeltern nicht veräußert werden durfte. Alfons verprasste das Erbe mit Poker, Schnaps und Prostituierten, Katharina, um sich Freundschaften zu erkaufen, später dann für Alkohol und Tabletten.

Vor allem durch die Berichte ihrer Enkelin war Anna über alle Gegebenheiten im Hause Meyerherm im Bilde. Magda liebte ihre Großmutter über alles, bis zu dem Tag, wo sie sich der Oma gegenüber öffnete und von den merkwürdigen Übergriffen des Vaters berichtete.

Anna machte den Fehler, sowohl Katharina als auch Alfons mit den Aussagen des Kindes zu konfrontieren. Wenn wir den Charakter von Anna von Gerike bisher richtig aufgezeichnet haben, dann ist bekannt, dass Angst oder Furcht nicht zu ihren Eigenschaften gehörte.

Nachdem Anna der Umgang mit ihrer Enkelin nun endgültig versagt blieb und sie mit Alfons Meyerherm diesen Deal ausgehandelt hatte, wollte sie mindestens, dass ihre Enkelin eine gute Zukunft vor sich hatte, und das nicht nur in körperlicher Unversehrtheit.

Daher überließ sie, bevor sie sich ins Kloster Neuenwalde begab (was ausschließlich Katharina wusste), den großen Teil ihrer Wertsachen, die sie vor allem von Christina, ihrer Mutter, geerbt hatte, dann doch ihrer Tochter Katharina, mit dem Versprechen, diese Wertsachen ausschließlich für die Erziehung und Bildung ihrer Tochter Magda zu verwenden.

Dass Katharina diese Wertgegenstände, es waren vor allem Schmuck, Silberbestecke und siebzehn kleine Goldbarren (die zweite Hälfte dieser Erbschaft, also siebzehn weitere Goldbarren, hatte Anna für den Unterhalt im Kloster Neuenwalde vorgesehen), peu à peu in Alkoholika umsetzen würde, ahnte die eigentlich nicht gutgläubige Anna nicht.

Anna von Gerikes Wunsch war es, dass ihre bei ihrer Flucht fast zehnjährige Enkelin eine gute Erziehung und Ausbildung erhalten, vielleicht später studieren würde. Dafür war dieses Erbe vorgesehen, für nichts anderes. Dass Anna die eigentliche Eigentümerin der Villa in Dahlem blieb, spielte sozusagen keine Rolle, denn Katharina wurde als verfügungsberechtigt (ohne Entäußerungsrecht) ins Hauptbuch beim Amtsgericht Dahlem eingetragen. Damit würde dann auch Magda die Villa erben – hier konnten nicht einmal die Nazis etwas ändern, obwohl Alfons Meyerherm das natürlich immer wieder versucht hatte. Die Jahrhunderte alten Grundbuchregeln blieben, jedenfalls in der Hauptsache, unantastbar, außer wenn es sich um registrierte Juden, sog. Schwachsinnige oder andere Feinde des Volkes handelte. Hierzu konnte man die von Gerikes letzten Endes nun doch nicht zählen. Eine Enteignung dieser alteingesessenen und auch noch aristokratischen Familie hätte einen Aufschrei in der akademischen Elite zur Folge, die sich auch die Nazis nicht leisten konnten.

Als Anna ihren Weg ins Kloster Neuenwalde beschritt, war Katharina noch soweit klar, ihren Vorteil zu wittern, und berichtete weder ihrem Ehemann noch ihrer Tochter von dem Schatz – und auch nicht, wo Anna von Gerike wirklich Asyl gesucht hatte. Natürlich, um sie zu schützen, aber vor allem, um zu verhindern, dass Magda sie irgendwie aufsuchen würde. Denn das würde die Aufdeckung ihres Geheimnisses bedeuten.

Aus meiner Sicht war Katharina ebenso ein böser Mensch wie jener Nazi Alfons Meyerherm. Denn sie nahm dafür in Kauf, dass jener Mann ihre Tochter sexuell missbrauchte, missbrauchte und missbrauchte. Dass sie selbst suchtkrank wurde, ist vielleicht nachvollziehbar, entlastet oder entschuldigt sie aus meiner Sicht allerdings nicht.

Anna hatte vor allem alle Bücher, Notizen und Dokumente ins Kloster Neuenwalde mitgenommen, wo ihre langjährige Freundin Elisabeth von Finteln sie herzlich aufnahm. In dieser Zeit schrieb sie unsere Familienchronik mit allem, was dazugehörte aus ihrer Lebenszeit – und dem, was dann meine Ur-Großmutter Katharina ebenso in den Wahnsinn trieb wie meine Großmutter Magda – ein Abgrund, ein tiefer Brunnen aus Lebenszeit, der nicht aufgehellt, gereinigt wurde, der düster und schmutzig blieb. Auch wenn Magda in ihrer Zeit nach dem Krieg durchaus in der Lage war, diesen von *ihrer* Großmutter vererbten Schatz nicht nur zu sichern, sondern sogar noch zu mehren, auch wenn der Verdacht besteht, dass sie sich nur wenige Informationen daraus aneignete.

Alle hatten sich irgendwie schuldig gemacht, alle – Magda war die Einzige, die ausschließlich zum Opfer wurde.

*

Die Genogramme im Anhang belegen: 1943 und 1944 starben Anna, Katharina, Knut und Alfons. Magda überlebte offenbar als Einzige dieser Lebenslinie.

Meine Mutter Hedwig wurde ein Jahr später, also 1945, als Tochter des ominösen Knut geboren.

Wahnsinn, aber Wirklichkeit!

Neben den Geschehnissen, die 1921 vor sich gingen, und auf die ich natürlich immer wieder zurückkommen muss, waren die Beschreibungen von 1943 die erstaunlichsten:

Elisabeth von Finteln dokumentierte, dass Anna mit Begeisterung von ihrer Enkelin Magda sprach, wenn auch mit einer tiefen inneren Traurigkeit.

Anna musste zu diesem Zeitpunkt, im Spätsommer 1943, schon sehr krank gewesen sein, denn den Besuch ihrer Enkelin überlebte sie nicht.

Magda, nun sechzehnjährig, suchte den Weg von Ost nach West (anders als Maximilian Bahrlow von West nach Ost, ebenfalls im Krieg, allerdings dem ersten großen Krieg). Sie wusste, dass ihre Großmutter in ein Kloster hatte gehen wollen und dass sie zuvor eine Freundin in Hamburg aufgesucht hatte, eine Freundin namens Hannelore von Finteln.

Hannelore von Finteln war die Dekanin des Helenenstiftes in Hamburg, einer vaterländischen Frauenvereinigung, die zu Zeiten der Kriege als Sanitäterinnen dienten.

Ihre Schwester Elisabeth von Finteln hatte die Großmutter von Magda im Kloster Neuenwalde aufgenommen, und nach drei Tagen in Hamburg machte Magda sich, versorgt mit einem Rucksack voll kriegswichtiger Dosenverpflegung, auf den Fußweg ins Elbe-Weser-Dreieck. Knapp einhundert Kilometer von Hamburg entfernt, also gut in einer Woche zu schaffen. Es waren seinerzeit viele Menschen zu Fuß unterwegs, und zwar in fast alle Richtungen, außer nach Osten!

Die Bahn, die Magda noch von Berlin nach Hamburg brachte, gab es hier längst nicht mehr. Zwar hatten sich die alliierten Bomber auf die Großstädte konzentriert, aber jegliche Infrastruktur war zusammengebrochen – bereits 1943, auch das will kaum jemand wahrhaben. Anders ausgedrückt: Spätestens nun musste die ›unschuldige deutsche Bevölkerung‹ begriffen haben, auf wessen Pferd sie gesetzt hatte.

Magda wurde auf ihrem Weg nach Neuenwalde nur ein einziges

Mal vergewaltigt. Das lag selbstredend daran, dass sich die meisten Männer im Krieg irgendwo auf der Welt befanden. Die anderen waren zu schwach, um sich ihren Lüsten hinzugeben. Nur ein Großbauer, der ihr Logis geboten hatte, wollte ein Nein nicht akzeptieren, als er sie in der Scheune aufsuchte.

Hört sich brutal an, aber die sechzehnjährige Magda war einiges gewohnt, was ihren Körper anging. Und allein reisende Mädchen galten im Krieg als Freiwild!

In Neuenwalde angekommen fand sie eine sehr, sehr zuvorkommende Elisabeth von Finteln und siebzehn höhere Stiftsdamen. Die Zuschreibung ›Nonnen‹ lehnten sie zwar nicht grundsätzlich ab, dennoch erkannte man sie nicht sofort als solche, denn sie waren zwar konservativ, aber relativ normal gekleidet.

Hannelore hatte Magda ein Schreiben an ihre Schwester mitgegeben, ohne dass Magda das gelesen hatte. Es schien eine wunderbare Wirkung zu entfalten. Alle achtzehn Damen verwöhnten sie dezent hingebungsvoll. Und die Großmutter freute sich natürlich über alle Maßen, denn damit hatte sie natürlich überhaupt nicht gerechnet. Sie war erschrocken über den Zustand des Mädels, nicht nur aufgrund der beschwerlichen Reise, sondern auch wegen ihres körperlichen Zustandes: Sie war abgemagert und hatte vor allem viele Kratz-, Schürf- und Wundmale an Armen, Beinen und dem Bauch, die sie zwar zu verstecken versuchte, bei den Damen damit aber keineswegs erfolgreich war.

Sie versorgten ihre Wunden (Anna war schließlich Medizinerin) badeten sie, gaben ihr etwas zu essen und hüllten sie in einen Kräuter- und Blumenduft. Dann erst begrüßte Magda ihre Großmutter wach und zugewandt.

Während Magda erzählte, wie es ihr ergangen war, fragte Anna plötzlich:

»Hat dieses Miststück Wort gehalten?«

Magda war sofort klar, was ihre Großmutter meinte.

»Nein, Oma, im Gegenteil!«, und fing an zu weinen.

Zehn Tage, hunderttausend Worte, um zu beschreiben, was dort in Neuenwalde vor sich ging: Achtzehn Damen und ein nun siebzehnjähriges Mädchen und eine zutiefst betroffene Großmutter, die später im Schoß der Enkelin starb. Magda wurde eine tolle Frau, anders als ihre vermurkste Mutter Katharina, wie ich finde, die zwar auch krank, aber nichtsdestotrotz böse war. Diese lebte zu diesem Zeitpunkt noch immer in Saus und Braus und wartete auf ihren Alfons Meyerherm, der irgendwo in Russland das deutsche Vaterland verteidigte.

Kurz vor Magdas Besuch hatte Anna von Gerike einen Schwächeanfall erlitten und die andere medizinisch vorgebildete Stiftsdame konnte sich diesen Anfall nicht erklären.

Als Magda Ende Mai 1943 im Kloster ankam, lebte Anna kurzzeitig auf. Sie machte lange Spaziergänge mit ihrer Enkelin, baute dann aber zusehends in ihren körperlichen Funktionen ab.

Geistig blieb sie hellwach. Die Spaziergänge konnten nur noch mit dem sperrigen, vollgummibereiften Rollstuhl unternommen werden, dann ging auch das nicht mehr.

Magda kümmerte sich rührig um ihre Großmutter, las ihr jeden Wunsch von den Augen ab und pflegte ihre Großmutter liebevoll, bis sie im September 1943 in ihren Armen starb.

Diese Entwicklung konnte Magda innerlich schwerlich ertragen. Ihre einzige Vertraute in ihrem Leben hatte sie verlassen und sie war nahe daran, sich selbst das Leben zu nehmen, wenn die Stiftdamen in Neuenwalde sie nicht fürsorglich und sehr empathisch auffingen, soweit das möglich war.

An dieser Stelle enden die Aufzeichnungen der Anna von Gerike, auch wenn Elisabeth von Finteln ihre Eindrücke hinzufügte. Vieles an weiteren Aufzeichnungen verdanken wir der Oberin des Klosters und auch den anderen Stiftsdamen, denn diese archivierten und verwahrten alles sauber und ordentlich in den zwei Blöcken G und B (darauf werde ich noch zurückkommen müssen), die dann wieder in Register eingeteilt waren, meist unter den dokumentierten Jahren seit etwa 1900, aber auch mit genealogischen Verbindungen zwischen den Jahren, manchmal sogar Jahrzehnten.

Fest steht, dass Magda nach dem Tod ihrer Großmutter auf jeden Fall zurück nach Berlin wollte. Elisabeth von Finteln bemerkte, dass Magda voll des Zornes war.

Aber auch der Liebe. Anna war völlig klar, als sie starb. Sie war aufgewacht, als ihre Enkelin den Weg zu ihr gewagt und gefunden hatte. Anna hatte Magda in ›hundert Tagen‹ das Leben gelehrt. Der Gefühle, der Rationalität und des Seins überhaupt. Und natürlich auch des Körpers!

Magda hatte begriffen. Sie hatte ihr die Hand gehalten, die eine ewige Verbindung zu ihrer Familie, ihrer weiblichen Familie, darstellte, die sie zuvor nicht, nirgendwo, noch nicht einmal bei ihrer Mutter gesehen hatte.

Ein Hitler, ein Alfons Meyerherm hatte seine Existenzberechtigung verloren. Und auch der Großbauer, der sie vergewaltigt hatte.

Elisabeth von Finteln beschwor sie: »Rache ist ein schlechtes Geschäft«, nachdem sie Anna von Gerike beigesetzt hatten.

»Ja!«

Magda ging ihren Weg zurück.

Die höheren Damen hatten noch immer einige Möglichkeiten, Hilfestellung zu geben, nicht nur spiritueller, sondern auch materieller Art. Magda wurde einer Pilgergruppe übergeben, die sie bequemer und vor allem sicherer zurück nach Berlin begleiten konnten, als es ihr bei ihrer Hinreise gegangen war.

Allerdings musste Magda einige Umwege in Kauf nehmen, da sich diese Gruppe mit ihrem Holzverbrenner-Kleinbus erst einmal Richtung Süden auf den Weg machte. Aber Magda war dennoch nicht zu halten.

Nein, Rache würde sie nicht üben, aber Gerechtigkeit.

Wie gesagt, wir wissen in diesem Moment noch nicht, wie Katharina Meyerherm wirklich zu Tode kam, aber es war ungefähr eine Woche, nachdem ihre Tochter Magda zurück in Berlin angekommen

war und gleichzeitig der heldenhafte Tod des Vaters Alfons Meyerherms im Russlandfeldzug bekannt wurde.

Dann kam Knut, mein Opa!

Ich hätte ihn natürlich gern kennengelernt – aber vielleicht ist es
gut so! Wäre er auch so ein Faschist wie Alfons Meyerherm, wäre
ich verzweifelt.

Aber nein, Knut war toll. Sonst hätte sich Oma nicht in ihn verliebt!!!!

Ich werde mich bemühen, diesen Geheimnissen und Ungereimt-
heiten auf die Spur zu kommen, es bleibt ja genügend Material,
das durchforscht werden will – auch wenn ein Treffen im Jenseits
natürlich nicht vorgesehen ist.

Kapitel 15

2043 – Franziska Meyer

(Zusammenfassung der Ereignisse aus den Archiven des Klosters Neuenwalde, Block G14, Register 24, Seiten 0–1200)

Wir, also Marie-Sophie und ich (Rabea), hatten herausgefunden, dass eine einzige dieser Menschen aus diesem Dunstkreis der Geschichte um unsere Familie von Gerike noch heute, 2043, lebt:

Franziska Meyer, geb. Bahrlow, geboren am 30. Juni 1952 in München, heute also stolze einundneunzig Jahre alt.

Friedhelm Dühring, geb.: 4. Mai 1951 in Berlin, Theodor Zurmühl, geb.: 3. Februar 1952 in Berlin, Alexander Fjodorow, geb.: 15. April 1951 in Berlin, Janina Smirnow (junior), geb.: 12. Januar 1953 in Stettin und natürlich meine Mutter Hedwig, ein paar Jahre älter, Jahrgang 1945 – haben allesamt das Zeitliche gesegnet.

Von ›gesegnet‹ kann man allerdings nicht wirklich sprechen, denn alle haben das Leben nicht aushalten können. Sie haben sich umgebracht.

Nur Franziska Meyer, geborene Bahrlow, die Ur-Ur-Enkelin vom durchgeknallten August, Enkelin von Maximilian und Tochter von Wilhelm Bahrlow, lebte weiter, gegen den Mainstream sozusagen.

Diese Selbsttötungen folgten nicht gleichzeitig, denn diese Menschen kannten sich gar nicht. Es handelte sich also nicht um eine Massenpsychose, um irgendein religiöses Hinschlachten oder so. Jede und jeder einzelne dieser Nachfahren des Seminars hatten scheinbar ihren eigenen, individuellen Grund. In den Erläuterungen fand ich Depressionen, unheilbare Erkrankungen, Tod des Partners, Tod des einzigen Kindes und eine finanzielle Schuldenkatastrophe – dennoch muss es eine Verbindungslinie zwischen

Geschichte und Tod geben, generationsübergreifend, davon bin ich überzeugt.

Nun aber mit dem ›frischen Wind‹, den die einundneunzigjährige Franziska in dieses Konglomerat an Verwirrungen bringt, kann ich es nicht mehr lassen. Ich wappne mich gegen irgendwelche blödsinnigen Selbstzweifel aus der Geschichte der von Gerikes, denn ich habe die Macht über mich, sonst niemand!

Ich habe die Geschichte mit meiner Tochter Marie-Sophie zu teilen versucht. Sie hat sachlich betrachtet recht, dass ich mein Leben zu sehr darauf und zu wenig auf mich selbst verwandt habe, aber ich, Rabea, konnte mir, nach all dem, was ich nun wusste, einfach nicht vorstellen, dass es sich um sogenannte Zufälle in den Lebenslinien handeln konnte.

Deshalb gab es für mich, die ich nun in Pension bin, nur die eine Möglichkeit, endlich Klarheit zu bekommen. Marie-Sophie hat auf meine Bitte hin dennoch konsequent recherchiert und schließlich eine Überlebende ausfindig gemacht: Franziska Meyer, geb. Bahrlow.

Marie-Sophie, die bei ihrem Vater aufgewachsen war, hatte dann doch zu mir gefunden. Dafür bin ich sehr, sehr dankbar.

Lange Zeit habe ich gedacht, dass sich mein Lebenswerk nur um Zeilen, Absätze, Kapitel und damit die Ergötzung von Kosmologie, Erkenntnistheorie, Rechtsphilosophie, Logik oder dem endgültigen ›Gott-ist-tot-Beweis‹ drehte. Marie-Sophie hatte mich gefunden und ganz pragmatisch erklärt, ich sei schließlich ihre Mutter. Der Sechsmalmann, ihr Vater, den sie liebte, keine Frage, aber Töchter, vor allem erwachsene brauchten, neben besten Freundinnen, eben auch Mütter. Männer, na ja eben Fisch und Fahrrad.

Der Sechsermann hatte keinerlei Ahnung von meiner Manie, was die Geschichte der von Gerickes anging, warum auch. Und Sophie-Marie erfuhr davon eben erst, als sie mich (neu) gefunden hatte.

Sie war keine Philosophin wie ich, sie war aber grausam pragmatisch.

»Deinen Traum werden wir nun in Gips gießen. Dann haben wir ein Abbild und dann werden wir alle Masken daran überprüfen.«

Sie meinte es natürlich bildlich und nutzte nun alle digitalen Möglichkeiten, deren ständige Innovationen, nun immerhin über sechzig Jahre alt, mir immer schwerer fielen.

Nachdem wir dadurch Franziska Meyer im Kloster Neuenwalde fanden, suchten wie sie natürlich auch ziemlich bald persönlich auf. Wir meldeten uns telefonisch über die Abtei an und wurden herzlich aufgenommen. Franziska Meyer berichtete eine erstaunliche Geschichte, die sogar Marie-Sophie faszinierte, vor allem natürlich, dass sie meine Mutter Hedwig, Marie-Sophies Großmutter, an Multipler Sklerose im Jahre 2018 verstorben, zu ihren Lebzeiten gekannt hatte, allerdings nicht besonders gut. Sie hatten sich ein-, zweimal in Neuenwalde getroffen, beide bemüht um die Vermächtnisse ihrer Familien, die (wie übrigens auch von anderen Familienclans der Geschichte) in den weiten Katakomben des Klosters Neuenwalde eingelagert waren. Beide, also Hedwig von Gerike und Franziska Meyer/Bahrlow, hatten sich zur Aufgabe gemacht, diese historisch-dokumentarischen Schätze ihrer jeweiligen Familien zu archivieren und für die Nachwelt zu bewahren.

In den einzelnen Kapiteln wurde schon bislang darauf Bezug genommen. Sozusagen als vorauseilenden Hinweis auf die Datensicherheit dieser generationsübergreifenden Dokumentationen.

Es stellte sich heraus, dass Franziska Meyer meiner Mutter Hedwig, und damit natürlich auch uns, um viele Schritte voraus war. Sie hatte Zusammenhänge von Vater Wilhelm Bahrlow, vor allem aber vom Großvater Maximilian sozusagen live, wenn auch in sparsamen Dosen, erlebt, während Hedwig nicht auf ihre Mutter oder gar Großmutter zurückgreifen konnte, als sie mit dem Studium der Dokumente begann.

Wie immer in dieser Dokumentation fasse ich zusammen, was mir die alte Dame bei bisher vierzehn Besuchen mitgeteilt hat – sie lebt noch immer und ich werde sie auch weiterhin besuchen. Sie ist mir eine gute Freundin geworden:

Frau Franziska Bahrlow (verwitwete Meyer) lebt seit ihrer Pensionierung in eben jenem Damenstift in Neuenwalde im Landkreis Cuxhaven, in dem meine Ur-Ur-Großmutter Anna von Gerike die letzten Jahre ihres Lebens verbracht hatte – und auch das war kein Zufall.

Offenbar leben wir Menschen in vielen Parallel-Universen, denn August und vor allem Maximilian Bahrlow haben ihren Nachfahren ein ähnliches Erbe hinterlassen wie die Vorfahren unserer Familie, also die von Gerikes.

Anders als ich jedoch, hatte Franziska weder Geschwister (die ich natürlich auch nicht hatte) noch eigene Kinder. Sie sei die letzte Bahrlow, sagte sie – und fügte hinzu: »... und auch Friedhelm, Theodor, Alexander und Janina waren kinderlos!« – und das ebenfalls keineswegs ungewollt und keineswegs zufällig, das jedenfalls ist ihre feste Überzeugung!

Die Damen des Stifts Neuenwalde hatten Zweitschriften erstellt, anders ausgedrückt: Es gab von allen Dokumenten, die uns, also meiner Mutter Hedwig, mir und nun auch Marie-Sophie, zur Verfügung standen, Kopien, die in Neuenwalde archiviert worden waren. Ebenso die der Familie Bahrlow, nun gehütet von Franziska Meyer, allerdings nicht als Zweitschrift, sondern im Original.

Erklärungen, die Aufregungen verursachen können, wenn sie nicht in ein vorhandenes, nämlich Hedwigs Weltbild passen, hatten sie offenbar veranlasst, die mir zu Lebzeiten nicht zukommen zu lassen.

Dafür musste es einen Grund geben, den wir natürlich nicht einfach digital recherchieren können, denn dieser Grund kann nur im Kopf (oder Bauch) meiner Mutter, Marie-Sophies Großmutter, zu finden sein.

Multiple Sklerose. MS. Muskelschwund. Meine Mutter war sehr, sehr krank und ist letztendlich 2018 auch daran gestorben.

Warum fiel mir ihre Erkrankung jetzt gerade ein? Vielleicht weil es so viele Selbstmorde gab? Nicht nur in unserer Familie. Fühlte Hedwig sich etwa schuldig, weil sie erkrankt war, nicht sich selbst mehr richten konnte, sondern sich dem Todesschicksal überlassen musste?

Hedwig war die eine Ausnahme all der Mütter ihres Stammbaumes (außer der Urmutter Anna von Gerike, aber weiß man's), die keinen Suizid begangen hatte.

Franziska Meyer, geb. Bahrlow lebte offenbar das Leben meiner Ur-Ur-Großmutter, denn sie hatte nicht nur alles gelesen, viel mehr als Hedwig, ich oder Marie-Sophie, sondern sie hatte von August Bahrlow und seinem Sohn Maximilian einen mehr als ebenbürtigen Packen an Vermächtnis erhalten, wie wir von Anna von Gerike. Und diese Dokumente widersprachen sich teilweise, wie mir Franziska nicht nur versicherte, sondern beweiskräftig mit ziemlich viel altem Papier belegte.

Franziska hatte auch eine Erklärung, warum Hedwig uns das Offenbare nicht offenbarte, nämlich, uns die Quelle ihrer Recherchen aus dem Kloster Neuenwalde zu benennen: Sie versuchte zu selektieren, die Informationen so zu filtern, dass sie für uns, für mich, Rabea, und meine zukünftigen Kinder, also meiner Tochter Marie-Sophie, von der Hedwig natürlich nichts wissen konnte, keine Gefahr darstellten.

»Sie wollte euch schützen!«, erklärte Franziska uns die Motivation unserer Mutter und Großmutter. »Sie wusste, dass ich keine Kinder bekommen und auch keinen Mann haben wollte und offenbar die Letzte der Bahrlow-Linie war. Wir kannten natürlich beide die Quintessenz der Historie unserer Familien – es ging zu häufig um Tod und Verderben, mal um Fremd-, mal um Selbsttötung. Hedwig spürte, dass die Wirkung der Jahrhunderte nicht vor der Gegenwart, aber ganz sicher nicht vor der Zukunft Halt machen würde. Die ganzen Suizide der Nachkommen der Familie Zurmühl, Smirnow, Dühring, Fjodorow und natürlich auch der von Gerikes, also die angeblichen Suizide von Katharina und Magda, bildeten ihre Beweisführung. Sie bat mich, nein, sie nahm mir das Versprechen ab, mit euch, also ›mit den Kindern und Kindeskindern‹, wie sie sich ausdrückte, auf keinen Fall irgendeinen Kontakt aufzunehmen. Sie verbot es mir geradezu. Und ich versprach es, auch wenn ich ihr entgegenhielt, dass ja schließlich ich noch leben würde und Janina Smirnow, die Ältere, 1900 geboren, erst mit 100 Jahren im Jahr 2000 verstarb. Darauf entgegnete sie: ›Ja, und dann hat deren Enkelin mit dem gleichen Vornamen 2018 dennoch Selbstmord begangen!‹ Was hätte ich weiter entgegnen sollen. Aber nun habt ja ihr mich gefunden und ich brauche keinen Schwur mehr brechen. Wenn ich ehrlich bin, habe ich schon ein paar Jahre lang auf euch gewartet. Vielleicht lebe ich ja überhaupt deshalb noch – aber ich will nicht ebenfalls mystisch werden!«

Franziska ist mit ihren 91 Jahren eine immer noch hellwache Persönlichkeit!

Entscheidend und wirklich ganz neu für uns war die Tatsache, dass Anna von Gerike und August Bahrlow ein Paar waren. Ihr erinnert euch: August war zwar ein Kabarettist, aber eben auch ein studierter Psychiater. Sie waren während ihrer Studienzeit in Berlin aufeinandergetroffen – so viele Studierende in diesem Bereich gab es schließlich nicht. Und nicht nur das. Sie waren ineinander getroffen, oder anders ausgedrückt: Katharina von Gerike war die Tochter von August Bahrlow.

Das wiederum wussten natürlich nur sie und er.

Wir durften nun akzeptieren, dass die Nachkommen der Bahrlows und die der von Gerikes direkt miteinander verwandt sind. Franziska Meyer ist eine irgendwie geartete Tante, Großtante oder so von Marie-Sophie und mir.

Anna von Gerike hat das niemals kundgetan, weder zu Lebzeiten noch in ihren Hinterlassenschaften. August Bahrlow indes schon.

Interessant ist nun zu wissen, ob Maximilian Bahrlow, also der Sohn von August, zu seinen Lebzeiten und damit als Student der

Anna von Gerike wusste, dass Katharina von Gerike seine (Halb-) Schwester war.

Es scheint komplizierter zu werden, als es ohnehin schon war.

»Und jetzt, meine liebe Nichte Rabea«, sagte Franziska Meyer bei meinem, ich glaube neunten Besuch in Neuenwalde, »stell dir vor, was seinerzeit passiert sein musste: August Bahrlow hatte sich mit seinem Wissen nicht seinem Sohn, sondern einer jungen Frau namens Agathe Jung anvertraut, der Tochter des berühmten C. G. Jung, dem Psychoanalytiker. Und diese junge Dame hat dann dem alten, wie es scheint, gar nicht so wirklich durchgeknallten, psychotischen Pflegefall, wie alle dachten, ihre Vermutungen und Beobachtungen berichtet. Natürlich passierte das alles nicht an einem Abend, sondern es war ein, wie mir scheint, ziemlich aufreibender Prozess, der das Jahr 1921 dieser Menschen prägte!«

Dann wurde noch manches klar: August Bahrlow konnte mit seinem Sohn nicht sprechen! Jedenfalls im August 1921 nicht, denn er musste, zu Recht, davon ausgehen, dass Maximilian an den Morden der Anna von Gerike, die Agathe Jung ihm berichtet hatte, mindestens mit beteiligt war. Wie hätte August, der von seinem Sohn wusste, was dieser für Strapazen erlitten hatte (ihr erinnert euch: zu Fuß von Papenburg nach Berlin), nur um seinen Vater zu finden, ihn mit Mord konfrontieren, ihn als Mörder entlarven können.

»Und deshalb musste auch Agathe verschwinden?«, fragte Marie-Sophie, als ich ihr von meinen Gesprächen mit Franziska berichtete. »Warum nicht auch Maximilian?«

Ja, sie hatte recht: Warum hatte Maximilian Bahrlow nicht nur überlebt, Kinder und Kindeskinder erzeugt und schließlich auch jene Franziska Meyer ins Leben gebracht, die ihr Leben lang versucht hatte, die Geheimnisse des Jahres 1921 zu ergründen, wie auch wir, Marie-Sophie und ich, es mittlerweile als durchaus überlebenswichtig empfanden, während der Verbleib von Agathe Jung noch immer nicht geklärt ist.

Genauso hatte Franziska es gesagt: »Ich habe mein Leben damit verbracht, herauszufinden, was damals wirklich passiert ist. Vielleicht hat mir die Suche nach der Wahrheit das Leben gerettet, gekostet hat es mich die Generativität, Kinder haben zu können und dem Leben sozusagen live nachzuspüren. Ich weiß es nicht. Aber die Tatsache, dass so viele Menschen ihrem Leben selbst ein Ende gesetzt haben, hat mir Angst gemacht! Ich wollte nicht ein Kind haben, dem ich dann irgendwann meinen Leichnam präsentieren würde, aus welchen Gründen auch immer!«

Franziska hatte die Wahrheit nicht gefunden. Sie war auf eine Wirklichkeit getroffen, die mit meiner Wirklichkeit und der von Marie-Sophie insoweit übereinstimmte, dass sie Rätsel aufdeckte, aber das Grundgerüst dieser Geschichte nicht wirklich erklären konnte.

Es gab Fakten: Sechs Menschen (gesicherte Erkenntnis) starben 1921 durch die Einwirkung von sechs ihrer Epigonen: Anna von Gerike als Seminarleiterin, und deren fünf Studierende Maximilian Bahrlow, Katarina Zurmühl, Alfred Dühring, Helena Fjodorow und Janina Smirnow.

Das Einzige dieser sechs ›Opfer‹, das ›ehrlich starb‹, so sagte Franziska, war ihr Ur-Ur-Großvater August, denn dieser hatte durch die Wahrnehmungen von Agathe eine Idee, eine gleichzeitig durchgeknallte wie intelligente, aber eben auch für ihn tödliche Idee.

August schien sich darüber bewusst zu sein, dass er am Ende seiner Kraft war. Er hatte nur deshalb seine Schmerzen, seine Lebensschmerzen im Griff, weil er diesen Alkohol- und Drogendeal erzwungen hatte, erst legal durch Absprache mit Anna von Gerike, dann natürlich auch illegal, als er den Giftschrankschlüssel vom alten Otto von Gerike erschlichen hatte. Dennoch war ihm klar, dass er den nächsten Winter nicht überstehen würde. Und er hasste es, im Winter zu sterben, wenn er den nächsten Frühling nicht mehr erleben würde.

August Bahrlow hasste die Kälte.

Auch die Kälte, die sein Sohn Maximilian offenbarte. Max war viele, viele Kilometer durch die Nachkriegswirren gegangen, durch

Schmutz, Schlamm, Hunger und Durst – und dann war er (laut Aggi Jung) zu einem kaltblütigen (Mit-)Mörder geworden?

»Nein, nein und nein!«, hatte Aggi gesagt. »Maximilian ist nicht kalt! Er ist verwirrt. Anna von Gerike ist in der Lage, verwirrte Persönlichkeiten zu Vasallen zu machen. Dein Sohn ist ein Gefangener, August. Das musst du verstehen. Alle sind Gefangene von Anna von Gerike. Ich weiß das. Ich werde mit meinem Vater darüber reden. Er ist Analytiker und wird das erklären können! Dann bist du frei und Maximilian auch.«

Das Ergebnis dieser Unterredung ist bekannt! C. G. Jung hatte sie nicht ernst genommen – und bereute das bis ans Ende seiner Tage, denn er sah seine Tochter nicht wieder!

August Bahrlow hatte in den Tagen und Nächten, als er nicht als Testperson zur Verfügung stehen musste, alles aufgeschrieben. Agathe Jung hatte ihn mit den notwendigen Utensilien versorgt, Papier, Tinte, Federhalter, und mit ihm gemeinsam mehrere Protokolle formuliert, die eindeutig die Morde der Sechserbande um Anna von Gerike dokumentierten. Darüber hinaus hatte sie Profile erstellt und selbst ein Tagebuch geschrieben, das sie kurz vor Weihnachten 1921 nach Zürich sendete – es benötigte mehr als drei Wochen, um dort anzukommen, wo man sie drei Wochen zuvor hätte retten können.

Jeder dieser sechs Mörder, heute dürfen wir nur noch von fünf ausgehen, wurde von Agathe Jung und August Bahrlow detailliert und differenziert beschrieben – und ich, wir, also Marie-Sophie und ich, konnten das nun dank Franziska Meyer nachlesen:

Unsere Urahnin wurde zu einer Mehrfachpersönlichkeit. Sie war hochintelligent, aber offensichtlich zu emotionalen Bindungen unfähig, auch wenn viele Menschen um sie herum an ihr wie Fliegen am Honigband klebten.

Sie wurde unfähig zu lieben!

Sie wurde morbide, todesgetrieben für andere und für sich selbst – und vor allem wurde sie eine esoterische Agnostikerin, auch wenn das ein Widerspruch zu sein scheint.

Agnostiker lehnen es ab, über die Existenz eines transzendenten Überwesens, wie z.B. einen Gott, zu philosophieren. Sie sagen nicht, dass es keinen Gott gibt, wie es Nihilisten tun (Atheisten sagen nur, dass es keinen ›persönlichen‹ Gott gibt), sondern sie sagen, dass es von Menschen nicht gedacht werden kann. Esoteriker hingegen gehen von übernatürlichen Kräften aus, die auf Menschen wirken und die sie dadurch beeinflussen können.

Denn alles, was wirkt, ist auch selbstwirksam, wenn auch nicht immer selbst bewusst. Esoteriker sind, anders als Exoteriker, nach innen gerichtet. Die spirituellen Wirkungen z.B. aus dem Weltall, der Zukunft, Okkultismus, den Wasseradern unter der Erde, aber vor allem aus dem Totenreich, können wir in unserer Seele konzentrieren und essenziell für uns nutzen, und zwar vor allem sozial, machiavellistisch sozial, besagt: Alles, was wirkt, kann ich selbstwirksam verstärken und für meine Zwecke operationalisieren: Homo Deus, (Mensch = Gott) Humanismus als Selbstzweck.

Das mutet nicht nur sehr archaisch an, sondern ist es auch. Denn schon immer gab und immer noch gibt es diese Menschen, die glauben, nein, die nicht nur glauben, sondern die sich so verhalten, als wären sie der Mittelpunkt der Welt, um den sich alles dreht.

Ein Hitler war nur deshalb gescheitert, weil sein deutsches Volk (und die SS, die SA, die Gestapo, die Totenkopfwiderlinge in den KZs usw.) versagt hatte. Leider gab es kein Ersatzvolk.

Anna von Gerike war zwar an sich selbst gescheitert, aber in der Lage, sich ein Ersatzvolk zu schaffen, ein kleines zwar, aber ein beherrschbares. Sie war so lange göttlich, sogar ihrem Vater gegenüber, bis der andere agnostische und esoterische Gott, nämlich eben jener Herr Hitler, sie in die Verbannung schickte.

So jedenfalls stellte Franziska mir meine Urahnin vor. Nicht ganz neu, denn dass Anna von Gerike eine Psychotin gewesen sein musste, hatte ich bereits vermutet. Aber auch Franziska verheimlichte etwas. Immer wenn ich auf Anna von Gerike zu sprechen kam, wich sie meinem Blick aus. Nur ein Gefühl. Aber Gefühle lügen bekanntlich nicht!

Offenbar hatte Anna von Gerike es genossen, diese fünf Menschen zu manipulieren, sie zu Taten zu bewegen, zu denen sie allein, autonom nicht fähig gewesen wären, außer vielleicht Katarina Zurmühl, schrieb jedenfalls Agatha Jung.

Kapitel 16

1922–1945 – Die alten Bande

(Zusammenfassung der Ereignisse aus den Archiven des Klosters Neuenwalde, Block G1, Register 7, Seiten 342–764, Tagebuch der Agathe Jung, letzte Seite) Franziska Meyer (geb. Bahrlow)

Anna von Gerike war im Jahre 1900 sechsundzwanzig Jahre alt. Sie studierte in Berlin an der Friedrich-Wilhelm-Universität, dort, wo ihr Vater Otto eine stabile akademische Karriere als Wirtschaftsjurist hinter und auch noch vor sich hatte.

Mit Marie-Sophie habe ich mich geeinigt: Wir wollen die Tatsachen beschreiben, dokumentieren, was 1921 begonnen hat, und dann zu so vielen Schicksalen von so vielen Menschen geführt hat.

Wir wollen versuchen, meine Ur-Ur-Großmutter Anna von Gerike in ihrem Lebensgefühl darzustellen und irgendwie zu verstehen.

Katharina, also meine Ur-Großmutter, ist die Tochter von Anna von Gerike und bisher dachte ich, dass damals niemand (also außer Anna selbst natürlich) wusste, dass sie auch die Tochter von August Bahrlow, also meines Ur-Ur-Großvaters war, was ich erst jetzt begriffen habe. Franziska Meyer, geborene Bahrlow, ist also tatsächlich mit mir direkt verwandt, denn August Bahrlow war nicht nur mein Ur-Ur-Großvater, sondern auch der ihre.

Daher werde ich nunmehr ihre Sichtweise der Vorgänge berichten:

Einer aus der damaligen Zeit erfuhr diese Tatsache, nämlich, dass seine Enkelin Katharina die Tochter jenes durchgeknallten August Bahrlow war, direkt und unverblümt: Otto von Gerike!

Das Gespräch, das Otto von Gerike mit August Bahrlow in jener Nacht geführt hatte, als er mit ziemlicher Zerstörungsabsicht in das Seminarhaus eindrang, obwohl es seine Immobilie war, endete damit, dass Otto von seinen Absichten absah und (überraschenderweise) dem offenbar suchtabhängigen August Bahrlow seine Schlüssel, vor allem auch den zum Giftschrank überließ.

Und dafür gab es einen Grund: August hatte Otto von Gerike eröffnet, dass er eigentlich sein Schwiegersohn hätte werden sollen, denn die früher verschmähte und nun geliebte Enkelin Katharina war seine Tochter – und er konnte das beweisen! Katharina hatte exakt das gleiche Hautmal in Form der Insel Sylt an der linken Schulter wie er selbst! Das hatte mehr Beweiskraft als jegliche Dokumente, denn dieses Mutter-(Vater-)mal konnte man nicht nachmachen und Otto kannte es natürlich von seiner Enkelin. Dass nun Otto von Gerike jenem Fast-Schwiegersohn die Schlüssel zum Giftschrank offerierte, war sicherlich der Wunschvorstellung des alten Mannes geschuldet, dass dieser sich ›den goldenen Schuss‹ (wie es damals natürlich noch nicht hieß) setzen würde. Er wollte seiner Enkelin diesen Vater ersparen!

Otto von Gerike hat diese Information irgendwie seiner Enkelin zukommen lassen, denn sie wusste nach dem Ableben des Großvaters definitiv, wer ihr Vater war, den ihre Mutter ihr immer vorenthalten hatte. Und August Bahrlow hatte Agathe Jung gebeichtet, wie er an den Giftschrankschlüssel gekommen war.

Fest steht und nicht nur zu vermuten ist, dass sich Katharina von Gerike ab der Erkenntnis über ihre väterliche Herkunft, verdeckt und konspirativ Einfluss auf die Prozesse des Seminars zu nehmen beabsichtigte. Sie wollte sich an ihrer Mutter rächen und sie wollte ihren leiblichen Vater kennenlernen, der ziemlich abgeschottet als Pflegefall im Seminarhaus stationär betreut wurde.

Dass sie fast gleichzeitig, nämlich am 11. Februar 1921 volljährig wurde und damit, neben ihrer Mutter, auf ein ordentliches Erbschaftsvermögen zugreifen konnte, war dabei natürlich mehr als hilfreich. Sie weigerte sich übrigens, die Testamentseröffnung mit ihrer Mutter Anna gemeinsam entgegenzunehmen, so dass es zwei notarielle Testamentseröffnungen des Nachlasses von Otto von

Gerike gab. Anna konnte zwar nicht enterbt werden, aber dennoch hatte Otto von Gerike als Jurist gewusst, wie er den Großteil seines Vermögens nicht seiner Tochter, sondern seiner Enkelin hatte zukommen lassen.

Katharina beriet sich mit Ilse Staiger, wie sie auf die halbjüdische Mutter (ignorierend, dass sie ebenfalls ›jüdisches Blut‹ in sich trug) Einfluss nehmen konnte, um deren undeutschen Triebe langfristig zu unterbinden.

Hilfreich bei diesem Ansinnen würde Katarina Zurmühl, also ihre Namensvetterin ohne ›h‹ sein, denn diese war Mitglied in der Bündischen Jugend und Ilse Staiger als deren Vorsitzende kannte jene sogar persönlich.

Die Bündische Jugend war aus der Wandervogelbewegung erwachsen, die 1918 vor allem Kriegskinder unter einem behüteten Dach zusammenbrachte. Sie war, neben der SPD und dem Zentrum, durchaus auch Wegbereiter für die Weimarer Republik. Allerdings wandelte sich die von Karl May (Winnetou und Old Shatterhand) geprägte moralische Ritterlichkeit allmählich in eine, dem Deutschtum verpflichtete und hierarchisch aufgebaute Jugendorganisation, die letztendlich in der Hitlerjugend aufging. Folgerichtig wurde Ilse Staiger auch Chefin der Nazi-Jugendorganisation.

Ilse Staiger nahm daher Kontakt zu Katarina Zurmühl auf, und zwar mit dem Anliegen, sie als Jungmädelführerin in Betracht zu ziehen. Das war für Katarina Zurmühl natürlich eine nie geahnte, wenn auch ehrenamtliche Karriere, so dass sie sehr ambitioniert den Termin bei der Bündnerin Staiger wahrnahm: Und tatsächlich, sie wurde neben einer zweiten jungen Frau, die ebenfalls Katharina (jedoch mit ›h‹) hieß, als Jungmädelführerin vereidigt. Später sollte dann der dazugehörige Zapfenstreich mit allen Berliner Jungbündlern stattfinden, was schließlich nur einmal im Jahr, meist in Sportstadien, organisiert werden konnte.

Es war Freundschaft auf den ersten Blick – und offenbar nicht nur das: Katarina und Katharina wurden ein (heimliches) Liebespaar.

Was für Katharina (mit ›h‹), also von Gerike, diese erotische Ver-
spieltheit nur Strategie war, denn ihre wirkliche Lust erlebte sie
durch einen ziemlich harten Mann: Alfons Meyerherm, der, wie Katharina sich auszudrücken pflegte, wie eine Lokomotive über sie
herfuhr. Das ›Gesäusel‹ mit Katarina Zurmühl fand sie hingegen
eher lästig, wenn auch belanglos, etwa so wie ein leichtes Sprudeln
im Vergleich zu einem Vulkanausbruch.

Für Katarina Zurmühl wurde Katharina von Gericke jedoch ihre
große Liebe! Zudem eine heimliche Liebe, denn Liebe von Frau zu
Frau gab es in den zwanziger Jahren nicht. Und wenn, dann hatte
das Ganze natürlich nicht mit Erotik, geschweige denn mit Sexualität oder gar Triebhaftigkeit zu tun, trotz Sigmund Freud! Homogene
Liebe galt allenfalls als krank – und wer würde schon gern krank
sein? Man würde versuchen, diese Triebe ›therapeutisch‹ zu unterbinden.

*

Das Lebensgefühl von Anna von Gericke und ihr damaliges Weltbild realitätsnah zu beschreiben, fällt mir nicht leicht. Beides war
geprägt von diversen Ambivalenzen, die für mich, für uns, wenn ich
Franziska und meine Tochter Sophie-Marie nun einbeziehen darf,
kaum nachvollziehbar waren.

Sie war in ihrer politischen Ausrichtung eindeutig antifaschistisch,
gleichzeitig aber verhielt sie sich in einigen Anteilen ihres Charak-
ters selbst so, wie Max Horkheimer ›die autoritätsgebundene Persönlichkeit‹ 1936 in Paris beschrieben hatte. 1921 waren dessen
oder die Schriften von Theodor W. Adorno diesbezüglich zwar noch
nicht bekannt, aber Anna von Gerike beschrieb die Persönlichkeiten
ihres Vaters Otto von Gerike, ihre Opfer Karl Eugen Dühring, Alfred
Herrmann Zurmühl und Alexejewitsch Fjodorow in ähnlicher Weise.

Dadurch, dass sie sich zu deren Richterin machte, übernahm sie
offenbar auch deren Bacillus. Da aber Handlung und Motiv hier

keine konkludente Abfolge mehr bot, muss Anna von Gerike schon davor eine mentale Disposition dafür ausgebildet haben, die sicherlich nicht nur genetisch, sondern vor allem in ihrer Sozialisation zu suchen war.

Dabei spielten nicht nur ihre Eltern eine wesentliche Rolle, sondern auch z.B. ihre Tochter Katharina und die Entwicklung ihrer Beziehung, die sich Anna sicherlich ganz anders vorgestellt hatte.

Anna war offenbar nicht bewusst, dass Katharina eben deshalb Charaktereigenschaften entwickelte, die sie vor den Beziehungsfallen ihrer Mutter schützen sollten. Nicht von ungefähr strebte sie in die trügerische Sicherheit einer nicht zu hinterfragenden Autorität, anfangs in Person ihres Großvaters Otto. Als dieser ebenfalls zu schwach wurde und die eher abstrakte, nationalsozialistische Infiltration ihren Schmerzvorschub nicht mehr aufhielt, musste ein Alfons Meyerherm ihr die Schmerzen bereiten, die sie ›verdient‹ hatte. Und auch ihre Beziehung zur Katarina ohne ›h‹ hatte jenes morbide Lustvolle, allein weil es verboten war, und sie phantasierte, was Alfons wohl denken (oder mit ihr tun) würde, wenn er von ihrer sexuellen Beziehung zu einer Frau wüsste.

Anna hatte 1921 keine Ahnung von der Beziehung zwischen ihrer Tochter und einer ihrer Schülerinnen, noch, dass Katharina erfahren hatte, wer ihr Vater war, den ihr Anna immer vorenthalten hatte.

Katarina Zurmühl war indes ihrer namensgleichen neuen Freundin absolut hörig, fast hätte sie sie als Zwillingsschwester gesehen, wäre da nicht auch ihre Liebe gewesen, ihre Begierde, Katharinas Klitoris, Vagina, ihre Brüste, ihre unwiderstehliche Haut, was sie als Zwillingsschwester natürlich ausschloss.

Niemand wusste von Katharinas und Katarinas Doppelleben, jedenfalls waren sie fest davon überzeugt. Sie hatten Sicherheiten eingebaut: Sie trafen sich allein nur nachts in Katharinas Villa, die sie von ihrem Großvater geerbt hatte – und das auch nur, wenn alles Personal außerhäusig war. Katharina hatte lange damit gewartet, ihrer neuen Freundin zu beichten, wer sie wirklich, also die Tochter von Katarinas Lehrerin Anna von Gerike war.

Aber das Treffen in der Von-Gerike-Villa bedeutete natürlich auch, dass sie die Mutter-Tochter-Beziehung vor ihrer Freundin nicht mehr verbergen konnte. Katharina musste damit rechnen, dass sich Katarina irgendwie informieren würde – und dann wäre ihr Vertrauensverhältnis geplatzt. Aber diese Beichte machte Katarina nur noch mehr bewusst, wie sehr sie Katharina, die Tochter ihrer Lehrerin, liebte! Sie hatte sich ihr nicht nur anvertraut, sondern auch ihre Lebensgeschichte (natürlich exakt für sie bereinigt, was Katarina natürlich nicht wusste) in einer langen Nacht, mit viel Sekt und unter Tränen erzählt.

Hin und wieder erlaubten sie sich, auf dem Kurfürstendamm ein Restaurant aufzusuchen. Die Wahrscheinlichkeit, hier von Bekannten entdeckt zu werden, war gering – und wenn, war es keine Straftat, wenn sich zwei junge Frauen zum Lunch trafen.

Außer natürlich von Anna von Gerike gesehen zu werden, aber Katarina kannte den Tagesablauf ihrer Lehrerin und deren Abneigung, sich unter Massen von Menschen zu mischen.

Mit wem sie nicht gerechnet hatten, war Agathe Jung, ein Mädchen, das als Küchenhilfe im Seminarhaus ein Praktikum absolvierte, blass, unscheinbar, ungebildet. Beiden Kat(h)arinas war nicht bewusst, dass Aggi Jung nicht nur Tochter eines der berühmtesten Psychoanalytiker war, sondern auch ein Protegé der Mutter von Katharina. Hinzu kam, dass Katarina Zurmühl Agathe Jung nicht mochte und sie entsprechend wie eine Sklavin behandelte, wenn sie sie überhaupt beachtete.

Das hatte natürlich auch Agathe bemerkt, ohne dass dabei ihr Selbstwert auch nur berührt wurde. Vor allem im Mai 1921, nach dem Tod des für den Nobelpreis nominierten Vaters von Katarina, Alfred Herrmann Zurmühl, hatte Agathe Jung den ersten Hinweis auf die ›Mörderbande‹ erhalten, natürlich nicht ohne August Bahrlows Mithilfe. Und zwar hauptsächlich durch das Verhalten von Katarina

Zurmühl selbst, aber auch die der beiden Jungs Maxi (Maximilian) Bahrlow und Alfi (Alfred) Dühring. Denn hier stellte sie eine enorm widersprüchliche Energie fest: Während Katarina Zurmühl überdreht, fröhlich, ja euphorisch die Tage nach dem Tod des Vaters verbrachte und dabei durchaus von Anna von Gerike unterstützt wurde, waren die Jungs, nicht nur nach dem Tod des Angehörigen, eher deprimiert, schienen in ihren Bewegungen eingeschränkt (der Begriff Kinästhetik war noch nicht bekannt, aber, hätte Aggi Jung überlebt, hätte sie diesen Begriff sicherlich geprägt oder sogar erfunden).

Aufgrund dieser Beobachtungen hatte sich Aggis Fokus auf Katarina Zurmühl und auch auf Alexandra Helena Fjodorow gerichtet, denn diese beiden waren eindeutig Jüngerinnen von Anna von Gerike.

Gleichzeitig, ohne Wissen vom anderen, hatte auch Katharina von Gerike die Erkenntnis, dass ›ihre Freundin‹ Katarina Zurmühl plötzlich zu neuem Leben erwachte – und das ausgerechnet, nachdem ihr öffentlich so anerkannter Vater starb. Katharina hatte unter Mithilfe des faschistischen Netzwerkes um Ilse Staiger nach dem Tod ihres Großvaters im Umfeld des Seminarhauses recherchiert.

Es war weiter nichts passiert, außer dass ihre Freundin Katarina nicht in der Lage war, ihrer ›großen Liebe‹ Katharina die Dinge um die ›Redekur‹ der Anna von Gerike zu verschweigen. Selbstverständlich hatte sich Katarina an die Regel gehalten: ›Nichts darf an die Öffentlichkeit dringen‹, aber ihre Kathi war schließlich nicht die Öffentlichkeit.

Deshalb hatte sie ihr zwar nicht detailliert die Inhalte, vor allem nicht die drei durchgeführten und die drei geplanten Tötungen verraten, denn dann hätte sie sich ganz und gar in die Hand ihrer Freundin begeben, aber durchaus das, was Grundthema dieser Redekur war – ›die absolute Öffnung der Seele‹, wie sie Anna von Gerike zitierte.

Katharina hatte dennoch sehr gut zugehört – ebenso wie Agathe Jung, sagen wir einmal, auf der anderen Seite.

Aus unserer heutigen Sicht gab es seinerzeit so etwas wie (mindestens) zwei privat organisierte Detekteien im Seminarhaus der Anna von Gerike.

Was hatte Agathe Jung und Katharina von Gerike, die beide aus unterschiedlichen Gründen Kenntnis von den Vorgängen im Seminarhaus hatten, abgehalten, die Polizei zu informieren?

Diese Frage ist recht einfach zu beantworten: Katharina war lüsterne Beobachterin der Geschehnisse, warum sollte sie also diesen Prozess auflösen?

Katharina fand die Bestätigung ihres Hasses gegenüber ihrer Mutter und jede ihrer Gewalttaten fand ihre Genugtuung und rechtfertigte ihre eigenen Gewaltphantasien.

Aggi Jung hingegen hatte nach Verbündeten (neben dem pflegebedürftigen August Bahrlow) gesucht, nachdem sie sich ihrem Vater, schließlich Psychoanalytiker der zweiten Stunde (nach Sigmund Freud), ohne zufriedenstellendes Ergebnis anvertraut hatte.

Sie hatte sogar Anna von Gerike mit ihrer Kenntnis, allerdings eher indirekt und verklauselt, konfrontiert, diese war aber derart von sich überzeugt und indolent, dass sie gegenüber Agathe Jung zwar mit einer pädagogisiert erklärenden, aber ebenso unerfreulichen Reaktion aufbot.

Beide, Katharina und Agathe, waren auf sich selbst gestellt, aber aus unterschiedlicher Motivation: Katharina von Gerike zeigte alle Merkmale einer ›faschistoiden Persönlichkeit‹ (Horkheimer) und schien die psychotischen Charakteristika der Mutter perfektioniert zu haben. Agathe Jung hingegen entwickelte sich deutlich in die Richtung einer ›mündigen Persönlichkeit‹ (Adorno), auch wenn sie faktisch aufgrund ihres Alters ein noch sehr grob strukturiertes Mosaik ihrer Möglichkeiten ausgebildet hatte.

Dennoch waren die beiden, aus unserer heutigen Sicht, das Yin und Yang jener Bezugsgruppe um das Seminarhaus Anna von Gerikes um 1921, wenn man so will.

Und nun, Franziska, Marie-Sophie und ich sind uns hier sehr einig, haben unsere Großeltern Fakten geschaffen, die das Faschistische im System des Seins gefördert und das Mündige erst einmal auf Eis gelegt hatten.

Konkret: Alexejewitsch Fjodorow starb als ›Vorletzter‹ im Oktober 1921 und nun war auch Alexandra Helena Fjodorow ›glücklich‹ – sie hatte es nicht erwarten können und hatte sich schon wie eine Ausgestoßene gefühlt, weil ihr Hassobjekt noch immer lebte. Aber es hatte bei diesem Russen natürlich auch am längsten gedauert, ihn zu motivieren, inkognito aus der halbwegs sicheren Schweiz nach Berlin zu reisen.

Zwischenzeitlich war August Bahrlow aus dem Leben geschieden – Annas Plan war hier allerdings gescheitert: Maximilian musste nicht nachhelfen, sein Vater hatte sich selbst den Rest gegeben, selbstverständlich mit einem Cocktail aller möglichen Substanzen.

Die Trauer war natürlich groß, echt aber wahrscheinlich nur bei Maximilian Bahrlow und Agathe Jung, die nun sehr entschlossen war, dieses Mörderhaus endgültig zum Jahresende zu verlassen und zu ihrer Familie nach Zürich zurückzukehren.

Es gab zwei Ebenen, die mit August Bahrlows Tod erst ihren Anfang nahmen und Agathe daran hinderten, schon sofort nach Zürich zu reisen.

Die eine Ebene war mehr oder weniger geheimnisvoll, die zweite absolut geheim, wenn man so will, denn das Geheimnis, das wir nun über hundert Jahre später aufzudecken gewillt sind, eröffnet sich uns nur in Fragmenten. Später mehr dazu.

Die geheimnisvolle, aber schon damals ansatzweise offengelegte Konsequenz erfolgte schon im Oktober 1921 durch ein altmodisch versiegeltes Schreiben, das Maximilian Bahrlow von der sehr konservativen und seriösen Société um den Staranwalt Erich Frey gegenzeichnen musste.

Man kündigte ihm eine teilweise Eröffnung des Testamentes seines Vaters an, die aber aus nicht näher benannten Gründen erst im Jahr 1922 umgesetzt werden könne.

Man verbat sich ein Ansinnen auf weitere, womöglich sogar mündliche Aufklärung und legte ein erbschaftsgerichtlich bestätigtes Schreiben bei, das sie als Notare ermächtigte, dieses Vermächtnis erst dann zur Befriedigung zu bringen, wenn alle Prämissen erfüllt wären.

Die einzige Voraussetzung, die Maximilian Bahrlow dabei zu erfüllen hatte, war, dass er sich mit einer gültigen Immatrikulationsbescheinigung für den Fachbereich Medizin an der Friedrich-Wilhelm-Universität zu Berlin spätestens zu Beginn des neuen Wintersemesters am 15. Februar 1922 einzufinden habe, um das Testament seiner Ahnen väterlicherseits mit seiner Unterschrift anzuerkennen oder endgültig auszuschlagen. Der Studienplatz selbst war mit einem Stipendiat von dreihundert Reichsmark monatlich gezeichnet, das sich von Semester zu Semester an die Unterhaltskosten für einen Studenten anpassen würde.

Der Erblasser habe verfügt, dass nur eine Promotion (alternativ auch in anderen empirischen oder naturwissenschaftlichen Fächern) die endgültige Testamentseröffnung, jedenfalls für ihn, ermöglichen würde.

Maximilian hatte natürlich keine Ahnung, was der alte August ihm hätte hinterlassen können, diese Geheimnistuerei war aber typisch für ihn – und das mit dem Stipendium wahrscheinlich nichts als ein dummer Scherz.

Maximilian hatte das Schreiben seiner Lehrerin Anna von Gerike gezeigt, um ihren Rat zu hören. Diese allerdings war sehr blass geworden und hatte nur gestammelt:

»Vergiss es, Maximilian, zerreiß es! Es ist nur Augusts postmortaler Humor!«

Das tat Maximilian jedoch nicht, sondern verwahrte es, um sich dann wirklich in Medizin zu immatrikulieren, weil das sowieso sein Plan war, nachdem er das Pflegeseminar abgeschlossen hatte. Niemand konnte ihn hindern, das auch schon gleichzeitig zu implementieren.

Das fanden im Übrigen auch Alfred, Janina und Agathe. Letztere hatte von August allerdings eine Verantwortung aufgebürdet bekommen, die ihr den Atem raubte, vor allem, als Maximilian ihr dieses Schreiben der Anwälte (in seinem Überschwang und im Beisein von Janina und Alfred) zeigte.

*

August Bahrlow war in dieser Zeit im Seminarhaus, wie wir heute wissen, zwar körperlich am Ende, geistig jedoch voll auf der Höhe. Das war allerdings in den zwanzig Jahren zuvor keineswegs der Fall gewesen. Es war ihm ernst, sich totzusaufen, was offenbar gar nicht so einfach zu sein scheint, aber ihm dennoch beinahe gelungen wäre, als er ins Siechen- und Irrenhaus des ›Bürgerhospitals Charlottenburg‹ eingewiesen wurde. Das hatte er offensichtlich halbwegs freiwillig getan, denn er hatte schon frühzeitig dafür gesorgt, dass sein persönlicher Anwalt in der Sozietät Frey seine Geschäfte übernahm. Diese Übereinkunft sorgte dafür, dass er nicht zwangsentmündigt wurde, da er ja bereits schon für einen Vormund gesorgt hatte. So jedenfalls hatte der Anwalt seinen Mandanten vor Gericht vertreten.

August Bahrlow hatte bereits 1915 sein Testament verfügt und darüber hinaus eine ganze Reihe von Dokumenten und Dossiers seinem Anwalt übergeben, um diese nach seinem Tod entweder seinem Sohn Maximilian oder seiner Tochter Katharina auszuhändigen.

Vergessen dürfen wir an dieser Stelle nicht, dass, als im August 1914 der Ersten Weltkrieg ausbrach, August bereits über 60 Jahre alt war und sich bereits im Januar 1915 abzeichnete, dass die meisten Opfer des Krieges an der sogenannten Heimatfront zu beklagen waren. Der Hunger hatte Einzug gehalten und August hatte nur deshalb überlebt, weil er seine Kontakte zur Unterwelt Berlins immer aufrechterhalten hatte. Die Nepper, Schlepper, Betrüger, Diebe,

Schwarzhändler und vor allem Schwarzbrenner hatten Konjunktur. Sogar die Loddel (Zuhälter) machten ihre Geschäfte entweder in höheren Offizierskreisen oder bei jungen Soldaten auf Heimurlaub, auf die keine Verlobte wartete.

Es gab eine ganze Reihe von halbseidenen Geschäftemachern, die August den einen oder anderen Gefallen schuldeten, entweder aus der Zeit, wo sie inhaftiert waren, also vor 1900, oder aus Augusts alkoholträchtiger Reise in den Jahren danach, denn er hatte gute Ratschläge, in einigen Fällen so etwas wie Rechtsberatungen getätigt, die ihm nun während des Krieges zu Diensten waren.

C. G. Jung, der August Bahrlow im Jahr 1904 zu seinen Studienobjekten gemacht hatte, war mit seiner jungen Familie längst in seine schweizerische Heimat Zürich zurückgezogen. Zufällig war es grad' nach der Geburt von Agathe, die Mutter Emma Jung veranlasste, den Sündenpfuhl Berlin endgültig zu verlassen, nachdem sie sich hier verehelicht hatten. Als klar war, dass Emma schwanger war, hatten sie das erzkatholische Zürcher Land verlassen, um im liberalen Berlin zu heiraten, um dann zu Haus eine eheliche Tochter präsentieren zu können.

Trotz seines Alkoholmissbrauchs hatte sich August Bahrlow ein Netzwerk ausgebaut, das ihm nicht nur das Überleben in Kriegs- und Hungerzeiten sicherte. Ihm selbst genügten zwar Zwieback, Bier und Schwarzgebrannter, diese Lebensweise steuerte aber natürlich auch dazu bei, dass er sich dann nach dem Krieg Ende 1918 ins Siechenhaus einliefern ließ, weil er annahm, dass seine Reise nun zu Ende sein würde. Allein die Syphilis war seinerzeit ein mehr oder weniger langfristiges Todesurteil.

Er wusste in dieser Zeit nicht, was aus seinem Sohn Maximilian geworden war, den er nur einmal als Säugling gesehen hatte, während er seine Tochter gut behütet bei ihrem Großvater Otto von Gerike wusste.

In den Jahren nach 1900 war August Bahrlow zwar auf dem Weg in den Abgrund, aber keineswegs untätig. Er nutzte sein Netzwerk, um zu recherchieren, zu beobachten und es zu dokumentieren. Ziel seiner Observationen waren vor allem Personen und Gruppen, die von der Entwicklung vor und während des Krieges profitierten, also Banker, Politiker und Militärs. Wenn August Bahrlow vor 1900 mit seinen Charaden vor allem die Aristokratie und die Kirchenoberen aufs Korn nahm, so wollte er nunmehr wissen, was diese Welt so an den Abgrund gebracht hat und wer dafür verantwortlich ist.

Über diese Recherchen wissen wir leider sehr wenig. Franziska, Sophie-Marie und ich haben gezielt in allen Blocks, Registern und Aktenordnern nach diesen Inhalten gesucht, sie aber nicht gefunden.

Das, was wir wissen, ist, dass es diese Dokumente gab, dass sie nicht in der Sozietät Frey hinterlegt waren und dass August das Refugium dieser Papiere offenbar Agathe Jung kurz vor seinem Freitod entweder übergeben oder deren Versteck mitgeteilt hat.

Wir wissen nicht, wen August speziell unter die Lupe genommen hatte, aber dass sich vor allem Anna von Gerike dafür interessiert hat und – dass es für seinen Sohn Maximilian eine besondere Bedeutung gehabt haben musste. Wir werden darauf zurückkommen!

*

Die Dynamik der Gruppe im Seminarhaus fand allmählich ein finales Ende, nachdem dann auch Uljana Smirnow den Todesstoß bekommen hatte, was offenbar weder Agathe noch Katharina erkannt hatten. Janina, Alfred und Maximilian waren nach dem Tod von Fjodorow zu dem Schluss gekommen, dass das Ganze ein Ende haben müsse. August Bahrlows Vermächtnis war damals noch nicht bekannt, und wenn Maximilian das gewusst hätte, was er später erfuhr, hätte er nicht nur einen Weg gesucht, das Ganze zu beenden, sondern hätte es sofort getan. Aber noch waren er, sein Freund Alfred Dühring und seine Freundin Janina Smirnow gefangen. Anna von Gericke hatte Macht über sie, was sie wussten, aber nicht wirklich ändern konnten. Maximilian hatte ›Glück‹, dass sein Vater sich selbst umgebracht hatte. Alfred hatte seinen widerlichen Vater umgebracht. Janina stand dieser Akt in Kürze bevor.

Auf der anderen Seite stand Anna von Gericke als Bollwerk gegen den aufkommenden Nationalsozialismus, den die drei verachteten, auch wenn sie natürlich noch nicht wussten, welche Gefahren dieser wirklich mit sich brachte. Sie machten sich lustig über Katarina Zurmühl und Alexandra Fjodorow, die sich der rechten Jugendbewegung zuordneten. Sie nahmen die beiden jungen Frauen, wie überhaupt die ganze Bewegung, nicht ernst.

Diese Meinung teilten sie mit Anna von Gericke, was ihr von den dreien eine ambivalente Solidarität zusicherte: Ihre Lehrerin war entschieden gegen das Böse: gegen Faschisten, gegen Pädophile, gegen Bolschewisten und andere autoritätsgebundene Persönlichkeiten, wie diesen ›Clown‹ Adolf Hitler.

Katarina und Alexandra fühlten sich nach dem Tod ihrer Väter befreit, glaubten, dass eben jene unreinen Menschen ausradiert gehörten. Wie die Juden, die Schwulen, die Zigeuner.

Janina hingegen hatte keine befreiende Perspektive – der Todesstoß ihrer Mutter war für sie eher ein Gnadenbeweis. Uljana hatte es selbst tun müssen, deutlich nachgeholfen von Anna von Gerike. Sie wollte nicht durch die Hand ihrer Tochter sterben – und sie hatte gestanden, alles gestanden, viel zu viel für diese Gruppe junger Menschen.

Uljana Smirnow war sich zwar ihres Handelns bewusst, hat es aber immer als Erkrankung verstanden, einem Übel, dem sie sich nicht entziehen konnte, da es mit einer unbeherrschbaren Lust verbunden war. Dass sie dann in pädophile Kreise um Alfred Herrmann Zurmühl geraten war, wie sie unter Tränen einräumte, war ihr eigentlicher Todesstoß.

Nur das Renommee dieser beiden Intellektuellen konnte dieses Geheimnis so lange hüten. Ihr war bewusst, dass einzig ihre Tochter Janina sie moralisch anklagen konnte, aber sie hatte sie geliebt, wirklich geliebt, sagte sie auf ihrem Sterbebett, an den Beinen und am Oberkörper festgeschnallt auf August Bahrlows Testpflegefallbett.

Janina hatte sich geweigert, die Tat durchzuführen. Sie hatte Wut, gar nicht so sehr ihrer eigenen Verletzungen wegen, sondern der vielen ungenannten Kinder, die ihre Mutter und der Vater von Katarina Zurmühl auf dem Gewissen hatten. Aber anders als Katarina Zurmühl verspürte Janina keine Genugtuung über diese Würdelosigkeit ihrer Mutter, sondern tief empfundenes Mitleid.

Anna von Gericke hatte diese Schwäche nicht zugelassen. Sie setzte ein Skalpell in die Hand der Mutter, umfasste diese beidhändig und stach direkt in Uljana Smirnows Herz. Uljana, die sich zwar gegen ihre eigene, erzwungene Armbewegung nicht wehrte, hatte noch die Kraft, Anna von Gericke direkt ins Gesicht zu spucken.

*

Der Krieg zwischen Katharina von Gerike, Katarina Zurmühl und Agathe Jung brach zu Weihnachten 1921 offen aus: Agathe hatte zum Abschluss ihres Haushaltspraktikums im Seminarhaus zu einem Weihnachtsessen eingeladen und neben den fünf SeminarteilnehmerInnen natürlich auch die Leiterin eingeladen, die sie ja schon vorher von ihren diesbezüglichen Planungen hatte informieren müssen.

Die Gans, der Rotkohl und die selbstgemachten Klöße die Aggi Jung vorbereitet hatte, waren weihnachtlich angemessen – und tatsächlich hatte die Weihnachtsfeier anfangs eine versöhnliche, aber undefinierbare Atmosphäre – keiner der sechs wusste, dass Agathe mittlerweile vollständig im Bilde war.

Nach dem Tode von August Bahrlow hatte sie ihre Absicht umgesetzt und sich mit Katharina von Gerike getroffen. Agathe hatte ihr mitgeteilt, dass August Bahrlow auf seinem Sterbebett ihr gegenüber gebeichtet hatte, dass er der Vater von Katharina von Gerike sei, was die Mutter Anna als sorgsames Geheimnis gehütet hatte. Agathe wusste zwar auch nicht, warum er das nun grade ihr, der Praktikantin, sagte. Es lag wahrscheinlich daran, dass sie gerade da war, als er starb, denn sie wollte ihm schlicht nur das Abendessen servieren. Als Agathe seinen Zustand sah, hatte sie sofort die Chefin gerufen, aber bis sie kam, dauerte es eine gewisse Zeit.

Dann war er verstorben.

Agathe war sich nun völlig unsicher, berichtete sie Katharina von Gerike, was sie mit dieser Information anfangen sollte, und entschloss sich erst einmal, Anna von Gerike nichts davon zu erzählen. Schließlich hatte sie diese Tatsache sicher aus guten Gründen, die Agathe nicht kennen konnte, geheim gehalten. Agathe wollte nicht in die Schusslinie von Katharinas Mutter geraten.

Später habe sie nachgedacht, was sie mit dieser Information anfangen sollte und war zu dem Entschluss gekommen, dass vor allem die Tochter ein Anrecht darauf hat, zu wissen, wer ihr Vater war, also Katharina von Gerike.

Über die anderen Offenbarungen, die August Bahrlow seiner jungen Pflegerin anvertraut hatte, berichtete sie Katharina selbstverständlich nichts, auch nicht Anna von Gerike und ihren drei Freunden aus der Seminargruppe, weil August Bahrlow das so angeordnet hatte.

Katharina hatte sich dann tatsächlich bei der jungen Frau für diese Nachricht bedankt, die sie zuvor als Nebenfigur, wenn überhaupt, in diesem Spiel der Protagonisten im Seminarhaus angesehen hatte. Außerdem war ihr die Tatsache der Vaterschaft natürlich bereits bekannt, denn ihr Großvater hatte es ihr nach dessen Begegnung mit August Bahrlow sehr (alters-)irritiert mitgeteilt. Katharina hatte bislang von diesem Wissen keinen Gebrauch gemacht, denn es war natürlich kein Ruhmesblatt für sie, Tochter eines drogenabhängigen Irren zu sein, vor allem innerhalb ihrer Peergroup der neuen Nationalen, die keine Epigonen von Untermenschen in ihren Reihen duldeten. Dies hatte sie natürlich auch Agathe Jung vorenthalten und sie stattdessen nicht nur dringend gebeten, sondern tatsächlich schwören lassen, dass sie diese Information an niemanden weitergeben würde, schon gar nicht an ihre Mutter! Denn diese, so argumentierte Katharina, hatte ja genau das bislang als großes Geheimnis bewahrt. Sie wolle, so Katharina zu Agathe Jung, die problematische Beziehung mit ihrer Mutter mit diesem Wissen ›nicht auf die Spitze treiben‹.

»Diese Agathe Jung haben wir bislang offenbar unterschätzt«, berichtete sie umgehend ihrer Geliebten, Katarina Zurmühl, die daraufhin in ihrer typischen Art und Weise reagierte: »Die kleine Kaltmamsell ist eine Schlange, wir sollten ihr zeigen, wo der Hammer hängt!«

*

Agathe Jung setzte dieser zugespitzten Situation noch einen drauf: Sie lud (vor ihrer geplanten Abreise nach Zürich) Katharina von Gerike zu diesem Weihnachtsessen Ende 1921 ein – und tatsächlich sagte diese zu. Katharina wusste natürlich nicht, dass sie und ihre ›Quasi-Freundin‹ Katarina Zurmühl von Agathe beobachtet worden war, aber offenbar wollte sie die Gelegenheit nutzen, um sich an ihrer Mutter irgendwie zu rächen, sie vielleicht lächerlich machen. Außerdem hatte Katharina das Versteckspiel mit ihrer neuen Gespielin leid. Ein Crash kam ihr ganz recht!

Katharina erschien, als das Mahl beendet war und man mit Glühwein anstieß. Die Überraschung war gelungen, aber leider nicht so, wie Agathe es beabsichtigt hatte. Sie wollte Frieden stiften, sie wollte die Weihnachtszeit nutzen, um die Menschen wieder zusammenzubringen. Vergessen wir nicht, sie war noch eine sehr, sehr junge und, sozial gesehen, auch eine naive Frau.

Anfangs schien es tatsächlich auch darauf hinauszulaufen, Anna von Gerike begrüßte ihre Tochter zwar sehr überrascht, aber doch so, dass sie annahm, Katharina hätte sich auf die Einladung ihrer

Haushaltspraktikantin und Patin des Freundes C. G. Jung eingelassen, um nun endlich Frieden zu finden und die alten Geschichten zu begraben.

Auch Katarina Zurmühl war natürlich mehr als erstaunt, dass ihre Geliebte Katharina sich nun als Tochter ihrer Lehrerin auch in diesem Kreis outete. Aber offenbar gefiel es ihr, auch wenn den anderen Teilnehmerinnen an dieser Zusammenkunft zu Weihnachten natürlich nicht mitgeteilt wurde, dass sie ein (allerdings sehr einseitiges) Liebespaar waren.

Agathe hielt dann eine kleine Ansprache.

Sie wusste ja, wie zerstritten Mutter Anna und ihre Tochter Katharina seit langem waren. Ihre Rede begann damit, dass sie der versammelten Runde mitteilte, dass sie das Fest der Liebe nutzen wollte, um die Menschen wieder zusammenzubringen. Agathe entschuldigte sich für die Geheimniskrämerei, aber ihr seien die Hände gebunden gewesen, denn hätte sie ihre Pläne zuvor offenbart, wären sofort die alten Gräben wieder aufgebrochen. Nun konnte man gemeinsam dem alten Herrn Otto von Gerike und dem ebenfalls verstorbenen August Bahrlow gedenken und gemeinsam in die Weihnachtszeit und in ein friedvolles neues Jahr gehen.

Außerdem sagte Agathe (und das war dann der entscheidende Fehler), dass sie wisse, dass auch Katharina und Katarina befreundet seien. Man könne die Tochter der Chefin daher in der freundschaftlichen Gemeinschaft des Seminarhauses aufnehmen, denn sie hätten doch alle ein gemeinsames Ziel: Anwalt und Retter der Menschen in Not zu sein – und dafür ›müsse man auch alle erlittenen, vergangenen Verletzungen beiseitelegen‹.

Aggi Jung meinte es wirklich ehrlich und glaubte, sicherlich naiv wie sie war, an das Gute im Menschen, dem guten Archetypen, den ihr Vater ihr und auch Anna von Gerike immer gepredigt hatte.

Alle waren beeindruckt, und nachdem Agathe darum bat, gemeinsam »Stille Nacht, heilige Nacht« anzustimmen, waren alle gefangen in friedvoller Stimmung, sogar Katharina von Gerike, die eigentlich eine andere Motivation hatte (von ihrem Stiefvater Alfons Meyer-herm zuvor eingeschärft: Mach die Judensau platt!).

Daran wurde Katharina umgehend erinnert, denn Katarina Zurmühl verplapperte sich verbal und nonverbal, denn sie machte eine noch ungewohnte Bewegung und kommentierte sie. Sie hob den rechten Arm und streckte die flache Hand gegen die Decke: »Das ist der neue Gruß!«, sagte sie, »Adolf Hitler hat ihn kreiert. Das wird eine Revolution – und wir sollten da alle mitmachen! Heil Hitler!«

Den meisten der Anwesenden war Adolf Hitler zwar bekannt, er wurde aber nicht so recht ernst genommen. Seit er und ein paar andere wie z.B. Ernst Röhm und Rudolph Heß im Februar 1920 die Nationalsozialistische Deutsche Arbeiterpartei gegründet hatten, waren die Zeitungen voll mit Zitaten aus Reden, die meist in verruchten Hinterzimmern, vor allem aber im Münchner Hofbräuhaus gehalten wurden. Manche Zeitungen machten sich einen Spaß über deren Verbalinjurien, vor allem natürlich der ›Vorwärts‹ von der SPD oder ›Die Rote Fahne‹ der KPD warnten vor den Faschisten, die in den zwanziger Jahren jedoch eine zwar lautstarke (vor allem durch die SA des Ernst Röhm, unter anderem mit den agilen Brüdern von Alfred Dühring), aber doch verschwindende Minderheit der Gesellschaft darstellte.

Die meisten anderen Zeitungen schrieben durchaus verhalten, so als würde ihnen die NSDAP irgendwie schaden können.

Hier jedoch im Seminarhaus unter Anna von Gerike waren Adolf Hitler und Konsorten verpönt – schließlich waren deren Rassismus, deren Judenhass bekannt. Nur Katarina Zurmühl und Alexandra Helena Fjodorow hegten (bis dato eher heimliche) Sympathien für diese neue Bewegung, und wie Agathe Jung in ihren Tagebüchern schrieb, auch leider ihr Vater C. G. Jung. Dessen Archetypen bildeten schließlich die Grundlage für ein deterministisches Weltbild, auch wenn Hitler das dann auf eine grob vereinfachte Weise auf die Spitze trieb, indem er eine sogenannte Wissenschaft etablierte, die sich Eugenik nennt.

Jedenfalls war die Stimmung dahin. Das von Agathe Jung gut gemeinte Weihnachts- und Abschiedsessen im Dezember 1921 verwandelte sich in ein Chaos. Katharina von Gerike bezog nun eindeutig Stellung, natürlich auf Seiten von Katarina Zurmühl und Helena Fjodorow. Die Jungs, Alfred Dühring und Maximilian Bahrlow, hielten sich zwar zurück, stellten sich jedoch deutlich hinter Janina Smirnow, die versuchte, sachliche Argumente gegen die Faschisten zu positionieren.

Anna von Gerike führte dagegen ihren eigenen Kampf: Nachdem sie alle Register der verbalen Rhetorik erfolglos gezogen hatte, zerrte sie ihre renitente Tochter an den Haaren ›durch die Manege‹, während Katarina Zurmühl und Alexandra Helena Fjodorow das zu verhindern versuchten. Gleichzeitig hatten sich Janina Smirnow, die beiden Jungs und Agathe Jung in die Küche zurückgezogen. Es war eine Kriegssituation entstanden, die Agathe nicht hatte initiieren wollen, schon gar nicht zu Weihnachten.

Katharina und Katarina bissen und kratzten, zogen die ältere Anna ebenfalls an den Haaren und schlugen mit der Rotkohlterrine zu, so dass Anna zu Boden ging und außer Gefecht gesetzt war.

Alexandra Helena Fjodorow, die zuvor noch auf der Faschistenseite stand, gesellte sich dann doch lieber zu den anderen in die Küche. Das Geschehen mit den drei Frauen war ihr zu heiß geworden.

Katharina und Katarina rissen die Tür zur Küche auf und schrien »Heil Hitler!« und verschwanden durch den Haupteingang. Die Gruppe in der Küche hörte sie noch glucksen und lachen, als sie das Gelände verließen.

Dann nahmen sie sich ihrer Chefin an, versorgten ihre Wunden und halfen ihr wieder auf die Beine.

Agathe Jung räumte unterdessen die Kollateralschäden des Abschieds- und Weihnachtsfestes ab, das zu einer blanken Katastrophe geworden war. Aggi Jung wusste, dass sie am besten nachdenken konnte, wenn sie mit den Händen etwas unternahm, und Aufräumen war am besten dafür geeignet.

Sie dachte an August Bahrlow und an dessen Philosophie: »Es gibt nichts Gutes, es sei denn, man tut es!« Aggi Jung wusste, dass vor allem August Bahrlow nicht immer das getan hatte, was wirklich gut war, weder für ihn selbst, noch vor allem für seine Tochter. »Ach, hätte er sich doch mehr und überhaupt um sie gekümmert, Katharina wäre ein anderer Mensch geworden!«

»Morgen werde ich Katharina Näheres von ihrem Vater erzählen, von seinen Gedanken, seiner menschlichen Philosophie, die er mir gegenüber so ausführlich und intensiv offenbart hat. Vielleicht wird Katharina aufwachen, auf mich hören und von diesem widerlichen Hitler ablassen! Aber zuvor muss ich natürlich Augusts Anweisung erfüllen. Ich hoffe, dass alles so geklappt hat, wie er es sich vorgestellt hat!«

Das waren die letzten Worte ihrer Tagebucheintragung. Franziska Meyers Ur-Großvater Maximilian Bahrlow hatte es ihr hinterlassen.

Seither wird Agathe Jung vermisst und keiner weiß, was Agathe im Auftrage von August Bahrlow zu tun beabsichtigte.

Vater C. G. Jung war nach Berlin gekommen und hatte die preußische Polizei aufgefordert, sofort und alles zu unternehmen, um seine Tochter zu finden. Alle Gäste bei der vorabendlichen ›Feier‹ wurden durch die Polizei verhört und alle sagten das Gleiche aus: Agathe Jung hat eine Abschieds- und Weihnachtsfeier organisiert, gekocht und aufgeräumt, nachdem die Feier aus dem Ruder gelaufen war. Aber sie hat in ihrem Zimmer im Seminarhaus geschlafen und sich am Morgen, noch bevor alle anderen SeminarteilnehmerInnen aufgestanden waren, auf den Weg gemacht. Man glaubte, sie wäre Vorräte einkaufen gegangen.

Die Ermittlungen wurden erst zwei Jahre später eingestellt, weil man zu keinerlei Ergebnissen gekommen war. Es gab kein Motiv, kein Modus Operandi und keine und keinen einzigen Verdächtigen, wenn es denn »überhaupt ein Verbrechen gegeben hatte«, sagte die Polizei dem völlig zerstörten Vater, der sich Trost bei seinem alten Lehrer Sigmund Freud erhoffte.

Dieser hatte sich allerdings zwischenzeitlich von seinem einstigen Schüler abgewandt. Dessen geistige Zuwendung zum Nationalsozialismus lehnte Sigmund Freud entschieden ab, nicht nur, weil er Jude war.

Das Gespräch der beiden, das im Jahr 1923 dennoch zustande gekommen war, endete in einem Fiasko, wenn auch nicht derart körperlich, wie es Anna von Gerike erleiden musste.

Sie hatte nach den Weihnachts- und Jahreswechselfeiertagen ihren Seminarbetrieb wieder aufgenommen, als wäre nichts geschehen. Nur eine einzige Schülerin blieb dem Schulbetrieb fern: Katarina Zurmühl. Und auch die Haushaltspraktikantin Agathe Jung sorgte nicht mehr für das leibliche Wohl der Gruppe, so dass Anna von Gerike eine neue Mamsell einstellen musste.

Kapitel 17

Maximilian Bahrlow, Anna von Gerike und C. G. Jung nach Weihnachten/Silvester 1921/22

(Zusammenfassung der Ereignisse aus den Archiven des Klosters Neuenwalde, Block G4, Register 3, Seiten 200–430, Block B5, Register 7, Seite 1–322)

Agathe Jung kam am Weihnachtstag 1921 nicht zurück. Anna nahm an, dass Aggi unter dem Schock der verkorksten Weihnachts- und Abschlussfeier ihres Praktikums Hals über Kopf nach Hause, nach Zürich gefahren war, ohne ihre Patentante davon in Kenntnis zu setzen, wahrscheinlich aus dem schlechten Gewissen heraus, dass sie mit der Feier alles verpatzt hatte. Daher machte sich Anna erst einmal keine Sorgen, sie hätte ähnlich reagiert an Agathes Stelle.

Die ausgeuferte ›Feier‹ hatte am 22. Dezember 1921 stattgefunden, zwei Tage vor den Weihnachtsfeiertagen. Die Idee dahinter war, dass diejenigen, die die Möglichkeit hatten, das Weihnachtsfest mit ihren Lieben, ihren Familien zu verbringen, dann am 23. Dezember mit der preußischen Staatseisenbahn ihre privaten Ziele erreichen, um dann nach Silvester zurück nach Berlin kommen zu können.

Außer Maximilian Bahrlow waren daher alle anderen Studierenden zu ihren Familien abgereist, meist zu Gans, Rotkohl und Klößen bei Eltern, Geschwistern, Onkeln, Tanten oder anderen Verwandten, nachdem Anna ihren Schülerinnen und Schülern versichert hatte, dass sie ihre Wunden selbst versorgen könne, nicht ohne zu betonen, wie stolz sie darauf war, dass ihre Studierenden eine perfekte Erstversorgung geleistet hatten.

Anna zog sich in ihre eigenen Räumlichkeiten zurück, ebenso wie Maximilian. Beide hatten kein wirkliches Interesse daran, gemeinsam das Weihnachtsfest zu verbringen. Anna, weil sie nachdenken musste, wie sie ihre Ziele erreichen konnte. Maximilian, weil er sich auf die Suche nach Agathe machte, denn er glaubte der Theorie seiner Chefin nicht.

*

Anna wusste, dass Erich Mühsam in Charlottenburg residierte, also seine Verlagsbüros hatte. Friedrich Nietzsche war irgendwo zwischen Zürich und Neapel, der Aufenthalt von Richard Dehmel war ihr völlig unbekannt. Es bot sich also an, den Herrn Mühsam aufzusuchen, ihn kennenzulernen und ihn in ihre Pläne einzubeziehen, sollte er ihre Prüfung bestehen.

Über Weihnachten hatte sie Zeit genug, ihre Pläne zu verifizieren. Sollte ihre Tochter Katharina irgendwie dazwischenkommen, würde sie mit Erich Mühsam ein Netzwerk aufbauen können, das sie den Faschisten entgegensetzen wollte, vor allem jenem Hitler, Göring, Strasser oder Röhm, und natürlich jener Ilse Staiger, die ihre Tochter verführt hatte.

So machte sie sich an die Arbeit.

Auf ihre detaillierten Pläne wollen wir an dieser Stelle nicht weiter eingehen, auch wenn sie durchaus mit den Geschehnissen der sozialen Tyrannenmorde im Seminar zu tun haben, denn sie führten linear auf die nächste Ebene: dem politischen Tyrannenmord.

Wen sie dabei im Visier hatte, wissen wir nicht, dass sie sich aber Verbündete im eher linken Spektrum der damaligen Zeit suchte, lassen einige Persönlichkeiten der damaligen Zeit in den Fokus rücken. Tatsächlich wissen wir es aber nicht, sondern nur, dass die Geschehnisse im Seminarhaus für sie selbst nur eine Randgeschichte war. Ganz offensichtlich lag die Initialzündung für ihre Pläne aber bereits in ihrer Zeit an der Friedrich-Wilhelms-Universität, wo sie vor allem mit den kommunistischen Studentenbünden in Kontakt kam, die sie auch vor den rechten Burschenschaften und Studentenverbindungen ihres Vaters schützten. Tatsächlich war die ›Hinrichtung‹ Otto von Gerikes (und wohl auch der anderen Opfer außer August Bahrlow) für sie offenbar in einen revolutionären Epos des Antifaschismus eingebunden, den man ja, wie nach 1945 mit der ›Weißen Rose‹, als einen Akt humanistischer Befreiung begreifen muss.

*

Auch Maximilian Bahrlow hatte nach der gruseligen Weihnachtsfeier und der Abreise seiner Freundinnen Janina und Alfred viel Zeit, über seine Situation nachzudenken. Er war in Agathe Jung derart verliebt, dass er körperliche Schmerzen empfand, wenn sie nicht in seiner Nähe war. Auch Alfred Dühring litt unter der Abwesenheit von Agathe, war jedoch über die Weihnachtstage von der Frau einer seiner vielen Brüder eingeladen worden, diesem Ruf allzu gerne gefolgt und hatte daher von Aggis Verschwinden erst einmal gar keine Kenntnis.

Maximilian war im Besitz des Schlüssels für Aggis Zimmer im Seminarhaus unter dem Dach. Sie hatte sich mehrmals ausgesperrt und musste ihre Chefin um den Generalschlüssel bitten, was ihr sehr peinlich gewesen war.

Agathe wusste, dass Maximilian den Schlüsselbesitz nicht für irgendeine Unanständigkeit nutzen würde, er trank nie auch nur einen Tropfen Alkohol und war ein sehr moralischer Mensch, wenn auch Atheist.

Maximilian selbst hatte eine kleine Wohnung außerhalb, in der er seinerzeit seinen Vater hatte aufnehmen müssen. Unbemerkt von Anna von Gerike, hatte er Aggis Zimmer leise betreten, nachdem er sich versichert hatte, dass Agathe wirklich nicht anwesend war. Er brauchte nicht lange, um festzustellen, dass Anna von Gerike unrecht haben musste. Alles war wie immer, nichts fehlte, ihre Taschen und Koffer nicht, ihr Bett war wie immer ungemacht und ihre Zahnbürste stand im Becher neben dem Waschbecken. Ein richtiges Bad gab es hier natürlich nicht.

Nein, Agathe war nicht abgereist, dessen war sich Maximilian sicher. Er kannte sie gut genug, um zu wissen, dass sie sich nicht einfach sang- und klanglos davonmachte. Egal wie die Geschehnisse sie auch mitgenommen hatten.

Nein, es musste eine andere Erklärung geben. Kurz bevor er das Zimmer wieder verließ, schaute er sich noch einmal um. Es war ihm zuwider, in Agathes Intimbereich einzudringen, ohne ihre Erlaubnis. Aber dann bemerkte er ein Stückchen Papier, das auf dem kleinen Sekretär unter einem Glasstein hervorlugte. Darauf stand der Name Katharina von Gerike und eine Adresse in Berlin-Dahlem. Außerdem der Name Ilse Staiger und das Kürzel NSDAP, das er kannte. Natürlich kannte er (leider) auch Katharina von Gerike (ohne auch nur zu ahnen, dass es seine Halbschwester war), Ilse Staiger jedoch war ihm völlig unbekannt. Er steckte den Zettel ein und verließ das Zimmer, wie er gekommen war, sehr leise.

Dennoch hatte ihn Anna von Gerike gesehen, als er das Haus verließ. Was wollte Maximilian hier? Hatte er vielleicht nur irgendetwas vergessen? Schließlich hatten alle Studierende auch Schlüssel für die Seminarräume. Dabei fiel ihr auf, dass sie unbedingt dafür sorgen musste, dass Katarina Zurmühl ihre Schlüssel abgab – sie wollte sie nicht mehr in ihrem Institut dulden, nach den Vorfällen bei der Feier und deren eindeutiger Hinwendung zum neuen Nationalsozialismus. Machte sich aber (erst einmal) keine weiteren Gedanken über Maximilian von Bahrlows Anwesenheit. Schließlich war er auch so etwas wie ein Stiefsohn und sie mochte den Sohn ihres einstigen Geliebten August sehr gerne – auch wenn er ein Sturkopf war, wie sein Vater.

An den nachfolgenden Weihnachtstagen passierte nichts Weltbewegendes, außer dass Anna von Gerike und Maximilian Bahrlow über ihre weiteren Schritte nachdachten.

*

Fern von Berlin in Zürich dachten Carl Gustav Jung und vor allem seine Frau Emma, geb. Rauschenbach über ihre älteste Tochter nach, sie machten sich erhebliche Sorgen! Es war Weihnachten und Aggi hatte versprochen, am Heiligen Abend kurz ein Telegramm zu senden, nachdem sie zuvor per Post geschrieben hatte, dass sie das Weihnachtsfest gern noch in Berlin verbringen würde, vielleicht auch Silvester, dann aber bestimmt ganz und gar ihre Koffer in Berlin packen würde, um nach Haus, nach Zürich, genau gesagt nach Küsnacht am Zürichsee, zurückzukommen.

Sie hatte auch angemerkt, dass das nur ein Zwischenstopp sein würde, denn sie hatte sich fest vorgenommen, in Wien nicht nur Psychologie, Psychiatrie und Psychoanalyse zu studieren, in welcher Reihenfolge wusste sie noch nicht, aber vor allem wollte sie einen gewissen Herrn Sigmund Freund kennenlernen, der hauptsächlich in der österreichischen Hauptstadt residierte.

Nun war der zweite Weihnachtstag angebrochen und die Familie Jung hatte nichts von ihrer Tochter gehört.

Man konnte 1921 nicht einfach privat telefonieren! Dann hätten sie sich selbstredend bei Aggis Patentante Anna von Gerike über den Verbleib ihrer Tochter erkundigt. Aber das war, vor allem über die Feiertage nicht möglich. Erst am 27. Dezember konnte Carl Gustav Jung über die Telefonanlage der Universität Zürich Kontakt zur Friedrich-Wilhelm-Universität Berlin aufnehmen, um dort einen ihm gut bekannten Professor zu bitten, entsprechende Erkundigungen über den Verbleib der Tochter bei der ehemaligen Privatdozentin der Universität, Anna von Gerike, einzuholen.

Die Antwort dauerte zwei Tage. Agathe Jung war verschwunden und Anna von Gerike nahm an, sie sei mit der preußischen, badischen und schweizerischen Eisenbahn zurück in die Heimat gefahren.

Nun machte sie sich natürlich auch erhebliche Sorgen, hatte aber keinerlei Phantasie, wo sie abgeblieben sein konnte. Schließlich kannte Agathe in Berlin niemanden, außer eben die Protagonisten des Seminarhauses – und die würde Anna natürlich befragen, wenn sie aus dem Weihnachtsurlaub zurückgekommen sein würden. Maximilian konnte sie schon jetzt befragen, aber auch er war nicht auffindbar, ohne dass sie die beiden jungen Menschen in Verbindung brachte.

Maxi hatte sich, ohne dass seine Lehrerin es wusste, aufgemacht, um deren Tochter Katharina zu interviewen, denn Agathe hatte sie schließlich zur Weihnachtsfeier eingeladen, die so danebengegangen war.

Das allerdings zeigte sich als nicht ganz so einfach, später als unmöglich. Die Villa, die Katharina von Gerike bewohnte, war bewacht! Man glaubte es kaum, aber tatsächlich patrouillierten drei braungehemdete Uniformierte mit einem Gewehr geschultert die Villa.

War Katharina von Gerike so wichtig? Es war jedenfalls keine Polizei, stellte Maximilian fest und hatte überhaupt keine Lust, sich mit diesen mit ihm gleichaltrigen Paramilitärs einzulassen.

Er musste einen anderen Weg finden.

*

Zur selben Zeit verfolgte Anna von Gerike ihre eigenen Ziele. Als Erstes versuchte sie, Kontakt mit Erich Mühsam aufnehmen, was aber misslang. In den kleinen Redaktionsräumen der Zeitschrift ›KAIN‹ traf sie eine junge Frau und einen noch jüngeren Mann, so etwas wie einen Praktikanten.

Die Redakteure des ›KAIN‹ seien nicht anwesend, informierten sie die Dame, offenbar aus besseren Kreisen. Hier würde nur Büroarbeit und der eine oder andere Schriftverkehr geleistet. Die Redakteure würden mittlerweile nur zu Hause arbeiten – und beide wussten natürlich nicht, wo diese wohnten.

Der Chef, Herr Dr. Mühsam, sei seit dem 15. Oktober 1919 in Bayern, in einem Kloster zur Kur – seither hatten die anderen Redakteure ihre Kolumnen direkt an die Druckerei vergeben. Es sei klar, dass die Zeitschrift ›KAIN‹ eingestellt werden würde. Man plante ein neues Projekt, aber Genaues wüsste man nicht. Außerdem war man in diesen Räumen nicht mehr sicher, seit sich merkwürdige, braun-uniformierte Banden auch in Charlottenburg herumtrieben und schon einige Scheiben der Büroräume eingeschmissen hatten.

Das Kloster mit dem Namen Niederschönfeld entpuppte sich als sog. Besserungsanstalt, man hätte auch Gefängnis oder Zuchthaus sagen können. Zwar gab es 1921 noch kein Internet, aber in Berlin durchaus aufgeräumte Bibliotheken, vor allem natürlich an den Universitäten – und in der Bibliothek der Universität kannte sich Anna von Gerike besonders gut aus – und ohne diese hätte Anna nicht herausbekommen, wo sich Erich Mühsam tatsächlich befand: in Einzelhaft, was der Presse natürlich nicht mitgeteilt worden war.

Erich Mühsam war wegen kommunistischer Umtriebe und preußischer Staatsgefährdung verurteilt worden – dass er nun gerade nach Bayern verlegt und nicht in Plötzensee oder Moabit in Berlin eingekerkert worden war, zeigte den Zynismus der noch immer wilhelminischen Justiz der zwanziger Jahre.

Anna ging es unter die Haut, sie spürte, wie allmählich der Strom des gesellschaftlichen Lebens brach. Das Böse war im Hier und Jetzt, es breitete sich aus. Ein Mann, der eine Zeitschrift betrieb, die sich um das Menschliche an sich kümmerte, konnte doch nicht kriminalisiert werden?!

Anna war sich immer sicherer, dass ihre Vorgehensweise die sozialethisch richtige war. Die Guten hatten in diesen Zeiten das Nachsehen, die Bösen, die wirklich Bösen gewannen mehr und mehr die Macht.

Ja, sie hatte getötet, oder jedenfalls töten lassen. Sie selbst hatte nur ihrem Vater Otto von Gerike den körperlichen Todesstoß versetzt, und bei Uljana Smirnow etwas nachgeholfen. Alle anderen Opfer wurden, außer August Bahrlow, von ihren eigenen Kindern gerichtet. Sie wurden von ihren eigenen Angehörigen für ihre unethische, unmoralische, inhumane, gewalttätige und sogar sadistische Handlungen bestraft, wenn man von Uljana Smirnow ebenfalls absah, die an ihrer eigenen Schlechtigkeit erstickt war. Sie und alle anderen hatten den Tod allemal verdient, sie waren nichts als Tyrannen – der moralische Abstieg ihrer eigenen Tochter, verursacht und eingeleitet durch ihren tyrannischen Großvater, war Beweis genug.

Sie würde Katharina natürlich nicht töten, denn sie war schließlich das Opfer – aber auch Opfer mussten manchmal eine weitere schmerzliche Erfahrung machen, um zu ontologischen Erkenntnissen zu gelangen.

Anna von Gerikes Plan, ein Netzwerk gegen diese faschistische Bande zu spinnen, war erst einmal gescheitert. Ihre Studierenden waren zu jung, unerfahren und vor allem viel zu naiv, um mit ihr in den Kampf gegen eine Ilse Staiger und schlimmere Konsorten der Zeit einzusteigen.

»Frau von Gerike!«, hörte sie eine leise Stimme auf den Fluren der Bibliothek der Friedrich-Wilhelm-Universität. Eine Senatssekretärin hatte sie angesprochen. »Professor Jung hat über Telegraphie angekündigt, dass er mit dem Nachtzug von Zürich nach Berlin fahren und am 3. Januar 1922 eintreffen würde. Er komme morgen um 10:00 Uhr am Bahnhof-Zoo an und hat mich gebeten Ihnen auszurichten, dass Sie ihn bitte von dort abholen. Ich habe ihm ein Zimmer im Adlon gebucht, worum er ebenfalls telegraphisch gebeten hatte.«

Statt mit Erich Mühsam sollte sie nun mit ihrem alten Freund Carl Gustav Pläne schmieden, aber vor allem die Suche nach dessen Tochter Agathe aufnehmen. Schließlich kannte sich C. G. in Berlin nicht aus. Anna wusste ebenfalls nicht, wo sie sie suchen sollten, obwohl sie die Gewissheit hatte, dass jede Suche zwecklos sein würde. Dennoch spielte sie diese Scharade mit.

*

Nur einer fand heraus, auf welchem Weg Agathe Jung verschwunden war: Maximilian Bahrlow. Er hatte bis Silvester vor der Villa der von Gerikes Wache gehalten und versucht, sich unsichtbar zu machen für die SA-Chargen der Nazis. Die waren offenbar zu dämlich, um ihn zu registrieren. Dennoch versperrten sie ihm den Weg zu Katharina von Gerike. Ganz offiziell bei ihr vorzusprechen, traute er sich nicht. Also nahm er eine Beobachterposition ein, versteckte sich mal hier, mal dort – Dahlem war ein sehr grüner Stadtteil, voller Büsche, Parks und Hecken.

Und dann sah er sie: Katharina von Gerike gemeinsam mit Katarina Zurmühl und einer älteren Frau, die er für jene Ilse Staiger hielt.

Ein Automobil stand vor der Villa. Es hatte Platz für vier Personen und die drei stiegen ein. Anschließend brachten zwei der SA-Leute eine weitere Person und setzten diese in den Fond. Maximilian konnte es zwar nicht wirklich erkennen, dafür war es zu dunkel, aber er war sich sicher, dass das nur seine geliebte Aggi sein konnte.

Bevor er überhaupt irgendwie handeln konnte, fuhr das Automobil mit einer nicht einzuholenden Geschwindigkeit von etwa 30 Stundenkilometern davon. Maximilian hatte keine Chance, dem Vehikel lange zu folgen.

Außerdem wurde dieser Wagen von einem zweiten begleitet, der offenbar von den sogenannten Hilfspolizisten der SA besetzt war.

Kurz hatte er überlegt, die nächste Polizeiwache aufzusuchen. Aber was sollte er denen erzählen? Dass vier Frauen in ein Automobil eingestiegen waren? Man hätte ihn wahrscheinlich wegen Verleumdung festgenommen.

Maximilian Bahrlow fühlte sich mehr als machtlos. Er hätte alles getan, um Agathe Jung zu retten, aber er wusste schließlich nicht einmal, ob sie es war, die die SA-Leute in das rollende Gefährt gepackt hatten.

Vielleicht sollte er doch mit seiner Chefin kooperieren? Mit ihr seine Vermutung teilen? Er wusste es nicht, noch nicht.

Die Zeit verging.

*

Carl Gustav blieb in Sorge um seine Tochter.

»Wo ist sie? Wo kann sie sein?«, fragte er, noch bevor er seine alte Freundin begrüßte.

»Als ich mit ihr gesprochen habe, hat sie mir gesagt, und später schriftlich immer wieder angedeutet, dass irgendetwas bei euch nicht stimmt. Was war, was ist bei euch los? Hat Aggis Verschwinden mit eurem Problem irgendwie zu tun?«

»Carl Gustav, es ist nichts los. Alles war bislang im Lot. Nur Aggis Abschieds- und Weihnachtsfeier ist aus dem Ruder gelaufen. Agathe hatte meine Tochter dazu eingeladen. Du kennst Katharina kaum, aber sie hat sich den neuen Faschisten angeschlossen. Und dann eskalierte die Feier. Ich habe geglaubt, dass Aggi sich die Schuld dafür gegeben hatte und Hals über Kopf nach Haus zu dir und zu Emma gefahren ist, was sie ja sowieso nach Silvester vorhatte!«

»Aber bei uns ist sie nicht angekommen! Es muss Gründe geben, Anna!«

»Komm, lieber Carl, wir besprechen das in Ruhe, nicht hier auf dem Bahnhof. Wir werden sie finden, glaub mir! Berlin ist ein Dorf!«

*

Maximilian hatte sich unterdessen entschieden: Er würde Janina Smirnow und Alfred Dühring mit ins Boot holen, sobald sie wieder nach Berlin zurückgekehrt waren. Sie hatten sich für Silvester verabredet, denn Silvester in Berlin war natürlich etwas Besonderes.

Anna würde er nicht mit einbeziehen, aus irgendeinem dunklen

Gefühl heraus – er traute ihr immer weniger, vor allem seit dem Tode seines Vaters und Annas Reaktion auf die Testamentsankündigung der Notare. Anna hätte ihm spätestens an dessen Grab sagen müssen, dass sie sich kannten. Sie hatte es weiterhin verschwiegen. Das machte Maximilian wütend und traurig zugleich. Schließlich hatte er mit eigenen Ohren gehört, dass sie und ihr Vater eine ziemlich intensive, wenn nicht sogar intime Beziehung gehabt haben mussten. Nach Vaters Tod hatte es für Maximilian keinen nachvollziehbaren Grund mehr gegeben, dass seine Lehrerin diese Verbindung verschwieg.

Maximilian versuchte daher ohne ihre Hilfe, herauszubekommen, woher dieses Fahrzeug kam, das Annas Tochter Katharina zur Verfügung stand. Wer sich das leisten konnte, musste schon sehr viel Geld haben. Aber das war bei Katharina von Gerike offenbar der Fall, schließlich lebte sie in einer luxuriösen Villa.

Seine Recherchen waren durchaus erfolgreich – so viele Automobile gab es in Berlin im Jahr 1921 noch nicht, vor allem keine, die auch in den Wintermonaten fahrbereit waren. Um genau zu sein waren es fünf, die zwischen Weihnachten und Neujahr gemietet worden waren (privateigene PKWs gab es seinerzeit noch nicht, außer beim Adel und der höheren Beamtenschaft!). Für diese Erkenntnis hatte Maximilian fünf Tage Recherche gebraucht. Es hatte ihn dann doch nicht weitergebracht, außer dass tatsächlich Katharina von Gerike die Mieterin war und sogar selbst Automobilführerin. Gelernt hatte sie das Fahren von einem Sohn des legendären Rudolf Diesel, der auf der Beerdigung ihres Großvaters kondoliert hatte.

Maximilian nahm in diversen Pensionen Quartier, vor allem immer dort, wo er hoffte, Informationen über den Verbleib von Agathe zu bekommen. Aber nur in Kreuzberg konnte er ein paar windige Informationen recherchieren: Am Weihnachtstag war ein Automobil aufgetaucht, für diesen Stadtteil ungewöhnlich. Wohin das Vehikel unterwegs war, und wer darin saß, konnte man ihm nicht sagen, nur, dass es von einem anderen Fahrzeug begleitet wurde, indem sich SA-Uniformierte befanden.

Maximilian war sich sicher, dass er, und vor allem seine Agathe, hier auch auf eine politische Intrige gestoßen war. In diesen Zeiten war es unmöglich, irgendwie einzugreifen, wenn man keine starke Gruppe hinter sich hatte.

Maximilian kannte sich mit fast allen Ideologien aus. Wie ihr euch erinnert, hatte er in Bremerhaven einen Marxisten (und Marx' Schriften) kennengelernt, der ihm Hegels Hauptwerk überließ, in Papenburg hatte er bereits Leibniz, Kant und Thomas von Aquin gelesen, später in Berlin Nietzsche, Feuerbach und andere Philosophen.

Dennoch hatte er sich keiner Gruppierung angeschlossen, die ihre Philosophien in eine gesellschaftliche Wirklichkeit umzusetzen versuchten, weder der KPD, der SPD, der USPD oder anderen linken Gruppierungen. Dass die rechten Gruppierungen nicht in Frage kamen, lag einfach daran, dass diese auf überhaupt keine philosophische oder im kantischen Sinne rational vernünftige Weltanschauung basierten, sondern nichts anderes als reaktionär waren.

Die sogenannte ›rechte Politik‹ basierte auf Symbolen, die einer Propaganda dienen, die letztlich inhaltsleer waren und sind: der deutsche Mann, die deutsche Frau, der soldatische Männertyp, die rassische Reinheit usw. Ihre Hauptargumente waren und sind die bösen Fremden, die anderen. Das waren dann eben die Juden, die Neger, die Zigeuner, aber auch die Lebensunwerten, wie behinderte oder kriminelle Menschen. Genau genommen waren die Nazis auch aus ihrer eigenen Anschauung her kriminell, denn sie prügelten, mordeten und missbrauchten Menschen für ihre Zwecke mit diversen Folterinstrumenten. Nach ihrer eigenen Ideologie hätten sie sich alle selbst in ein Konzentrationslager sperren müssen. Homosexualität z.B. galt bei den Nazis als unrein, unvölkisch, pervers; die SA pflegte andererseits absurde homosexuelle Rituale und sog. ›männliche‹ Mutproben. Eine ganze Reihe von Nazi-Größen war drogen- oder alkoholabhängig, nicht zuletzt ihr eigener großer Führer, der vom Opium nicht ablassen konnte. Man weiß heute, dass Adolf Hitler eine ausgemachte, wohl auch drogeninduzierte Psychose hatte. So diagnostiziert hätten ihn die eigenen ›Mengeles‹ oder ›Eiseles‹ unter seinem eigenen Euthanasieprojekt vergast oder zu Tode gespritzt. Hitler war zu einer sinngebenden, körperlichen Arbeit ebenso wenig befähigt und geeignet wie für gemeinschaftsdienliche, normale Tätigkeiten!

Phänomenologie einer paradoxen Welt!

Dass Maximilians Chefin wie er die linken Zeitschriften ›KAIN‹ und den ›Simplicissimus‹ las, war ihm nicht bewusst gewesen. Dann hätte er sich sicherlich anders entschieden und sie früher in seine Gedanken einbezogen. Außerdem traute er ihr seit dem Tod des Vaters nicht und den ganzen Tötungen, an denen er zwar eher als Mitläufer beteiligt war (außer beim Tod des Faschisten Dühring), aber sich natürlich dennoch schuldig gemacht hatte, bis in alle Ewigkeit.

Dass es sich bei all diesen Opfern um faschistoide Persönlichkeiten handelte, war ihm seinerzeit jedenfalls noch nicht bewusst. Und natürlich noch viel weniger, dass diese Morde eigentlich nur die Vorstufen, wenn man so will Trainingseinheiten waren, die Anna von Gerike befähigen sollten, Pläne und Konzepte zu entwickeln, wie man auch auf anderer Ebene mit Tyrannen abrechnen konnte.

*

Nachdem Anna und C. G. Jung alle Optionen durchgespielt hatten, wo sich Agathe in Berlin aufhalten könnte, berichtete sie ihrem alten Freund, worum es ihr politisch ging – und zündete eine Bombe, auch wenn sie nicht einmal ansatzweise ihre wirklichen Ideen offenbarte!

C. G. Jung war keinesfalls bereit, sich die Sichtweise seiner, sollte man nun schon sagen, ehemaligen Freundin zu eigen zu machen. Als Psychoanalytiker war er in der Lage, genau zuzuhören. Er unterbrach Anna von Gerike kein einziges Mal, als sie von der aufkommenden faschistischen Gefahr sprach und davon, dass sie nach der ersten technischen Revolution nunmehr vor einer zweiten katastrophalen gesellschaftlichen Revolution standen.

»Das, liebe Freundin, ist alles ein undurchdachter Trugschluss«, begann er ruhig und ohne erkennbare Aggression. »Du verbarrikadierst deine Schuldgefühle hinter irrwitzigen politischen Mächten – und damit eine große Lüge, die du mir auftischst!«

Anna von Gerike fühlte sich zwar von ihrem alten Freund ein wenig vorgeführt, ahnte aber, dass er in den letzten Jahren eine andere Überzeugungsentwicklung durchlaufen haben musste als sein Lehrer Sigmund Freud und vor allem sie selbst. Und sie hatte ihn angelogen – aber davon konnte er unmöglich etwas wissen. Daher blieb sie erst einmal abwartend und Carl Gustav fuhr fort:

»Agathe hat mir von den Todesfällen im letzten Jahr berichtet. Angesehene Männer und Frauen waren 1921 zu Tode gekommen – angefangen mit deinem Vater Otto von Gerike. Aber dann starben der für den Friedensnobelpreis nominierte Alfred Herrmann Zurmühl, der Philosoph Karl Eugen Dühring, der Konterrevolutionär Alexejewitsch Fjodorow, die Frauenrechtlerin Uljana Smirnow und auch der früher einmal sehr angesehene Psychiater August Bahrlow. Aggi hat mir berichtet, dass alle Todesfälle polizeilich untersucht worden waren, aber dass keine der Ermittlungen irgendwie zu Tätern geführt hätten. Ich weiß nicht, ob die Polizei schlampig gearbeitet hat, aber Aggi schrieb, dass alle diese Menschen Kinder hatten, und zufällig waren alle diese Kinder Studierende in deinem Seminar! Erkläre mir das!«

»Mensch, Carl Gustav! Das waren alles ältere oder sehr kranke Menschen«, antwortete sie sofort – auf diese Anschuldigungen hatte sie ›reflexartige‹ Erklärungsmodelle. »Eltern sterben – und Gott sei Dank meistens früher als ihre Kinder. Es ist schrecklich und dramatisch, dass die Väter und Mütter meiner Studenten in diesem Jahr verstorben sind. Ja, ganz sicher. Das hat mir eine große

Bürde bereitet! Du musst es doch wissen, wie schwer es ist, mit traumatisierten Menschen umzugehen, die grad' einen schweren Verlust erlitten haben – den Tod eines nahen Angehörigen! Der Tod, lieber Carl Gustav, ist leider etwas sehr Triviales! Und wie du treffenderweise festgestellt hast, hat die Polizei alles untersucht, sehr genau im Übrigen. Sie haben alles auf den Kopf gestellt und meinen Studentinnen und Studenten zusätzliche Qual bereitet. Aber alles war, wie das Schicksal es für diese Menschen offenbar vorgesehen hatte.«

Carl Gustav Jung schien für einen kurzen Augenblick tatsächlich nachdenklich geworden zu sein.

»Vielleicht ist es so, wie du sagst. Das weiß ich nicht, Anna. Ich werde mich allerdings noch einmal an die Polizei wenden. Meine geliebte Tochter ist verschwunden!«

»Sicher, lieber Carl Gustav!«, antwortete sie sichtlich erleichtert. »Und dabei werde ich dich begleiten!«

»Das, Anna von Gerike, würde ich dir allerdings nicht empfehlen! Denn ich werde der Polizei mitteilen müssen, dass du die Haupt-zeugin für das Verschwinden meiner Tochter bist. Ebenso wie für die vielen Tode dieser kranken und alten Menschen. Denn ich habe in der Universität Zürich nicht nur mit dem akademischen Kollegen gesprochen, sondern auch mit einer alten Bekannten, die ich aus München kenne. Sie hat mir ganz andere Dinge berichtet! Z.B., dass deine Geschichte einen kleinen, aber entscheidenden Fehler hat: Agathe hat deine Tochter Katharina nicht allein deshalb zu ihrer Abschluss- und eurer Weihnachtsfeier eingeladen, um eine Ver-söhnung zwischen Mutter und Tochter herbeizuführen, sondern weil sie schon seit einigen Monaten eng befreundet waren, ohne dass du das offenbar gewusst hast. Ich hatte meiner Tochter schon immer geraten, in die germanisch gesinnten Jugendorganisationen einzutreten. Das hat sie offenbar beherzigt, denn sie war Mitglied in der Bündischen Jugend und wollte ihren Abschied gemeinsam mit ihren beiden Jungmädelführerinnen Katharina von Gerike und

Katarina Zurmühl feiern! Das sind die Tatsachen – und noch eins: Ilse Staiger, also jene Sozialarbeiterin aus München, kann beweisen, dass Agathe dazugehört – sie ist dort gelistet, mit Unterschrift und allem Drum und Dran. Das werde ich mir morgen anschauen, denn ich habe einen Termin in der Villa deines Vaters mit den drei Damen, die ich grade benannt habe, vereinbart!«

»Wie bitte????« Anna von Gerike konnte es nicht glauben. Sie war verraten worden – entweder von Agathe selbst, von ihrer Tochter oder von deren faschistischem Umfeld. Letzteres schien ihr wahrscheinlich. Auch wenn sie vermuten musste, dass die eine oder andere Studentin ihres Seminars und vielleicht tatsächlich auch C. G. Jungs Tochter Anteil daran hatte.

»Und merkwürdigerweise«, setzte Carl Gustav noch eines hinzu, »merkwürdigerweise verschwindet meine Tochter in dem Moment, wo sie genau das zu dir gesagt hatte: ›Ich bin Mitglied bei den Bündischen und deine Tochter Katharina ist meine beste Freundin!‹ Sie hat mir von Ilse Staiger berichtet, die diese Aussagen von Katarina Zurmühl wortwörtlich erfahren hatte, nämlich bei eurer Weihnachtsfeier, die gleichzeitig Aggis Verabschiedung werden sollte! Aber natürlich keine Verabschiedung ins Verschwinden, sondern eine Verabschiedung nach Haus, zu mir, zu meiner Frau, zu ihrer Familie!«

Nachdem Anna von Gerike völlig die Sprache verloren hatte, setzte sich C. G. Jung in Bewegung. »Ich werde die Polizei aufsuchen und deine Tochter. Du solltest dich bereithalten! Man wird dich befragen wollen. Es sei denn, du sagst mir sofort, wo sich meine Tochter aufhält!!! Oder ob du sie auch umgebracht hast!?? Dann werde ich dich natürlich an den Strang führen! Aber zeige mir wenigstens ihren Leichnam, als letzten Dienst unserer ehemaligen Freundschaft!?«

Aber Anna von Gerike schüttelte nur leise und langsam den Kopf.

*

Als Janina und Alfred am Silvestermorgen zurück in Berlin am Bahnhof-Zoo eintrafen, wo sie von Maximilian abgeholt wurden, war ihnen nicht mehr nach Feiern zu Mute, nachdem sie vom mysteriösen Verschwinden ihrer Freundin Agathe erfahren hatten.

Da auch diese beiden bei den tödlichen Vorgängen im Seminarhaus involviert waren, und damit wussten, wie manipulierend Anna von Gerike sein konnte, trauten auch sie ihr zu, etwas mit dem Verschwinden von Agathe zu tun zu haben.

Als sie dann erfuhren, dass C. G. Jung selbst nach Berlin kommen würde, um unter Mithilfe der Polizei nach seiner Tochter zu suchen, begann eine Odyssee für alle SeminarteilnehmerInnen, die wir an dieser Stelle abkürzen müssen:

Alle Studierenden waren noch einmal verhört worden, nur noch am Rande zu den Todesfällen, die schließlich als natürliche Ursachen aufgeklärt waren; daran konnte auch ein berühmter Psychoanalytiker nichts ändern, denn Staatsakt war Staatsakt, den stellte man nicht in Frage, vor allem nicht aus der fernen Schweiz. Aber sein Anliegen, seine vermisste Tochter zu finden, wurde natürlich sehr ernst genommen.

Als Maximilian der Polizei von seinen Beobachtungen an der Villa der Katharina von Gerike berichtete, ergab sich gegen Ende für alle Beteiligten, einschließlich C. G. Jung, Anna von Gerike und der Polizei eine Patt-Situation, ohne dass Agathe Jung wieder auftauchte.

Denn Katharina von Gerike bestätigte tatsächlich das Geschehen mit dem Automobil, hatte aber eine ganz andere Erklärung parat. Sie seien zu viert, sie selbst, Katarina Zurmühl, Ilse Staiger und eben auch Agathe Jung, alle Mitglieder des Jungmädelbundes, was Ilse Staiger sogar aus den Mitgliederlisten beweisen konnte, von der Villa aufgebrochen, um an einer Versammlung der Bündischen Jugend in einer Gaststätte im Görlitzer Park teilzunehmen. Und, ja, man sei mit zwei Automobilen auch durch Kreuzberg gefahren. Und nein, Agathe war nicht wieder zur Villa nach Dahlem mitgekommen, sondern man hatte sie am Abend nach dem Vortrag im Görlitzer

Park wieder am Seminarhaus, wo sie ja ein möbliertes Zimmer bewohnte, abgesetzt.

Anna von Gerike bestritt, ebenso wie Maximilian Bahrlow, dass Agathe das Seminarhaus an jenem Abend, also am 23. Dezember 1921, dem Tag nach der Weihnachtsfeier, wieder betreten hatte. Auch wenn Maximilian Bahrlow das natürlich nicht wirklich wissen konnte, denn er besaß ja eine eigene Wohnung außerhalb des Seminarhauses, wie die Polizei und auch C. G. Jung feststellte.

Anna von Gericke wurde nicht festgenommen, auch wenn C.G Jung darauf bestanden hatte. Seiner Darstellung der mysteriösen Morde wurde kein Glauben geschenkt, man interpretierte sie als Hirngespinste eines verrückten schweizerischen Psycho-Doktors, der selbst nicht ›alle Tassen im Schrank‹ hatte.

Der Vorgang wurde zu den Akten gelegt, auch wenn die Studierenden Maximilian Bahrlow, Janina Smirnow und Alfred Dühring übereinstimmend erklärten, dass sich Agathe Jung niemals einer rechtsgerichteten Jugendgruppe angeschlossen haben könne.

Man glaubte ihnen nicht, schließlich war Agathe Jung nur eine Kaltmamsell und die Studierenden konnten sie in diesen wenigen Monaten kaum so gut kennengelernt haben wie eine Katharina von Gerike, die sich nun als eine richtig gute Freundin der jungen Hausangestellten ihrer Mutter offenbarte. Denn diese hatte die beste aller Erklärungen dafür, dass Agathe Jung ihre Mitgliedschaft in der Bündischen Jugend und Freundschaft zu Katharina von Gerike ihrer Arbeitgeberin (und damit auch den anderen Bezugspersonen von Anna von Gerike) verheimlicht hatte: Bei Bekanntwerden wäre sie umgehend gefeuert worden! Schließlich war Anna von Gerike schon zu Studienzeiten als linke Suffragette bekannt gewesen und dass sich Mutter und Tochter hassten, war ebenfalls allen Protagonisten bekannt!

Agathe Jung war verschwunden, das wurde von der Polizei bestätigt, aber auch, dass sie sich natürlich auch aus freien Stücken auf und davon gemacht haben konnte, was keinerlei Ermittlungen mehr erforderlich machten.

*

Außer Katarina Zurmühl und Maximilian Bahrlow absolvierten alle anderen SeminarteilnehmerInnen Ende 1922, ohne in dieser Zeit auch nur mehr ein Sterbenswörtchen über die Morde des Vorjahres zu verlieren, bei ihrer Lehrerin Anna von Gerike und einer Prüfungsabordnung der Pflegekammer des Paritätischen Berlins, ihre Abschlussprüfung erfolgreich und verschwanden in alle Windrichtungen.

Anna von Gerike blieb Seminarleiterin mit weiteren Pflegesemestern, bis sie dann als Halbjüdin 1936 ein Berufsverbot erhielt. Vor allem die Geschehnisse um ihre Enkelin und den Nazi und Ehemann von Katharina, Alfons Meyerherm, zwangen sie 1939 ins Kloster Neuenwalde zu immigrieren. Katharina hatte tatsächlich die Füße stillgehalten, aber den Kontakt zu ihrer Mutter völlig unterbunden. Anders, als dann ihre Enkelin Magda.

Maximilian studierte ab dem Wintersemester 1922 Medizin und konnte durch die Apanage seines Vaters sechs Jahre später seine Approbation erlangen.

Selbstverständlich hatte Maximilian keine Sekunde lang aufgehört, das Verschwinden seiner großen Liebe aufzuklären, aber er stieß auf großes Schweigen, vor allem bei den aufkommenden Nazis, wo Katharina offenbar eine Karriere beim ›Bund Deutscher Mädel‹ anstrebte und jeglichen Kontakt zu Maximilian Bahrlow mit Entschiedenheit abwürgte. Ihr Mann, Alfons Meyerherm, hatte Maximilian sogar angedroht, seine SA-Chargen auf ihn zu hetzen, würde er seine Frau nicht in Frieden lassen.

Auch andere seiner Recherchen führten in diverse Sackgassen, und als er nach seiner Approbation das eigentliche Testament seines Vaters August in Empfang nehmen konnte, wusste er, dass ein Kontakt zu Katharina von Gerike, seine Halbschwester, mehr als lebensgefährlich für ihn sein konnte. August (und nun Maximilian) von Bahrlows Notare hatten gute Gründe, Augusts uneheliche Tochter Katharina mit einem rechtlich abgesicherten Pflichtteil abzugelten, was diese gelangweilt zur Kenntnis nahm und in ihr Portfolio integrierte, ohne nachzuhaken. Von ihrem abgewrackten, alkoholkranken, unehelichen Vater hatte sie eigentlich überhaupt kein nennenswertes Vermächtnis erwartet, der schließlich schon einige Jahre unter der Erde war. Sie war dumm genug, nicht zu hinterfragen, warum das Testament erst sieben Jahre nach seinem Dahinscheiden eröffnet worden war.

Auch wenn Maximilian nun eine ganze Reihe von neuen Erkenntnissen gewann, so dauerte es doch einige Jahre, bis er zum Kern der Geheimnisse um seinen Vater und um seine ehemalige Lehrerin Anna von Gerike vorstieß. Schließlich musste er sich auch um seine Karriere kümmern und hatte (nach Agathe) nun auch seine große Liebe Josephine getroffen und 1930 seinen Sohn Wilhelm gezeugt.

Überraschenderweise wies ihm eine erneute Erbschaft, und zwar erst Anfang der vierziger Jahre, als die Nazis längst sämtliche Schaltstellen der Gesellschaft in Deutschland (und Österreich) innehatten, seinen Weg.

Kapitel 18

1942–1943: Berlin – Neuenwalde – Berlin 1

(Zusammenfassung der Ereignisse aus den Archiven des Klosters Neuenwalde, Block B4, Register 7, Seiten 124–299)

Die Privatklinik in Berlin-Dahlem war überkonfessionell und unabhängig, daher dem Dachverband des Paritätischen Landesverbandes Berlin angeschlossen, jedenfalls bevor dieser 1936 der NS-Wohlfahrt ›gleichgeschaltet‹ wurde.

Zwei jüdische Chef- und Oberärzte sowie drei jüdische Stations- und Assistenzärzte wurden ›liquidiert‹, ansonsten ließ man das medizinische Personal relativ unpropagandistisch arbeiten. Das lag vielleicht daran, dass einige prominente NS-Größen den einen oder anderen körperlichen Defekt in der Klinik behandeln ließen, ohne dass die Öffentlichkeit das erfahren durfte.

Dr. Maximilian Bahrlow hatte eine ausgezeichnete Reputation und manche der älteren Kollegen kannten sogar seinen Vater, der in einer fernen Vergangenheit ein grandioser Psychiater und Komödiant gewesen war. Maximilian hätte viel dafür gegeben, August in dieser Doppelrolle erleben zu dürfen, aber eine Zeitmaschine nach H. G. Wells, die in die Vergangenheit reiste, gab es leider nicht. Sein Vater hatte ihm auch nach dem Ende seiner Karriere, die mit dem Hinrichtungstod Maximilians Mutter Sina Legat eingeleitet worden war, ein unglaublich perfektes Schauspiel abgeliefert. Tatsächlich zu seinen Gunsten, was Maximilian niemals für möglich gehalten hatte.

Maximilian hatte sich von den ehemaligen Kapitalgesellschaftern seines Vaters beraten lassen, was er mit den ganzen Papieren anfangen könnte. Was er daraus las, war für ihn unverständlich und er hatte überhaupt keine Lust, sich mit Staatsanleihen, Kommunaloblgationen, Währungskursspekulationen und der Varianz von Aktienkursen zu beschäftigen.

Das Einzige, was er verstanden hatte, war, dass man mit den Wertpapieren, die nun ihm gehörten, noch weit mehr Gewinne erzielen konnte, wenn man wusste, welche Risiken sich auf den internationalen Finanzmärkten in valide Ertragsstrategien verwandeln ließen. Und genau die kannte er leider nicht.

Statt jedoch einen Bevollmächtigten zu beauftragen, wie es sein Vater zuvor getan hatte, veräußerte er den Hauptteil seiner Wertpapiere an eben jenen, offenbar sehr vertrauenswürdigen Rechtsanwalt seines Vaters, der ihm die Papiere auch großzügig honorierte, ohne ihn ›übers Ohr‹ zu hauen, um damit dennoch später einen Profit zu erwirtschaften, der ihn von allen Sorgen befreite, jedenfalls bis zu seinem Tode im Januar 1942.

Maximilian investierte einen reichlichen Anteil seines Veräußerungsgewinnes in eben jene Privatklinik Berlin-Neuenschönhausen, so dass er als Anteilseigner sein eigener Chef als ansonsten eher untergeordneter Oberarzt hätte sein können.

Das allerdings wussten nur er und der Kanzler, also der Verwaltungsdirektor der Klinik. Er wollte Karriere machen seines Fachwissens willen, nicht weil er sich selbst hierarchisch immer weiter nach oben beförderte.

Dabei hatte er alles in allem auch noch Glück und das war ihm sehr wohl bewusst. Das Erbe seines Vaters hatte ihm ein Medizinstudium an der Friedrich-Wilhelm-Universität Berlin (heute als Humboldt-Universität bekannt) ermöglicht, das er 1928 mit einer ›Summa cum laude‹-Promotion abschloss.

Gleichzeitig verliebte er sich in seine Kommilitonin Josephine Hintermoser aus dem Allgäu, die in Berlin ebenfalls Medizin studierte, dieses abschloss und, nachdem sie geheiratet hatten, bis zur Geburt ihres gemeinsamen Sohnes Wilhelm ebenfalls in der Dahlemer Klinik praktizierte.

Nachdem ihm sein übriggebliebenes und zwischenzeitlich erwirtschaftetes Vermögen in der Weltwirtschaftskrise 1929 auf gleich null reduziert worden war, konnte man ihm jedoch seine Funktion als Gesellschafter und seinerzeit noch Assistenzarzt in der Zusatzausbildung im Fachgebiet Onkologie in der Neuenschönhausener Klinik Dahlem nicht nehmen.

Von nun an konzentrierte er sich auf seine medizinische Laufbahn und wurde einer der ersten Onkologen, die verschiedene Krebserkrankungen mit Chemotherapien zu besiegen versuchten. Diese Forschungen waren dann auch der Grund, warum er 1939 UK gestellt wurde (Unabkömmlichstellung vom Kriegsdienst).

Maximilian hatte sich durch Augusts Erbe einen mitbestimmenden Eigneranteil von 15,01 Prozent gesichert. Weitere dreißig Prozent waren auf verschiedene medizinische Honoratioren verteilt, meist emeritierte Geheimräte, die Mehrheitsanteile von über fünfzig Prozent belegten, erst der paritätische Gesamtverband Berlin, dann aber ab 1936 die Volkswohlfahrt und damit das Dritte Reich.

Die Nazis trauten sich nicht, Maximilian oder die anderen Privatiers zu enteignen, denn er konnte einen tadellosen Ariernachweis vorweisen, auch wenn ihm selbst dieser Nachweis völlig egal war. Sein Vater hatte in kluger Voraussicht in den hinterlassenen Dokumenten für alle Eventualitäten vorgesorgt.

1940 war Maximilian also nicht mehr wirklich vermögend, aber als Oberarzt dennoch gut situiert. Die Verwaltung seiner Anteile an der Klinik hatte er jenem bevollmächtigten und mittlerweile befreundeten, wenn auch sehr viel älteren Notar überlassen, dem er bereits einen großen Anteil seiner Erbschaft überlassen hatte, so dass seine materielle Macht in der Klinik auch weiterhin, sogar den Chefärzten der unterschiedlichen Fachrichtungen in der Klinik, geheim blieb. Erst nach dem Krieg sollte diese Tatsache, unter dem Druck der amerikanischen Besatzung, offenbar werden.

Nach dem Kriegseintritt der USA 1941 hatte er seine Frau Josephine überredet, mit dem neunjährigen Wilhelm, die Zeit bis zum hoffentlich baldigen Ende des Krieges in Josephines Heimat, dem

Allgäu, bei ihren Eltern und Geschwistern zu verbringen. Maximilian hoffte, dass die Amerikaner diesem Krieg ein baldiges Ende bereiten würden, und nahm an, dass seine kleine Familie im ländlichen Idyll des südlichen Bayerns vor den alliierten Bomben sicher sein würden.

Im Januar 1942 verstarb sein alter juristischer Freund, der mittlerweile achtzigjährige Notar, der schon seinen Vater vertreten und nun auch Maximilians Belange immer achtsam und angemessen anwaltlich begleitet hatte.

Dieser war Vorstand einer großen Familie und daher wunderte es Maximilian, dass er als einer der Erben zur Testamentseröffnung geladen wurde. Er kannte die meisten dieser Familienmitglieder persönlich und wollte keineswegs in Konkurrenz zu ihnen auftreten. Er hatte sich daher fest vorgenommen, das Erbe auszuschlagen.

Vor dem Portal der ihm so vertrauten Sozietät bat ihn jedoch die Witwe um ein Vorabgespräch, indem sie klarstellte, dass ihr die Inhalte des Testamentes ihres verstorbenen Gatten bekannt seien und es gute Gründe gäbe, warum er, Maximilian, als Anteilserbe eingesetzt worden war. Er müsse sich im Übrigen keine Sorgen darüber machen, den Angehörigen irgendetwas wegzunehmen oder vorzuenthalten, da es sich ausschließlich um immaterielle Güter handelte, um genau zu sein, um nichts anderes als um eine mittelgroße Holzkiste, zu der im Übrigen der Schlüssel fehlte.

Maximilian musste also nicht lange überlegen, als er gefragt wurde, ob er die Erbschaft seines Freundes annahm. Dabei war es ganz offensichtlich, dass es sich um keine materiell ausgerichtete Schatzkiste handelte. Sie war etwa so groß wie zwei Schuhkartons, bestand aus sehr leichtem Balsaholz, allerdings mit Nieten und verzinkten Ecken. Das Schloss war kein herkömmliches mit Schlüssel, sondern mit einem Zahlencode, den weder der Testamentsvollstrecker noch ein Familienangehöriger kannte.

Ihm wurde gesagt, dass der Erblasser hinterlassen habe, dass nur er, Maximilian-August Bahrlow (er wurde wörtlich so angesprochen, auch wenn er sich nur mit seinem einfachen Vornamen ausgewiesen hatte), die Zahlenfolge kennen würde, die die Öffnung der Kiste ermöglichte. Im Übrigen war die Kiste nicht sehr schwer, konnte also weder Goldbarren noch Schmuck enthalten und Papiergeld war bereits 1942 kaum noch etwas wert.

Als er später die Kiste mit dem Geburtsdatum seines Vaters (was ihm sofort klar war, als man ihn auch mit dessen Vornamen ansprach) öffnete, war ihm beim ersten Durchblättern klar, dass man umgehend in einem KZ landen würde, würden diese Inhalte einem Gestapo-Mann (oder einem Alfons Meyerherm) bekannt werden.

Hätte die Familie seines verstorbenen Freundes etwas Böses im Schilde geführt, wäre nun der Zeitpunkt gekommen, wo man ihn als Volksverräter hätte festnehmen können. Aber das glaubte er nicht, denn im Gegenteil hatte der alte Notar sein Vermögen vor allem mit den Wertpapieren seines Vaters August Bahrlow erzielt, wovon nun natürlich die Erben profitierten. Außerdem war er immer ein gern gesehener Gast bei ihnen gewesen und hatte einer Nichte des Ehepaares durch eine krebsbedingte Lebenskrise geholfen, auch wenn er sie nicht hatte heilen können.

Das, was er im ersten Überfliegen gelesen hatte, war nichts anderes als eine Reihe von Gebrauchsanweisungen für Attentate auf Persönlichkeiten des öffentlichen Lebens. Ein paar Namen sprangen sofort ins Auge, auch wenn die mit Schreibmaschine geschriebenen und offenbar mit einer Blaupause durchdrückten Schriftstücke, die nun wie aus der hölzernen Büchse der Pandora ihm entgegenstarrten, schon über zwanzig Jahre alt waren.

Maximilian war schon gewillt, das ganze Pamphlet dem Feuer seines Kamins zu übergeben, an den er sich gesetzt hatte, als er im Seitenfach einen Briefumschlag entdeckte, der an ihn adressiert war und ganz offensichtlich vom Erblasser stammte. Wir geben hier eine Kurzfassung weiter, die wir ein wenig unserer heutigen Sprache angepasst haben:

»Hochgeehrter Herr Maximilian Bahrlow!

In den beiliegenden Dokumenten finden Sie drei unterschiedliche Aufzeichnungen, die ich *nicht* von Ihrem Herrn wohlgeborenen Vater erhalten habe, daher also auch nicht in dessen Vermächtnis gehörten, um so zu ihrer Kenntnis hätte gelangt werden dürfen und können.

Dennoch ist eines dieser Dokumente von Ihrem Vater direkt verfasst, es handelt sich um das schwarze Notizbuch. Aber auch bei den beiden anderen Niederschriften war Ihr Vater irgendwie mit beteiligt, Randnotizen und Schreibweise legen das nahe.

Politisch brisant ist das umfangreiche Schriftstück über mögliche Attentate von verstorbenen oder noch lebenden Persönlichkeiten der letzten Jahrzehnte – ich bitte daher dies als äußerst vertraulich zu behandeln.

Das dritte Dossier wurde von einer jungen Dame handschriftlich erstellt, die mir persönlich bekannt ist. Agathe Jung war im Jahre 1921, als sich Ihr Vater und mein guter Freund August in der Pflege von Anna von Gerike in deren Seminarhaus befand, so etwas wie persönliche Botin zwischen ihm und mir, da er aufgrund seiner zunehmenden Unpässlichkeit nicht mehr mobil war.

Meine Auffassung ist, dass August auch daran seinen Beitrag geleistet haben wird, jedenfalls bis in den September des Jahres 1921 hinein, als er starb, denn Agathe Jung bezieht sich im Text direkt auf ihn.

Die Berichte über die Sterbefälle nach dem Tod ihres Vaters sind daher wahrscheinlich ausschließlich von Agathe Jung dokumentiert worden.

Über den Wahrheitsgehalt erlaube ich mir kein Urteil, auch nicht über Ihre Beteiligung an diesen Geschehnissen, wenn sie denn so stattgefunden haben sollten. Sie werden sich ein eigenes und zutreffendes Urteil bilden.

Die Tatsache, dass ich Ihnen diese Dossiers erst nach meinem Ableben zur Verfügung stellen kann, hat mit meiner Stellung als Notar zu tun, denn diese Dokumente erhielt ich von einer Mandantin, die meines Wissens mit der Familiengeschichte Bahrlow nichts zu tun hat.

Ihr Name ist Ilse Staiger und Sie wird Ihnen zumindest aus der Wochenschau oder diesbezüglichen Presse als Reichsjugendführerin innerhalb des nationalsozialistischen Bundes Deutscher Mädchen bekannt sein.

Sie hat mir diese Papiere im Rahmen ihres eigenen testamentarischen Vermächtnisses übergeben und Sie erkennen, dass ich mich nicht nur standeswidrig verhalte, indem ich Ihnen diese Konvolute überlasse, sondern auch rechtswidrig. Außerdem ist dieser Vertrauensbruch gegenüber einer notariellen Mandantin sehr hoch strafbewährt.

Ich werde Ihnen daher nicht weiter erläutern, was meine Aufgabe gewesen wäre, hätte ich die Testamentseröffnung der Frau Staiger durchführen müssen. Aber offenbar lebt sie bei meinem Dahinscheiden noch bei bester Gesundheit und ein anderer Kollege wird ihre diesbezüglichen Angelegenheiten übernehmen.

Meine Familie weiß nichts von dem Inhalt dieser Dokumentenbox. Da sie womöglich von der o.g. Strafmaßnahme nach meinem Dahinscheiden betroffen sein könnte, bitte ich Sie in aller Freundschaft um strikte Diskretion!

Ich hoffe Ihnen hiermit gedient zu haben und verbleibe in vertrauensvoller Freundschaft und

mit vorzüglicher Hochachtung

...«

Wir haben uns entscheiden, den Herrn Notar weiterhin als anonym in unserer Dokumentation zu halten, um seine Verwandten und Nachfahren nicht zu gefährden.

Erst in den Tagen und Wochen nach dem Erhalt und einer gewissenhaften Geheimhaltung vor jedermann, wurde sich Maximilian der Bedeutung dieser Kiste offenbar erst richtig bewusst. Das Entscheidende dabei waren die drei Verfasser, oder besser: ein Verfasser und zwei Verfasserinnen.

Dabei zeigte das Schriftstück über mögliche Attentate von verstorbenen oder noch lebenden Persönlichkeiten der letzten Jahrzehnte zwar höchste, politische Brisanz, auch wenn Maximilian diese etwa hundertfünfzig Seiten erst einmal nur durchblätterte. Es fanden sich detaillierte Aufträge und differenzierte Pläne für die Ermordung von etwa dreißig Personen des öffentlichen Lebens, von denen sich einige in den dreißiger Jahren zu Nazigrößen entwickelt hatten, darunter der sog. Fliegerheld des Ersten Weltkrieges, Hermann Göring, der Verleger Gregor Strasser und der SA-Chef Ernst Röhm, wobei die letzten beiden bereits 1934 das Zeitliche gesegnet hatten – und tatsächlich durch ein Attentat. Maximilians Wissen allerdings auf Initiative von Adolf Hitler.

Wir nehmen aber an, dass sich Maximilian damit nicht so sehr beschäftigt hat, auch wenn ihm diese Papiere wirklich gefährlich hätten werden könnten. Interessant wurde es für ihn erst, als er feststellte, dass Anna von Gerike die Verfasserin war, denn sie erhielten alle das ihm sehr bekannt, mit Tinte hingekritzelte Kürzel AvG.

Zuvor hatte Maximilian angenommen, diese Pläne seien vom Vater, denn an einigen Stellen der mit einer Schreibmaschine geschriebenen Seiten und Zeichnungen glaubte er, bei den kleinen Notizen am Rande Augusts Handschrift zu erkennen.

Die Chronik über das Seminarhaus des Jahres 1921 schien aus unserer Sicht, Maximilian ebenfalls vor allem wegen der Verfasserin, interessiert zu haben. Diesmal war es ganz offensichtlich Agathe Jung. Ihre Handschrift kannte er gut, denn es war handschriftlich verfasst und beschrieb sehr detailliert die fünf Morde an Otto von Gerike, Alfred Herrmann Zurmühl, Karl Eugen Dühring, Uljana Smirnow, Alexejewitsch Fjodorow und ganz am Schluss auch die Todesumstände von August Bahrlow selbst (und wir kennen ihre Handschrift mittlerweile auch ganz gut!). Trotz eigener Sicht auf die Dinge kannte er natürlich die Vorgänge.

Inhaltlich am stärksten muss ihn aber das Notizbuch seines Vaters

August getroffen haben, vor allem der letzte Satz, in dem dieser Agathe als seine einzige Vertraute bezeichnete.

Deshalb wollen wir ein paar kurze Ausschnitte präsentieren, um anschließend die Geschichte fortzusetzen, die Maximilian dann veranlasste, noch 1942/43 Anna von Gerike in Neuenwalde aufzusuchen, und zwar nicht allein:

Augusts Aufzeichnungen handeln von seinen Recherchen und Erkenntnissen in den Jahren nach Maximilians Geburt, offenbar in der Zeit, wo er alkohol-, drogen- und syphilisbedingt noch in der Lage war, solche Inhalte konsekutiv aufzuzeichnen. Sie waren daher eher sachlich-dokumentarischer Natur und zeigten erst auf den letzten drei Seiten persönliche und für unsere Gesamtdokumentation entscheidende Aussagen, die er kurz vor seinem Tod geschrieben haben muss.

August kommt nach seinen Notizen zu dem Ergebnis, dass die europäische Gesellschaft, auch im Hinblick auf die technische Revolution um die damalige Jahrhundertwende, eine rasante Entwicklung nehmen würde, die nur noch von einer Elite wirklich beherrschbar war. Er ging davon aus, dass die Mehrheit der Menschen dazu noch nicht bereit und in der Lage war, und die vielen ›Heilsbringen‹ auf der rechten und linken Seite des gesellschaftspolitischen Spektrums bewiesen zunehmend diese seine Ansichten, nachdem der Klerus und die Aristokratie selbstverschuldet abgehalftert hatte.

Als gelernter Psychiater entdeckte er Strömungen, die er als ausgemacht neurotisch, wenn nicht sogar psychotisch diagnostizierte. Seine junge angehende Kollegin von der Friedrich-Wilhelm-Universität und kurzzeitige Geliebte (bis kurz nach Sina Legats Tod) Anna von Gerike stimmte ihm in dieser Analyse nicht nur zu, sondern ging nicht nur einen, sondern mehrere Schritte weiter: Sie glaubte an eine Art politischen Nihilismus, ausgelöst durch Attentate an den krankhaften Geschwüren dieser Entwicklung (wie sie die abstrakte Pathologie der Gesellschaft eines August Bahrlow bezeichnete), die eine Art reinigende Anarchie nach sich ziehen würde, um die Menschen wieder zu einer emotionalen, spirituellen, sozialen, humanen, sensiblen, gebildeten, mediativen, verzeihenden, helfenden, zärtlichen, selbstbewussten, erotischen, hoffnungsvollen, intelligenten, ehrlichen, offenen und differenzierten Spezies zu verwandeln.

Aber August widersprach ihr offenbar immer und immer wieder. Maximilian musste sich beim Lesen dieser Zeilen an seine Zeit erinnert fühlen, wo er auf der Treppe sitzend der Diskussion zwischen Anna von Gerike und ihrem Vater im Pflegebett des Seminarhauses beigewohnt hatte, ohne die dezidierten Inhalte akustisch wahrnehmen zu können.

Aus diesen Zeilen folgten eine Reihe von Geschehnissen nach den sozialen Tyrannenmorden, die uns bisher die großen Rätsel aufgaben: August wollte diese und weitere Attentate unbedingt verhindern und vermutete, dass Anna von Gerike einen Komplizen hatte, der seinerseits jeweils eine Gruppe von Anhängern hatte, die in der Lage waren, solche Pläne auch in die Tat umzusetzen, denn die Pläne waren keinesfalls auf Einzeltäter ausgerichtet.

August Bahrlow vermutete, dass dieser Mann Erich Mühsam war, denn ihn verehrte Anna von Gerike über alle Maßen. August, der diesen radikalen, aber aufrechten Linken durchaus schätzte, hoffte, dass er sich nicht darauf einlassen würde.

Aber August war offenbar auch gewillt, Anna von Gerike aktiv von ihrem Vorhaben abzuhalten, wobei er schrieb, »dass ich wohl selbst dazu nicht mehr in der Lage sein werde, nicht allein weil mich die Syphilis demnächst dahinraffen wird, sondern weil Anna versuchen wird, dass mir mein eigener Sohn den Todesstoß versetzt, ebenso wie sie ihre anderen Studierenden zu Mördern gemacht hat. Da werde ich ihr allerdings zuvorkommen!«.

Für uns ist somit klar, dass August vollständig im Bilde darüber war, was sich im Seminarhaus abgespielt hatte. Außerdem beweisen diese Zeilen nicht nur uns, sondern bewiesen 1942 vor allem Maximilian, dass sein Vater keineswegs der demente, pflegebedürftige Alte war, als den er sich ausgab.

August schrieb unter anderem zwischen Juni und September 1921 weiter: »... dafür muss ich aber herausfinden, was Anna mit den Plänen gemacht hat. Ich glaube ihr nicht, dass sie sie vernichtet hat. Sie hat sie versteckt, und zwar keineswegs hier im Haus, dafür ist es zu öffentlich und nicht sicher genug. Es kommt eigentlich nur eine Person in Frage, die sie für sie verwahrt hat, ohne Gefahr, sie zu verraten. Und diese Person muss gefunden werden!«

Später schrieb er: »... tatsächlich gibt es zwei Exemplare, Anna hat Blaupapier verwendet auf ihrer neumodischen Schreibmaschine! Wahrscheinlich um es Erich Mühsam zu übergeben. Aber nun habe ich diese schlechtleserliche Blaupause! Ich muss sie gut verwahren! Zu dämlich ihr Versteck, fast so, als wollte sie, dass ich es finde, auch wenn es kein anderer hätte finden können. Vielleicht unterschätzt sie mich aber noch immer?! Jedenfalls hat Hugo es abgeholt und wird es für mich verwahren. Er weiß, wie man mit solchen Derivaten richtig umgeht und vor neugierigen Augen sichert. Er wird es verwahren, bis der geeignete Zeitpunkt gekommen ist – oder sie verrotten in seinem Puff, wie sie es eigentlich verdient hätten!«

Und noch später: »Lange wird der Cocktail nicht mehr helfen. Die Schmerzen nehmen zu und höher zu dosieren, macht mich nur kirre. Auch wenn ich weiß, dass Maximilian noch nicht so weit ist, muss ich es ihm zukommen lassen. Hugo wird es aber nur Agathe aushändigen, nur und ausschließlich ihr! Und das auch erst, wenn sie *ihre* Aufgabe erfüllt hat. Sie muss sie ihm zeigen und ihm eine Abschrift dalassen, das muss leider sein, auch wenn ich ihr wirklich vertraue! Ich werde ihr einen kleinen Brief schreiben, vielleicht sogar mein kleines Geheimnis um ihren Vater preisgeben, mal sehen – und vielleicht das Notizbuch noch übergeben können – ab dann wird sie, wirst Du, liebe Agathe, natürlich nur wissen, dass es eines gab. Frag Deinen Vater selbst!

Dafür muss ich nun ... endlich den letzten Schritt machen!«

August traute seinem Sohn 1921 offenbar noch nicht zu, die Dimension dieser Pläne richtig einzuschätzen, auch wenn er offenbar überzeugt war, dass dieser irgendwann zur Vernunft kommen würde. Andernfalls hätte er ihm nicht sein gesamtes Erbe übertragen, mit der Maßgabe, erst ein Studium abzuschließen, also eine gewisse Reife zu erlangen, bevor er dieses Vermächtnis antreten sollte. Außerdem wollte er auch ihn nicht gleich nach seinem Dahinscheiden in Gefahr bringen.

Das Gleiche galt auch für seine damals einzige Vertraute: Agathe Jung.

Mehr gab das Notizbuch allerdings nicht her, und auch wenn Maximilian 1942 geahnt haben muss, dass es Agathes Aufgabe gewesen sein muss, dieses Protokoll über die Morde im Seminarhaus ›zu Ende‹ zu führen, so erklärt das noch lange nicht ihr Verschwinden! Vielleicht hatte es mit jenem Hugo zu tun, offenbar ein Unterweltboss Berlins, der August noch etwas schuldete.

Aber all das erklärt uns und Maximilian erneut, dass Anna von Gerike nur ein Spiel inszenierte, log und immer ihre eigenen Interessen in den Vordergrund stellte. Immer zu lügen zeugt allerdings von keinerlei Selbstwert – es muss etwas hinter dem Lügengewand gegeben haben, wie hinter einem Wasserfall.

Diese Erkenntnis muss Maximilian zum Entschluss geführt haben, ihren Aufenthaltsort herauszufinden und sie aufzusuchen. Er wollte sich nicht wieder von ihr aufs Glatteis führen lassen, daher benötigte er vertrauenswürdige Zeugen!

Als UK-gestellter Mediziner hatte er im kriegsgeschüttelten Deutschland relativ unbegrenzte Bewegungsfreiheit, jedenfalls mehr als andere Menschen, die nicht gerade in irgendeiner Funktion der NSDAP-Exekutive zu finden waren.

So war es ihm möglich, per Telegraph Alfred Dühring, der wegen einer Wirbelsäulendeformation, die er sich aufgrund seiner Größe – er war, wie bekannt, über zwei Meter groß – im Laufe der Zeit zugezogen hatte, als kriegsuntauglich anerkannt war, und Janina Smirnow nach Hamburg zu beordern. Hier spendierte Maximilian ihnen im Frühjahr 1943 zwei Nächte im ›Vierjahreszeiten‹. Während dieser zwei Tage berichtete er den beiden (nicht selten im Luftschutzkeller des Hotels) von seinen Erkenntnissen und Theorien hinsichtlich des Verbleibens von Agathe Jung und bat sie, ihn nach Neuenwalde zu begleiten, um die ehemalige Lehrerin Anna von Gerike gemeinsam über die Geschehnisse 1921 und danach nun endlich erkenntniswirksam zu interviewen.

Was er ihnen in diesen zwei Tagen indes nicht mitteilte, war, dass er in seinem Labor, in dem er an chemischen Krebstherapien forschte, ein Gift zusammengemischt hatte, das sehr, sehr langsam wirken würde. Er hatte vor, Anna von Gerike nicht nur zu töten, wenn sich tatsächlich herausstellte, dass sie für das endgültige Verschwinden seiner Agathe verantwortlich war, sondern sie auch leiden zu lassen. Allerdings war er kein Sadist, beabsichtigte also nicht, auch das Siechtum seiner ehemaligen Lehrerin mitzuerleben.

Die drei sollten sich eine gute Woche in Neuenwalde aufhalten, oder besser in einem zehn Kilometer entfernten Ort namens Bederkesa, denn es gab in Neuenwalde kein Hotel und sie wollten nicht spartanisch im Kloster übernachten.

Sie fuhren fast täglich ins Kloster, denn Anna von Gerike war erfreut, von ihren ehemaligen Schülern besucht zu werden, zumal einer von ihnen, ihr Lieblingsschüler Maximilian von Bahrlow, Sohn ihres ehemaligen Geliebten August, so richtig Karriere gemacht hatte. Vergessen wir nicht: Sie hatten sich über zwanzig Jahre lang nicht gesehen!

Außerdem lebte sie sichtlich auf, denn sie fand Zuhörer ihrer Geschichte, die die Umstände in Berlin kannten: Anna von Gerikes Hauptthema waren die Nazis, speziell zwei amerikanische und ein englischer Faschist, denen sie so etwas wie eine Weltverschwörung zutraute. Über Oswald Mosley, William Joyce und Ernst Franz Sedgwich Hanfstaengel wusste Anna Geschichten zu erzählen, gegen die Nostradamus und Rasputin ›Waisenknaben‹ waren, ethisch-moralisch gerechtfertigt getötet werden müssten, ebenso wie sie es ja bereits mit sechs Tyrannen (sie betonte das sechste Opfer und schaute dabei Maximilian fest in die Augen) gemeinsam getan hatten.

Maximilian, Alfred und Janina schauten sich spontan bedeutungsvoll an, was Anna auf die Geschehnisse im Seminarhaus bezogen missverstand, denn sie wusste nicht, dass diese drei ihre Attentatskonzepte und Verschwörungstheorien bereits kannten.

Leider hätte auch ein gewisser Alfons Meyerherm dazugehören müssen, der ihrer Tochter Katharina das Gehirn verdreht hatte, um ihre Enkelin Magda zu quälen und ihr die Seele aus dem Leib zu reißen, bemerkte Anna von Gerike fast nebensächlich.

Maximilian hatte zwar keine Ahnung, welch weitere Weltverschwörung vonstattengehen sollte als die, die ein Adolf Hitler sowieso schon angezettelt hatte, aber er hatte vorausgesehen, dass die Sprache auf den SS-Gruppenführer Meyerherm kommen würde, und entsprechend recherchiert.

Ihm war schon dabei klar geworden, dass in der Familien Meyerherm nicht alles bürgerlich seriös zuging. Alfons Meyerherm war als SS-Totenkopf-Schlächter bekannt. Wie sollte er eine liebevolle, familiäre Atmosphäre gestalten können?

Maximilian war in schwieriger Mission unterwegs. Ein dialektischer Spagat. Er ahnte allmählich, dass ihm sein kalkulierter Hass und seine nichtkalkulierbare Achtung Anna von Gerikes gegenüber zum Verhängnis werden konnte.

Dennoch fühlte er eine fast eschatologische Alternativlosigkeit. Er benötigte eine Konsequenz, deren Folgen ihm selbst vielleicht verborgen bleiben würden, aber dennoch erforderlich waren.

Er ahnte, dass ihn dieses Handeln auf Anna von Gerickes ethische, moralische und vielleicht sogar mentale Ebene katapultierte, ohne es verhindern zu können.

Trotz einiger Fliegeralarme blieben sie die sieben Tage der Anwesenheit in der Elbe-Weser-Marsch von wesentlichen Kriegsauswirkungen relativ verschont. Das lag daran, dass die Alliierten sich zwar in ihrer Konferenz im Januar 1943 in Casablanca darauf verständigt hatten, die Bombardierung aus der Luft im Norden zu verstärken, das galt aber eher für große oder Hafenstädte wie Bremen, Hamburg, Stade oder Bremerhaven.

Für das Weser-Elbe-Dreieck hieß das, dass die Flieger ihre Bomben, die sie nicht auf Hamburg abwarfen, gezielt für die Kaianlagen in Bremerhaven aufsparten. Kein Fliegerpilot kam z.b. auf die Idee, das Kloster Neuenwalde oder die Burg zu Bederkesa zu bombardieren – wozu auch, es wäre nur Verschwendung von Munition?!

Das Trio um Dr. Maximilian Bahrlow hatte seinen Besuch bei ihrer ehemaligen, nun im Exil lebenden Lehrerin Anna von Gerike angekündigt, um in alten Zeiten zu schwelgen, so lange, bis Janina Smirnow es nicht mehr aushalten konnte:

»Warum hast du uns genötigt, Menschen zu töten, Anna von Gerike, warum?«

Das war am sechsten Tag. Sie hatten sich immer nur zwei, drei Stunden im Kloster aufgehalten. Im März war 1943 Frühlingsanfang, anders als ein Jahr zuvor des fürchterlichen Winters 1941/42, vor allem natürlich in Stalingrad. Trotz Krieg hatten sie daher den einen oder anderen Spaziergang im Klostergarten unternommen.

Von den Stiftsdamen waren sie herzlich aufgenommen worden und bekamen immer reichlich (Malz-)Kaffee und selbstgebackenen Kuchen. Mit dieser Frage von Janina zerriss ein Vorhang, der Blut, Hass und Manipulation verdeckt hatte.

Aber Anna von Gerike wäre nicht Anna von Gerike, wenn sie nach dem ersten Schock nicht wieder die Oberhand über ihre ehemaligen Schützlinge zurückzugewinnen versuchte. Sie spielte alle rhetorischen Trümpfe aus und gab sich geläutert durch spirituelle Reinigung hier im Kloster. Sie habe durchaus bereut, habe Buße getan, sei aber nach wie vor der Überzeugung, dass das Unrecht dieser Tyrannen ausgemerzt gehört habe. Nicht ohne Grund haben die Engländer und Amerikaner dem Teufel Hitler nun den endgültigen Kampf angesagt. Und sie hätte nichts anderes getan, als das Böse zu bekämpfen, wieder und wieder. Und würde es wieder tun.

Vielleicht, ja vielleicht, seien sie zu weit gegangen. Aber sie hatten es gemeinsam entschieden, es waren demokratische Prozesse gewesen – wenn sie schuld sei, seien Max, Janina und Alfred ebenfalls schuldig und auch die anderen, die gewissenlos getötet hatten, weil man dem Teufel gegenüber auch durchaus gewissenlos sein darf.

»Oder würdet ihr diesem Schwein Alfons Meyerherm, der meine Enkelin schon mit acht Jahren zum Geschlechtsakt gezwungen hat, nicht auch den Schwanz abschneiden?«

Sie diskutierten nicht wirklich, Anna hatte sich kein bisschen verändert.

»Ich bin müde, Kinder, geht jetzt! Und morgen dürft ihr wiederkommen, um über die schönen Dinge des Lebens zu reden!«

Am nächsten Tag kamen sie zurück, es war der vorletzte Tag in Neuenwalde – und sie sprachen in der Tat über etwas anderes: über Agathe!

Maximilian hatte sich Spritzenbesteck eingepackt und zwei unterschiedliche Seren.

»Wenn sie sich weigert, über Agathe zu sprechen, werde ich ihr eine Spritze verpassen – und ihr müsst sie festhalten«, hatte er nach dem Abendessen im Wirtshaus in Bederkesa gesagt.

Janina, Alfred und Maximilian waren nun seit sieben Tagen Stammgäste und da Maximilian immer bezahlte und auch ein recht großzügiges Trinkgeld gab, bemühte man sich, es den Herrschaften soweit recht zu machen, wie es in Mangelzeiten des Krieges möglich war. Man war auf dem Lande, so dass es Fleisch, Kartoffeln und Eingemachtes 1943 noch reichlich gab, auch wenn der Blockbeauftragte der Nazis für Bederkesa das nicht wissen durfte.

Erst verstanden Janina und Alfred nicht, aber als Maximilian ihnen erläutert hatte, dass Anna von Gerike ganz sicher nicht zugeben würde, von Agathes Schicksal zu wissen, müsse man eben zu anderen Instrumenten greifen.

»Ich habe hier so etwas wie ein Wahrheitsserum. Anna wird keine Chance haben, uns etwas zu verheimlichen. Es ist nicht gefährlich«, log er. »Es wird sie nur müde machen, sie wird in Trance versetzt, ähnlich wie bei Hypnose. Dann wird sie uns die Wahrheit sagen! Anschließend wird sie schlafen und morgen kommen wir wieder und sie wird sich an nichts mehr erinnern. Ich werde ihr dann das Gegenmittel spritzen und sie wird weiterleben wie bisher. Natürlich wird sie sich irgendwann erinnern, die Träume werden kommen. Aber das hat sie dann auch verdient, finde ich.«

Das fanden die beiden anderen auch: Maximilian war schließlich der Mediziner und hatte einen hippokratischen Eid geleistet. Er würde ihr nichts tun. Schließlich war auch er der Einzige der gesamten Gruppe, der niemanden der sechs Opfer aktiv getötet hatte – sein Vater hatte zwar einen Suizid begangen, wäre aber letztlich an einer Leberzirrhose oder an Syphilis gestorben.

Die Befragung funktionierte wie geplant. Selbstredend versuchten sie erst, mit Anna im nüchternen Zustand über die Geschehnisse am 23. Dezember 1921 zu sprechen. Aber Anna beschrieb nur das, was die Polizei seinerzeit ermittelt hatte: Aggi Jung war bei Katharina am Nachmittag beobachtet worden und wurde dann nicht mehr gesehen. Als Maximilian sie mit seinen Erkenntnissen konfrontierte, ohne Augusts Notizbuch zu erwähnen, stritt sie erst alles ab und wurde dann hysterisch, wurde laut und verwies das Trio aus den Räumen, in denen sie sich befanden, einem größeren Gebetsraum hinter der Kapelle mit dicken Backsteinmauern und ein undurchdringliches Gewölbe – auch für Geräusche aller Phonstärken, der für kleinere Geselligkeiten genutzt wurde, weil die Zellen, in denen die Nonnen lebten, dafür zu klein waren.

»Beruhige dich, Anna! Wenn du nicht mit uns darüber sprechen willst, werden wir mit Elisabeth von Finteln reden, damit sie weiß, wen sie hier einquartiert hat!«

Anna setzte sich daraufhin wieder. Offenbar dachte sie darüber nach, was das für Folgen haben würde. Alfred und Janina hielten sie soweit fest, dass Maximilian ihr den linken Oberarm abbinden und eine intravenöse Spritze setzen konnte.

Sie fiel ein wenig in sich zusammen und gab jeden Widerstand auf, blieb aber wach, wenn auch mit einem etwas irren Blick. Die drei starteten ihr Verhör und erfuhren Dinge aus Anna von Gerikes Leben, die sie eigentlich lieber nicht hätten wissen wollen.

Sie erfuhren, dass Anna von Gerike tatsächlich hundertprozentig überzeugt davon war, dass die Morde, die die kleine Seminargruppe 1921 gemeinsam begangen hatten, für sie keine Morde waren. Sie hatten Ungeziefer vernichtet, nichtmenschliche Tyrannen, so äußerte sie sich trotz ihres Zustandes vehement. Und es sollte noch weitere, bei weitem bedeutsamere Hinrichtungen geben. Sie erzählte von Plänen, die sie hatte, vor allem jene ausländischen Faschisten zu beseitigen, die Adolf Hitler als Marionette benutzten. Davon, dass sie für den Tod von Gregor Strasser verantwortlich zeichnete und von Ernst Röhm. Nur jener Zinnsoldat Göring sei ihr entkommen.

Nein, sie hatte das nicht mehr selbst durchführen können, aber ihre Helfershelfer hielten sich immer exakt an ihre Vorgaben, seien noch immer aktiv, professionelle Henker, keine Amateure wie die Jugendlichen im Seminarhaus.

Auch jener Meyerherm sei ihren Klauen bislang entgangen. Er sei ein zu kleines Licht im Wesen der Welt, und die Leiden ihrer Enkelin waren das Martyrium, das sie, die Großmutter, zu bringen und auch zu verantworten hatte.

Anna von Gerike schilderte ihr Leben mit scheinbar indolenter Ruhe. Sie hatte alles richtig gemacht, nichts war ihr entglitten, nicht ihr Vater, nicht ihre Tochter, nicht ihre Schüler, nicht ihre sog. Helfershelfer, die es wahrscheinlich gar nicht gab.

Nur bei ihrer Enkelin Magda zeigte sich eine zweite emotionale Regung, diesmal tatsächlich im positiven Sinne: Anna von Gerike zeigte Gefühle, die in ihrem Leben offenbar einen Ausnahmezustand darstellten, wenn mal von ihrem alles überdeckenden, kalten Hass absah.

Ilse Staiger und Alfons Meyerherm wären weitere KandidatInnen zur ethischen Reinigung der Erde gewesen, bevor sie in die nicht ganz selbstgewählte Isolation nach Neuenwalde übergewechselt war. Hier bereute sie nur, dass sie diese beiden Menschen, die ihre Tochter verführt und geistig verstümmelt hatten, nicht wirklich zur Strecke hatte bringen können.

Am Ende des fast fünfstündigen Verhörs erfuhren sie dann auch, was mit Agathe Jung tatsächlich geschehen war, jedenfalls aus Sicht dieser psychisch kranken Frau.

Bezeichnend war, dass Anna von Gerike bei diesem Thema total unaufgeregt war, während die drei Besucher immer ungeduldiger wurden.

Das, was Anna von Gerike bislang berichtet hatte, war zwar sehr schockierend, aber dennoch nichts, was die drei entweder nicht schon wussten, es ahnten oder tatsächlich nicht dem Bild widersprach, das sie von ihrer ehemaligen Lehrerin hatten.

Agathe jedenfalls war eine gute Seele gewesen – das wussten alle Beteiligten, sogar Anna von Gerike, auch wenn sie hinzufügte, dass sie eine naive und dumme Göre war, die sich zu sehr in Dinge einmischte, die sie nichts anging.

Am 23. Dezember hatte sich Anna von Gericke von ihren Blessuren erholt, die sie am Vorabend bei der sogenannten Weihnachtsfeier davongetragen hatte. Ausgerechnet ihre eigene Tochter hatte ihr ein dickes Haarbüschel aus der Kopfhaut gerissen, die dann zwar heftig geblutet hatte, nun aber fest im Verband zur Heilung präpariert war. Alle anderen blauen Flecken hatten zwar so weh getan, dass sie den ganzen Tag geschlafen hatte, waren aber nicht lebensbedrohlich gewesen.

Am Abend war sie jedenfalls so wach gewesen, dass sie aufgestanden war und durchs Haus schaute, um zu inspizieren, ob ihre Schülerinnen und Schüler die Ordnung wiederhergestellt hatten, bevor sie in die Weihnachtsferien gefahren waren. Das war der Fall und sie hatte sich auf ihren Ohrensessel gesetzt, den sie bewusst vor dem Frontfenster drapiert hatte, um immer alles im Auge zu behalten, auch wenn sie ein gutes Buch las und das Grundstück des Seminarhauses nur spärlich beleuchtet war.

Dennoch sah sie sofort, es war gegen 23:30 Uhr, wie Agathe zu Fuß das Seminarhausgrundstück betrat und zielorientiert den Nebeneingang ansteuerte, wo sich Kleiderkammer, Aufenthaltsräume der Schüler, die Küche, Lagerräume und im obersten Stockwerk das kleine Zimmer befand, in dem Agathe lebte. Im Zimmer befanden sich nur ein Waschzuber und ein Nachttopf. Toilette und Bad lagen einen Stock tiefer im Pflegetrakt, wo sich auch das Pflegezimmer befand, indem August Bahrlow zu Lebzeiten gelegen hatte und das nunmehr leer stand.

Anna erkannte, dass Agathe eine Kiste unter dem Arm trug, etwas größer als DIN-A4, vielleicht zwei Schuhkartons dick. Diese Kiste aus leichtem Balsaholz mit metallischen Beschlägen hatte Anna schon ein-, zweimal gesehen. Es war ein Geschenk ihrer Mutter, wie Anna wusste, worin Agathe all ihre privaten Sachen aufbewahrte, Photos, Briefe, wohl auch ihr Tagebuch – sie hatte nicht hineingeschaut.

Anna nahm an, dass es jetzt um einen anderen Inhalt ging.

Sie selbst hatte ein Paket, etwas kleiner im Volumen so sicher versteckt, dass es niemand finden würde, außer vielleicht August, denn es lag in einem steinernen Fach neben dem Grab von Sina Legat, ihrer damaligen Konkurrentin um die Liebe von August. Anna fand dieses Versteck sehr originell und war sich sicher, dass August selbst, auch wenn er es erraten würde, nicht mehr mobil genug war, um es zu finden.

Offenbar ahnte Anna von Gerike nichts von August Bahrlows mobilen und immobilen Netzwerken.

Nach Augusts Tod hatte sie dennoch dessen Pflegezimmer auf den Kopf gestellt, das von ihm benutzte Badezimmer und natürlich auch das Labor, in dem der Giftschrank stand. Anna war so weit gegangen, dass sie Zentimeter für Zentimeter Wände und Böden abgeklopft hatte, um herauszufinden, ob August irgendwelche Geheimkammern geschaffen hatte, wie sie selbst am Grab der gehängten Massenmörderin. Ihm war alles zuzutrauen, wusste sie. Aber sie fand nichts.

Als sie Agathe mit einer Kiste unter dem Arm den Aufgang hatte heraufgehen sehen, fiel es ihr wie Schuppen von den Augen: Agathe, die kleine, dumme Agathe, der Anna nichts, aber auch gar nichts zugetraut hatte, musste Augusts Vertraute gewesen sein – ihr hatte er das Versteck genannt, das er vielleicht herausgefunden hatte. Agathe war an Sinas Grab gewesen und hatte die Papiere herausgeholt und nun in ihre dämliche Kiste verstaut. August hatte dieser kleinen, dummen Göre Dokumente anvertraut, die für Anna die Existenz schlechthin bedeuteten – und ihre Zukunft. Diese Kiste, diese Dokumente gehörten allein ihr, ihr allein und sie hatte ein Recht, diese mit allen Mitteln zurückzugewinnen!

Da sie selbst im obersten Stockwerk des Haupthauses residierte, war sie gleichzeitig im Obergeschoss des Nebengebäudes angekommen, als Agathe durchs Treppenhaus gekommen war.

Anna hatte den Wortwechsel unter den Drogen von Maximilian nicht wörtlich wiedergeben können, aber schon, dass sie die Herausgabe der Dokumente gefordert hatte, was Agathe strikt verweigerte. Anna hatte gedroht, irgendwelche Vorteile versprochen oder sonst irgendwie verbal versucht, Agathe zur Hergabe zu überreden. Als das nicht fruchtete, hatte sie zugepackt und versucht, Agathe das Paket zu entreißen. Das war ihr ebenfalls nicht gelungen, so dass sie härtere Bandagen anlegen musste. Sie hatte Agathe ins Gesicht geschlagen, sie in die Nieren geboxt, so dass Agathe zwei Schritte rückwärts treten musste, was zur Folge hatte, dass sie sich mit ihren Schuhen auf der obersten Treppenstufe verkeilte, dadurch das Gleichgewicht zu verlieren drohte und statt sich am Geländer festzuhalten mit Entschlossenheit das Paket festhielt.

In dem Moment waren Anna zwei vorentscheidende Gedanken durch den Kopf gegangen: Was ist, wenn Agathe die Dokumente nicht nur für August Bahrlow verwahrt, sondern sie auch gelesen hatte – und: Was hatte sie mit diesen Dokumenten, hier, mitten in der Nacht vor?

Sie würde beides herausfinden – und wen sie dabei am allerwenigsten benötigte war – Agathe Jung, ihre kleine, verlogene Hauswirtschaftspraktikantin, ihr Patenkind – und stieß zu.

Agathe hatte sich das Genick gebrochen, hatte Anna von Gerike schnell festgestellt und war sofort rational aus ihren triebgesteuerten Handlungssträngen aufgetaucht und überlegte, was nun zu tun sei.

Erst einmal hatte sie die Dokumente gesichert, versucht, die Kiste zu öffnen, was ihr aber nicht gelang. Es gab ein Schloss, aber keinen Schlüssel, sondern ein Zahlenwerk und Anna hatte keine Ahnung, welche sechs Zahlen die richtigen waren. Sie hatte solch ein Schloss schon einmal gesehen und wusste, dass es schwer sein würde, es zu lösen.

Notfalls würde sie eben diese leichte Holzkiste aufsprengen müssen, hatte sie gedacht.

Erst einmal brachte sie die Kiste zurück in ihre Wohnung, packte diese in den Tresor, mit der Absicht, sie hier so schnell wie möglich wieder zu entfernen und an einen sicheren Ort zu bringen, um sie zu öffnen. Oder sie ganz zu vernichten, denn sie war sich sicher, dass es ihre eigenen Dossiers waren.

Nun musste sie sich um die Leiche kümmern, was sie, schon sechsmal im nun endenden Jahr geübt hatte, so dass sie sich schlicht als Expertin auf diesem Gebiet bezeichnen konnte (bei dem Gedanken lächelte sie), nur, dass sie es diesmal (wieder) allein bewerkstelligen musste.

Entgegen kam ihr, dass Agathe durch den Treppensturz eine Etage tiefer, also dort gelandet war, wo sich auch die Krankenzimmer und das kleine Operationszimmer befanden, in dem normalerweise kleinere Wunden versorgt werden sollten. Dennoch gab es hier einen pflegeleichten Metalltisch mit Ablauf, der normalerweise, so auch an diesem Tag, mit diversen Decken verdeckt war.

Anna hatte die leichtgewichtige Agathe in das Behandlungszimmer gezogen, sie auf den Tisch gelegt und ausgezogen, nachdem sie alle Decken entfernt hatte. Dann hatte sie drei Wannen geholt, diese jeweils links und rechts neben den Tisch gestellt und eine am unteren Ende, wo sie bewusst die Beine hatte ein Stück weit herausragen lassen. Dann öffnete sie die Pulsadern an beiden Armen ca. 30 Zentimeter längs und an den Fußgelenken, so dass das Blut in die Wannen ablief. Sie wusste, dass es weniger als eine Stunde dauern würde, bis das noch warme Blut den Körper mehr oder weniger gänzlich verlassen hatte.

Bei diesen von Anna von Gerike betonungslos geäußerten Beschreibungen ihrer Handlungen übergab sich Alfred Dühring explosionsartig. Aufgrund seiner Größe verteilte sich der Vomitus fast im gesamten Raum.

Aber Anna von Gerike blieb davon völlig unbeeindruckt und berichtete weiter, wie sie zwei Stunden später Agathe Jung in vier Teile zerlegte, wobei sich auch Janina Smirnow übergeben musste.

»Haltet noch ein wenig durch!«, sagte Maximilian, der so etwas erwartet hatte. »Sie wird nun auch noch den Rest berichten und dann wird sie tief schlafen. Morgen werde ich ihr dann das Gegenmittel injizieren, damit sie wieder klar bei Verstand wird. Erst werden wir aber sauber machen müssen.«

Anna von Gerike hatte weiter monoton, wie aufgezogen, berichtet:

Sie hatte das Blut in dieser Nacht peu à peu teils durch die angeschlossene Kanalisation, teils im Schweinestall entsorgt und die vier Leichenteile erst in Wachspapier und dann in dunkle Leinensäcke verpackt, die an saubere Kartoffelsäcke erinnerten.

Dann hatte sie sich zwei Stunden ins Bett gelegt, es war mittlerweile vier Uhr und Heiligabend geworden. Sie hatte nicht damit gerechnet, dass es auffallen würde, wenn sie vier Mal an diesem Tag mit einer Tragetasche durchs weihnachtliche Berlin spazierte und hier und dort, am Tegeler-, Lietzen- oder Weißensee die Pakete mit einem mittelschweren Stein versehen, hoffentlich unbeobachtet, ins Wasser gleiten ließ.

Aber so weit kam es nicht! Kaum hatte sie mit ihrer ersten Tasche das Gelände des Seminarhauses verlassen wollen, traten zwei Braunhemden auf sie zu: »Was haben Sie denn dort in Ihrer Tasche, Frau von Gerike?«, wurde sie gefragt, erzählte Anna von Gerike tonlos und wurde bewusstlos.

Das war's. Kurzzeitig hatten sie sie noch einmal aufwecken können und auf Maximilians Frage besseren Wissens, wo diese Kiste nun sei, schüttelte Anna von Gerike nur den Kopf. Schon bei den letzten Worten, die aus ihrem Mund kamen, hatte sie hin und wieder den Kopf nach unten fallen lassen, so als ob sie langsam nickte, fing sich aber bisher immer wieder. Sie war körperlich am Ende und das Serum zeigte seine Wirkung: Sie würde bald in eine traumlose Ohnmacht fallen.

Nachdem sie alles mehr oder weniger sauber gemacht hatten, nahmen Maximilian, Alfred und Janina Anna von Gerike in ihre Mitte und beförderten sie, unbeachtet von anderen Bewohnerinnen des Klosters, in ihre Kammer.

Dann verließen sie das Kloster und machten sich auf den Weg nach Bederkesa. Heute würden sie ihren täglichen Besuch in der Wirtschaft ausfallen lassen. Es war spät geworden und keiner hatte mehr Appetit.

Beim Frühstück am nächsten Morgen gab Maximilian bekannt, dass er allein nach Neuenwalde fahren würde, um Anna von Gerike ein Gegenmedikament zu injizieren, damit sie wieder auf die Beine kam.

Janina und Alfred waren mehr als einverstanden damit. Die letzten sieben Tage waren zwar anstrengend, der vergangene Nachmittag und Abend allerdings der reinste Horror. Sie wollten nach Hause und Maximilian versprach, sie noch am selben Tag nach Hamburg, ins Vierjahreszeiten zu fahren, damit sie am darauffolgenden Morgen die Heimreise antreten konnten.

Als Maximilian in Neuenwalde eintraf, schlief Anna von Gerike noch und ihre Freundin Elisabeth von Finteln empfing ihn mit besorgtem Gesicht.

»Ich habe ihr gestern ein starkes Schlafmittel geben müssen«, erklärte er ihr halbwegs wahrheitsgemäß. »Unsere Gespräche waren für sie und natürlich auch für uns emotional sehr aufwühlend, aber es musste sein, um bei ein paar Dingen Klarheit für uns, unsere Kinder und unsere Enkel zu finden.«

Elisabeth von Finteln hatte sich bereit erklärt, die Dokumente der Familie von Gerike in den trockenen und großangelegten Gewölben des Klosters zu archivieren. Sie ahnte also die familiäre Dramatik, die das mit sich brachte. Außerdem wusste sie, dass Maximilian Bahrlow angesehener Oberarzt in Berlin war, glaubte ihm also bedingungslos, als er sagte:

»Ich werde ihr gleich ein Vitaminpräparat injizieren, dann wird sie bald wieder auf den Beinen sein, spätestens morgen! Lassen Sie sie bis zum Abendessen schlafen, dann wird sie langsam wieder die Alte sein!«

Elisabeth von Finteln stellte fest, dass der Mediziner recht behalten sollte. Dass Anna von Gerike einige Wochen später ihren ersten Zusammenbruch erlebte, brachte Elisabeth von Finteln nicht mit diesen Vorgängen in Verbindung.

*

Nachdem Maximilian Bahrlow seine beiden Freunde verabschiedet hatte (wegen eines Fliegeralarms mussten sie die halbe Nacht im Bunker des Hotels verbringen), fuhr er mit seinem Horch 853, der die Nacht heil überstanden hatte, zurück nach Berlin.

Dass er nun auch ›seinen Mord‹ begangen hatte, wie seine beiden Freunde bereits 1921, erzählte er ihnen indessen nicht.

In Berlin nahm er erst einmal seinen nun lange genug vernachlässigten Job im Klinikum Neuenschönhausen auf.

Er dachte vor allem darüber nach, ob er Carl Gustav Jung in der Schweiz davon in Kenntnis setzen sollte, wo seine Tochter Agathe nun wirklich abgeblieben, dass sie tatsächlich tot war. Nach nächtelangem Grübeln (und spätem Trauern) entschied er sich dagegen. Er hätte dem berühmten Psychoanalytiker erklären müssen, woher er das wusste. Und da gab es keine wirklich plausible Geschichte, die dieser, ohne mögliche Konsequenzen, nachvollziehen würde.

Was Maximilian nicht wusste, war, dass sich in dieser Zeit Magda Meyerherm entschieden hatte, sich auf den gleichen Weg nach Neuenwalde zu begeben, um ihre Großmutter aufzusuchen, allerdings unter ganz anderen Voraussetzungen.

Kapitel 19

1942–1943: Berlin – Neuenwalde – Berlin 2

(Zusammenfassung der Ereignisse aus den Archiven des Klosters Neuenwalde, Block B4, Register 4, Seiten 24–232) 1942–1943: Berlin-Neuenwalde-Berlin 2

Magda Meyerherm kam an dem Tag in Neuenwalde an, an dem ihre Großmutter ihren ersten Schwächeanfall erlitten hatte.

Da vor allem Elisabeth von Finteln vom Schicksal der Enkelin ihrer Freundin wusste, hatten die Stiftsdamen Magda besonders herzlich empfangen – ich hatte bereits davon berichtet.

Sie bekam ihre eigene kleine Kammer im Kloster und wurde die kommenden zwei Monate geherzt, verwöhnt und mit allen kulinarischen Genüssen vollgestopft, die den Damen zu dieser Zeit zur Verfügung standen. Als Magda das Kloster verließ, hatte sie zehn Kilogramm zugenommen, anders ausgedrückt war Magda auf ein Gewicht gekommen, das für ein sechzehnjähriges Mädel normal sein sollte. Zuvor stachen Rippen und Beckenknochen wie Gebirge aus ihrem jugendlichen Körper.

Gleichzeitig ging es mit Anna von Gerike langsam, aber stetig bergab. Zu Beginn ihres Besuches lebte die Großmutter zusehends wieder auf. Sie schien den einmaligen Schwächeanfall überwunden zu haben; vielleicht hatte sie sich doch in den letzten Monaten zu viel zugetraut. Schließlich war sie auch nicht mehr die Jüngste mit nunmehr neunundsechzig Jahren – wir wissen es natürlich nun besser.

So wie die Stiftsdamen Magda verwöhnten, verwöhnte Magda ihre Großmutter. Sie bediente sie nicht nur bei den Mahlzeiten, sondern versuchte, ihr jeden Wunsch von den Augen abzulesen. Aber Magda konnte ebenso wenig wie eine der Stiftsdamen, die promovierte Medizinerin war, Annas körperlichen Verfall aufhalten, ohne dass die klösterliche Ärztin eine deutliche Diagnose wagte. Anna und Magda machten anfangs lange Spaziergänge in den Wäldern rings um Neuenwalde, bis Anna dazu nicht mehr in der Lage war. Ihre Gänge mit dem Rollstuhl beschränkten sich auf die wenigen begehbaren Wege: ein schwerer Stuhl auf Vollgummireifen, ganz sicher ungeeignet, um auf Wald- oder Wiesenwegen geschoben zu werden, auch darüber habe ich schon berichtet, kannte seinerzeit aber noch nicht die Dokumente, die uns nun Franziska offenbaren konnte und neue Schlussfolgerungen ermöglichte. In den Dokumenten Block ›G‹ (für Gerike) war der Besuch Maximilians, Alfreds und Janinas, nur wenige Wochen vor Magdas Besuch, schlichtweg nicht vorhanden gewesen. Durch die Informationen des Blocks ›B‹ (für Bahrlow) erscheinen uns nun die Geschehnisse um Magda in Neuenwalde in einem anderen Licht:

Im Laufe der vergangenen zwei Monate hatten sich in der Lebenswelt des Klosters Neuenwalde merkwürdige, sehr ambivalente Bewertungen der Zeitgeschehnisse entwickelt. So abgelegen und provinziell das Dorf Neuenwalde auch war, nicht nur der Krieg war allgegenwärtig, sondern vor allem die nationalsozialistische Propaganda. Die Stiftsdamen, in der Bevölkerung ›Nonnen‹ genannt, galten als adelige Nichtsnutze, jedenfalls nach 1933, während sie bis dahin geachtet waren und in jeder Lebenslage um Rat gefragt wurden. Seit dem Reichskonkordat, den ›Nichtangriffspakt‹, den Hitler mit den Kirchen vereinbart hatte, waren die Nonnen für die Nazianhänger des Dorfes (also die Mehrheit) zwar tabu, nicht aber deren Gäste.

So wurde Magda immer häufiger das Ziel von braungehemdeten Hitlerjungen, die die nichtuniformierte Magda zu drangsalieren versuchten, sobald sie das Kloster verließ. Magda ließ sich natürlich nichts gefallen, die Stiftsdamen sahen die Ereignisse allerdings durchaus mit Besorgnis.

Der Gesundheitszustand von Anna von Gerike verschlechterte

sich stetig und zusehends, so dass beide Tatsachen dem eigentlich beschaulichen und spirituellen Leben der Klosterdamen einiges an Abstrichen und Zumutungen abverlangte. Als eine der Damen dann anmerkte, dass der Zustand der Anna von Gerike sich schließlich erst richtig verschlechtert hatte, als jene Enkelin Magda aufgetaucht war, die sich auch noch mit den Jungen im Dorfe raufte, geriet in Vergessenheit, dass Anna von Gerike ihren ersten Anfall vor Magdas Auftauchen erlitten hatte.

Als sie dann am Morgen tot in ihrem Bett mit einem Kissen auf dem Kopf aufgefunden wurde, diagnostizierte die medizinisch vorgebildete Stiftsdame unumwunden, dass Anna von Gerike einem Erstickungstod zum Opfer gefallen war.

Elisabeth von Finteln stellte in einer Dekanatsversammlung des Klosters fest, dass Anna von Gerike seit einigen Wochen dem Tode geweiht war, auch wenn, wie die Damen vermutet hatten, nein, weitestgehend überzeugt waren, Magda ihre Großmutter erstickt hatte. Nun musste gehandelt werden, ohne dass dem Kloster Neuenwalde Schaden entstehen würde. Man entschied sich alsbald, der Anna von Gerike eine angemessene Grabstelle im Klosterfriedhof auszuheben und Magda mit den befreundeten Mönchen und Nonnen anderer Bruder- und Schwesterschaften, die sich unregelmäßig auf Pilgerfahrt begaben und auch das Kloster Neuenwalde als Wallfahrtsort betrachteten, auf Reisen zu schicken. Magda sollte zurück in ihre Heimatstadt Berlin, wenn auch auf Umwegen durch andere Dekanate.

Die Ambivalenz, die sich hier zeigte, war allerdings eher eine Form von Dialektik: In der Tat hatte Magda ihre Großmutter erstickt! In der Tat hatte sie einem Hitlerjungen die Nase gebrochen, nachdem er sie Judennutte genannt hatte!

Das allerdings erst, nachdem sie von ihrer Großmutter erfahren hatte, dass auch sie keine reinrassige Arierin war, anders als ihre Mutter Katharina stets und bei jeder passenden und unpassenden Gelegenheit betont hatte. Magda hatte nicht die Großmutter getötet, sondern deren körperliche Schmerzen, verursacht durch die Injektion von Maximilian, die auch ohne Magdas Zutun tödlich gewirkt hätte, was aber weder Magda noch Anna wirklich ahnen konnten.

Anna hatte ihre Enkeltochter die letzten Wochen darauf vorbereitet. Nicht nur auf die Sterbehilfe, sondern auch auf den späteren Mord, den sie zu begehen hatte und der unausweichlich geworden war. Ebenso unausweichlich, wie die Tötung des Urgroßvaters von Magda, Otto von Gerike, und fünf weiterer Väter oder Mütter von unschuldigen Kindern, die zu moralisch-ethischen Zecken an der Gemeinschaft geworden waren, ähnlich wie ein Hitler, Goebbels oder Himmler, ohne natürlich an deren Dimensionen heranzukommen.

Anna von Gerike hatte der jungen Magda nicht nur ihre Lebensbeichte präsentiert, und zwar in allen Einzelheiten und mit einer warheitsgemäßen Offenheit, die sie sich selbst nicht zugetraut hätte und wohl nur der Unschuld dieses Kindes Magda geschuldet war, sondern auch einen Auftrag mitgegeben. Und eine Anlaufstelle: Dr. Maximilian Bahrlow, Privatklinik Niederschönhausen, Berlin.

*

Es war Winter, Mitte Dezember 1943 geworden, bis Magda in ihrer Heimatstadt Berlin ankam.

Irgendwann waren ihr die immer wechselnden Nonnen und Mönche auf den Wegen des Herrn, von einem Wallfahrtsort zum anderen, zu viel geworden. Nach einer Odyssee durch diverse Bistümer, Pfarreien und Klöster waren sie in Assenheim/Niddatal angekommen. Magda hatte sich davongeschlichen, nicht ohne die Kutten der Prediger des Nachts nach ein wenig Kleingeld zu durchsuchen. Sie staunte nicht schlecht, als sie entdeckte, dass viele der zu Armut und Besitzlosigkeit verpflichteten Ordensbrüder und -schwestern nicht nur erhebliche Barschaften mit sich führten, sondern auch Schmuck, kleine Goldbarren und Säckchen voll Edelsteinen.

Magda war keine Diebin, jedenfalls würde sie sich dagegen sträuben, so genannt zu werden, aber sie musste auch leben, jedenfalls bis sie Berlin erreicht haben würde. Also nahm sie nicht von einem oder von einer alles, sondern aus jedem Säckchen, aus jeder Geldbörse nur ein Steinchen, ein Scheinchen und einen kleinen Klumpen puren Goldes, auch wenn sie weder mit dem Gold noch mit den vier Diamanten irgendetwas anzufangen wusste.

Auf dem Weg nach Berlin kurze Strecken mit Bus oder Bahn, jedenfalls dort, wo sie kriegsbedingt noch unterwegs waren, meist jedoch noch kürzere Strecken mit Landfahrern, also männlichen Öl-, Holz- oder (sehr selten) Benzindroschkenchauffeuren, meist als Handelsvertretern mit kriegswichtigen Waren oder auch nur mit Katalogen unterwegs. Sie wurde regelmäßig mehr oder weniger brutal vergewaltigt, aber damit hatte sie gerechnet und in den meisten Fällen Verletzungen vorgebeugt, indem sie halbwegs freiwillig mittat. Nur einmal musste sie sich mit dem Goldklumpen ›freikaufen‹ – ein Landwirt, der sie mit einem Viehtransporter eine Strecke mitgenommen hatte, wollte sie als (Sex-)Sklavin in einem einsamen Bauernhof festhalten. Das war allerdings schon in Brandenburg, also vor den Toren von Berlin, ihrer Heimatstadt, die sie dann nach vier Tagen zu Fuß (sie vertraute sich keinem einzigen männlich geführten Fahrzeug mehr an) völlig fertig erreichte.

Ihre Mutter Katharina war natürlich nicht zu Hause, sondern tingelte irgendwo in den Nazispelunken herum, so dass sie die Villa ihres Urgroßvaters Otto, der ein wirklich schlechter Mensch gewesen war, wie sie nun wusste, erst einmal für sich allein hatte, wenn man vom Haus-, Küchen- und Gartenpersonal, das mittlerweile ausschließlich aus Fremdarbeitern bestand, die ihr Vater Alfons Meyerherm rekrutiert hatte, absah.

Sie ließ sich ein Bad herrichten und legte sich anschließend in ihr lang ersehntes Bett, nachdem sie ordentlich Türen und Fenster verdunkelt und verriegelt hatte. Zudem hatte sie einen Stuhl unter die

Türklinke drapiert, damit auch ihre Mutter Katharina, die natürlich einen Schlüssel für ihr Zimmer besaß, sie in Ruhe ließ.

Magdas Angst war unbegründet: Katharina tauchte erst nach zwei Tagen auf, morgens früh um acht Uhr, gebracht von einem großen Horch, der nur einem höheren SS-Offizier gehören konnte, weil eine Standarte am Kotflügel prangte. Magda betrachtete ihre Mutter aus dem ersten Stockwerk und nahm sie nun mit einem ganz anderen Blick wahr als vor ihrer Odyssee nach und von Neuenwalde.

Das Aufeinandertreffen von Mutter und Tochter im gemeinsamen Haus war erst einmal unspektakulär, jedoch nicht das, was folgte. Die offenbar noch betrunkene Mutter Katharina nahm die Anwesenheit ihre Tochter kurz zur Kenntnis und sagte, kaum verständlich:

»Na, du Flittchen! Verschlägt es dich mal nach Haus?«

Da Magda nicht antwortete, was Katharina sehr verunsicherte, fügte sie hinzu:

»Willkommen wieder zu Haus. Schön, dass du lebst – hatte dich schon fast aufgegeben. Ich hoffe, du hast keine bösen Männer getroffen!«, und kicherte.

»Ich muss schlafen, Kind. Hab' ein paar anstrengende Tage hinter mir. Der Krieg zerrt auch an der Heimatfront an den Nerven!«

Magda schwieg noch immer und daher stieg Katharina die Treppe in die erste Etage hinauf, wo sich die Schlafzimmer befanden. Auf der obersten Stufe blieb sie noch einmal stehen, drehte sich schwankend um, hob den rechten Arm und schrie »Heil Hitler!«.

Magda fand es schade, dass die Mutter nicht die Treppe hinuntergestürzt war, das hätte ihr eine Menge Arbeit und Ärger erspart.

So musste sich Magda allmählich einen Plan zurechtlegen. Klar war, dass sie als Erstes jenen Dr. Maximilian Bahrlow aufsuchen musste. Magda wusste nunmehr, anders als ihre Mutter, dass er der Halbbruder Katharinas war, also Magdas Onkel, denn Anna von Gerike hatte Magda natürlich auch von ihrer Liaison mit August Bahrlow berichtet, dem Vater von Maximilian Bahrlow und Katharina von Gerike!

Ob Maximilian Bahrlow diese Tatsache ebenfalls bekannt war, hatte Anna von Gerike nicht gewusst, obwohl er sie, wenige Wochen vor Magdas Besuch in Neuenwalde, mit zwei Freunden aus der Zeit des Kranken- und Pflegeseminars aus den zwanziger Jahren aufgesucht hatte.

Über diesen Besuch hatte Anna wenig berichtet. Sie erzählte, dass die zwei ehemaligen Schüler und eine Schülerin sie um der alten Zeiten wegen besucht hatten. Anna verschwieg Magda nicht, dass sie noch einmal über die fünf Todesfälle gesprochen hatten, über die moralisch-ethisch gerechtfertigten Tötungen! Anna hatte Magda erklärt, dass es in der Natur eines gesunden Menschen lag, dass er oder sie ein schlechtes Gewissen empfinden würde, wenn es um die Verantwortung für den Tod eines anderen Menschen ging – und die drei jungen Menschen mussten sich noch einmal ihre ›Absolution‹ verschaffen, wie sie sagte. Aber, hatte sie betont, wenn allein das (zu erwartende) schlechte Gewissen Richtschnur unseres Handelns sein würde, wären wir nicht in der Lage, sozialethisch korrekt und humanistisch zu handeln. Das müsse nicht immer den Tod der Zielperson, also jenem Tyrannen, nach sich ziehen, in einigen wenigen Fällen wäre das aber nicht zu vermeiden, um weiteren Stress der Raum- und Zeitdimension im universellen Kontinuum zu verhindern.

»Das sind Begriffe des großen Philosophen Immanuel Kant!«, hatte Anna von Gerike ihrer Enkelin gegenüber erläutert.

Bei Magda hatte es eine Gedankenkette ausgelöst, die konkludierte, dass das Böse vernichtet werden muss, damit es nichts Böses mehr unternehmen konnte. Deshalb war es ihr auch gelungen, sich aus der Sexsklaverei in Brandenburg auszulösen: Sie hatte dem Bauern den Goldklumpen auf den Kopf geschlagen – und zwar final.

Dabei hatte Magda so etwas wie eine innere Befriedigung empfunden. Als sie das Blut sah und die nach oben verdrehten Augen ihres Opfers, so dass nur noch ein gelbliches Weiß zu sehen war, hatte sie sich zwar übergeben, aber das war ja z.B. auch bei See-krankheit so (die sie noch nie erlebt hatte), ohne dass das irgend-welche Folgen hatte. Sie nahm sich vor, sich bei ihrer Mutter, die ihr nächstes Opfer werden sollte, zu beherrschen.

Was sie bei Dr. Maximilian Bahrlow wirklich sollte, wusste Magda nicht so richtig. Anna hatte sich diesbezüglich nicht so ganz klar ausgedrückt. War er Freund, Feind (wie Mutter Katharina, Maximi-lians Halbschwester) oder einfach nur der nette Onkel Max?

Natürlich wollte sie sich selbst ein Bild machen, wusste aber nicht genau, mit welchem Anliegen sie an diesen Onkel herantre-ten sollte. Nach längerem Nachdenken entschied sie sich für die Wahrheit – sie würde ihm sagen, Anna hätte sie zu ihm geschickt, warum auch immer.

*

Maximilian hatte sich nach seiner Rückkehr in Berlin erst an die Arbeit, dann an das Studium der Dokumente gemacht, die er aus Neuenwalde mitgebracht hatte. Aber eigentlich waren die Doku-mente mittlerweile offene Tore für ihn: Die meisten Zusammen-hänge, die er zuvor nicht richtig einordnen konnte, waren ihm wäh-rend seines Aufenthaltes in Neuenwalde transparent geworden, ein paar Wissenslücken hatte er schließen können und ohne Agathes Box wäre er wahrscheinlich mehr als erschüttert gewesen über das, was Anna von Gerike unter seinen Drogen alles so losplapperte.

Informationen über die Rolle seines Vater August hatte dieser selbst ihm detailreich und differenziert hinterlassen, vor allem das schwarze Notizbuch wirkte für Maximilian wie ein Lebenselixier.

Es gab für ihn fast nichts weiter zu tun, als ein, so weit es möglich war, zukünftig schuldfreies Leben bis zum unweigerlichen Unter-gang dieses faschistischen Systems zu leben und ein sicheres Versteck für die ganzen Dokumente zu finden, die sich bei ihm angesammelt hatten.

Erst einmal packte er alles zusammen – es wurden fünf große Holzkisten. Diese versteckte er in der Klinik in größeren Kisten, in denen medizinische Geräte geliefert worden waren, und verstaute diese in einen Kellerbereich der Klinik, zu den nur er und sein treu ergebener Hausmeister Schlüsselgewalt hatten. Nach und nach brachte er alle Papiere in die Klinik. Seine Annahme war, dass die Alliierten kein Krankenhaus beschießen und so seine Dokumente für die Nachwelt erhalten bleiben würden – denn der Inhalt war historisch betrachtet durchaus brisant. Allerdings fehlte ihm noch eine banale, aber für ihn durchaus wichtige Information: Wie waren die Dokumente, der Balsaholzkoffer von Agathe in die Hände von Ilse Staiger geraten? Nachdem Anna von Gerike Agathe getötet hatte, war die Box zwischenzeitlich in ihrem Tresor gelandet, klar. Aber wo lagerten sie zuvor und danach? Nur jener Hugo gab einen winzigen Hinweis. Aber, wie viele Hugos gab es seinerzeit in Berlin? Und auch wenn Maximilian diesen, wohlgemerkt, über zwanzig Jahre später, finden würde, würde dieser ausschließlich über Anna von Gerikes Planspiele Auskunft geben können, nicht aber über Augusts Notizbuch und Agathes Tagebuch des Jahres 1921. Er kam, wieder einmal, nicht weiter.

Erst als er die vorhandenen Dokumente sichergestellt hatte, kümmerte er sich, neben seiner Oberarzttätigkeit natürlich zeitlich eingeschränkt, um die (für ihn) letzte Angelegenheit, um das Vermächtnis der Anna von Gerike, die nach seinem Dafürhalten mittlerweile das ›Zeitliche gesegnet‹ haben dürfte, denn ein Gegenmittel gegen das Gift, das er ihr injiziert hatte, gab es seines Wissens nicht. Nicht einmal die Möglichkeit einer klaren Diagnose für die Anfälle, die sie hatte erleiden müssen.

Anna hatte ihm zwar keinen direkten Auftrag erteilt, aber als er die Geschichte hörte, die Anna von dem Leidensweg ihrer Enkelin Magda berichtet hatte, wusste er, dass er seine Nichte irgendwie aus diesem Teufelskreis herausholen musste: Magda war sowohl ihrem widerlichen Stiefvater Alfons Meyerherm ausgeliefert gewesen als auch diesem Naziflittchen, die ihre Mutter und seine Halbschwester war.

Natürlich konnte und wollte Maximilian Katharina von Gerike keinen verwandtschaftlichen Besuch abstatten. Auch hatte es wenig Zweck, Katharina von Gerike bei der Polizei wegen Beteiligung am Mord, mindestens aber an der Beseitigung der Leiche von Agathe Jung anzuzeigen. Jedes dieser Nazigerichte würde sie freisprechen und eine Heldin aus ihr machen.

Von Alfons Meyerherm wusste er allerdings, dass er irgendwie ein ›großes Tier‹ an der Ostfront war. Wenn er Heimaturlaub hatte, wurde er mit Ehrungen nur so überhäuft, war sogar einmal in der Wochenschau im Kino zu sehen – mit seiner eleganten Frau Katharina, die bei den Aufnahmen offensichtlich zur Nüchternheit verpflichtet worden war, oder ihren Alkoholspiegel auf den Level gebracht hat, mit dem sie ohne zu zittern in der Öffentlichkeit auftreten konnte.

Maximilian hatte alle seine Netzwerke in Anspruch genommen, um herauszufinden, was seine Nichte, sie war etwa siebzehn Jahre alt, außer der Schule, alles so trieb. War sie z.B. aktiv in der Hitlerjugend? Jein, wussten seine Informanten. Für arische Jugendliche bestand seit März 1939 die Dienstpflicht in der Hitlerjugend, also auch für Magda Meyerherm, deren jüdische Herkunft ihr Vater Alfons durch seine entsprechenden Seilschaften in den Rassehygieneämtern verschleiern konnte. Allerdings galt Magda bei den Gruppen- und Scharführerinnen im BDM als renitent, verhaltensauffällig, manchmal als aggressiv, häufiger als depressiv.

Schutz bot hier der Vater, jedenfalls durch den Namen, und durchaus auch die Mutter, die schließlich lange Jahre mit der obersten Standartenführerin des BDM, Ilse Staiger, befreundet war. Dass die Kontakte der beiden in den letzten zwei Jahren weniger geworden waren, sei lediglich dem vollen Terminkalender der obersten Führerin geschuldet, ließ jedenfalls Katharina (unwidersprochen von Ilse Staiger) verbreiten.

Maximilian hatte herausgefunden, dass Magda seit Mai 1943 verschwunden war. Nicht, dass die Mutter oder gar der Vater eine Vermisstenanzeige abgegeben hatten, mitnichten. Anfang der vierziger Jahre wurden solche Anzeigen nicht mehr wirklich ernst genommen: In diesen Kriegszeiten verschwanden ständig Kinder und Jugendliche. Manche waren auf eine Granate getreten, hatten sie mit einem interessanten Spielzeug verwechselt, manche waren zur falschen Zeit am falschen Ort, als die Alliierten ihre Bomben über die Stadt abwarfen. Andere waren einfach verschleppt worden, in irgendwelche Lager der Nazis, wo sie zu Kampfmaschinen umerzogen wurden, munkelte man. Auch Sexualstraftäter nutzten die Zeiten und sogar ein paar perverse Kannibalen!

Jedenfalls blieben Maximilians Recherchen erfolglos. Magda blieb verschwunden und er wusste natürlich nicht, dass sie sich aufgemacht hatte, ihre Großmutter in Neuenwalde aufzusuchen, die er vor kurzem mit seinen Freunden Janina und Alfred sieben Tage lang ›verhört‹ hatte, um ihr dann eine tödliche Injektion zu verabreichen.

Er gab folgerichtig erst einmal auf, nahm sich aber vor, dass er jedwede Spur von Magda, die sich ihm bot, veranlassen würde, die Suche wieder aufzunehmen.

In der Nacht vom 23. auf den 24. Dezember 1943 erübrigte sich allerdings seine Suche: Magda stand um 2:00 Uhr nachts vor seiner Tür und bat um Einlass. Maximilian hatte seine Nichte bisher nur aus der Ferne gesehen und auf ein paar wenigen Fotos. Dennoch erkannte er sie sofort, nämlich an ihren Augen, die so erschreckend denen von Anna von Gerike glichen, dass Maximilian fast glaubte, diese als Jugendliche vor sich zu haben.

Dann sah er das Blut an ihren Händen, an ihrer Kleidung, in ihren Haaren.

»Alfons ...«, stotterte sie, »Alfons ist zum Weihnachtsurlaub gekommen ...!«

»Komm, erst einmal herein, Magda!«, sagte Maximilian leise. Das

Bild, das er vor sich hatte, mit all dem Wissen von Anna von Gerike, ließ in Sekundenschnelle eine Geschichte in seinem Kopf entstehen, die unausweichlich schien.

Magda schien ein wenig überrascht, wohl, weil er sie sofort erkannt hatte, sie stand aber derart unter Schock, dass sie seiner Ansprache mechanisch folgte.

»Setz dich bitte, Magda«, sagte er. »Ich bin gleich wieder da!«

Maximilian hatte 1941 die erste Etage eines Hauses auf dem Parkgelände der Niederschönhausener Klinik bezogen, während seine Frau Josephine mit dem Sohn Wilhelm, der 1930 geboren worden war, zu ihren Eltern nach Berchtesgaden umgezogen war, um den Kriegswirren zu entgehen. Erst später wurde bekannt, dass just dort Hitler sein Hauptquartier aufgeschlagen hatte, was dazu führte, dass die Alliierten auch dort ihre Bomben abwarfen, die dann Josephine und ihre Eltern das Leben gekostet hatten, was Wilhelm allerdings wie durch ein Wunder überlebte. Er kam bei Verwandten in Bayern unter und nach dem Krieg kehrte er zu seinem Vater nach Berlin zurück.

Dieses Wohnhaus, auch eher als eine Villa zu bezeichnen, war auch früher schon der Dienstsitz des (lange verstorbenen) Klinikdirektors und hatte natürlich den Zweck, dass der Klinikchef schnellstens zur Verfügung stehen konnte, wenn in der Klinik Not am Mann war. Keiner (außer die Mitglieder des Verwaltungs- und Aufsichtsrates einschl. des Klinikdirektors) wusste, dass das Haus als Miteigner der Klinik speziell Maximilians Eigentum war.

In der unteren Etage lebte ein älteres Ehepaar mit zwei Kindern. Der Vater war der haustechnische Leiter der Klinik, die Mutter half in der Klinikküche aus, war aber auch die Hauswirtschafterin für Maximilian, machte sauber, wusch die Wäsche, bügelte usw. Diese Familie Meuser, wie sie hießen, suchte er nun auf, um die recht resolute Mutter zu bitten, sich um ein junges Mädchen zu kümmern, das oben in seiner Wohnung sei.

»Und bitte erschrecken Sie nicht, Frau Meuser, sie ist voller Blut, aber, soweit ich sehen konnte, selbst unverletzt. Sie ist meine Nichte ...«

Frau Meuser hatte sich rasch angezogen, kam die Treppe hinauf und nahm Magda mit ins Bad. Maximilian hatte zwischenzeitlich eine heiße Milch mit Honig zubereitet, die Magda in kleinen Schlucken zu sich nahm.

»Wir reden später!«, sagte Maximilian, als Frau Meuser mit dem Mädchen im Bad verschwand, die nach wenigen Minuten wieder herauskam.

»Ihre Nichte braucht saubere Kleider!«, sagte sie. »Unsere Nina ist ungefähr gleich alt und gleich groß. Aber eigentlich sollte sie, und Sie auch, Herr Doktor, dringend schlafen!«, fügte sie hinzu.

Aber das kam erst einmal nicht in Frage.

Maximilian brauchte weder Frau Meuser noch deren Ehemann zur Verschwiegenheit zu verpflichten – das hätten sie als Beleidigung angesehen, denn sie waren ihm treu ergeben. Die Kinder der Familie hatten nichts mitbekommen, sondern schliefen tief und fest.

Erst musste er die Geschichte von Magda hören, wissen, was tatsächlich und nicht nur in seiner Phantasie passiert war, und wie er Herr dieses Problems werden konnte.

Aber er stellte nach wenigen Worten des nun siebzehnjährigen Mädchens fest, dass seine Phantasie der Wirklichkeit recht nahegekommen war: Zwar stockend, aber immer flüssiger erzählte Magda, wie sie erst seit drei Tagen wieder zu Haus war. Seit Mai sei sie überall in Norddeutschland unterwegs gewesen ..., und als Magda hier weitererzählen wollte, unterbrach Maximilian seine Nichte:

»Davon später, Magda, erzähl erst, was gestern Abend, in der Nacht passiert ist! Mein Kind, du solltest wissen, dass ich von den Übergriffen deines Vaters weiß!«

Magda schien noch so weit unter Schock zu stehen, dass sie diese Information ihres Onkels, ›ihres Onkels, ihres Onkels, ihres Onkels!‹, den sie heute Nacht zum ersten Mal richtig und wahrhaftig und nicht nur auf Bildern sah, nur am Rande ihres Kortex wahrnahm und reflexartig zu erzählen begann:

Nachdem Katharina den ganzen Tag und die ganze Nacht geschlafen und auch Magda nach Schinken und Eiern, die ihr die Mamsell freundlicherweise gebracht hatte, einige Stunden Ruhe gefunden hatte, trafen sich Mutter und Tochter wie zufällig beim Frühstück.

Nach einigen belanglosen Floskeln fragte Katharina ihre Tochter dann doch: »Wo hast du so lange gesteckt, Kind? Ich hätte mir fast Sorgen um dich gemacht! Aber ich weiß ja, dass du eine Überlebenskünstlerin bist! Also ...?«

Magda hatte darüber nachgedacht, ob sie der Mutter die Wahrheit sagen sollte, und sich mit einigen inhaltlichen Ausnahmen dafür entschieden:

»Ich war bei deiner Mutter, Katharina!« (Magda hatte ihre Mutter nur als Kleinkind mit Mama oder Mutter angesprochen) »Und sie ist tot! Schon seit Juli! Ich habe sie getötet!«

»Du hast was ...??!« Nun war Katharina doch ein wenig aus dem Häuschen.

»Ja!«, antwortete Magda. »Sie war sehr, sehr krank und hat mich gebeten, sie mit einem Kissen zu ersticken, damit sie keine Schmerzen mehr hat.«

Das beruhigte Katharina ein wenig, es blieb die Ungewissheit, was die Mutter ihrer Tochter hatte alles so erzählen können. Katharina befragte ihre Tochter also eingehend, aber Magda tat so, als wäre es lediglich ein schöner Besuch bei der Großmutter im Frühling in einem Kloster mit parkähnlicher Umgebung gewesen, leider mit einem tragischen Ende. Aber sie war schließlich sehr, sehr krank, auch wenn Magda ihrer Mutter nicht sagen konnte, woran die Großmutter wirklich gelitten hatte.

Nachdem sich Katharina überzeugt hatte, dass ihre Mutter ihrer Enkelin keine bösen, materiellen Geheimnisse verraten hatte, verlor sie allmählich das Interesse an den Berichten ihrer Tochter. Diese hatte ihr die eine oder andere Anekdote aus ihrer Odyssee von Neuenwalde mit den Nonnen und Mönchen bis ins Niddatal erzählt und auch, wie sie zu Fuß und ›per Anhalter‹ von dort zurück nach Berlin gereist war. Auch wenn Magda von den Vergewaltigungen berichtet hätte, hätte sie dennoch die Aufmerksamkeit Katharinas nicht weiter gewinnen können, dazu war Katharina einfach zu indolent und narzisstisch.

»Ach übrigens«, sagte Katharina beim Aufstehen. »Heute kommt dein Vater in den Weihnachtsfronturlaub nach Hause. Zieh dich also ein wenig hübscher an und sei auch ein wenig netter zu ihm als sonst. Er ist schließlich ein Kriegsheld! Und morgen ist SS-Weihnachtsfeier im Bunker – und wir feiern dann bestimmt bis zum zweiten Weihnachtstag!«

Eigentlich hatte Magda nicht vorgehabt, ihrem Peiniger noch einmal von Angesicht zu Angesicht zu begegnen, und ihr wurde ganz flau im Magen – es drängte sie, sich wieder auf den Weg zu machen. Nun wusste sie allerdings nicht wohin. Aber Anna hatte ihr gelehrt, dass Ungeziefer vernichtet werden müsse. Und dass die Eltern die Weihnachtstage nicht zugegen sein würden, kam ihr ebenfalls entgegen.

Also sagte sie schnell: »Gut, Mom«, sie musste wieder fast würgen, als sie ihre Mutter so intim ansprach und zugleich sah sie, dass sich Katharina fast geschmeichelt fühlte.

»Ich sorge mit unserem Hauspersonal für ein gemütliches Abendessen. Dann schicke ich sie in den Weihnachtsurlaub ins Gesindehaus, damit wir als Familie ungestört sind!«

Das sogenannte Gesindehaus war als solches auf dem großen Gelände der Villa des Otto von Gerike etwa dreihundert Meter entfernt gebaut worden, um die Herrschaften nicht zu stören. Es gab eine mechanische Klingelverbindung zum Haus, falls sie sie dennoch benötigen würden.

Magda besprach mit dem ukrainisch-polnisch-georgischen Personal, dass es eine vorgezogene Weihnachtsgans mit Rotkohl geben sollte. Von der Gänsemast, die es einst gegeben hatte, waren noch zwei Ganter übriggeblieben. Einer wurde kurzerhand geschlachtet.

Magda ahnte, wie es ausgehen würde, und versteckte in ihrem Zimmer links und rechts unter der Matratze am Kopfende zwei Messer, ein größeres aus der Metzgerei und ein kleines aus Elfenbein, das sie eigentlich als Brieföffner nutzte. Der Kohleofen in Magdas Schlafzimmer, den das Gesinde soweit vorgeheizt hatte, würde über Nacht genau wie im anderen Schlaf-, aber auch im Ess- und Wohnzimmer eine milde Wärme von sich geben.

Nur dort würde am nächsten Morgen noch einmal angeheizt.

Alfons freute sich über seine Tochter, vor allem war ihm aufgefallen, dass sie einige Kilo zugenommen hatte, was der Mutter völlig entgangen war. Hier allerdings interessierte ihn vor allem die nun fast fraulich zu bezeichnende Oberweite der Tochter, deren Busen unter der weißen Bluse, die Magda selbstredend mit einem Büstenhalter mehr oder weniger züchtig gekleidet hatte, noch deutlicher als in früheren Kindertagen seine Lust anspornte.

Wie zu erwarten war das Essen ausgezeichnet, das Gesinde verschwand allmählich diskret und nach dem Essen trank Alfons zwei Kognak, während seine Frau Katharina in der Zwischenzeit zwei Flaschen Champagner und mehrere Cocktails geleert hatte, deren Zusammensetzung ihr Geheimnis war.

Katharina war also mehr oder weniger außer Gefecht, als Alfons seine Tochter gen Mitternacht an den Haaren packte und sagte: »Und nun werden wir unseren Spaß haben!« Wie zu erwarten, Magda kannte den rituellen Ablauf leider zur Genüge, zog er sie in ihr Zimmer – offenbar war es für Alfons Meyerherm immer ein Kick gewesen, seine damals acht-, neun-, zehnjährige usw. Tochter in deren Kinderzimmer zu vergewaltigen.

Er riss ihr die Bluse und den BH vom Leib, warf sie aufs Bett und hob ihren Rock, zerriss ihre Unterhose und nestelte an seinem Hosenbund, bis sein erigierter Penis bereitstand, um in sie einzudringen. Womit er keinesfalls gerechnet hatte, war, dass Magda blitzschnell ein Messer unter der linken Matratzenseite hervorzog und ohne Vorwarnung ruckzuck ihm den steifen Schwanz und den halben Hodensack abschnitt. Das Messer aus der Metzgerei war zweckmäßig scharf.

Das Blut spritzte fast bis an die Decke, Alfons Meyerherm schrie wie am Spieß und schaute seine Tochter an, als würde er nicht glauben, was ihm passierte. Magda drehte sich auf die andere Seite des Bettes, holte das kleinere Elfenbeinmesser hervor und stach es Alfons ins rechte Auge. Alfons schrie wie am Spieß, lebte aber noch, trotz des hohen Verlustes von Blut, dessen Fluss noch immer nicht unterbrochen war.

Kurz darauf betrat Katharina das Kinderzimmer. Magdas Schreien und Wimmern hatte sie in den letzten Jahren völlig unberührt gelassen und keineswegs aus ihrem gemütlichen Sessel getrieben. Dass aber nun ihr geliebter Held der Ostfront schrie wie ein abgestochener Eber, brachte sie auf die Beine.

Magda war aus dem Bett gesprungen, während Katharina langsam auf sie zuging mit den Worten:

»Kind, Kind, was hast du getan?«

In dem Moment drehte sich Magda um und schnitt ihrer Mutter mit dem Schwung der Drehung die Kehle mit dem Messer durch, das sie nach der Kastration des Vaters noch in der rechten Hand gehalten hatte.

Katharina hatte keinen Mucks mehr von sich gegeben, Alfons wimmerte, neben dem Bett liegend vor sich hin. Magda gab ihm einen Tritt in den Rücken, überlegte es sich aber noch einmal anders. Sie war weit entfernt von einem Blutrausch, muss an dieser Stelle gesagt werden. Sie war kalt und entschlossen: Alfons Meyerherm durfte ebenso wenig überleben wie ihre Nazi-Mutter. Sie drehte den schweren Mann daher auf den Rücken. Er war bei Bewusstsein und starrte mit dem rechten Auge seine Tochter grün vor Angst an.

»Du weißt warum?! Alfons Meyerherm, du Schwein! Wie viele Menschen hast du auf dem Gewissen? Wie viele Mädchen neben deiner eigenen Tochter hast du vergewaltigt und getötet? Wie viele Menschen hast du gequält, stunden-, tagelang? Und es Ungeziefer genannt? Nein, du, du allein bist das Ungeziefer und deshalb hast du den Tod verdient und ich bin die Erste, die das Recht dazu hat. Das jedenfalls hat mir meine Großmutter beigebracht! Und nun geh' zum Teufel!«

Sie nahm das Messer vom Boden und stieß ein letztes Mal zu, in die Brust, dort, wo sie das Herz vermutete, und zog es sofort wieder heraus. Warum wusste sie nicht, es war eher unbewusst, so als würde sie sich gegen weitere Gegner zur Wehr setzen müssen.

Es war 1:00 Uhr nachts geworden, Magda ließ das Messer fallen.

Langsam und überlegt holte sie sich eine frische Unterhose, ein wollenes Wams, einen dunklen Pullover und winterliche Strumpfhosen aus dem Schrank, konnte aber nicht verhindern, dass auch diese einige Blutspritzer abbekamen.

Als sie das Schlafzimmer verlassen wollte, drehte sie sich in der Tür noch einmal um und sah sich die Szene ganz genau an. So als würde sie dieses Bild bis zum Ende ihrer Tage im Bewusstsein behalten wollen. Überlegt und kaltblütig hatte sie eine Idee: Sie ging wieder in den blutgetränkten Raum, nahm das Messer vom Boden und drückte es fest in die Hand ihrer Mutter, und zwar so, dass es durchaus so aussehen würde, als habe sie sich selbst die Kehle durchschnitten.

Dann verließ sie die Villa, nachdem sie aus der Garderobe Stiefel, Jacke, Schal und Mütze genommen hatte. Es lag ein wenig Schnee und sie würde zu Fuß etwa eine Stunde brauchen nach Niederschönhausen.

*

Noch am Heiligen Abend sprach Dr. Maximilian Bahrlow, gut situierter Oberarzt der Privatklinik Niederschönhausen, mit seiner Nichte Magda Meyerherm bei der preußischen Polizeidirektion

Berlin-Pankow, Hadlichstraße vor. Er hatte sich den Diensthansa 2000 ausgeliehen, der ihm und den anderen Oberärzten, auch für private Fahrten, zur Verfügung stand und nun zu Weihnachten nicht anderweitig benötigt wurde.

Die Strategie, die Magda und Maximilian noch in der Nacht abgesprochen hatten, ergab sich zwar aus den Geschehnissen, dass aber die Chemie des nun schon dreiundvierzigjährigen Maximilian Bahrlow mit seiner bislang unbekannten und kaum siebzehnjährigen Nichte Magda Meyerherm eine sofortige und unumkehrbare Verbindung ermöglichte, war nicht zu erwarten gewesen.

Sie verstanden sich sofort und das bezog sich nicht etwa auf das Verstehen in Form einer Beziehung, einer inhaltlichen Übereinkunft oder der symmetrischen Überzeugungsebene.

Nein, es betraf das Konzept!

Es lautete, alles, was vor dem Abend des 23. Dezember 1943 lag, war unwichtig, hatte derzeit keinerlei Relevanz, blieb ein Mythos und hatte nur eine leere Struktur: Sie waren verwandt, Maximilian war der Onkel, zu dem Magda in ihrer größten Not Zuflucht gesucht hatte und nun, quasi als ihr Vormund, die weitere Verantwortung für das Geschehen der letzten Nacht zu übernehmen hatte.

Der gute Leumund des Arztes führte dazu, dass man die junge Dame, nicht nur eine Tochter des SS-Standartenführers Alfons Meyerherm, sondern auch ein Nachkomme der Familien von Gerike, der in Dahlem eine der größeren aristokratischen Villen gehörte, sehr höflich befragte, nachdem sie ausgesagt hatte, dass ihre Eltern tot in eben jener Villa liegen würden – und zwar ausgerechnet im Kinderzimmer der sechzehnjährigen Tochter des Hauses.

Die preußische Polizei in Berlin gab es zwar noch, jedenfalls dem Namen nach und was die kriminalistische Zuständigkeit für Mord und Totschlag innerhalb der arischen Zivilbevölkerung anging. Allerdings war sie seit 1943 zu hundert Prozent dem Reichsminister des Innern, Herrmann Göring, unterstellt, ebenso wie die SA, SS und die Gestapo, deren Chefs erst Reinhard Heydrich und, nach dem Attentat auf ihn, Ernst Kaltenbrunner waren. So gehörte jeder zweite Kriminalbeamte sowohl der Polizei als auch einer der drei oder anderen Untergruppen der nationalsozialistischen Sicherheitsdienste an.

Als die Kripo sich am Tatort überzeugt hatte, dass die Jugendliche soweit die Wahrheit gesagt hatte, übernahm umgehend die Geheime Staatspolizei die Ermittlungen: Ein sehr hoher SS-Offizier, nämlich ein Standartenführer, der in der Hierarchie mindestens einem leitenden Kriminaldirektor gleichzustellen war, war Opfer eines Tötungsdeliktes geworden.

Aber auch nach mehreren Verhören, sowohl der Nichte als auch des Onkels, kam keine andere Wahrheit heraus:

Alfons Meyerherm war auf Weihnachtsfronturlaub zu Hause in der Gerike-Villa, die seiner Frau Katharina Meyerherm, geborene von Gerike gehörte. Er hatte im betrunkenen Zustand versucht, seine eigene Tochter zu missbrauchen. Dieser war nach einer guten Mahlzeit (es gab Gänsebraten mit Rotkohl und Klößen, wie es im Bericht an Ernst Kaltenbrunner stand) in das Kinderzimmer eingedrungen, in der die sechzehnjährige Tochter gerade das Bett aufsuchen wollte. Er zerriss Bluse, BH und Unterhose der Jugendlichen (diese blutgetränkten Kleidungsstücke wurden im ebenfalls mit Blut besudelten Kinderzimmer sichergestellt), öffnete sich selbst den Latz der Reit- und Stiefelhose und ließ sie samt der Unterhose herunter. Bevor es zur Penetration kam, hatte Magda geschrien, sich gewehrt und schließlich durch Zufall den Brieföffner in die Finger bekommen, der auf dem Nachtschrank lag, und damit dem Vater ins rechte Auge gestochen.

Von dem Geschrei aus dem Kinderzimmer beunruhigt, hatte Katharina Meyerherm das Zimmer betreten und sofort die Situation richtig gedeutet: Magda saß fast nackt auf der linken Seite neben dem Bett, war rücklings an die Wand gerutscht, während der Vater mit dem Brieföffner im Auge und heruntergelassenen Hosen, wohl noch halbwegs erigiert, linksseitig im Bett lag und schrie wie ein abgestochener Eber (Formulierung des protokollführenden Gestapo-Hauptkommissars Friedrich Weddel). Wahrscheinlich im Affekt hatte die Mutter dem Vergewaltiger ihrer einzigen Tochter den Schwanz und die Eier abgeschnitten (Zitat Protokoll), um ihm dann final das Messer zwischen die Rippen zu stoßen. Nach Aussage des jugendlichen Opfers habe sich Katharina erschrocken und verstört im blutbesudelten Kinderzimmer umgesehen, um sich dann umgehend selbst die Kehle durchzuschneiden, wahrscheinlich das Beste, was sie hatte tun können (Zitat ebenda).

Man konnte die Ermittlungen am zweiten Weihnachtstag so gut wie abschließen, denn die Indizien und der Modus Operandi waren eindeutig, nicht anders zu deuten. Das Kind wurde in die Obhut des Onkels Dr. Maximilian Bahrlow gegeben, der umgehend die Einweisung seiner Nichte in die psychiatrischen Abteilung der Klinik Niederschönhausen vornahm, um sie von dem erlittenen Schock und den daraus zu befürchtenden Traumata therapieren lassen zu können.

Soweit war der Tathergang geklärt, die Folgen dieser Tat indes wurde als Chef- und Geheimsache eingeordnet. Alle beteiligten Polizeibeamten wurden auf Verschwiegenheit, mit der Androhung eines Einsatzes an der Ostfront eingeschworen und Ernst Kaltenbrunner selbst definierte die Legende:

»Kurz bevor der hochdekorierte SS-Standartenführer Alfons Meyerherm seinen Weihnachtsfronturlaub antreten wollte, wurde er durch einen feigen Angriff von Untermenschen in der Ostmark rücklings überfallen und wurde nach einem heldenhaften Kampf gegen die Feinde unseres Volkes dahingemetzelt. Die Witwe, die mit einem Gänsebraten (mit Rotkohl und Klößen) auf ihren geliebten Gatten wartete, wählte nach der Eröffnung der Todesnachricht ihres geliebten Gatten den Freitod. Die minderjährige, einzige Tochter wurde einem nahen Verwandten in Obhut gegeben.«

Nachdem dieser Verwandte es aus naheliegenden Gründen (als vielbeschäftigter Mediziner einer angesehenen Klinik in Berlin) abgelehnt hatte, die Verwaltung der Immobilie von Gerike/Meyerherm bis zur Volljährigkeit der Tochter und gesetzlichen Erbin zu übernehmen, pachtete die Kreisgruppe der SS die Villa vorübergehend als Trainings- und Seminarhaus, da auch die Tochter keinesfalls wieder in der Villa zu leben beabsichtigte, in der ihre geliebte Mutter den Freitod gewählt hatte.

Die siebzehnjährige Magda war nach ihrem Aufenthalt in der Klinik in die dritte Etage des Hauses gezogen, in der Maximilian Bahrlow und die Familie Meuser lebten.

Die Therapie in Niederschönhausen war insofern erfolgreich, dass Magda halbwegs gesund entlassen werden konnte. Allerdings waren weniger die Ärzte für diesen Gesundungsprozess verantwortlich als die Tatsache, dass Magda bei einem Spaziergang im Park der Klinik einen jungen Mann kennenlernte, der Knut hieß. Dieser hatte sich den Arm gebrochen und gehofft, dadurch seinem Marschbefehl an die Westfront Frankreichs zu entgehen. Leider schritt die Genesung jedoch so rasch fort, dass Knut bereits kurz vor der Entlassung aus der Klinik stand und seine Zugverbindung in die Normandie feststand, als er Magda Meyerherm kennen lernte.

Sie verliebten sich auf den ersten Blick und waren (natürlich nur tagsüber) drei Tage lang kaum voneinander zu trennen. Beide wurden gleichzeitig entlassen, Magda in die Obhut ihres Onkels, Knut in die Obhut seines Unteroffiziers, nicht ohne sich gegenseitig zu versprechen, sich so bald als möglich wiederzusehen.

Maximilian, dem das natürlich nicht entgangen war, freute sich über Magdas naives Glück, wusste aber, dass dieses Glück eine Chimäre werden könnte – und zwar nicht nur wegen des Krieges!

Kapitel 20

Agathe und August

»Liebe Agathe!

Wir haben über so vieles gesprochen, so dass du vielleicht annehmen könntest, nun alles zu wissen.

Aber das ist natürlich nicht so!

Du darfst mich nicht missverstehen! Ich war immer offen und ehrlich zu dir, aber auch wenn ich das siebzigste Lebensjahr nun nicht mehr erreichen konnte, waren die übrigen Jahre so angefüllt von Informationen und Gegeninformationen, dass die wenigen Monate unserer Gespräche nur einen kleinen Anteil davon enthalten konnten.

Dieser Brief ist auch nicht dafür gedacht, dir diese Lücken zu füllen – wozu sollte das gut sein?!

Unser Leben ist aber nun einmal wundersam und so kommen hin und wieder Blinklichter zutage, die zwar wieder verlöschen, aber doch ein Sternchen im Firmament der Erinnerungen bleiben.

Dein Vater wollte mich ›heilen‹, es war eine wirklich kurze Phase des Seins und natürlich hat er es nicht geschafft. Er wusste nicht, dass auch ich ihn heilen wollte, denn seine Anima- und Animuspüppchen haben sich nun gewandelt in Wertigkeit.

Du, liebe Agathe, bist ihm sicherlich ganz viel wert! Aber sind es auch die Menschen, die seinem Leitbild nicht entsprechen?

Ich glaube jedenfalls, er hat sich verrannt, sich aufgelehnt gegen seinen weisen Lehrmeister.

Aber gut, ich konnte ihn ebenso wenig heilen, weil mir das Händling dazu fehlte, denn zwischen Anima und Animus gibt es so viele Variablen, dass er es sich nichts anderes als nur schön einfach gemacht hat.

Seine Weltseele erinnert zu arg an den perfekten Menschen, der hier hineingepasst wird.

Selbstredend gehöre ich ganz und gar nicht dazu und dennoch weiß er nicht, wovon er spricht!

Aber genug, keine Vaterschelte, du sollst nur wissen, dass ich ihn vor einigen Jahren kennengelernt habe, er mich indessen nicht. Kaum wird er sich erinnern, nehme ich an.

Anna hat deinen Vater verehrt, sich seine Moral nicht nur zu eigen gemacht, sondern sie pervertiert.

Monokausal ist dein Vater daran völlig unschuldig, so unschuldig, wie er an meinem Suchtproblem unschuldig oder schuldig ist, das er nicht lösen konnte.

Nur schießt eben die Kompensation seiner Schuldgefühle auf der rechten Seite der Erdscheibe über den Rand. Für ihn, aber eigentlich nur für dich, hoffe ich, dass er dort erkennt, dass die Erde eine Kugel ist, um sich wieder erdnah zu orientieren, archimedisch kreiselt, um seinen linearen Weg erkenntnisreich zu verlassen.

Anna wird dazu nicht in der Lage sein und ihr Freund hat sich abgewendet.

Wohl, wohl, liebe Agathe, es geht hier nicht um rechts oder links! Diese Faschisten haben mit den Konservativen genauso wenig gemein wie die Anarchisten oder gar Nihilisten mit den Sozialisten.

Archaische Instinkte werden auf beiden Seiten geweckt, da, gebe ich zu, hat dein Vater recht gehabt, auch wenn er einen spirituellen Aspekt hineininterpretiert, den ich leider nicht kennenlernen durfte.

Anna hat offensichtlich alles in sich vereint und weiß das auch. Sie will und wird die Übermutter werden, wenn wir sie nicht stoppen, denn ich weiß nicht, wer es sonst macht.

Ihre Vorstellung von Macht gleicht der eines intellektuellen Neros (der dieser niemals war), sie zündelt am heruntergekommenen Rom, sie will die Perversitäten beseitigen und bemerkt nicht, dass sie in ihrem Tun sich mit ihnen gleichstellt. Ein Tyrannenmörder wird zum Tyrannen, wenn er kein Kollektiv hinter sich hat, das seiner Tat die nötige Legalität erzeugt. Das weiß Anna sehr gut – und nur deshalb hat sie ihr Planverfahren mit diesen Tyrannen durch ihre Schüler inszeniert. Die Morde waren nichts anderes als ein Planspiel, das solltest du wissen. Sie plant andere Dimensionen und hat ein perfides Konzept erstellt, das eine geniale Form von Terrorismus ist, nur als solche nicht erkennbar, weil die zu tötenden eben jene Tyrannen sind, die auch wir eben nicht leben lassen können. Dieser Faschist Dühring, dieser Überzeugungsbetrüger Fjodorow, jene Kinderschänder Zurmühl und Smirnow und nicht zuletzt jener drogen- und alkoholsüchtige Unterwanderer (nämlich ich) haben durch ihre Taten eine moral-ethisch vertretbare Lebenswirksamkeit verwirkt.

Ja, wirklich, Wirksamkeit kann verwirkt werden, wenn die Wirklichkeit das erfordert!

Aber Anna ist eben nicht die Richterin über die Wirklichkeit, weil ihr die Wahrheit dazu fehlt.

Das weiß sie nicht und deshalb muss sie unbedingt gestoppt werden. Am besten natürlich dadurch, dass man ihr das Kollektiv entzieht, aber das scheint derzeit nicht möglich.

Möglich ist es aber, ihr zukünftige Glaubensgemeinschaften zu verwehren. Das, allein das können wir beide schaffen.

Ich weiß, dass Anna den Kontakt zu Erich Mühsam sucht – ich weiß nicht, ob du diesen aufrechten Sozialisten kennst?! Zurzeit ist er in Bayern eingekerkert, weil er (genauso wie ich vor dem Jahre 1900) ein Dorn im Auge der Oberen aller Schattierungen ist. Er wird sie stoppen können, oder anders ausgedrückt, er wird sich, seine Community für Anna von Gerike nicht für ihre Zwecke zur Verfügung stellen, wenn er weiß, was Anna wirklich antreibt.

Dafür musst du sorgen und auch dafür, dass Maximilian das begreift, später, in ein paar Jahren, wenn er so weit sein wird.

Meinen Sohn Maximilian liebe ich wirklich sehr, nicht nur weil er die gleichen Augen hat wie seine Mutter Sina, sondern auch weil er seinen Pragmatismus hart erlernen musste – er hat damit sein und auch mein Leben gerettet. Aber er hat sich damit auch in einen Prozess begeben, den er ohne weiterreichende Erkenntnis nicht verlassen kann. Er wird lernen müssen! Ja, ich bestimme das!

Und damit komme ich zum Wesentlichen: Bitte, liebe Agathe, gehe deiner Patentante weitestgehend aus dem Weg, denn ohne sie wäre Maximilian einen anderen Weg gegangen – und die anderen vier sicherlich auch!

Ich weiß um der Ambivalenz, eine Art schizophrenes Verhalten, das ich von dir erbitte, die sich in meinen Worten zeigt: Hilf mir, ihr das Handwerk zu legen, aber handle aus der Ferne, mental, strategisch rational, hier nicht emotional. Am liebsten würde ich dich umgehend nach Haus schicken, an deinen Züricher See, wo die Sonne noch unter- und wieder aufgeht.

Leider hast du aber nun mein Vertrauen gewonnen, mein absolutes Vertrauen! Deine Intelligenz ist nicht die einer Gelehrten, sondern sie ist die einer Wundertüte, entschuldige diesen Vergleich.

Ich komme nun zu meinen Helfershelfern – meinen juristischen Beistand hast du ja bereits kennengelernt, meine Freunde aus der Berliner Unterwelt nicht und mein Freund Hugo hat von mir die strikte Anweisung, dass du außer ihn auch sonst niemanden kennenlernen wirst!

Außer unseren Argumenten haben wir zwei Waffen. Eine ist im Besitz von jenem Hugo, und zwar handelt es sich um jene todbringenden Konzepte von Anna, und sogar in zweifacher Ausfertigung. Anna war so dumm (kaum vorstellbar), dass sie sowohl das Original als auch ein mit Blaupapier in einer der neuen Schreibmaschinen durchgedrücktes Exemplar in ein Versteck deponiert hat, dass sie >bombensicher< angesehen hat. Sie musste mittlerweile erkennen, dass das Grab meiner Frau, der Mutter von Maximilian, Sina Legat, ein für mich folgerichtiges Versteck ist.

Und tatsächlich hat sie mich in Verdacht, diese Dossiers von dort entwendet zu haben. Nur weiß sie nicht wie, denn für sie bin ich nach wie vor nichts als ein körperlicher und geistiger Pflegefall, wenn auch Exgeliebter. Das aber interessiert sie nicht, nicht einmal, dass ich der Vater ihrer Tochter bin.

Allein ihre Charakterkälte hat mich immer bewogen, eine Anna von Gerike in keinerlei Vertrauen einzubeziehen. Die fünf jungen Menschen sind ihr mit der Redekur auf den Leim gegangen. Gegen meine komödiantische Seele hat sie aber kein Mittel. Ich spiele alle Spiele noch immer besser als sie!

Daher weiß sie nichts von meinen Netzwerken – und auch nichts von dir! Das soll, nein, das muss so bleiben. Du befindest dich ansonsten in Lebensgefahr – und bitte nehme mich ernst!

Die zweite Waffe, die wir haben, ist dein Wissen um die Geschehnisse hier. Wir haben mit einem Protokoll der Geschehnisse begonnen und ich bitte dich, dieses zu Ende zu bringen, ohne dass du dich einmischt in das Geschehen. Bitte schreibe nur auf, was in den Monaten nach meinem Tode geschieht. Dann wirst du das Ganze noch einmal abschreiben, aber bitte nicht auf einer dieser Maschinen, Anna wird dir dann auf die Schliche kommen und das darf auf keinen Fall passieren. Dann wirst du ein Exemplar zu Hugo bringen, aber erst dann, wenn es fertig ist. Hugo wird dir dafür ein Exemplar der Aufzeichnungen von Anna von Gerike überlassen. Diese wirst du auf keinen Fall bei dir behalten, sondern umgehend, gemeinsam mit deinem Protokoll meinem juristischen Beistand in der Sozietät des Notares Frey übergeben. Sofort und ohne Umwege! Jener Rechtsanwalt wird auch mein Testamentsvollstrecker sein. Er weiß, was er zu tun hat.

Hugo weiß es ebenfalls. Dieser hat nämlich den Auftrag, Erich Mühsam aufzusuchen, Kerker hin oder her. Hugo weiß, wie er ihn konspirativ erreichen kann. Hugo und seine Freunde und Erich und seine Freunde, die sonst eher wenig miteinander zu tun haben, werden dann Anna von Gerike das Handwerk legen. Du musst nichts, wirklich ansonsten gar nichts dazu beitragen, sondern nur diesen einfachen Kurierdienst übernehmen und natürlich dieses wahrheitsgetreue Protokoll verfassen, was wir bereits begonnen haben: Wir dokumentieren das, was hier vorgeht, und zwar in allen Details. Und so, wie es sich heute, also Ende August 1921 darstellt, werden neben mir noch mindestens zwei Menschen sterben, die es mehr oder weniger (mich eingeschlossen) verdient haben.

Vielleicht könnten wir Alexejewitsch Fjodorow und Uljana Smirnow retten, vielleicht. Du könntest sie warnen, aber ehrlich, ich wüsste nicht wie! Und wenn du sie erreichen würdest, sie würden dich nicht ernst nehmen! Und die Polizei? Du weißt schon, wir würden Maximilian, Alfred, Janina, Katarina und Helena Alexandra um ihre Zukunft bringen!

Wir sind in einer Situation, die wir an dieser Stelle nicht mehr steuern oder irgendwie beeinflussen können, aber wir können den Kampf gegen Annas Pläne aufnehmen – und dafür brauchen wir ein paar Helfershelfer wie Hugo, Erich und ... (den Notar)!

Ich wünsche dir, liebe Agathe, ein erfülltes Leben!

Meine fachliche Einschätzung ist, dass du ein geisteswissenschaftliches Studium aufnehmen solltest, vielleicht gepaart mit Medizin, wie dein Vater und ich es getan haben. Psychiaterin oder Psychoanalytikerin würde Dir gut stehen und ich glaube, dass deine Wundertüte noch ein ganze Reihe von Überraschungen (auch für dich selbst) parat haben wird.

In väterlicher Liebe (ohne in Konkurrenz zu Carl Gustav)

Dein August Bahrlow, psychiatrischer Komödiant«

*

Agathe bekam diesen Brief zwei Stunden bevor August Bahrlow dahinschied.

Das kleine schwarze Notizbuch kannte sie bereits und auch Augusts winzige, aber sehr konturierte Handschrift, das sie umgehend unter ihrer Bluse verbarg.

Sie wusste, dass ihm dieses Büchlein heilig war und er es niemals aus der Hand gab.

Dass Agathe es nun von ihm bekam, hieß nichts anderes, als dass er sein Ende nicht nur geplant, sondern mit der richtigen Mixtur so operationalisiert hat, dass er bei Bewusstsein, aber offenbar schmerzlos sein Dahinscheiden zelebrieren konnte.

Zwei Stunden später holte sie Anna von Gerike, weil es dem Pflegefall August Bahrlow offenbar nicht gut ginge.

*

Agathe führte sorgfältig Protokoll über die Geschehnisse und musste sich mehr als einmal auf die Zunge beißen, um nicht wenigstens Maximilian in ihr Geheimnis einzuweihen.

Dennoch hatte sie es am Ende nicht ausgehalten, sich nicht einzumischen. Sie wusste schließlich, dass Katharina Augusts Tochter war, und sie wollte sie vor dem endgültigen Absturz, den August ihr prophezeit hatte, retten, wenn sie es mit der Patentante Anna weder konnte, durfte oder auch nur wollte.

Wir wissen, was zu Weihnachten 1921 geschah und dass Agathe einsehen musste, dass sie die Grenze überschritten hatte. August hatte sie gewarnt, sich nicht einzumischen, aber ihre Intuition hatte sie wider der Vernunft handeln lassen.

Dennoch gehen wir davon aus, dass Agathe die übrigen Anweisungen von August Bahrlow punktgenau umzusetzen versuchte.

Anna von Gerike muss in diesen Monaten sehr verstört gewesen sein. Sie hatte nur noch ihre handschriftlichen Aufzeichnungen, die zwar inhaltlich noch sehr viel ausgefeilter waren, aber ihre maschinengeschriebenen Konzepte waren ja auch für eine breitere Gefolgschaft gedacht. Nun waren diese verschwunden, geraubt aus einem Versteck, das sie für absolut unentdeckbar gehalten hatte.

Sina Legats Grab als Versteck auszusuchen hatte auch sentimentale Gründe, gab sie zu! Es hatte immer nur einen Mann gegeben, den sie in ihrem Innersten geliebt hatte und wohl auch noch immer liebte. Ein Mann, der ihr nun ausgeliefert war, den sie händeln konnte, wie sie wollte, auch wenn er sich Mühe gab, sie rhetorisch zu schlagen. Sie wusste, nein, es gab aus ihrer wissenschaftlichen Empirie absolute Gewissheit, dass dieser Mann sich nur noch mit einem ausreichenden Alkohol- und/oder Drogenpegel einigermaßen verständlich äußern konnte. Alle seine Perfusionswerte (Blut, Lymphe, Urin, Galle und so weiter) waren fern jeglicher Möglichkeit, dass er noch in der Lage war, auch nur einen einzigen kausalen Gedanken zu verfolgen.

Er war definitiv nicht mehr zurechnungsfähig!

Das liebte und genoss sie, wahrscheinlich ohne, es sich bewusst einzugestehen. August Bahrlow war ihr intellektuell immer überlegen gewesen, fachlich als Psychiater, mental und emotional ein Mensch mit einer wahrhaften Überzeugung, auch wenn diese nicht die ihre war.

Dass er ihr gegenüber nun 1921 noch immer aufbegehrte, schien ihr der drogenindizierten Psychose angemessen. Sie spielte das Spiel (genussvoll?!) mit – sie brauchte ihn noch eine überschaubare Zeit lang, zumindest für seinen Sohn Maximilian, um diesen letztendlich gefügig zu machen, vielleicht auch noch für seine (und ihre) Tochter Katharina.

Sie war sich hier sicherlich noch nicht ganz im Klaren, wie sie diese beiden in ihre Pläne einbinden konnte, nur, dass sie ein generatives Bedürfnis verspürte, dass 1921 altersbedingt weder von Katharina noch Maximilian erfüllt wurde. Aber für ihre Pläne waren Epigonen unausweichlich!

Wir beweisen es ja nun schon seit Generationen, dass Anna von Gerike uns schon seit 1921 in der Hand hat!

Agathe konnte sie mental nicht kontrollieren, auch wenn wir davon ausgehen, dass Anna sie in Verdacht hatte, für August gewisse Dienste zu absolvieren.

Anna hatte ausgeschlossen, dass August selbst das Grab der Sina Legat hätte aufsuchen können. Anfangs hatte sie vermutet, dass Maximilian im Auftrag seines Vaters das Grab seiner Mutter aufgesucht und die Dossiers entwendet hatte.

Aber zum einen glaubte sie nicht, dass August noch irgendeine Bewusstheit über ihre Konzepte hatte, noch dass dieser naive und blauäugige Maximilian in der Lage war, ihr etwas vorzuspielen.

Bei Agathe war sie sich zwar nicht ganz sicher, schließlich war sie die Tochter eines C. G. Jung, hatte also Gene zur Verfügung, die konklusive Intelligenz vermuten ließ, aber sie war kaum der Pubertät entsprungen und zeigte sich im Tagesablauf mehr als simpel.

Zudem hatte Anna immer alles im Blick. Außer Maximilian, der eine kleine Einzimmerbleibe hatte, waren alle anderen SeminarteilnehmerInnen im Seminarhaus beherbergt. Schließlich kamen sie, außer Helena Fjodorow, die freiwillig im Hause gastierte, nicht aus Berlin.

Wir wissen es nicht genau, aber wenn wir alle unsere Schlussfolgerungen zusammentragen, dann wird mit einer hohen Wahrscheinlichkeit Folgendes passiert sein:

Wie wir wissen, hatte Agathe am Tag vor der Weihnachtsfeier Kontakt zu Katharina von Gerike gesucht. Seit dem 30. September 1921, dem Todestag von August Bahrlow, waren fast drei Monate vergangen und auch wenn Agathe gewillt war, alle Wünsche ihres väterlichen Freundes umzusetzen, so hatte er ihr nicht die Kontaktaufnahme mit seiner Tochter direkt verboten.

Agathe hatte für sich selbst jedoch ein Prinzip, das sie irgendwo in einem Indianerbuch gelesen hatte: Urteile niemals über einen Menschen, dessen Mokassins dir nicht passen. Agathe wollte wenigstens versuchen, in Katharinas Schuhen zu laufen. Dafür musste sie sie aber kennenlernen und mit dem Wissen, wer ihr nun verstorbener Vater war, glaubte sie, jene Katharina auch zur Versöhnung mit ihrer Mutter zu bewegen, nun, wo der Vater verstorben war, indem sie sie zur Weihnachtsfeier am folgenden Tag, dem 22. Dezember 1920 einladen wollte.

Katharina, die eher über den Besuch des jungen Mädchens, von dem sie schon gehört hatte, überrascht war als über deren ›Aufdeckung des Geheimnisses, wer ihr Vater wirklich war‹, spielte deren Spiel mit, obwohl ihr diese Tatsache schon seit einigen Monaten bekannt war. Ihr Großvater hatte ihr von dem Treffen mit August Bahrlow berichtet und vor allem von dessen Muttermal an der linken Schulter in Form der Insel Sylt, die sie an sich selbst selten und nur durch einen gegenüberliegenden Spiegel betrachten konnte.

Aber das, was der Großvater zu berichten hatte, löste bei Katharina keinerlei töchterliche Gefühle aus, im Gegenteil. Nun, wo sie wusste, dass ihr Vater ein absoluter Looser (wie man heute sagen würde) war und ihre Mutter eine dumme Antifa (würde man heute, jedenfalls in den USA unter Trump oder bei der AfD sagen), verdrängte sie jedweden Gedanken daran.

Bei den (würden mündige Menschen heute keinesfalls sagen) progressiven Nationalsozialisten wäre mit diesen Eltern und dem jüdischen Großvater keine Karriere möglich sein. Diese Ahnenproblematik hatte sie bereits mit Ilse Staiger diskutiert, die ihr klar gesagt hatte, dass sie jegliche Verbindung zu ihr leugnen würde, würden diese rassenhygienischen Verschmutzungen (wie sie sich ausdrückte) zutage treten.

Katharina tat, was ihr geboten schien. Sie willigte einer weihnachtlichen Versöhnung mit ihrer Mutter ein und dankte dem jungen Mädel herzlich für deren Offenheit.

Einer spontanen Eingebung zufolge (anders können wir es uns nicht erklären), bat Katharina, um Agathes Unterschrift. Katharina sagte ihr, dass sie vielleicht zu beweisen hätte, dass sie erst an diesem Tag, an dem Agathe sie besuchte, über ihre Herkunft aufgeklärt wurde. Vielleicht hatte sie auch eine andere Begründung parat.

Agathe hatte mit ihren siebzehn Lenzen offenbar noch keinerlei Ahnung, was ihre Unterschrift bewirken könnte, nicht einmal, nachdem Katharina sie aufgefordert hatte, es zur Sicherheit dreimal auf neutralem Papier zu hinterlassen.

Uljana Smirnow war am 11. Dezember 1921 verstorben. Die Bande unter Anna von Gerikes Führung hatte ihr vor dem internationalen Friedenstag im Juli 1921, Zeit gegeben, sich zu äußern. Aber sie bewegte sich nicht und Janina, ihre Tochter hatte die Anweisung abzuwarten, bis sie sich selbst melden würde. Was diese nicht tat, denn sie musste erkennen, dass Janina hinter dieser Verschwörung steckte. Sie glaubte nicht, dass ihre eigene Tochter sie ermorden würde, und schon gar nicht, dass sich hinter diesen Theorien irgendeine reale Bedrohung verbarg. Ihr Interessensbekannter Zurmühl (von Freund würde sie nicht sprechen wollen) war an einem Herzinfarkt gestorben, kein Wunder bei dessen Lebenswandel, fand sie.

Ihrer Tochter wollte sie keineswegs eine Blöße geben und meinte, man müsse sie mit Nichtbeachtung strafen.

Als diese sich dennoch im November brieflich mit dem Angebot einer Versöhnung meldete, sagte sie zu, sie Anfang Dezember in ihrem Seminarhaus zu besuchen, wo sie als Pflegekraft inskribiert hatte.

Die Folgen kennen wir und Agathe hatte, nachdem am 30. Oktober bereits der Halbadelige und Halbanarchist Fjodorow zu Tode kam, ihr Tagebuch und Protokoll dieser Taten, wie ihr August geheißen hatte, final, im doppelten Sinne, beendet.

Sie mochte es auch nicht weiterschreiben. Es war genug!

Stattdessen war sie von nun an auf dem Weg der Versöhnung. Vor allem Janina tat ihr sehr leid und natürlich auch Maximilian. Sie liebte Maxi über alles. Ja, aber dennoch würde sie ihre Liebe niemals mit ihm teilen!

Mit dem, was sie nun alles wusste, konnte sie Maximilian immer nur mit Augusts Augen anschauen: Vielleicht irgendein Leben später! Nun, in dieser Zeit jedenfalls, empfand Agathe mehr Trauer als Liebe. Sie müsste und würde warten, bis auch er bereit war, darüber zu trauern, was er getan und versäumt hatte. Wenn es ihm denn überhaupt gelingen würde, was der Vater, Agathe dachte fast, naturgemäß, bis zur letzten Sekunde keinen Deut bezweifelte.

August setzte immer auf die Macht der Erkenntnis. Dabei sprach er nicht von Klugheit, nicht allein von rationalen und kausalen Dispositionen, sondern auch von emotionalen. Agathe hatte von Intelligenz gehört und sogar, dass es Tests dafür gab, niemals aber von emotionaler Intelligenz! August hatte es besser gewusst und gesagt: »Maximilian wird irgendwann seine Intelligenz richtig nutzen, er benötigt dabei nur ein paar Erkenntnisse! Du, liebe Agathe, nutzt deine emotionale Intelligenz bereits schon jetzt, auch wenn ein paar Erkenntnisse dabei nicht stören!« August hatte dabei freundlich gelacht, aber Agathe fand das gar nicht lustig!

Eine Weile später verspürte sie so etwas, wie einen kleinen Freibrief zu haben. Sie brauchte nur auf ihr Gespür hören, um richtig handeln zu können, auch wenn ihr Wissen fehlte.

Diese kleine Überheblichkeit hatte dann zur Katastrophe geführt, wie wir heute zu wissen glauben.

Als dann alles schiefgegangen war, erkannte Agathe offenbar, dass es viel wichtiger war, Augusts konkrete Anweisungen zu erfüllen, als seine vielen, lieben Worte fast narzisstisch so zu interpretieren, dass sie eine so freie Handlungslizenz hatte wie er. Nein, muss ihr ziemlich panisch ins Bewusstsein gerückt sein, sie hatte sich verrannt. Nur der weise August wusste, was zu folgen hatte, und es wurde für sie Zeit, seinen letzten Auftrag zu erfüllen!

In den zwei Stunden zwischen Augusts Übergabe seines schwarzen Notizbuches, seiner Henkersmahlzeit, wie er es nannte (er hatte sich Kohl mit Hammelfleisch gewünscht, weil es so etwas immer in den Zuchthäusern gab, wie er augenzwinkernd sagte), und dem Erscheinen von Anna von Gerike, die seinem Tod beiwohnen musste, ohne irgendetwas tun zu können, sprach August von Hugo.

Hugo gab es zwar wirklich, aber eigentlich war er ein Synonym für Augusts Netzwerk in der Unterwelt Berlins, die er bereits als Psychiater vor der Jahrhundertwende aufgebaut, nach seiner Liebe zu Sina Legat aber noch weiter verfestigt hatte. Dabei half ihm sein Suchtproblem mehr, als dass es ihn behinderte. Er war in allen Kaschemmen Berlins und Brandenburg bekannt und beliebt und auch nach und trotz Sinas Tod gab er hier hin und wieder ein paar Kostproben seiner komödiantischen Seele preis.

August hatte dabei nur die harmlosen Exkursionen beschrieben, und vor allem, dass Agathe Hugo zu vertrauen hatte, wenn sie sich vier Punkte in einer bestimmten Konstellation von ihm tätowieren lassen würde, und zwar unterhalb des linken Ellenbogens, dort, wo niemand (normalerweise) hinschauen würde. Das war zwar ein wenig schmerzhaft und auch blutig, aber August war trotz seines Zustandes geschickt und die vier Tintenpunkte unter der Haut waren bei Agathe schnell verheilt, und zu Weihnachten eben auch fast vergessen.

Als sie Anna von Gerike in der Nacht zum 23. Dezember 1921 versorgt hatten, war auch Agathe in ihr Zimmer gegangen und hatte sich, völlig erschöpft, schlafen gelegt.

Früh um sieben hatte sie es aber im Bett nicht mehr ausgehalten. Sie wusste, dass sie nur noch wenig Zeit hatte. Genau wie die Studierenden des Seminars hatte sie ein Billett gekauft, um doch noch vor, also eher während der Weihnachtstage nach Hause, an den Züricher See zu kommen.

Sie liebte ihren Balsaholzkoffer, den ihre Mutter ihr geschenkt hatte. Er war leicht, auch wenn er metallene (sehr schöne, wie sie fand) Beschläge hatte und es passte so viel hinein, wie ein junges Mädchen, z.B. für ein Wochenendausflug, benötigte. Außer bei zwei Fahrten mit Maximilian an den Wannsee blieb er im Schrank.

Nun, am Freitag, den 23. Dezember 1921, einen Tag vor Heiligabend wurde sich Agathe erst so richtig über Augusts Vermächtnis bewusst. Sie packte ihren Balsakoffer, legte Augusts schwarzes Notizbuch und das brav zweimal geschriebene Protokoll der Tode von Otto von Gerike bis Uljana Smirnow hinein und machte sich auf den Weg zu Hugo.

Wir wissen auch heute nicht, wo sich Hugo, oder besser die Untergrund-Community ›Hugo‹ befand, können aber auf die Ringvereine um den Potsdamer Platz schließen.

Wir wissen nur, dass es ihr gelang, das politische Tyrannenmord-Dossier von Anna von Gerike als Blaupause zu erhalten, die Durchschrift ihres Protokolls an Hugo weiterzugeben und sich wieder auf den Weg zu machen, um diese Dokumente bei besagtem Anwalt der Sozietät Frey zu deponieren. Das schwarze Notizbuch hingegen würde sie behalten, das war klar.

Es war Nacht geworden, ausgerechnet vor Heiligabend, niemand war zu erreichen – Agathe wurde ihre Dokumente nicht los. Wir wissen jedenfalls das.

Sie musste sich daher mit ihrem Balsakoffer auf den Weg nach Hause ins Seminarhaus machen, alternativ hatte sie überlegt, Maximilian in dessen kleiner Wohnung aufzusuchen. Aber sie unterließ es, wollte nicht unschicklich erscheinen. Sie hatte am Vorabend zu Heiligabend keine andere Wahl, als Augusts Warnungen zum Trotz zu handeln.

Dass sie von ihrer Patentante Anna von Gerike beobachtet wurde, konnte sie nicht ahnen, denn Agathe musste davon ausgehen, dass diese so sehr verletzt war, dass sie einen tiefen Genesungsschlaf benötigte.

*

Wir wissen nicht nur die darauffolgenden Geschehnisse, sondern auch, dass Annas Tochter Katharina mit ihrer Freundin Katarina Zurmühl im Automobil vor dem Haus saß, als die Braunhemden Anna von Gerike mit ihrer Leichenlast stoppten.

Drei Braunhemden hatten Agathe seit dem Verlassen der Villa von Otto von Gerike zwei Tage zuvor locker und abwechselnd beobachtet. Ohne Böses zu ahnen folgten sie ihr zum Potsdamer Platz, anschließend zur Notars-Sozietät und dann in ihr möbliertes Zimmer im Seminarhaus. Sie waren eher gelangweilt, denn immer hatte das junge Mädchen einen undefinierbaren, aber gleichbleibenden Koffer bei sich, und meldeten diese Umstände ihrer Chefin.

Die drei Braunhemden wurden daraufhin von Katharina mit Schlüsseln ausgestattet, mit dem strikten Befehl, keineswegs von Anna von Gerike entdeckt zu werden. Sie sollten das Seminarhaus bis zur anberaumten Weihnachtsfeier beobachten, um zu prüfen, wer ein und aus ging.

Sie waren sehr vorsichtig und konnten zwar nichts sehen, aber verschiedene Geräusche wahrnehmen, die sie veranlassten, eins und eins zusammenzuzählen. Dass z.B. auf der zweiten Etage bis weit nach Mitternacht Licht brannte, sollte sie veranlassen, einen von ihnen mit einem der neuen Jena-Feldstecher auf die nahe Kastanie klettern zu lassen, um von dort einem Schauspiel optisch beizuwohnen, das dieser bisher noch nicht erlebt hatte.

Die beiden anderen unten im Haus hörten ständig die Toilette rauschen. Den Zusammenhang konnten sie dann erst herstellen, nachdem sie den Bericht des Kameraden vom Baum erhalten hatten.

Einer der Braunhemden hatte sich daraufhin auf den Weg in die Villa gemacht, wo Katharina residierte. Sie hatte ihre Jungbundfreundin Katarina Zurmühl aus dem Bett geholt und berichtete ihr von den Beobachtungen.

Hellhörig war Katharina nun vor allem geworden, als es um die Box ging, die Agathe von A über B nach C transportiert hatte – der Tod dieser jungen Frau hingegen ›ging ihr am Arsch vorbei‹, was ihr eine perverse Hochachtung durch die jungen Braunhemden einbrachte.

Am Morgen im Automobil stellte Katharina ihrer Mutter, die grade mit dem Leichenpaket unter dem Arm sozusagen ›in flagranti‹ gestoppt worden war, ein Ultimatum: Herausgabe der Dokumente oder sofortige Benachrichtigung der preußischen Kriminalpolizei. Selbstredend hätte sich Anna nicht gefügt, aber nach längerem Hin und Her blieb ihr nichts anderes übrig. Katharina hatte ihr im Gegenzug versprochen, die Leichenteile der Agathe Jung endgültig von ›ihren Jungs‹ entsorgen zu lassen, das hätten sie nicht zum ersten Mal getan, wie Katharina lächelnd betonte.

Letztendlich hatte Anna mit zusammengebissenen Zähnen den Tresor unter Anwesenheit ihrer Tochter und Katarina Zurmühl geöffnet, händigte zögerlich den gesamten Balsakoffer der Agathe Jung aus und schloss den Tresor sofort wieder – offenbar hatte sie noch weitere Geheimnisse, die sie keinesfalls gewillt war, ihrer Tochter gegenüber zu offenbaren. Ihre Tochter interessierte sich aber auch nicht dafür. Aus den Beschreibungen ihrer Spione wusste sie, auf was es ankam. Der Balsakoffer war voll mit Papieren, die sie kurz durchblätterte, wie ihre Mutter in der Nacht zuvor, und verabschiedete sich ›auf Nimmerwiedersehen‹.

*

Auch nun müssen wir ein wenig spekulieren, auch wenn die Indizien deutlich sind: Katharina muss ziemlich perplex gewesen sein über das, was ihre Mutter dort geschrieben hatte. Und nicht weniger über das, was ihr Vater zu Papier brachte. Das Protokoll der Agathe war sicherlich für sie auch interessant, aber sie ahnte, was dort vorging, allein durch die Andeutungen ihrer Freundin Katarina Zurmühl.

Dennoch konnte sie mit diesen Informationen nicht umgehen, sie war schlichtweg überfordert. Was lag also näher, als umgehend ihre Mentorin Ilse Staiger mit ins Boot zu holen.

Wir müssen vermuten, dass Katharina schlichtweg erleichtert war, als diese ihr den Balsakoffer mit den Papieren – und damit auch die Verantwortung – abnahm.

Ob Hugo seinen Anteil erfüllt hatte, wissen wir leider nicht. Was wir wissen, ist, dass Erich Mühsam erst 1924 sein Zuchthaus verlassen durfte, und anschließend in Berlin bis 1933 die Kampfschrift ›Fanal‹ vertrieb. Er wurde 1934 von der SS in Oranienburg ermordet. Seine Hinterlassenschaften wurden von seiner Ehefrau Zenzi in Moskau archiviert; sie selbst wurde allerdings ebenfalls inhaftiert, und zwar von Joseph Stalin. Erst 1962 wurde diese in die DDR entlassen und erhielt nur noch einen kleinen Teil vom Nachlass Erich Mühsams von den sowjetischen Behörden zurück. Es ist also definitiv nicht nachvollziehbar, ob Erich Mühsam die Dossiers von Anna von Gerike erhalten und verwertet hat oder nicht.

Wir nehmen dennoch an, dass Anna Erich Mühsam nach seiner Haftentlassung 1924 aufgesucht hat, aber mit ihren Plänen offenbar abgeblitzt war. Wir gehen davon aus, dass August Bahrlow noch vor seinem Tod seine Netzwerke entsprechend instruiert hatte, wie er es Agathe ja auch beschrieben hatte.

Erich Mühsam musste gewusst haben, dass Anna von Gerikes Feindbilder zwar die gleichen Faschisten waren, die auch Erich Mühsam und August Bahrlow selbst bekämpften, dass ihre Handlungsmotivation jedoch keiner gesellschaftspolitischen Überzeugung zugrunde lag, sondern ein persönlich motivierter Hass war, der allein psychotisch indiziert war:

Der soziale Tyrannenmord, der keinerlei Legitimation besitzt.

... Elser oder die Mitglieder der ›Weißen Rose‹ hingegen würden die Hochachtung auch eines Erich Mühsam oder August Bahrlow (und auch den unseren) genießen dürfen! Attentate, wenn auch misslungen, wie diese, die eine in sich destabilisierende Wirkung für ein dissoziales und inhumanes Vorgehen von politischen Despoten zur Folge haben können, sind weder ein persönlicher noch ein sozialer Tyrannenmord, sondern das Attentat impliziert dies lediglich, macht es aber nicht zu einem Selbstzweck.

Kapitel 21

Epilog

Meine Mutter Hedwig hatte mir niemals davon berichtet, was Magda widerfahren ist. Auch wusste ich nichts von der Existenz eines Onkels mit Namen Maximilian Bahrlow, obwohl dieser länger gelebt hatte als Großmutter Magda: Magda hatte sich 1972 das Leben genommen, Maximilian Bahrlow war 1975 gestorben, und zwar an Darmkrebs. Da war ich zwar noch nicht geboren, sondern erst fünf Jahre später, aber Mutter Hedwig war da schon dreißig Jahre alt. Hatte Hedwig versucht, meinen Kontakt zu Maximilian Bahrlow zu unterbinden? Und wenn, warum? Hatte das vielleicht mit ihrem schlechten Gewissen zu tun, das eindeutig aus den Schriften Hedwigs herauszulesen war? Franziska hatte indes Tagebücher des Großvaters Maximilian im Kloster Neuenwalde gefunden, Tagebücher, die Aussagen darüber trafen, wie Magda, Maximilian und auch Knut das letzte Kriegsjahr verbrachten, während sich Maximilians Frau Josephine und ihr Sohn Wilhelm in Berchtesgaden befanden. Josephine starb 1945 in den letzten Kriegstagen, gemeinsam auf dem Hof mit ihren Eltern, durch eine Irrläuferbombe der alliierten Flieger, die eigentlich Hitlers Hauptquartier treffen sollte, während sich der vierzehnjährige Wilhelm in der Schule befand.

Maximilian war zwischen 1941 und 1944 siebenmal in Berchtesgaden gewesen und hatte seine Sorge darüber geäußert, dass die Familie in der direkten Umgebung des Führerhauptquartiers lebte. Aber das wurde eher belächelt, weil die unteren Dörfler mit denen auf dem Berghof Obersalzberg nichts zu tun zu haben glaubten.

Wilhelm blieb nach Kriegsende erst einmal bei den Verwandten im Allgäu, damit er dort seinen mittleren Schulabschluss absolvieren konnte. Erst 1947 holte Maximilian seinen Sohn Wilhelm in das Anwesen auf dem Parkgelände des Klinikums Niederschönhausen – und da war der Kontakt zwischen ihm und Magda bereits abgebrochen. Wilhelm hatte Magda nie kennengelernt, obwohl sie nur wenige Jahre älter war als er. 1945, mit grade mal achtzehn Jahren, gebar sie eine Tochter namens Hedwig, meine Mutter.

Franziska kam einige Jahre später zur Welt, und auch die Liebe zwischen ihrem Vater Wilhelm und Franziskas Mutter war eine kurze, aber leidenschaftliche: Dorothea Bahrlow starb 1952 im Kindbett von Franziska. Sie und Wilhelm hatten erst 1951 geheiratet, weil sie nach damaligem Moralverständnis ›mussten‹.

Maximilian hatte also wieder eine Familie, um die er sich sorgen musste. Wilhelm war ein sehr sensibler und zarter Mann, allein kaum lebensfähig, vor allem in den harten Nachkriegsjahren. Der Tod seiner Mutter im Allgäu hatte ihn bis zu seinem Lebensende traumatisiert und der Tod seiner einzigen Liebe Dorothea den Rest gegeben. Hätte der Großvater Maximilian sich nicht gekümmert, wäre Franziska wahrscheinlich bei Pflegeeltern oder in einem Heim aufgewachsen.

Fest stand, so berichtete Franziska, dass Maximilian Wilhelm und Magda nicht wirklich bewusst voneinander ferngehalten hatte. Es gab dafür andere Gründe, die Maximilian zwar in den Tagebüchern versuchte differenziert darzustellen, aber für Außenstehende, auch für seine Enkelin Franziska, kaum nachvollziehbar waren.

Magda fühlte sich in der Klinik durchaus wohl, auch wenn sie sich in der Psychiatrie ein wenig fehl am Platze fühlte, abgestempelt als Verrückte. Gleichzeitig hatte sie nun Ruhe, um über ihr Leben nachzudenken, und zwar ziemlich frei von traumatischen Symptomen. Die Erinnerung an die beiden Tode in ihrem Kinderzimmer, aber auch an die des aufdringlichen Bauern in Brandenburg, waren durchaus Belastungen für sie, aber die Gedanken und Träumereien von Knut überlagerten alles, vor allem, wenn sie im Park der Klinik spazieren gehen durfte.

Als sie die Klinik verließ, war sie siebzehn Jahre alt. Der Krieg spitzte sich 1944 derart zu, dass alle Menschen mehr oder weniger von Notrationen leben mussten, auch wenn die Nazipropaganda etwas anderes behauptete. Maximilian wurde daher ziemlich bald aufgefordert, seine Nichte aus der Klinikobhut zu entlassen. Es wurden, vor allem in der Psychiatrie, Betten für Offiziere mit posttraumatischen Belastungsstörungen benötigt, auch wenn die Psychiater in dieser Zeit eine solche Diagnose noch nicht kannten. Die Soldaten benahmen sich halt merkwürdig, stotterten plötzlich, hatten ihre Motorik, Blase und/oder Darm nicht unter Kontrolle, hatten Weinkrämpfe, Alpträume, Phantomschmerzen und so weiter. in der Klinik wurden ausschließlich höhere Offiziere versorgt. Wie musste es um die einfachen Soldaten bestellt sein, fragten sich die jungen Ärzte und Schwestern.

Jedenfalls lebte Magda nach ihrer Entlassung so lange bei ihrem Onkel, bis sie feststellte, dass sie schwanger war, schwanger von ihrem geliebten Knut.

Knut war 1944 dreimal und 1945 noch einmal auf Fronturlaub nach Berlin gekommen und Magda hatte sich mehr und mehr in ihn verliebt. Das beruhte durchaus auf Gegenseitigkeit, was Maximilian mit einer gewissen Befriedigung betrachtete. Sollte Knut diesen Krieg überleben, würde er sicherlich seinen Weg machen. Der junge Mann, kaum neunzehn Jahre alt, war intelligent, offen, charmant und auch praktisch veranlagt. Er half Magda, sich in der dritten Etage des Hauses von Maximilian und der Familie Meuser einzurichten.

Dass dieser junge Mann offensichtlich aus gutem Hause stammen musste, wurde ganz besonders dadurch deutlich, dass er seinen Armbruch seinerzeit in dieser Privatklinik hatte behandeln lassen. Das konnten sich ganz sicherlich keine Eltern leisten, die nicht eine gewisse Reputation in dieser Gesellschaft hatten. Da Knut aber weder Magda noch Maximilian gegenüber von seiner Herkunft sprach, ließ sich Maximilian die Akte aus der Chirurgie kommen.

Beim Studieren der Unterlagen wurde ihm einiges klar, so dass er sich überlegen musste, welche Konsequenzen das für Magda und natürlich auch für ihn haben würde. Jedenfalls beschloss er, die Herkunft des jungen Mannes erst einmal vor Magda genauso zu verheimlichen, wie es jener Knut, der nicht Knut hieß, selbst tat.

Franz-Joseph Hoven, wie der junge Mann in Wirklichkeit hieß, war Sohn von Waldemar Hoven, den Maximilian Bahrlow nicht nur persönlich kannte, sondern über alle Maßen verabscheute.

Waldemar Hoven hatte seine Karriere im Konzentrationslager Buchenwald als ›kleiner‹ Sanitäter begonnen und es dann geschafft, sich bis zum stellvertretenden Lagerarzt hochzuarbeiten und zu studieren. 1942 hatte Hoven an der Universität Freiburg seine Promotion erlangt, durch eine Doktorarbeit über Lungenerkrankungen und deren Behandlung.

Maximilian Bahrlow war in den Prüfungsausschuss der Universität beordert worden. Hier hatte Hoven ohne irgendwelche Anzeichen eines Gewissens freimütig kundgetan, dass den Konklusionen seiner Arbeit durchaus auch Menschenversuche an ›unwürdigem Leben‹ im Konzentrationslager Buchenwald zugrunde lagen. Die Arbeit hatte den Titel: »Versuche zur Behandlung der Lungentuberkulose durch Inhalation von Kohlekolloid«. Auch wenn diese Behandlung nicht anschlug, wurde seine Arbeit vom (nationalsozialistischen) Doktorvater Herrmann Dold mit ›sehr gut‹ bewertet.

Die Promotion wurde ihm mehrheitlich durch den Prüfungsausschuss erteilt, allerdings mit einer Gegenstimme – die von Maximilian Bahrlow. Hoven konnte neben Kohlekolloid noch mehr als 180 Präparate nennen, die definitiv bei TBC nicht helfen würden.

Zwiebelsud und Kartoffelbrei kamen darin nicht vor, hatte Maximilian seinerzeit im Ausschuss angemerkt, hätten aber die gleiche Relevanz für die medizinische Forschung wie die von Hoven dargestellten Präparate, z.B. Belladonna, Echinacea, Phosphorus oder silicea terra.

Die klare Meinung, dass die überwiegend homöopathischen Therapien des von Hoven keinesfalls bei Tuberkulose helfen würden, und gar nicht erst hätte untersucht werden brauchen, und die Hoven offenbar bei Hahnemann (dem Begründer der Homöopathie) abgeschrieben hatte, fand keineswegs Beifall bei den anderen Ausschussmitgliedern und führte daher dazu, dass er künftig von Aufgaben innerhalb eines Prüfungsausschusses befreit blieb.

Befreit blieb Maximilian allerdings nicht von Waldemar Hoven, denn der besuchte ihn noch am selben Abend in seinem Hotel in Freiburg. Er betrachtete Maximilians Bemerkung als »Witz des Jahrhunderts« und wollte seinem ›spaßigen Gönner‹, wie er ihn nannte, nicht nur dazu gratulieren (was er tatsächlich ernst meinte), sondern ihm auch einen Vorschlag unterbreiten: Warum würde er ihn nicht nach Buchenwald begleiten? Dort gab es unbegrenzte Möglichkeiten der freien medizinischen Forschung – und zwar am lebenden Objekt, nicht nur in einer stinkenden Pathologie an gewachsten Leichen. Außerdem breitete er das Lagerleben in Buchenwald in allen Facetten unverblümt, aber dummdreist blumig aus, was die Versorgung anging, mit Champagner, Kaviar, Hummer, Whisky – und nicht zuletzt Frauen, die man sich aus dem Lager direkt auswählen konnte.

Bevor Maximilian diesen Widerling am Kragen gepackt und vor die Tür des Hotels gesetzt hatte, sagte dieser noch: »Und ich habe sogar einen Sohn gezeugt, Franz-Joseph, den ich mit allen Künsten nach nationalsozialistischen Idealen in der Adolf-Hitler-Schule Weimar erziehen lasse. Die Zigeunerschlampe, die seine Mutter war, habe ich natürlich im Versuchslabor ihrer Bestimmung zugeführt!« Sein widerliches Lachen ließ nichts anderes als einen heftigen Schlag in dessen Magen zu!

Und nun hatte sich jener Junge, der sich hier in Berlin Knut nannte, in seine Nichte verliebt?! Oder hatte er andere Gründe, sich an seine Nichte heranzumachen? Rache des Vaters, wegen der Erniedrigung, die er ihm verpasst hatte, in jener Nacht in Freiburg? Die Gestapo undercover?

Beim letzten Fronturlaub 1945 stellte Maximilian dann ›Knut‹ zur Rede. Er reagierte in etwa so, wie Maximilian es erwartet hatte. Knut hatte wissen müssen, dass Maximilian Bahrlow als Oberarzt Zugang zu den Akten auch der Chirurgie hatte. Er konnte sich denken, dass der Onkel seiner geliebten Magda Erkundigungen einholte, wenn es um das Wohlergehen seiner einzigen Nichte ging! Also gab er alles zu, außer natürlich, dass er irgendeinen faulen Auftrag hätte. Er sei ausschließlich in Magda über beide Ohren verliebt und beabsichtige, sie nach dem Kriege zu heiraten und viele Kinder mit ihr zu bekommen.

Ja, er habe an der Adolf-Hitler-Schule sein Abitur gemacht, aber der nationalsozialistischen Ideologie abgeschworen. Zum Beweis habe er sich freiwillig für den Einsatz an der Westfront gemeldet. Und mit seinem Vater hatte er sich seit langem überworfen, weil er wusste, welche unmenschlichen Dinge er im Lager trieb.

»Zum Beweis, Herr Professor«, schloss ›Knut‹ seine Rede, »werde ich nun umgehend abreisen, zurück an die Front. Ich kann Magda so nicht unter die Augen treten, mit dieser Lüge, die Sie aufgedeckt haben und Magda ja nicht verschweigen werden. Das verstehe ich. Aber verstehen Sie mich doch auch. Als ich Magda kennenlernte, schämte ich mich meiner Herkunft – und dann kam eins zum anderen. Vielleicht können Sie Ihrer Nichte klarmachen, warum ich es nicht mehr kann. Aber ich werde zurückkehren und mich meiner Verantwortung stellen: Ich liebe Ihre Magda – und wenn sie mir verzeihen kann, werde ich sie heiraten!«

Franz-Joseph Hoven, alias Knut, kam nicht wieder und Magda stellte noch am gleichen Abend fest, dass Knut, kaum, dass er eine Nacht aus Fronturlaub bei ihr gewesen war, nach einem Gespräch mit dem Onkel fluchtartig das Klinikgelände verlassen hatte.

Magda fühlte, dass etwas nicht stimmte, und stellte ihren Onkel zur Rede. Maximilian unterließ es allerdings, seine Nichte aufzuklären. Er habe Knut lediglich sensibel geprüft, ob er es denn auch ernst meinen würde mit seiner geliebten Nichte.

»Und? Hat er deine Prüfung bestanden?«, fragte Magda zynisch, und als er diese Frage bejahte, sagte sie »Du lügst, du lügst, du lügst – ich kenne dich, Onkel Max, du lügst!«

Aber Maximilian gab, aus guten Gründen, wie er fand, nicht nach.

*

Im Frühjahr 1945, kurz nach seinem letzten Besuch in Berlin, erhielten sie die Nachricht, dass Knut gefallen sei, jener Franz-Joseph Hoven.

Erst jetzt begriff Magda, dass ihr Onkel ein Spiel mit ihr gespielt hatte. Der Name Hoven sagte ihr natürlich nichts – und sie wusste auch nicht, warum Knut seinen wirklichen Namen, auch ihr gegenüber verschwiegen hatte. Was sie allerdings wusste, war, dass sie von ihrem Knut, wie er für sie weiter heißen sollte, ein Kind in ihrem Schoß trug, wie sie es für sich formulierte – und zwar nur für sich.

Als der Krieg vorbei war, machte sie sich auf den Weg und verließ ihren Onkel auf Nimmerwiedersehen, wie sie es in einem ausführlichen Abschiedsbrief darlegte – mit einem Lügner und Mörder, denn sie machte Maximilian dafür verantwortlich, dass Knut gefallen war, wollte sie weder verwandt sein, noch irgendeine Zukunft haben. Punkt.

Damit begann ein Leben für Magda, das sich ausschließlich auf die Versorgung und Erziehung ihrer Tochter bezog. Als Erstes holte sie sich ihren Namen, ihre Identität ›zurück‹. Obwohl sie ihr Leben lang Meyerherm geheißen hatte, fühlte sie ausschließlich eine Von-Gerike-Identität, also den Geburtsnamen ihrer Mutter, vor allem aber ihrer geliebten Großmutter. Dass sie sie hatte töten müssen, war, neben dem Verlust ihres geliebten Knuts, die tiefgreifendste aller Traumata ihrer Psyche.

Maximilian hatte es in den Jahren, als sie bei ihm lebte, nicht nur genau beobachten können, sondern war auch für sich zu einem Ergebnis gekommen: Magda war zu einer Chimäre ihrer selbst geworden, unfähig, irgendeine Empathie zu entwickeln, sich in die

Lebensweise eines anderen Menschen hineinzuversetzen. Maximilian war nicht nur die Geschichte der Familie von Gerike bekannt, sondern vor allem auch aller Protagonisten, auch wenn er Otto von Gerike lediglich bei dessen Todestag ›kennengelernt‹ hatte. Er kannte Anna von Gerike nicht nur sehr genau, sondern eben auch ihre psychischen Defekte, die zu den Tötungen während der Seminarzeit geführt hatten.

Als er sehr viel später erfuhr, dass sein Vater August nicht nur eine Affaire mit ihr gehabt, sondern sogar eine Tochter, nämlich Katharina von Gerike/alias Meyerherm gezeugt hatte, musste er sich eingestehen, dass auch er in diesen Entwicklungen mindestens genetisch involviert war. Er hatte schließlich getötet, genauso wie Anna und Magda.

Auch die völlig faschistische und psychotische Katharina war davon nicht freizusprechen, jedenfalls soweit ihm bekannt war. Denn natürlich war sie am Tod seiner geliebten Agathe beteiligt, auch wenn ihre Mutter Anna die Tötung von Agathe verübt hatte, ob nun Unfall oder nicht.

Mit Agathe war in Maximilians Augen Annas sechste Tötung verifiziert, bei der sich Katharina lediglich der Leichenfledderin schuldig gemacht hatte.

Dennoch blieb Katharina in Maximilians Augen die ›Böse‹, die böse Halbschwester, denn allein sie wäre in der Lage gewesen, dieser Entwicklung Einhalt zu gebieten. Wenn sie sich nicht diesen Nazis Alfons Meyerherm und dieser Ilse Staiger ausgeliefert, sondern sich mehr an Agathe Jungs humanistischen Weltbild und ihrer emotionalen Intelligenz orientiert hätte, wären viele Prozesse anders abgelaufen.

Die Gerike- und Bahrlow-Register gaben das jedenfalls nicht her.

Nur Magda schien sich irgendwie dennoch aus dieser Unglücksspirale herauszuwinden. Maximilian hatte sie aus der Ferne beobachtet, nicht permanent, aber dennoch seine Kontakte hin und wieder bemüht, um herauszufinden, ob Magda tatsächlich aufgrund ihrer genetischen und traumatischen Voraussetzungen eine Gefahr für ihre Tochter Hedwig sein würde. Aber er musste sich seinen Irrtum eingestehen. Magda hatte ohne wirkliche Gewissensprobleme ihre Eltern Katharina und Alfons Meyerherm umgebracht, einem Großbauern den Schädel eingeschlagen und last but not least geglaubt, auch ihrer Großmutter den Rest gegeben zu haben.

Alles ohne wirkliche Gemütsregung, wie Maximilian fand, auch wenn er wusste, dass Magda all ihre Gemütsbewegungen, ihre Emotionen, ihre Sensibilität und auch ihr Körpergefühl durch die sexuellen Übergriffe ihres Vaters schon als Kind endgültig eingebüßt haben musste.

Nun hatte sie durch eine Tochter, die keinen Vater hatte, keinen Großvater und nicht einmal mehr einen Großonkel, denn Magda hatte sich alle Kontaktaufnahme verbeten, eine Aufgabe erhalten, die alle Widrigkeiten ihres bisherigen Lebens abhängte.

Auch Franziska war sich im Nachhinein mit ihrem Großvater einig, wie sie uns gestand, dass auch Knut als Lebenspartner nur Barriere, Hindernis für Magda gewesen wäre, und zwar auch unüberwindbar. Man konnte nur ahnen, was jener Franz-Joseph Hoven selbst noch für psychischen Ballast eingebracht hätte – negative Hinweise gab es ausreichend.

Magda selbst wäre wahrscheinlich ebenfalls an einer erwachsenen Beziehung kläglich gescheitert, andere wären mit dieser Vergangenheit viel früher, viel endgültiger am Leben gescheitert. Mit diesem Wurm im Arm, diesem Kind an der Hand, dieser Jugendlichen in mütterlicher Ermahnung war sie kraftvolles Schild gegen alle Widrigkeiten, aber eben ein leeres Schild, eines ohne Substanz.

Diese Selbsterkenntnis, die ihr die erwachsene Tochter Hedwig eher unbewusst vermittelte, führte dann auch zur einzigen Konsequenz: der selbst herbeigeführte Tod im Jahr 1972, also als Hedwig siebenundzwanzig Jahre alt war. Und Hedwig schien keinerlei Anstalten zu machen, ihr eine Enkeltochter zu schenken, um ihrem Leben wieder Sinn und Inhalt zu geben.

Vielleicht wäre Magda 1944 therapierbar gewesen, vielleicht ohne Faschismus, ohne Krieg, ohne Nachkriegszeit, ohne Tod, ohne weitere Übergriffe von wem auch immer.

Hedwig war ihr einzig verbliebenes Therapiemedium, jedenfalls bis zu ihrem achtzehnten Lebensjahr, als Hedwig endgültig ihre eigene Welt entdeckte.

Und Magda damit ebenso endgültig ausschloss. In dem Maße wie Hedwig eine Identität entwickelte, verlor Magda kontinuierlich ihre eigene. Die Hülle fiel in sich zusammen, der Schildpanzer Hedwig hatte seine Funktion verloren.

*

Wir drei Frauen, Franziska, Marie-Sophie und ich, haben das Ergebnis all dieser Schicksale in uns. Es mag andere Nachkommen geben, vielleicht aus der schweizerischen Linie der Meyerherms, wer weiß?! Vielleicht Nachkommen unserer Nachkommen, die diese ganzen Themen wieder hervorbringen wollen. Wir drei entschieden uns jedenfalls dafür, alles ruhen zu lassen. Das Kloster Neuenwalde war so freundlich, uns einen Archivkeller zur Verfügung zu stellen. Wir haben einen professionellen Archivar bezahlt, der alle Dokumente, einschließlich der elektronischen Speicher, nach unseren Angaben grob katalogisierte, und zwar grundsätzlich nach zwei Kategorien, hier als Blöcke ausgezeichnet:

Das Vermächtnis der Familie von Gerike und das Vermächtnis der Bahrlows. Das Vermächtnis der Verschmelzung dieser beiden Familien haben wir drei, also Franziska Meyer geb. Bahrlow, meine Tochter Marie-Sophie und ich, in eine gemeinsame Geschichte zusammengetragen.

Geholfen haben uns dabei auch die Tagebücher der Agathe Jung, die allerdings nur noch sehr fragmentarisch erhalten werden konnten.

Es kamen darin viele Menschen vor, die das Leben ihrer Zeit nicht ertragen hatten. Die versuchten, Einfluss zu nehmen, nicht immer mit humanistischen Mitteln. Die die Balance nicht schafften zwischen dem Großen und dem Kleinen, zwischen dem Gewichtigen und dem Unbedeutenden, dem Individuum und dem Homo Sociologicus, dem Gestalten, Beherrschen und dem Geschehenlassen, der Gerechtigkeit, dem Recht und dem Unrecht.

Der politische Tyrannenmord hat nicht stattgefunden. Die Tyrannen neigen zum Überleben. Wir vermuten, dass deren Cäsarenmentalität eine Art ›Sich-selbst-erfüllende Prophezeiung‹ nach sich zieht (mit dem schönen Fremdwort Äquifinalität) – sie verhalten sich nicht nur so, dass, mindestens eine Zeit lang, das eintritt, oder eben nicht eintritt (wie das gelingende Attentat), was in deren narzisstischer Vision vorgesehen ist, sondern ihre Umwelt verhält sich ebenso, Freunde wie Feinde.

Anna von Gerike hat diesen Prozess zu unterbrechen versucht, sie wollte das Böse mit Gewalt und selbst modellierten Komplizen ausmerzen. August Bahrlow hat dagegengehalten mit Lyrik und Verstand und war an sich selbst gescheitert. Maximilian versuchte dann, das Ganze zu rationalisieren, musste aber ebenfalls scheitern mit dem dialektischen Akt, die Tyrannenmörderin selbst zu töten. Maximilian war, zu Recht, davon ausgegangen, dass Tyrannenmord Unrecht ist, und musste Anna von Gerike dafür bestrafen. Aber Gerechtigkeit und Recht sind kein Selbstzweck und der Mörder des Tyrannenmörders wird notgedrungen selbst zu einem Tyrannen – diese Dialektik wurde eine Paradoxie.

Als wir alles, was uns menschenmöglich war, zusammengesammelt und nach Blöcken und Registern strukturiert hatten, ließen wir alles versiegeln – der Archivar versicherte, dass das Ganze vielleicht nicht gerade einem Atomkrieg oder einer Feuersbrunst auf Dauer widerstehen würde, aber doch menschenmöglich gesichert war.

Wir drei Frauen jedenfalls mussten uns nun in Demut üben, aber auch in dem Zulassen von Nähe, wirksamer und friedvoller Nähe.

Und dann wurde uns dreien klar, was das schlechte Gewissen Hedwigs, die 2018 an Multipler Sklerose starb, wirklich ausgemacht hatte:

Sie hatte alles gewusst! Sie hatte von allen gewusst, mit allen gelebt und überlebt! Für sie, gegen sie, mit ihnen. Sie war daran nicht zerbrochen wie die anderen, die allein bei den ersten Erkenntnissen erschrocken, verzweifelt den Rückzug in die Innerlichkeit angetreten hatten, wie Friedhelm Dühring, geboren 1951, Suizid 2017, Theodor Zurmühl, geboren 1952, Suizid 1971, Alexander Fjodorow, geboren 1951, Suizid 2001 und Janina (die Enkelin), geboren 1953, Suizid 2018. Ausschließlich Franziska Meyer, geborene Bahrlow, meine nun beste Freundin, hat diese historische Bürde überlebt.

Ihr Urgroßvater, der Psychiater und Künstler August Bahrlow, geboren 1853, hatte mit seiner Lebensweisheit dem wirklich Bösen seiner Generation nur seine Phantasie und seine Gene entgegenzusetzen.

Otto von Gerike, geboren 1840, getötet 1921, Karl Eugen Dühring, geboren 1833, getötet 1921, Alfred Herrmann Zurmühl, geboren 1894, getötet 1921, Alexejewitsch Fjodorow, geboren 1842, getötet 1921 und Uljana Smirnow, geboren 1857, getötet 1921 waren furchtbare Persönlichkeiten. Sie hätten vielleicht nicht gerecht, aber rechtmäßig gerichtet werden müssen – Tyrannenmord ist nichts anderes als Lynchjustiz.

Anna von Gerike, geboren 1874, getötet 1944 durch Maximilian Bahrlow, modellierte sich noch vor ihrem Ableben, mit dem gleichen Cäsarenwahn wie sie zuvor ihre Schülerinnen und Schüler manipulierte, in einer zynischen Konsequenz ihre eigene Enkelin Magda: Töte deine Eltern, die böse Katharina und den perversen Alfons Meyerherm.

Maximilian Bahrlow, geboren 1900, gestorben 1975, Alfred Dühring, geboren 1900, Suizid 1946, Janina Smirnow, geboren 1900, hat als Einzige bis zu ihrem hundertsten Lebensjahr überlebt, waren alle drei nicht ohne Schuld, hatten dennoch versucht, irgendwann die

Waage gehalten und neben Janina, die (neben Agathe) als Einzige keinerlei Schuld auf sich geladen hatte, konnte nur Maximilian das überleben, weil er seinen Sohn Wilhelm mit einem Suizid verraten hätte – und natürlich seine Enkelin Franziska.

Maximilians große Liebe Agathe Jung, geboren 1904, getötet 1921, starb als Heldin! Sie hätte, gemeinsam mit August und Maximilian Bahrlow, das Schicksal wenden können. Die Zeit war nicht reif dafür.

Und schließlich Magda, geboren 1927, Suizid 1972 war in allem das Opfer – daher musste ihre Tochter Hedwig, geboren 1945, gestorben 2018, alle Schuld auf sich nehmen.

Genogramme 1-3

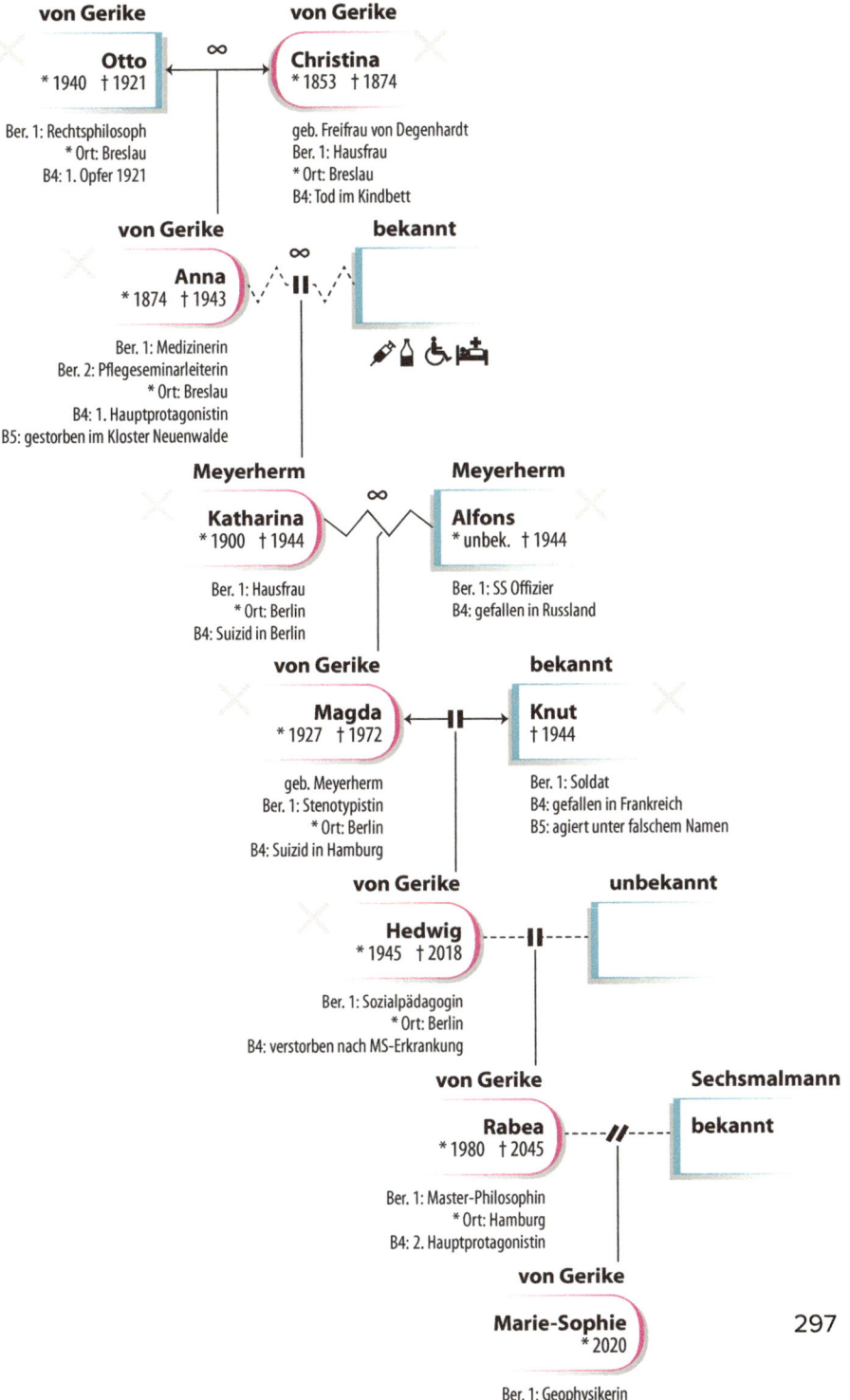

von Gerike

Otto
* 1940 † 1921

Ber. 1: Rechtsphilosoph
* Ort: Breslau
B4: 1. Opfer 1921

∞

von Gerike

Christina
* 1853 † 1874

geb. Freifrau von Degenhardt
Ber. 1: Hausfrau
* Ort: Breslau
B4: Tod im Kindbett

von Gerike

Anna
* 1874 † 1943

Ber. 1: Medizinerin
Ber. 2: Pflegeseminarleiterin
* Ort: Breslau
B4: 1. Hauptprotagonistin
B5: gestorben im Kloster Neuenwalde

∞

bekannt

Meyerherm

Katharina
* 1900 † 1944

Ber. 1: Hausfrau
* Ort: Berlin
B4: Suizid in Berlin

∞

Meyerherm

Alfons
* unbek. † 1944

Ber. 1: SS Offizier
B4: gefallen in Russland

von Gerike

Magda
* 1927 † 1972

geb. Meyerherm
Ber. 1: Stenotypistin
* Ort: Berlin
B4: Suizid in Hamburg

bekannt

Knut
† 1944

Ber. 1: Soldat
B4: gefallen in Frankreich
B5: agiert unter falschem Namen

von Gerike

Hedwig
* 1945 † 2018

Ber. 1: Sozialpädagogin
* Ort: Berlin
B4: verstorben nach MS-Erkrankung

unbekannt

von Gerike

Rabea
* 1980 † 2045

Ber. 1: Master-Philosophin
* Ort: Hamburg
B4: 2. Hauptprotagonistin

Sechsmalmann

bekannt

von Gerike

Marie-Sophie
* 2020

Ber. 1: Geophysikerin
B4: 4. Protagonistin

297

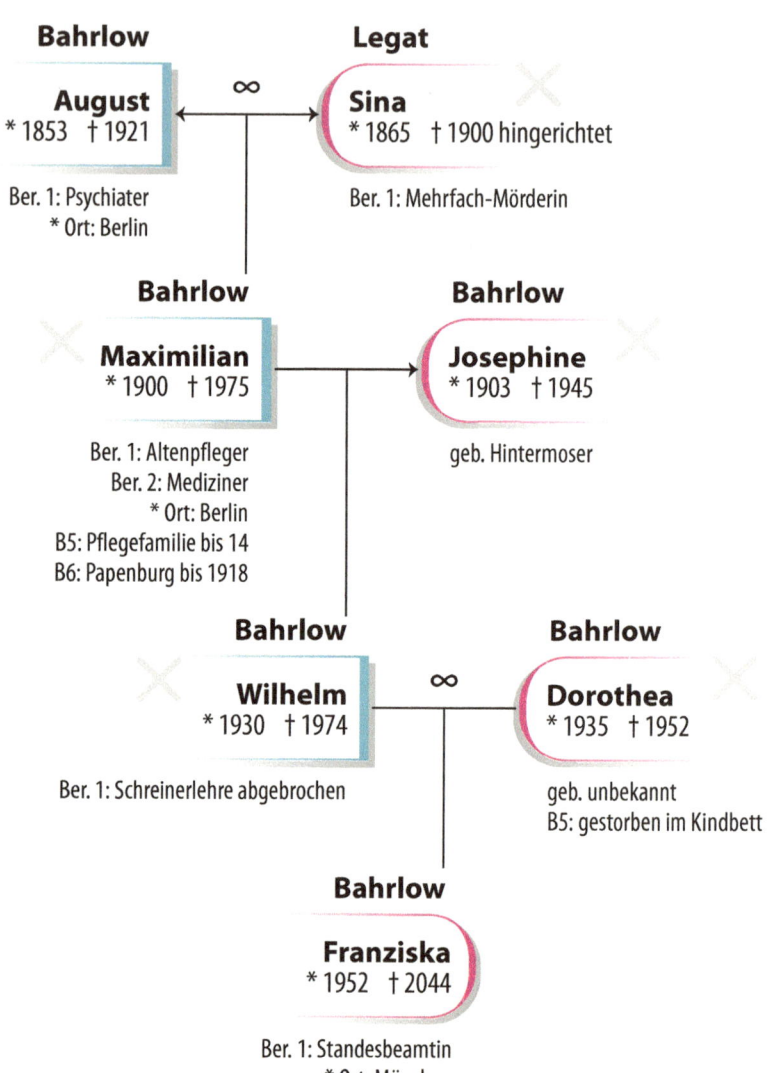

Bahrlow

August
* 1853 † 1921

Ber. 1: Psychiater
* Ort: Berlin

∞

Legat

Sina
* 1865 † 1900 hingerichtet

Ber. 1: Mehrfach-Mörderin

Bahrlow

Maximilian
* 1900 † 1975

Ber. 1: Altenpfleger
Ber. 2: Mediziner
* Ort: Berlin
B5: Pflegefamilie bis 14
B6: Papenburg bis 1918

Bahrlow

Josephine
* 1903 † 1945

geb. Hintermoser

Bahrlow

Wilhelm
* 1930 † 1974

Ber. 1: Schreinerlehre abgebrochen

∞

Bahrlow

Dorothea
* 1935 † 1952

geb. unbekannt
B5: gestorben im Kindbett

Bahrlow

Franziska
* 1952 † 2044

Ber. 1: Standesbeamtin
* Ort: München
B4: 3. Protagonistin

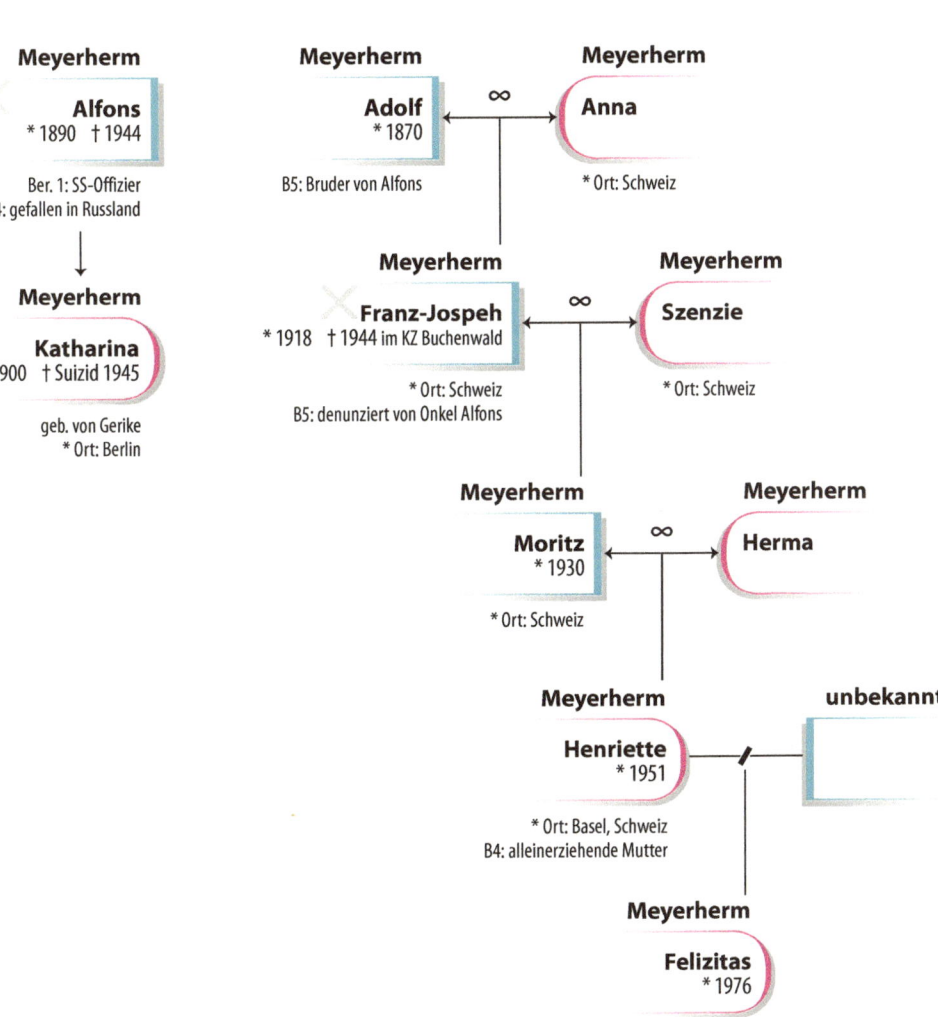

Meyerherm

Alfons
* 1890   † 1944

Ber. 1: SS-Offizier
B4: gefallen in Russland

Meyerherm

Katharina
* 1900   † Suizid 1945

geb. von Gerike
* Ort: Berlin

Meyerherm

Adolf
* 1870

B5: Bruder von Alfons

∞

Meyerherm

Anna

* Ort: Schweiz

Meyerherm

Franz-Jospeh
* 1918   † 1944 im KZ Buchenwald

* Ort: Schweiz
B5: denunziert von Onkel Alfons

∞

Meyerherm

Szenzie

* Ort: Schweiz

Meyerherm

Moritz
* 1930

* Ort: Schweiz

∞

Meyerherm

Herma

Meyerherm

Henriette
* 1951

* Ort: Basel, Schweiz
B4: alleinerziehende Mutter

unbekannt

Meyerherm

Felizitas
* 1976

B4: bekannt mit Hedwig
und Rabea von Gerike

Legendenerklärung Genogramme

Generationenlinie (untere Linie)
- Durchgezogener Strich = verheiratet
- Unterbrochener Strich = nicht verheiratet

Von diesen Linien gehen dann die gemeinsamen nach unten Kinder ab, zur Seite die Geschwister auf der einen oder anderen Seite
Beziehungslinie (obere Linien zwischen den Partnern; rund = Frau, quadratisch = Mann)
- Pfeile links, rechts oder beides = ein- oder beidseitig folgende Charakteristik:
- Unterbrochener Strich = distanziert
- Gezackt = konfliktreich
- Doppelhorizontale Striche in der Mitte = getrennt, geschieden
- Umkreist = nur vermutet

Es gibt hier noch ein paar Details, wie z.B. Schwangerschaft, Zwillinge usw., die aber bei meinen Genogrammen keine Rolle spielen

Piktogramme (eigentlich bekannt)
- Flasche = alkoholkrank
- Spritze = drogenabhängig
- Krankenhausbett = schwer erkrankt
- Rollstuhl = Bewegungseinschränkung
- Zigarette = Raucher
- Kirche = religiös
Usw.